James Dashner
Der Game Master – Tödliches Netz

DER AUTOR

James Dashner ist in Georgia aufgewachsen. Heute lebt er mit seiner Frau und seinen vier Kindern in Utah. Seit seiner Kindheit wollte er Schriftsteller werden, arbeitete aber zunächst im Finanzwesen, bevor er sich vollständig dem Schreiben zuwandte und mit seinen Jugendbüchern in den USA die Bestsellerlisten stürmte, u. a. mit der Trilogie *Mazerunner*.

James Dashner

Der Game Master

Tödliches Netz

Aus dem Englischen
von Karlheinz Dürr

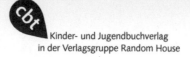
Kinder- und Jugendbuchverlag
in der Verlagsgruppe Random House

Verlagsgruppe Random House FSC® N001967
Das für dieses Buch verwendete
FSC®-zertifizierte Papier *Holmen Book Cream*
liefert Holmen Paper, Hallstavik, Schweden.

2. Auflage
Deutsche Erstausgabe April 2015
© 2013 by James Dashner
Die amerikanische Originalausgabe erschien 2013 unter
dem Titel »The Eye of Minds« bei Delacorte Press, an
imprint of Random House Children's Books, a division
of Random House, Inc., New York.
© 2015 für die deutschsprachige Ausgabe by
cbt Verlag in der Verlagsgruppe
Random House GmbH, München
Alle deutschsprachigen Rechte vorbehalten
Aus dem Englischen von Karlheinz Dürr
Lektorat: Kerstin Weber
Umschlaggestaltung: semper smile, München,
unter Verwendung eines Bildes von
Demurez Cover Arts/ Luis Beltran /Trigger Image
he · Herstellung: kw
Satz: Buch-Werkstatt GmbH, Bad Aibling
Druck und Bindung: GGP Media GmbH, Pößneck
ISBN: 978-3-570-30961-2
Printed in Germany

www.cbt-buecher.de

*Dieses Buch widme ich Michael Bourret und
Krista Marino, die mir meine Karriere ermöglichten
und immer gute Freunde waren.*

Kapitel 1

Der »Sarg«

1

Sie hieß Tanja. Michael musste gegen den Wind schreien, um sich verständlich zu machen.

»Okay, da unten ist nichts als Wasser, aber es könnte genauso gut Beton sein! Kein Unterschied aus dieser Höhe – du bist platt wie ein Pfannkuchen, wenn du aufschlägst!«

Nicht besonders tröstlich, wenn man einen Menschen davon abhalten will, sich das Leben zu nehmen. Aber wahr. Tanja war gerade über das Geländer der Golden Gate Bridge geklettert, während hinter ihr der Verkehr vorbeirauschte. Jetzt lehnte sie sich in die Leere hinaus und hielt sich mit zittrigen Händen nur noch an einer nebelfeuchten Eisenstrebe fest. Selbst wenn es Michael gelang, ihr den Sprung irgendwie auszureden, konnte es immer noch sein, dass ihre rutschigen Finger den Halt verloren und die Sache zu Ende brachten. Dann würden alle Lichter ausgehen. Und später würde irgendein armer Fischer glauben, er hätte endlich den ganz großen

Fang gemacht, nur um dann eine böse Überraschung zu erleben.

»Erspar mir deine blöden Witze«, schrie das zitternde Mädchen zurück. »Das ist kein Spiel – schon lange nicht mehr.«

Michael war im VirtNet unterwegs – dem Virtuellen Netz, auch »The Sleep« genannt, vor allem von den Gamern, die sich so oft einloggten wie er. Er war daran gewöhnt, dort völlig verängstigten Leuten zu begegnen. Sogar jeder Menge. Aber unter der Angst lag normalerweise immer die *Gewissheit*, dass nichts, was im Sleep geschah, real war.

Nicht jedoch bei Tanja. Tanja war anders. Oder zumindest ihre Aura, ihr computersimuliertes Ich, ihr Avatar. Das Gesicht ihrer Aura spiegelte nackten, blanken Terror wider, der Michael einen Schauder nach dem andern über den Rücken jagte – und ihm das Gefühl gab, er *selbst* sei nur noch einen Schritt von dem Todessturz entfernt. Und Michael war alles andere als ein Fan des Todes, egal, ob virtuell oder real.

»Es *ist* ein Spiel, und das weißt du auch«, sagte er lauter, als er beabsichtigt hatte – er wollte sie nicht erschrecken. Aber die kalten Windböen rissen ihm die Worte von den Lippen und wehten sie auf die Bucht hinab. »Komm wieder hier rüber und lass uns reden. Dann kriegen wir beide unsere Erfahrungspunkte, und wir könnten ein wenig in der Stadt abhängen und einander besser kennenlernen.

Hey, vielleicht finden wir ein paar Irre, denen wir nachspionieren können. Oder wir hacken uns in einem der Läden was zu essen, völlig gratis. Haben ein bisschen Spaß. Und danach suchen wir dir ein Portal, damit du dich nach Hause liften kannst. Und du nimmst dir einfach mal für eine Weile eine Auszeit vom Spiel.«

»Das hat nichts mit *Lifeblood* zu tun!«, schrie ihn Tanja an. Der Wind zerrte an ihren Kleidern und ihr dunkles Haar flatterte hinter ihr wie Wäsche an der Leine. »Hau einfach ab und lass mich in Ruhe! Dein Pretty-Boy-Face ist das Letzte, was ich jetzt sehen will!«

Michael dachte an *Lifeblood Deep*, der nächste und höchste Level, sein ultimatives Ziel. Wo alles noch tausendmal realistischer war, noch hoch entwickelter, noch intensiver. Noch drei Jahre, bis er sich den Zugang verdient haben würde. Oder vielleicht auch nur zwei. Aber dazu musste er dieses völlig durchgeknallte Mädchen unbedingt an ihrem Date mit den Fischen hindern, sonst drohte ihm die Zurückstufung auf einen niedrigeren Level, und dann wäre *Lifeblood Deep* erst mal wieder in weiter Ferne.

»Okay. Ganz ruhig ...« Er gab sich Mühe, seine Worte sorgfältig zu wählen, aber er hatte bereits einen ziemlich großen Fehler gemacht, und das wusste er auch. Er war aus seiner Rolle geschlüpft, und hatte das Spiel selbst als Grund angeführt, um sie von ihrem Vorhaben abzubringen – und hatte sich damit wohl jede Menge Strafpunkte eingehandelt. Und Punkte waren alles, worum es ging.

Aber dieses Mädchen hier schaffte es tatsächlich, ihm echte Angst einzujagen. Vor allem ihr Gesicht – blass und eingefallen, als sei sie schon halb tot.

»Hau endlich ab!«, schrie sie schrill. »Du blickst es einfach nicht, was? Ich bin erledigt! Dein Scheißportal nützt mir nichts mehr – ich sitze in der Falle! Er wird niemals zulassen, dass ich mich wieder in den Wake lifte!«

Michael hätte sie am liebsten an den Schultern gepackt und geschüttelt und angeschrien – das war völliger Schwachsinn, was sie da redete. Seine dunkle, böse Seite meldete sich, flüsterte ihm zu, die Sache zu vergessen, sie einfach anzublaffen, dass sie sowieso ein Loser sei … Sollte sie doch ihren Kopfsprung machen! Sie war so was von stur – als würde auch nur irgendetwas von alldem *real* passieren! *Es ist doch nur ein Spiel!*, bläute er sich selbst immer wieder ein.

Trotzdem – er durfte es nicht vermasseln. Er brauchte die Punkte! »Okay. Hör mir zu.« Er trat ein wenig zurück und hob beide Hände, als wollte er ein verängstigtes Tier beruhigen. »Wir sind uns doch gerade erst begegnet. Lass dir ein bisschen Zeit. Ich verspreche dir, nichts Verrücktes zu tun. Du willst springen. Okay, ich werde dich nicht daran hindern. Aber du könntest wenigstens mit mir reden. Mir sagen warum.«

Tränen rannen ihr über die Wangen und ihre Augen waren rot und verschwollen. »Geh einfach nur weg. Bitte.« Ihre Stimme klang jetzt sanfter, niedergeschlagen. »Diese

Sache ... ich mach keinen Scheiß. Ich hab genug davon, von allem!«

»Du hast genug davon? Das ist okay. Aber du musst es deshalb ja nicht auch mir vermasseln, oder?« Michael setzte darauf, jetzt doch über das Spiel sprechen zu können, schließlich hatte sie es selbst als Grund angeführt, das Ganze zu beenden – und das hieß, die codierte Hülle, den virtuellen Fleisch- und Knochen-Körper abzustreifen und nie mehr in ihn zurückzukehren. »Im Ernst. Komm mit mir zum Portal. Und dann liftest du in den Wake zurück, so wie immer. Du hast das Spiel hinter dir, bist endgültig draußen, und ich kriege meine Punkte. Wäre das nicht das schönste Happy End, das du dir vorstellen kannst?«

»Ich hasse dich!« Sie spuckte die Worte buchstäblich aus. Speichel sprühte aus ihrem Mund. »Ich kenne dich nicht mal und trotzdem hasse ich dich! Was ich hier mache, hat nichts mit *Lifeblood* zu tun!«

»Dann sag mir doch, *womit* es zu tun hat.« Er bemühte sich um einen freundlichen Tonfall und darum, nicht auszurasten. »Du hast den ganzen Tag Zeit zu springen. Schenk mir nur ein paar Minuten. Rede mit mir, Tanja.«

Sie verbarg den Kopf in ihrer rechten Armbeuge. »Ich kann einfach nicht mehr weitermachen.« Sie wimmerte, und ihre Schultern bebten, sodass sich Michael wieder um ihren Halt an der Strebe sorgte. »Ich kann einfach nicht ...«

Manche Leute sind einfach zu schwach, dachte er, war aber klug genug, es nicht laut zu auszusprechen.

Lifeblood war das *bei Weitem* beliebteste Spiel im VirtNet. Klar, man konnte sich auch auf echt grauenhafte Schlachtfelder im Bürgerkrieg stürzen oder mit einem magischen Schwert gegen Drachen kämpfen, man konnte in Raumschiffen durchs Universum jetten oder mit einem Girl in irgendwelchen baufälligen Blockhütten herumknutschen. Aber dieses Zeug wurde einem echten Hardcore-Gamer ziemlich schnell langweilig. Irgendwann wollte man mehr und noch mehr, bis einen am Ende nur noch Spiele faszinierten, welche die Schmerzen, den Dreck, den Gestank, den Ekel des echten Lebens absolut *perfekt* vortäuschten. Das, und nichts weniger. Dabei gab es eben immer ein paar Leute wie Tanja, die damit nicht fertigwurden und schließlich daran zerbrachen. Michael wurde damit fertig. Sein Aufstieg durch die Level war fast so schnell gewesen wie der des legendären Gamers Gunner Skale.

»Komm schon, Tanja«, sagte er. »Kann doch nicht schaden, mit mir zu reden, oder? Und wenn du schon raus willst, wieso willst du dann dein letztes Spiel ausgerechnet mit einem idiotischen Selbstmord beenden?«

Sie hob ruckartig den Kopf und starrte ihn mit einem so harten Blick an, dass ihm erneut ein Schauder über den Rücken lief.

»Kaine hat mich zum letzten Mal gejagt«, sagte sie. »Hier kann er mich nicht mehr in die Ecke treiben und mich für sein Experiment benutzen – oder mir die KillSims an den Hals hetzen. Ich reiße mir den Core selbst heraus.«

Der letzte Satz änderte schlagartig alles. Michael beobachtete voller Entsetzen, wie Tanja mit der einen Hand die Strebe noch fester umklammerte, die andere Hand zur Schläfe hob und die Nägel in ihre eigene Haut grub.

2

Michael vergaß das Spiel, vergaß seine Punkte. Die Sache war von einer lästigen Situation zu einer auf Leben und Tod eskaliert. In all den Jahren als Spieler hatte er noch nie erlebt, dass sich jemand den Core herausriss – den *Core!* – und damit die im Coffin installierte Sperrsicherung zerstörte, die wichtigste aller Sicherungen, die Barriere, die dafür sorgte, dass im Verstand des Gamers die virtuelle von der realen Welt stets streng getrennt blieb.

»Hör auf!«, brüllte er, einen Fuß bereits auf dem Geländer. »Hör sofort auf!«

Er sprang auf den schmalen Wartungssteg hinunter, der den äußersten Rand der Brücke bildete. Und erstarrte. Nur noch wenige Schritte von ihr entfernt, wollte er jede schnelle Bewegung vermeiden, durch die sie in Panik geraten könnte. Beschwichtigend streckte er beide Hände aus und schob sich einen kleinen Schritt vorwärts.

»Tanja. Tu es nicht«, sagte Michael so sanft, wie es der schneidende Wind erlaubte.

Tanja grub ihre Nägel immer tiefer in die rechte Schläfe.

Schon hatte sie einen Hautlappen losgerissen. Blut strömte ihr über die Hand und die rechte Gesichtshälfte, die dadurch wie eine große klaffende Wunde aussah. In ihren Augen lag ein Ausdruck beängstigender Ruhe, als hätte sie keine Vorstellung davon, was sie da eigentlich tat. Doch Michael wusste, dass sie eifrig versuchte, ihren eigenen Code zu hacken.

»Hör mit dem Codieren auf, nur für einen Augenblick!«, schrie Michael. »Lass uns darüber reden, bevor du deinen verdammten Core herausreißt! Du weißt doch, was das bedeutet!«

»Was interessiert dich das eigentlich?«, gab sie zurück, so leise, dass Michael es nur von ihren Lippen ablesen konnte. Aber wenigstens hörte sie auf, ihre Schläfe aufzureißen.

Michael starrte sie fassungslos an. Denn sie hatte nur aufgehört, weil die Wunde schon groß genug war – und sie nun mit Daumen und Zeigefinger in ihrem Fleisch wühlen konnte. »Es geht dir doch nur um deine Erfahrungspunkte.« Langsam zog sie einen kleinen blutverschmierten Metallchip heraus.

»Ich verzichte auf meine Punkte«, sagte Michael und versuchte mühsam, seinen Ekel und seine Furcht zu unterdrücken. »Ich schwöre es. Hör auf mit dem Mist, Tanja. Codier das Ding und setz es wieder ein, dann können wir reden. Noch ist es nicht zu spät.«

Tanja hielt den kleinen Gegenstand, die visuelle Verkörperung des Core, in die Höhe und betrachtete ihn fasziniert. »Siehst du denn nicht, wie ironisch das alles ist?«, fragte sie. »Wenn ich die Sache mit dem Codieren nicht so draufhätte, hätte ich nie herausbekommen, wer Kaine ist. Ich wüsste nichts über seine KillSims, nichts über die Pläne, die er mit mir hatte. Aber ich bin eben echt gut, und wegen diesem ... *Monster* habe ich jetzt den Core aus meinem eigenen Kopf herausprogrammiert.«

»Nicht aus deinem realen Kopf – es ist immer noch eine Simulation, Tanja. Es ist noch nicht zu spät.« Michael konnte sich an keinen einzigen Augenblick in seinem Leben erinnern, in dem er sich so grauenvoll gefühlt hatte.

Sie blickte ihn so scharf an, dass er unwillkürlich einen Schritt zurückwich. »Ich kann es nicht mehr ertragen ... Kann *ihn* nicht mehr ertragen! Wenn ich tot bin, kann er mich nicht mehr benutzen. Ich bin fertig, mit allem.«

Sie schob den winzigen Chip auf ihren Daumennagel, dann schnippte sie ihn in Michaels Richtung. Der Chip flog über seine Schulter – er sah das Sonnenlicht darin aufblitzen, als das kleine Metallplättchen durch die Luft wirbelte, als ob es ihm spöttisch zurufen wollte: *Hey, Kumpel, die Selbstmordverhandlung hast du total vermasselt.* Mit einem leisen Klicken landete der Chip irgendwo auf der Straße, wo er innerhalb von Sekunden von Autorädern zermalmt würde.

Michael konnte kaum fassen, was sich hier vor seinen Augen abspielte: Da stand eine Person mit dermaßen guten Hackerqualitäten, dass sie ihren Code manipulieren und dadurch ihren eigenen Core zerstören konnte – jene Sicherung, die den wichtigsten Schutz für den Verstand der Spieler darstellte, solange sie im Sleep waren. Ohne den Core war das Gehirn eines Gamers nicht in der Lage, die Stimulationen des VirtNet korrekt zu filtern. Würde der Core im Sleep vernichtet, bedeutete das den Tod des Gamers auch im Wake, also in der Wirklichkeit. Michael kannte *niemanden*, der so etwas jemals mitangesehen hatte. Noch vor zwei Stunden hatte er zusammen mit seinen besten Freunden im *Dan the Man*-Bistro geklaute BluChips gegessen. Jetzt wünschte er sich nichts sehnlicher, als wieder dort zu sitzen, ein Chickensandwich zu vertilgen und Brysons Uraltwitze über Oma-Unterwäsche über sich ergehen zu lassen, oder von Sarah gesagt zu bekommen, wie grauenhaft sein neuester Sleep-Haarschnitt sei.

»Wenn Kaine *dich* holen kommt«, sagte Tanja, »dann richte ihm von mir aus, dass ich am Ende gewonnen habe. Erzähl ihm, wie mutig ich war. Egal, wie viele Leute er in seine Falle lockt und wie viele Leichen er stiehlt – *mich* kriegt er nicht.«

Michael hatte genug. Er konnte kein weiteres Wort mehr aus dem blutverschmierten Mund dieses Mädchens ertragen. Schneller als jemals zuvor in seinem Leben und seinen VirtNet-Games sprang er auf die Eisenstrebe zu, an die sie sich klammerte.

Sie schrie auf und erstarrte für einen Moment angesichts

der Plötzlichkeit seiner Bewegung. Doch dann ließ sie los und stieß sich sogar noch von der Brücke ab. Michael griff mit einer Hand nach dem Geländer, mit der anderen nach ihr – und verfehlte beides. Seine Schuhe prallten gegen etwas Festes, rutschten ab, er ruderte wild mit den Armen, spürte aber nichts als Luft – und fiel fast synchron mit ihr in die Tiefe.

Ein wahnsinniger Schrei entfuhr ihm, der ihm vielleicht sogar lächerlich oder peinlich vorgekommen wäre, wenn seine Begleiterin nicht kurz davor stünde, ihr Leben zu verlieren. Ihr *wirkliches* Leben. Denn ohne ihren Core wäre ihr Tod real.

Michael und Tanja stürzten auf die unerbittliche graue Wasserfläche der Bucht zu. Der Wind zerrte an ihren Kleidern und Michaels Herz schien plötzlich in seinem Hals zu schlagen. Er schrie noch einmal. Irgendwo in seinem Verstand war ihm klar, dass er auf dem Wasser aufschlagen und für einen Sekundenbruchteil die volle Wucht des Schmerzes spüren würde – aber dann würde er in den Wachzustand liften und sich wohlbehalten zu Hause in seinem Coffin wiederfinden. Doch die Macht des VirtNet lag in der Täuschung, und in diesem Augenblick erschien ihm die vorgetäuschte Realität wie blanker Horror.

Irgendwann und irgendwie während dieses langen Falls fanden sich Michaels und Tanjas Auren, Brust an Brust, wie bei einem Tandem-Fallschirmsprung. Als die aufgewühlte Wasseroberfläche immer näher raste, schlangen sie die

Arme umeinander und schmiegten sich eng zusammen. Michael hätte beinahe erneut aufgeschrien, doch dann sah er die absolute Ruhe in ihrem Gesicht.

Ihr Blick bohrte sich in seine Augen. Und irgendetwas tief in seinem Innern zerbrach.

Sie schlugen auf dem Wasser auf, genau so hart wie er es vorhergesehen hatte. So hart wie Beton. So hart wie der Tod.

3

Der Schmerz war kurz aber heftig. Er explodierte praktisch durch Michaels Körper und schoss in jede einzelne Nervenfaser. Doch noch bevor Michael schreien konnte, war er auch schon vorbei. Tanja schien es ebenso zu gehen, denn er hörte nichts außer dem grauenhaften Aufprall. Dann verschwamm alles und sein Verstand setzte aus.

Als Michael wieder zu sich kam, lag er in der Nerve-Box – von den Gamern Coffin oder auch »Sarg« genannt.

Was sich von dem Mädchen nicht behaupten ließ. Trauer, gefolgt von Fassungslosigkeit schlug wie eine Monsterwelle über ihm zusammen. Mit eigenen Augen hatte er beobachtet, wie sie ihren Code änderte, sich den Core aus dem virtuellen Fleisch riss und den Chip wegwarf, als sei er nichts weiter als eine Brotkrume. Ihr virtueller Tod hatte ihr Leben auch in der realen Welt beendet, und bei dem Gedanken, dass er daran beteiligt gewesen war, verkrampfte sich etwas in ihm. Noch nie hatte er so etwas mit angesehen.

Er blinzelte ein paarmal, während er auf das Ende des Abkoppelungsprozesses wartete. Nie zuvor war er so erleichtert gewesen, sich aus dem VirtNet ausloggen und das Spiel hinter sich lassen zu können, aus seiner Box zu steigen und die schmutzige Luft der Echtwelt einatmen zu dürfen.

Ein blaues Licht ging an und enthüllte die Umrisse des Coffin-Deckels, nur eine Handbreit von Michaels Gesicht entfernt. Die LiquiGels und AirPuffs hatten sich bereits zurückgezogen, und jetzt stand jener Teil des Prozesses an, den Michael am meisten hasste, egal, wie oft er ihn auch schon hinter sich gebracht hatte – und das war so oft, dass er es gar nicht mehr zählen konnte: Die dünnen, eiskalten Stränge der NerveWires glitten aus seinem Nacken, Rücken und seinen Armen, wanden sich wie Schlangen über seine Haut und verschwanden in ihren winzig kleinen Schlupflöchern, wo sie desinfiziert und bis zum nächsten Game verwahrt wurden. Seine Eltern staunten immer, wie er es überhaupt ertrug, dass sich diese Dinger so oft in seine Haut gruben, und das konnte er ihnen nicht einmal übel nehmen. Die Sache hatte definitiv etwas Unheimliches.

Ein lautes mechanisches Klicken folgte, dann das Zischen der hereinströmenden Luft. Der Deckel hob sich an, schwang nach oben und an seinen Scharnieren seitwärts, als öffnete sich Draculas Ruhestätte. Bei diesem Gedanken musste Michael beinahe lachen. Ein bösartiger, blutsaugender Vampir, dem die Ladys zu Füßen lagen, war nur eines von einer Milliarde Dingen, die man im Sleep sein konnte. Eines von einer Milliarde.

Er stand vorsichtig auf – nach dem Lift fühlte er sich immer leicht benommen, besonders dann, wenn er ein paar Stunden lang im Sleep gewesen war –, schweißgebadet und völlig nackt. Kleidung würde die sensorische Stimulation der NerveBox ruinieren.

Michael stieg über den Rand der Box. Ein Gefühl der Dankbarkeit durchströmte ihn, als er den weichen Teppich spürte – er hatte wieder festen Boden unter den Füßen, war zurück in der Realität. Er hob die Boxershorts auf, die er hatte liegen lassen, und zog sie an. Ein respektabler Mensch wäre wohl auch in Hosen und ein T-Shirt geschlüpft, aber im Moment fühlte er sich alles andere als respektabel. Seine einzige Aufgabe war es gewesen, einem lebensmüden Mädchen den Selbstmord auszureden und dafür jede Menge Erfahrungspunkte zu kassieren. Aber er hatte nicht nur versagt, sondern ihr irgendwie auch noch dabei geholfen, es wirklich durchzuziehen. *Wirklich*. Wirklich.

Tanja – wo auch immer sich ihre Leiche nun befinden mochte – war tot. Bevor sie starb, hatte sie sich den Core herausgerissen. Dahinter steckte eine gewaltige Programmierleistung, denn der Core war durch Passwörter geschützt. Es war absolut unmöglich, die Entfernung des Cores im VirtNet vorzutäuschen. Was auch viel zu gefährlich gewesen wäre. Denn sonst könnte man ja nie wissen, ob jemand nur eine Show abzog, um sich einen Nervenkitzel zu verschaffen oder um irgendwelche Reaktionen zu provozieren. Nein – *sie selbst* hatte ihren Code verändert, hatte die Sicherheitsbarrieren zwischen dem Virtuellen und dem Realen in ihrem Verstand weggefegt und den Chip einfach weggeworfen – und das alles mit voller Absicht. Tanja, das hübsche Girl mit den traurigen Augen und der Wahnvorstellung, dass sie gejagt würde. Tot.

Michael war klar, dass in den NewsBops schon sehr bald über den Vorfall berichtet würde. Und es würde auch erwähnt werden, dass er dabei gewesen war, und dann würde die VNS – die VirtNet-Security – wahrscheinlich schon sehr bald vor seiner Tür stehen und ihn wegen dieser Angelegenheit ins Kreuzverhör nehmen. Sie würde *definitiv* vor seiner Tür stehen.

Tot. Sie war tot. So leblos wie die durchgelegene Matratze auf seinem Bett.

Erst in diesem Augenblick traf es ihn mit voller Wucht. Wie ein Golfball direkt ins Gesicht.

Er schaffte es gerade noch bis ins Bad, um sich zu übergeben. Er kotzte alles aus, was sich in seinem Magen befand. Dann kippte er auf den Boden und rollte sich wie ein Fötus zusammen. Es kamen keine Tränen – er war kein Typ, der heulte –, aber er blieb sehr, sehr lange so liegen.

Kapitel 2

Das Angebot

1

Michael war klar, dass die meisten Jugendlichen sich zu allererst an ihre Eltern wenden würden, wenn sie am Boden zerstört waren oder das Gefühl hatten, dass kein Mensch auf Erden sie mehr gern hatte. Oder vielleicht an einen Bruder oder eine Schwester. Und wer eben keine dieser nahen Verwandten mehr hatte, klopfte vielleicht bei einer Tante, einem Großvater oder bei einem Onkel fünften Grades an.

Aber Michael nicht. Michael wandte sich an Bryson und Sarah, die beiden besten Freunde, die man sich nur wünschen konnte. Sie kannten ihn besser als jeder andere, und es war ihnen völlig egal, was er sagte oder anhatte, tat oder aß. Und ebenso war er für sie da, wenn sie ihn brauchten. Aber etwas an ihrer Freundschaft war ziemlich eigenartig.

Michael hatte sie noch nie getroffen.

Jedenfalls nicht persönlich. Noch nicht. Aber im VirtNet waren sie *best friends forever*. Er hatte sie schon auf den

Einsteiger-Levels von *Lifeblood* kennengelernt, und während sie sich Level um Level nach oben arbeiteten, war ihre Freundschaft immer enger geworden. Fast vom ersten Tag an hatten sie sich verbündet, um gemeinsam im Spiel der Spiele voranzukommen. Sie waren das »Terrible Trio«, die »Three Bloody Avengers«, die »Brandschatzer«. Ihre Nicknames brachten den dreien nicht gerade Freunde ein – viele hielten sie für angeberisch, andere für schlicht idiotisch –, aber sie selbst hatten Spaß und deshalb war es ihnen egal.

Der gefliese Boden war hart und Michael konnte nicht ewig liegen bleiben. Er riss sich zusammen und schleppte sich zu seinem Lieblingsplatz in *dieser* Welt.

Zum Sessel.

Der Sessel war eigentlich ein ganz normales Möbelstück, aber das bequemste, das er sich vorstellen konnte – es war, als würde man in eine von Menschen gemachte Wolke sinken. Michael musste gründlich nachdenken und er musste dringend ein Treffen mit seinen besten Freunden arrangieren. Er ließ sich in den Sessel fallen und starrte aus dem Fenster auf die trostlose graue Fassade des Apartmentblocks gegenüber. Grau und trostlos wie in Beton gegossener Novemberregen.

Das Einzige, was die Trostlosigkeit unterbrach, war ein Werbeplakat mit der Aufschrift *Lifeblood Deep* – blutrote Schrift auf schwarzem Grund. Sonst nichts. Als ob die Spielentwickler vollkommen sicher waren, dass diese beiden Wörter allein völlig ausreichten. Tatsächlich kannte sie jeder, und jeder wollte mitmachen, um sich eines Tages den Zugang zum Deep zu verdienen. Und Michael war wie jeder andere Gamer – nur einer in einer riesigen Herde.

Er dachte an Gunner Skale, den größten *Lifeblood*-Gamer, den das VirtNet jemals gesehen hatte. Aber vor Kurzem war er aus dem Grid verschwunden. Gerüchten zufolge habe ihn das Deep selbst verschluckt – es hieß, er habe sich in dem Spiel, das er über alles geliebt hatte, verloren. Skale war eine Legende, und ein Spieler nach dem anderen hatte sich auf die Suche nach ihm gemacht, sogar bis in die tiefsten Winkel des Sleep – aber ohne Erfolg. Jedenfalls bisher. Michael wollte unbedingt diesen Level erreichen und ein neuer Gunner Skale werden. Er musste es einfach schaffen, und zwar noch vor diesem neuen Typen, der in der Szene aufgetaucht war. Diesem … Kaine.

Michael berührte seinen EarCuff – ein kleines Metallplättchen, das an seinem Ohrläppchen befestigt war –, und schon leuchteten mitten in der Luft der NetScreen und die Tastatur auf und schwebten direkt vor ihm. The Bulletin, sein Messenger-Programm, zeigte an, dass Bryson bereits online war und Sarah gepostet hatte, in ein paar Minuten wieder zurück zu sein.

Michaels Finger tanzten über die glänzenden roten Tasten.

Mikethespike: Hey, Bryson, hör auf, Dinoknochen zu suchen und rede mit mir. Hab heute was verdammt Uncooles erlebt.

Sein Freund antwortete fast sofort. Bryson verbrachte sogar noch mehr Zeit online oder im Coffin als Michael und konnte schneller tippen als eine Sekretärin nach drei Tassen extrastarkem Kaffee.

Brystones: Was Uncooles, echt? Hat dich ein *Lifeblood*-Bulle wieder in den Dünen beim Fummeln erwischt? Du weißt doch, die kommen nur alle 13 Minuten vorbei!

Mikethespike: Hab dir doch gesagt, was ich mache. Musste 'ne Tussi davon abbringen, von der Brücke zu springen. Wollte Punkte sammeln. Lief aber nicht so gut.

Brystones: Warum? Hat sie einen Sturzflug gemacht?

Mikethespike: Sollten hier nicht drüber reden. Müssen uns im Sleep treffen.

Brystones: Shit, Kumpel – muss ja echt ätzend gewesen sein. Aber wir waren grad vor ein paar Stunden im Sleep. Hat das nicht Zeit bis morgen?

Mikethespike: Treffen uns im Bistro. In einer Stunde. Bring Sarah mit. Muss erst mal unter die Dusche. Rieche nach Achselhöhle.

Brystones: Gut, dass wir uns nicht real treffen. Bin nicht so scharf auf dein Aroma.

Mikethespike: Wo du es gerade erwähnst – genau das müssen wir. Uns real treffen. Bald. Du wohnst ja nicht SO weit weg.

Brystones: Aber im Wake ist es total langweilig. Und wozu überhaupt?

Mikethespike: Weil Menschen so was tun. Sie treffen sich. Schütteln einander die Hände und so. In echt.

Brystones: Würde dich lieber auf dem Mars umarmen, Kumpel.

Mikethespike: Ich hab NICHTS von UMARMUNG gesagt! Wir sehen uns in einer Stunde. Bring Sarah mit!

Brystones: Okay. Schrubb dir erst mal die stinkigen Achselhöhlen.

Mikethespike: Ich sag doch, ich RIECHE NACH ... nicht ... ach, egal. CU.

Brystones: Out.

Michael drückte wieder auf den EarCuff und wartete, bis sich NetScreen und Tastatur aufgelöst hatten, wie von einer steifen Brise weggeweht. Mit einem letzten Blick auf das *Lifeblood Deep*-Plakat – das Rot-auf-Schwarz versetzte ihm einen Stich, weil ihm dabei Namen wie Gunner Skale und Kaine durch den Kopf schossen – ging er unter die Dusche.

2

Das VirtNet war eigentlich eine komische Sache. So real, dass Michael sich manchmal wünschte, es wäre weniger Hightech. Etwa, wenn es sehr heiß war und er schwitzte oder wenn er stolperte und sich das Knie aufschürfte oder wenn ihm ein Mädchen eine kräftige Ohrfeige verpasste. Im »Sarg« spürte er alles bis ins Kleinste. Es gab zwar die Möglichkeit, den sensorischen Input zu reduzieren – aber warum sollte man überhaupt spielen, wenn man nicht bereit war, bis zum Äußersten zu gehen?

Genau der Realismus, der dafür sorgte, dass man im Sleep Schmerzen und Unbehagen fühlte, hatte auch eine positive Seite: das Essen. Vor allem, wenn man gerade knapp bei Kasse, aber gut genug im Codieren war, um sich zu holen, was man wollte. Augen zu, Ausgangsdaten abrufen, ein bisschen im Programmcode herumfummeln – und voilà: Schon hatte man ein kostenloses Festmahl, Lachs, Sushi, Kaviar.

Michael saß mit Bryson und Sarah an ihrem üblichen Tisch vor dem *Dan the Man*-Bistro und fiel über einen riesigen Teller Nachos her. Daheim, in der echten Welt, führte der Coffin seinem Körper währenddessen eine reine, gesunde Nährlösung intravenös zu. Natürlich konnte man sich nicht nur auf die Nährfunktion des »Sargs« verlassen – sie war nicht dazu bestimmt, menschliches Leben über Monate hinweg zu versorgen –, aber während eines langen Trips war es sehr angenehm. Und das Beste daran war, dass man im Sleep nur dick werden konnte, wenn man sich entsprechend programmiert hatte, egal, wie viel oder was man in sich hineinstopfte.

Trotz des leckeren Essens nahm ihre Unterhaltung bald eine bedrückende Wendung.

»Ich hab's in NewsBops gesehen, nachdem mir Bryson davon erzählt hatte«, sagte Sarah. Ihre VirtNet-Erscheinung war pures Understatement – hübsches Gesicht, langes braunes Haar, gebräunte Haut, fast kein Make-up. »Schon letzte Woche oder so hat es ein paar Core-Recodings gegeben. Macht mir echt Gänsehaut. Es geht das Gerücht um, dass dieser Typ Kaine Leute irgendwie im Sleep gefangen hält und sie nicht mehr in den Wake liften lässt. Manche bringen sich sogar um. Könnt ihr euch das vorstellen? Ein Cyber-Terrorist.«

Bryson nickte. Er sah wie ein ziemlich ramponierter Footballspieler aus – groß, dick, und alles an ihm schien ein wenig schief geraten. Er behauptete immer, in Wirklichkeit ein so verdammt heißer Bursche zu sein, dass er ständig im VirtNet abhängen müsse, um sich vor den Echtwelt-Ladies zu retten. »Gänsehaut?«, wiederholte er. »Unser Freund hier sieht ein Girl, das sich die Schläfe aufreißt und ihren Core herauspult, ihn wegwirft und von der Golden Gate springt. Ich meine, Gänsehaut ist ja wohl das Mindeste, was man da kriegt.«

»Stimmt schon – mir ist nur einfach kein stärkeres Wort eingefallen«, nickte Sarah. »Aber der Punkt ist, dass hier etwas abgeht, an dem einer der Spieler schuld sein soll, der sich zum Game Master aufschwingt und ein tödliches Spiel treibt. Oder habt ihr früher schon mal davon gehört, dass Leute ihr eigenes System hacken, um in echt Selbstmord zu begehen? Bis jetzt hatte die VirtNet Security noch nie so ein Problem.«

»Oder sie haben es geheim gehalten«, wandte Bryson ein.

»Wer würde so was tun, was sie getan hat?«, murmelte Michael, mehr zu sich selbst als zu den anderen. Im VirtNet kannte er sich aus, Sarah hatte recht: Selbstmorde waren im Sleep bisher kaum vorgekommen. *Reale* Selbstmorde sowieso. »Manche Leute fahren zwar darauf ab, sich im Sleep zu killen, aber ohne reale Folgen. Aber das mit Tanja ... das hab ich noch nie gesehen. Um so was durchzuziehen, muss man es echt draufhaben ... nicht mal ich könnte das, glaub ich. Und jetzt gleich mehrere in einer Woche?«

»Und was ist mit diesem Spieler – Kaine?«, fragte Bryson. »Ich hab gehört, dass er eine ganz große Nummer sein soll, aber kann man das überhaupt – andere Leute im Sleep gefangen halten? Ist wahrscheinlich alles bloß Gerede.«

An den anderen Tischen war es still geworden. Der Name Kaine schien wie ein Echo von den Wänden zurückzuhallen. Die Leute starrten Bryson an, und Michael konnte gut verstehen, warum. Kaine war inzwischen berüchtigt, ein Name, bei dem die Leute blass wurden. Seit ein paar Monaten gingen ständig neue Gerüchte über einen genialen Game Master namens Kaine um, der alles infiltrierte, von Spielen bis zu privaten Meetingrooms, und seine Opfer mit grauenhaften Visionen terrorisierte und sie sogar angriff. Dass er sie auch im Sleep gefangen hielt, hatte Michael zwar bis zu seiner Begegnung mit Tanja noch nie gehört, aber Kaines Name hing wie ein böser Zauber über der virtuellen Welt, als lauerte er gleich hinter der nächsten Ecke, wo immer man auch hinging. Brysons Lässigkeit wirkte daher ziemlich aufgesetzt.

Michael zeigte den anderen Gästen ein entschuldigendes Schulterzucken und wandte sich wieder seinen Freunden zu. »Sie sagte immer wieder, alles sei Kaines Schuld. Dass er sie gefangen gehalten hätte, bis sie es nicht mehr aushielt. Und dass er Leichen stehlen würde oder so ähnlich. Und dann redete sie noch von so was wie KillSims. Ich sag euch, noch bevor sie anfing, an ihrem Core herumzufummeln, sah ich an ihrem Blick, dass sie es todernst meinte. Sie ist diesem Kaine ganz bestimmt irgendwo begegnet.«

»Wir wissen so gut wie nichts über den Typen, der hinter Kaine steckt«, meinte Sarah. »Ich hab zwar so ziemlich jede Story über ihn aus dem Netz geholt, aber das ist auch alles, was es über ihn gibt – Gerüchte. Niemand hat jemals einen echten Hammer, einen Exklusivbericht oder so was über ihn gebracht. Keine Pix, kein Audio, kein Video, nichts. Als ob er gar nicht real wäre.«

»Aber so ist das eben im VirtNet«, entgegnete Bryson. »Dort muss etwas nicht wirklich *real* sein, um real zu sein. Darum geht's doch gerade!«

Sarah schüttelte den Kopf. »Nein. Er ist ein Gamer. Eine Person in ihrem Coffin. Bei *der* Publicity, die er hat, sollten wir inzwischen viel mehr über ihn wissen. Die Medien müssten eigentlich in Horden über ihn herfallen. Zumindest hätte ihn die VNS längst aufspüren müssen.«

Michael hatte allmählich den Eindruck, dass sie so nicht weiterkamen. »Hey, Leute, jetzt mal wieder zurück zu mir. Ich bin doch hier eigentlich der Traumatisierte, und ihr seid diejenigen, die mich trösten sollten. Bisher habt ihr das ziemlich vermasselt.«

Bryson wirkte aufrichtig betroffen. »Du hast recht, Kumpel. Sorry, aber bin ich echt froh, dass ich nicht an deiner Stelle war. Ich weiß ja, dass es zu dem ganzen *Lifeblood*-Erfahrungszeug gehört, einen Selbstmord zu verhindern, und wenn die Sache gut läuft, bringt es eine Menge Punkte. Aber wer hätte ahnen können, dass es bei dir *echt* abgeht? Wenn *ich* so was hätte mitansehen müssen, könnte ich wahrscheinlich eine Woche lang nicht mehr schlafen.«

»Auch nicht viel besser als vorher«, sagte Michael mit einem halbherzigen Lachen. In Wahrheit fühlte er sich schon allein deshalb besser, weil er mit seinen Freunden zusammen sein konnte. Aber irgendetwas in seinem tiefsten Innern nagte an ihm, suchte seinen Weg nach draußen. Etwas Dunkles mit riesigen Zähnen, das sich nicht ignorieren lassen wollte.

Sarah beugte sich über den Tisch und drückte seine Hand. »Eigentlich haben Bryson und ich keine Ahnung, wie das für dich war«, sagte sie leise. »Idiotisch, dass wir so tun als ob. Aber was da geschehen ist, tut mir wirklich leid.«

Michael errötete und wandte verlegen den Blick ab. Zu seiner Erleichterung brachte Bryson sie wieder auf den Boden der Tatsachen zurück.

»Ich muss mal für kleine Jungs«, verkündete er und stand auf. Das war im Sleep wie im wirklichen Leben, auch wenn sich der Hightech-»Sarg« um die Flüssigkeiten kümmerte, die der reale Körper währenddessen absonderte. Schließlich sollte sich alles echt anfühlen. Einfach *alles*.

»Reizend«, seufzte Sarah leise, während sie Michaels Hand wieder losließ und sich in ihrem Stuhl zurücklehnte. »Einfach reizend.«

3

Sie diskutierten noch ungefähr eine Stunde weiter und versprachen einander schließlich, sich bald in der Echtwelt zu treffen. Bryson erklärte, wenn sie das bis zum Monatsende nicht auf die Reihe brächten, würde er jeden Tag einen Finger abschneiden – so lange, bis das Treffen zustande kam. Michaels Finger natürlich, nicht seine eigenen. Was befreiendes Gelächter hervorrief.

An einem Portal verabschiedeten sie sich voneinander. Michael liftete zurück in den Wake und brachte im Coffin die übliche Routine hinter sich, bis er heraussteigen konnte. Als er zum Sessel hinüberging, fiel sein Blick ganz automatisch auf das große *Lifeblood Deep*-Werbeplakat draußen, das er wie immer ein paar Sekunden lang sehnsuchtsvoll anstarrte. Sein ultimatives Ziel. Er war drauf und dran, sich in den Sessel fallen zu lassen, entschied sich aber in letzter Sekunde dagegen, als ihm klar wurde, dass er nie mehr aufstehen würde, so erschöpft wie er war – vom schmerzendem Kopf bis zum kleinsten Zeh. Und er hasste es, im Sessel einzuschlafen – danach wachte er immer mit Krämpfen an Stellen auf, an denen ein menschlicher Körper keine Krämpfe verspüren sollte.

Er seufzte und versuchte, die Gedanken an das Mädchen namens Tanja zu verdrängen, das sich direkt vor seinen Augen umgebracht hatte. Er schaffte es bis ins Bett und fiel in einen langen, traumlosen Schlaf.

4

Am nächsten Morgen kam er so schwer aus dem Bett, als müsste er sich aus einem engen Kokon herausschälen. Der clevere Teil seines Gehirns brauchte volle zwanzig Minuten, bis er den doofen Teil davon überzeugt hatte, dass es keine gute Idee wäre, die Schule schon wieder zu schwänzen. In diesem Halbjahr hatte er bereits siebenmal gefehlt. Noch ein- oder zweimal und er würde ernsthafte Probleme bekommen.

Dabei fühlte er sich heute erst recht zerschlagen von seinem Sturzflug mit Tanja, und dieses eigenartige Etwas nagte immer noch in ihm. Wenigstens schaffte er es irgendwie bis zum Frühstückstisch, wo Helga, die Haushälterin, einen Teller mit Speck und Rührei vor ihn hinstellte. Eine Haushälterin – sein ehemaliges Kindermädchen –, seine großartige VirtNet-Ausrüstung, ein schönes Appartement – es gab eine Menge, was er seinen reichen Eltern zu verdanken hatte. Die allerdings so oft verreisten, dass er sich im Moment nicht mal mehr erinnern konnte, wann sie abgefahren waren oder wann sie zurückkehren würden. Was sie durch die vielen Geschenke wieder wettmachten. Die Schule, das VirtNet und Helga sorgten dafür, dass er eigentlich kaum Zeit hatte, sie zu vermissen.

»Guten Morgen, Michael«, begrüßte ihn Helga mit ihrem leichten, aber immer noch hörbaren deutschen Akzent. »Ich hoffe, du hast gut geschlafen?«

Er grunzte nur etwas Unverständliches und sie lächelte. Genau deshalb liebte er Helga so. Sie reagierte nie gereizt oder beleidigt, wenn er einfach nur grummeln wollte wie ein Bär nach dem Winterschlaf. Das schien ihr überhaupt nichts auszumachen.

Und ihr Essen war wie immer köstlich. Fast so gut wie im VirtNet. Michael verputzte das Frühstück bis zum letzten Bissen und stürmte dann aus der Tür, um die nächste U-Bahn noch zu erwischen.

5

Auf den Straßen herrschte reges Treiben – Anzüge, Kostüme und Kaffeebecher so weit das Auge reichte. So viele Menschen, dass Michael hätte schwören können, dass sie sich vor seinen Augen verdoppelten wie bei einer rasanten Zellteilung. Und alle mit demselben leeren, gelangweilten Blick, den Michael nur zu gut kannte. Ob in öden Büros oder in der Schule – genau wie er mussten sie sich durch einen langen Tag quälen, bis sie endlich wieder nach Hause zurückkehren und sich ins VirtNet einloggen konnten.

Michael ließ sich vom Strom mitreißen und schlängelte sich wie ein Slalomfahrer zwischen den Pendlern und Passanten auf der Avenue hindurch, bis er nach rechts zu seiner üblichen Abkürzung abbog – eine schmale Einbahnstraße, eigentlich eher eine Gasse, die durch Unmengen an Abfalltonnen und Müllhaufen fast unpassierbar war. Es war ihm ein Rätsel, warum dieser ganze Müll nie in den großen Stahlcontainern landete. Aber an einem Morgen wie diesem war es ihm weitaus lieber, sich seinen Weg durch unzählige leere Chipstüten und Bananenschalen zu bahnen, als sich durch die geschlossenen Reihen von Pendlern schieben zu müssen.

Er war schon halb durch die Gasse, als er hinter sich Reifen quietschen hörte. Ein Motor dröhnte und er blieb stehen und drehte sich um. Im selben Augenblick, in dem er das mattgraue Auto wie den letzten Windstoß eines Sturms auf sich zurasen sah, wusste er es – wusste, dass dieses Auto etwas mit ihm zu tun hatte und dass es nicht gut für ihn ausgehen würde.

Er wirbelte wieder herum und rannte los. Irgendwie war ihm dabei auch klar, dass sein unbekannter Verfolger den Angriff genau geplant hatte – die Einbahnstraße war praktisch eine Falle. Das Ende kam ihm plötzlich meilenweit entfernt vor, als könnte er es niemals bis dorthin schaffen. Der Motorenlärm wurde lauter und lauter, das Auto holte auf, und trotz allen seltsamen und verrückten Erfahrungen, die er im Sleep schon gemachte hatte, packte Michael eine ungeheure Angst. Echte, wirkliche Angst. *Was für ein Ende,* schoss es ihm durch den Kopf, *zerquetscht wie ein Käfer in einer zugemüllten Gasse.*

Er wagte nicht, sich umzublicken, aber er hörte und spürte, wie schnell sich das Auto näherte. Es hatte ihn schon beinahe eingeholt – keine Chance mehr, zu entkommen. Schließlich gab er auf und hechtete hinter einen Müllhaufen. Der Wagen kam mit einer Vollbremsung zum Stehen, während sich Michael abrollte und sofort wieder auf die Beine sprang, bereit, in die entgegengesetzte Richtung zu fliehen. Die Tür zur Rückbank der Limousine wurde aufgestoßen und ein elegant gekleideter Mann stieg aus – der allerdings eine schwarze Sturmhaube trug. Durch die Augenlöcher war sein Blick fest auf Michael gerichtet. Michael erstarrte, nur für einen kurzen Augenblick, aber selbst der war zu lang. Der Mann griff sofort an und stieß ihn brutal zu Boden.

Michael riss den Mund auf, aber der Schrei wurde durch die kalte Hand des Mannes erstickt. Panik erfasste Michael und schnitt scharf wie ein Schwert durch seinen Körper, während ihn ein Adrenalinstoß zugleich dazu brachte, sich gegen den Angreifer zu wehren. Aber der Mann war viel stärker, er rollte Michael auf den Bauch und bog ihm die Arme auf den Rücken.

»Hör auf damit«, sagte der Fremde. »Niemand will dir was tun, und wir haben keine Zeit für so was. Ich will, dass du in den Wagen steigst.«

Michaels Gesicht wurde hart gegen den Asphalt gepresst. »Ach ja? Und dann wird alles gut? Hab ich mir doch gleich gedacht«, brachte er mühsam hervor.

»Halt deine vorlaute Klappe, Junge. Wir können es uns nicht leisten, dass uns jemand zu sehen bekommt. Und jetzt steig endlich ein.«

Michael unternahm noch einen letzten armseligen Versuch, sich loszureißen, aber es war sinnlos. Der Mann hielt ihn mit eisernem Griff gepackt. Er hatte keine andere Wahl, als den Befehl zu befolgen. Sein Kampfgeist versiegte. Er ließ sich zur offenen Wagentür führen und auf den Rücksitz schieben, wo bereits ein weiterer maskierter Mann saß, sodass Michael schließlich zwischen diesem und seinem Angreifer eingequetscht wurde. Die Tür knallte zu, der Wagen setzte sich ruckartig in Bewegung und das Quietschen der Reifen verhallte in der Häuserschlucht.

6

Michaels Gedanken überschlugen sich, während der Wagen scharf auf die Hauptstraße bog. Wer waren diese Männer? Und wohin brachten sie ihn? Wieder packte ihn eine Panikattacke und er reagierte sofort. Er rammte dem links von ihm sitzenden Maskierten den Ellbogen zwischen die Beine, und während sich der Mann vor Schmerzen krümmte, warf er sich über ihn und griff nach dem Türöffner. Der Kerl fluchte so obszön, dass sogar Bryson errötet wäre. Gerade als Michael zwei Finger in den Hebel des Türöffners hakte, packte ihn der Angreifer von der Gasse, riss ihn brutal zurück und legte ihm den Arm so fest um den Hals, dass Michael keine Luft mehr bekam.

»Lass das lieber, mein Junge«, sagte der Mann völlig gelassen, was aus irgendeinem Grund das Letzte war, was Michael hören wollte. Nackte Wut stieg in ihm auf, und er begann, sich heftig gegen den Klammergriff zu wehren.

»Hör auf!« Jetzt brüllte der Fremde. »Du benimmst dich wie ein Kleinkind! Beruhig dich endlich! Wir werden dir nicht *wehtun*!«

»Genau das tun Sie aber gerade!«, stieß Michael keuchend hervor.

Der Mann lockerte seinen Griff. »Benimm dich, dann hast du das Schlimmste schon hinter dir. Abgemacht, Kumpel?«

»Meinetwegen«, knurrte Michael. Was hätte er auch sonst tun sollen? Erst noch um Bedenkzeit bitten?

»Gut.« Der Mann schien sich etwas zu entspannen. »Jetzt setz dich gerade hin und halt die Klappe«, befahl er. »Nein, warte – entschuldige dich erst mal bei meinem Freund. Das war völlig unnötig.«

Michael wandte den Kopf nach links und zuckte die Schultern. »Tut mir leid. Ich hoffe, die Sache mit den Babys klappt trotzdem noch.«

Der Mann gab keine Antwort, aber der Blick durch die Augenschlitze seiner Sturmhaube war alles andere als freundlich. Michael schaute verlegen nach vorn. Sein Adrenalinschub war versiegt, er war erschöpft – und wurde von vier Männern mit schwarzen Sturmhauben durch die Stadt gefahren.

Die Sache sah nicht besonders rosig aus.

7

Der Rest der Fahrt verlief in absoluter Stille, während Michaels Herz wie im Heavy Metal-Rhythmus hämmerte. Er hatte sich eingebildet zu wissen, was Angst war. Im VirtNet hatte er schon unzählige gefährliche Situationen bestritten, die sich alle vollkommen real angefühlt hatten. Aber diese Sache hier *war wirklich real.* Und die Angst war stärker als alles andere, was er jemals empfunden hatte. Wenn das so weiterging, würde er wahrscheinlich schon im reifen Alter von sechzehn Jahren an Herzversagen sterben.

Und wie zum Hohn schien jeder Blick nach draußen auf eines der *Lifeblood Deep*-Plakate zu fallen. Obwohl ihm ein winzig kleiner optimistischer Teil seines Gehirns ständig zu suggerieren versuchte, dass er irgendwie lebend aus dieser Sache herauskommen würde, war ihm gleichzeitig klar, dass eine Entführung durch vier maskierte Männer normalerweise nicht gut endet. Die Plakate erinnerten ihn nur daran, dass sich sein Traum vom Deep wahrscheinlich nicht mehr erfüllen würde.

Schließlich erreichten sie die Außenbezirke der Stadt und bogen auf den riesigen Parkplatz vor dem Stadion ein, in dem die Falcons spielten. Heute war der Platz vollständig leer. Der Fahrer lenkte das Auto bis zur ersten Reihe vor dem Haupteingang, stoppte und zog die Handbremse. Über ihnen wölbte sich das gewaltige Vordach. Direkt vor

dem Wagen verkündete ein Schild: RESERVIERTE PARK-
PLÄTZE. UNBERECHTIGT PARKENDE FAHRZEUGE WER-
DEN KOSTENPFLICHTIG ABGESCHLEPPT!

Der Fahrer drückte auf einen Knopf. Es piepte einmal, gefolgt von einem Knacken draußen, dann begann ein Elektromotor zu summen. Und schon sank das Auto langsam in die Tiefe. Michael hielt den Atem an. Je weiter sie hinuntersanken, desto mehr wurde das Tageslicht vom Schein greller Kunststoffröhren verdrängt.

Schließlich setzte der Wagen mit einem leichten Stoß auf. Michael blickte sich um. Sie befanden sich in einer riesigen Tiefgarage – mindestens ein Dutzend Autos waren an einer Wand entlang geparkt. Der Fahrer löste die Handbremse, steuerte in eine leere Parkbucht und schaltete den Motor aus.

»Wir sind da«, verkündete er. *Ziemlich überflüssig*, wie Michael fand.

᎐

Sie stellten Michael vor die Wahl: Entweder würden sie ihn kopfüber, damit er den Beton aus der Nähe begutachten konnte, an den Füßen mit sich schleifen, oder er folgte ihnen auf zwei Beinen, unter der Bedingung, dass er keine weiteren Dummheiten anstellte. Michael entschied sich für die zweite Variante. Während er zwischen ihnen marschierte, schien sich sein Herz größte Mühe zu geben, um sich aus dem Brustkorb zu hämmern.

Die vier Männer führten ihn durch eine Tür, dann einen Flur entlang, dann wieder durch eine Tür in einen großen Konferenzraum. Das war es jedenfalls, wofür er den Raum hielt, denn in der Mitte stand ein langer Besprechungstisch aus glänzendem Kirschbaumholz, umgeben von dick gepolsterten Lederstühlen mit Armlehnen. In einer Ecke befand sich eine beleuchtete Bar. Überrascht stellte Michael fest, dass sie nur von einer einzigen Person erwartet wurden – einer Frau. Groß, mit langem schwarzem Haar und weit auseinanderstehenden, exotisch wirkenden Augen erschien sie ihm wunderschön und Furcht einflößend zugleich.

»Lasst mich mit ihm allein«, sagte sie. Fünf Wörter, mit sanfter, leiser Stimme gesprochen, doch die Männer stürzten förmlich zur Tür hinaus und zogen sie hinter sich zu, als fürchteten sie diese Frau mehr als den Teufel selbst.

Die bemerkenswerten Augen richteten sich auf Michaels Gesicht. »Ich heiße Diane Weber, aber du wirst mich als Agentin Weber ansprechen. Setz dich.« Sie deutete auf den Stuhl, der Michael am nächsten stand. Am liebsten hätte er sich sofort darauf fallen lassen, zwang sich aber mit aller Willenskraft, ihr zu zeigen, dass er ihrem Befehl nur widerwillig folgte. Er starrte sie reglos an und zählte bis fünf, ohne den Blick auch nur für eine Sekunde abzuwenden. Erst dann setzte er sich.

Sie kam herüber, nahm neben ihm Platz und schlug ihre

langen, wohlgeformten Beine übereinander. »Tut mir leid, dass dich meine Männer ein bisschen rau angefasst haben, als sie dich hierher brachten. Aber das, worüber ich mit dir sprechen möchte, ist von höchster Dringlichkeit und absolut vertraulich. Ich wollte keine Zeit damit verschwenden, erst einen Gesprächstermin zu vereinbaren.«

»Ich verpasse die Schule. Die Vereinbarung eines Gesprächstermins wäre durchaus sinnvoll gewesen.« Irgendwie wirkte sie beruhigend auf ihn, und genau das machte ihn wütend. Es war ihm vollkommen klar, dass diese Frau andere manipulierte, dass sie ihre Schönheit nutzte, um Männerherzen schmelzen zu lassen. »Und *warum* bin ich jetzt überhaupt hier?«

Ihr Lächeln enthüllte perfekte weiße Zähne. »Du bist ein Gamer, Michael. Mit wirklich beeindruckenden Programmierkenntnissen.«

»War das eine Frage?«

»Nein, eine Feststellung. Ich sage dir, warum du hier bist, weil du danach gefragt hast. Ich weiß mehr über dich als *du* selbst. Verstehst du?«

Michael schnappte nach Luft – holten ihn jetzt etwa all seine Hackersünden ein? »Ich bin also hier, weil ich ein Gamer bin?«, wiederholte er und gab sich alle Mühe, nicht aufgeregt zu klingen. »Weil ich im Sleep abhänge und ein bisschen Ahnung vom Codieren habe? Was hab ich denn angestellt? Hab ich Sie irgendwo aus einem Spiel geworfen? Etwas aus einem virtuellen Restaurant geklaut?«

»Du bist hier, weil ich dich brauche.«

Das gab ihm plötzlich Aufwind. »Hören Sie, meine Mum hätte wahrscheinlich was dagegen, wenn ich eine ältere Frau daten würde. Haben Sie's schon mal mit einer Online-Partnerbörse versucht? Ich bin sicher, ein so gut aussehendes Mädchen wie Sie würde doch ...«

Der wütende Ausdruck auf ihrem Gesicht ließ Michael auf der Stelle verstummen – und sich entschuldigen, ehe er es sich noch anders überlegen konnte.

»Ich arbeite für die VNS«, erklärte sie, jetzt wieder genauso ruhig und cool wie zuvor. »Wir stehen vor einem ernsthaften Problem im VirtNet und brauchen Hilfe. Wir haben deine Fähigkeiten als Hacker genau analysiert, und das gilt auch für die deiner Freunde. Aber wenn du dich lieber weiter wie ein Zehnjähriger aufführen willst, versuche ich es mit dem Nächsten auf meiner Liste.«

Mit nur vier Sätzen hatte sie dafür gesorgt, dass sich Michael wie ein Volltrottel vorkam. Und dass er jetzt mehr als alles in der Welt erfahren wollte, wovon sie redete. »Okay, schon gut, tut mir leid. Gekidnappt zu werden, kann einem ziemlich zusetzen. Ab jetzt bin ich ganz brav.«

»Klingt schon besser.« Sie hielt inne, setzte sich zurecht und schlug wieder die Beine übereinander. »Gut. Ich werde dir jetzt einen Begriff nennen, und wenn du diesen Begriff jemals ohne unsere ausdrückliche Genehmigung einem anderen Menschen gegenüber erwähnst, wirst du – im allergünstigsten Fall – den Rest deines Lebens in einem

Gefängnis verbringen, von dessen Existenz die Öffentlichkeit noch nicht einmal etwas ahnt.«

Inzwischen platzte Michael fast vor Neugier, aber diese unverblümte Drohung ließ ihn nun doch zögern. »Aber Sie bringen mich nicht um?«

»Es gibt Schlimmeres als den Tod, Michael«, sagte sie ungerührt und hob eine Augenbraue.

Er starrte sie an. Ein Teil von ihm wollte sie anflehen, ihn ohne ein weiteres Wort nach Hause zu schicken. Aber seine Neugier behielt die Oberhand. »Okay ... ich schwöre, niemandem etwas zu sagen ... Also, schießen Sie los.«

Ihre Unterlippe bebte ein wenig, als würde sie der Begriff im tiefsten Innern erschüttern. »Das Mortality Dogma.«

۹

Schweigen breitete sich im Raum aus. Völlige, absolute Stille. Agentin Weber starrte Michael durchdringend an.

Mortality Dogma? Er war sicher, noch nie davon gehört zu haben. Was steckte dahinter, dass es ihn auf Lebenszeit in den Knast bringen konnte? »Hab ich da irgendwas verpasst?«, fragte er. »Mortality Dogma? Was soll *das* denn sein?«

Agentin Weber beugte sich vor und ihr Blick wurde sogar noch eindringlicher. »Jetzt, da du den Begriff gehört hast, gibt es kein Zurück mehr. Du gehörst jetzt zu uns.«

Michael zuckte die Schultern – immerhin war dieser Punkt jetzt geklärt.

»Aber ich muss aus deinem eigenen Mund hören, dass du dich unserer Sache verpflichtest«, fuhr sie fort. »Wir brauchen deine Hackerkenntnisse im VirtNet.«

Worte, die seinen Stolz befeuerten, aber auch an seine Vernunft appellierten. »Erst mal will ich wissen, worum es hier eigentlich geht.«

»Das ist immerhin ein Anfang.« Sie lehnte sich wieder zurück und die Spannung im Raum schien sich aufzulösen. »Derzeit wissen wir nur sehr wenig über das Mortality Dogma. Es ist irgendwo im VirtNet versteckt – aber in einem geheimen Teil, außerhalb der bekannten Grids. Wir glauben, dass es sich um ein Programm handelt, das nicht nur dem VirtNet selbst, sondern auch der Echtwelt ernsthaften Schaden zufügen könnte.«

»Klingt ja vielversprechend«, murmelte Michael, bereute es aber sofort. Glücklicherweise ging sie darüber hinweg. Tatsächlich hatte er sofort aufgehorcht, als sie auf den geheimen Teil des VirtNet zu sprechen gekommen war. Er musste unbedingt erfahren, wo sich dieser befand.

»Dieses ... *Dogma* könnte die Menschheit vernichten und die ganze Welt, so wie wir sie kennen. Sag, Michael, hast du schon jemals von einem Gamer gehört, der sich Kaine nennt?«

Michael stockte der Atem. Dieses Mädchen, Tanja ... Plötzlich hatte er wieder ihr Gesicht vor Augen, ihre Worte im Ohr. Dass Kaine sie gequält habe. Michaels Hände krampften sich um die Armlehnen des Stuhls, und es war ihm, als durchlebe er noch einmal jede Sekunde seines Sturzes von der Brücke. Wie hing das alles zusammen?

»Ich hab schon von Kaine gehört«, sagte er zögernd. »Hab mitangesehen, wie ein Mädchen Selbstmord beging ... Sie hat etwas über diesen Kaine gesagt, bevor ...«

»Ja, das wissen wir«, nickte Agentin Weber. »Das ist einer der Gründe, warum du hier bist. Du bist Zeuge der furchtbaren Entwicklung dieser Dinge geworden. Wir haben herausgefunden, dass zwischen Kaine und diesem Mortality Dogma ein Zusammenhang besteht, ebenso wie zu Vorkommnissen der Art, die du selbst beobachtet hast. Leute, die im VirtNet gefangen gehalten und schließlich dazu getrieben werden, ihre eigenen Cores zu dekodieren. Es handelt sich um die schlimmste Art von Cyber-Terrorismus, mit der wir es jemals zu tun hatten.«

»Aber warum genau bin ich hier?«, fragte Michael, dessen Selbstvertrauen mittlerweile so weit zusammengeschmolzen war, dass er kaum mehr als ein trockenes Krächzen herausbrachte. »Was kann *ich* schon tun?«

Sie schwieg ein paar Sekunden lang. »Bei unseren Nachforschungen sind wir auf Leute gestoßen, die in ihren Coffins im Koma liegen. Wir haben bei ihnen Computertomographien durchgeführt, die schwere Hirnschädigungen zeigen, als ob sie irgendwelchen krankhaften Experimenten unterzogen worden wären. Die Leute sind hirntot und vegetieren nur noch vor sich hin.« Sie hielt erneut inne. »Nach und nach haben wir immer mehr Beweise dafür gefunden, dass dieser Kaine etwas damit zu tun hat. Und dass das alles irgendwie mit dem Mortality Dogma zusammenhängt. Mortalität bedeutet Sterblichkeit, aber wir haben noch nicht herausfinden können, wozu dieses Programm genau dient, was genau es mit der Sterblichkeit auf sich hat. Es ist irgendwo im VirtNet verborgen, aber wie gesagt, Genaueres wissen wir nicht. Wir halten diesen Kaine für einen bösartigen Game Master und Cyber-Terroristen, und deshalb wollen wir ihn ebenso wie dieses Sterblichkeitsdogma so schnell wie möglich aufspüren und unschädlich machen. Wirst du uns dabei helfen?«

Sie stellte die Frage so lässig, als würde sie ihn bitten, ihr ein paar Brötchen und einen Liter Milch aus dem Laden an der Ecke zu holen. Michael hätte am liebsten die Flucht ergriffen. Und es gab noch eine ganze Menge anderer Dinge, die er in diesem Moment am liebsten getan hätte – wie zum Beispiel die Zeit zurückzudrehen oder wenigstens wieder in seinem Zimmer im Bett zu liegen oder im »Sarg«, um sich in irgendein bescheuertes Sportgame zu flüchten, vorzugsweise auf Einsteigerlevel, oder um mit Bryson und Sarah im *Dan The Man*-Bistro abzuhängen und BluChips zu essen, oder einfach ein Buch zu lesen und darauf zu warten, dass seine Eltern von ihrer Reise zurückkamen – kurz und gut alles, was nichts mit

Agentin Weber, der VNS und dieser ganzen Cyberterror-Sache hier zu tun hatte.

Schon im nächsten Moment kam ihm die Antwort über die Lippen, doch erst, als er sich die Worte selbst sagen hörte, begriff er, dass er sie auch wirklich so meinte.

»Okay – ich bin dabei.«

Kapitel 3

Ein finsterer Ort

1

Kaum hatte Michael das letzte Wort ausgesprochen, als Agentin Weber so abrupt aufsprang, dass ihr Stuhl nach hinten umkippte.

Michael zuckte zusammen. »Was denn? Hätte ich Nein sagen sollen?«

Aber sie sah ihn gar nicht an. Ihr Blick war auf die Tür gerichtet, eine Hand hinters Ohr gelegt, als wollte sie von einem dort versteckten Sender die Schallwellen besser aufnehmen können. »Hier stimmt was nicht«, sagte sie. »Du bist beschattet worden.«

Michael stand auf, ziemlich überrascht, wie schnell sich diese Angst einflößende Person in eine ängstliche Frau verwandelt hatte. »Beschattet? Von wem denn?«

»*Das willst du gar nicht wissen, Michael. Komm, schnell.*«

Ohne ein weiteres Wort stürmte sie auf die Tür zu. Michael folgte ihr in den Flur, und schon waren sie von den Männern umringt, die ihn hergebracht hatten. Diesmal ohne die lächerlichen schwarzen Sturmhauben, dafür mit Kampfhelmen und Waffen in der Hand.

»Schafft ihn nach Hause«, sagte Agentin Weber, jetzt wieder im harten Befehlston. »Und sorgt dafür, dass euch niemand dabei beobachtet oder verfolgt.«

Michael wurde links und rechts am Arm gepackt und von zwei Wachen den Flur entlang geführt.

»Warten Sie!«, schrie Michael, der keine Ahnung hatte, wie er mit diesen sich überschlagenden Ereignissen nun umgehen sollte. »Hey, halt! Sie haben mir doch noch gar nichts erklärt!«

Ihre Absätze klickten hart über die Bodenfliesen, als Agentin Weber zu ihm aufschloss. »Erzähl deinen Freunden genau das, was ich dir erzählt habe. Aber nur Bryson und Sarah. Niemandem sonst. Keinem einzigen Menschen. Hast du mich verstanden? Nur ein Wort zu jemand anderem – selbst wenn es deine Eltern sind – und wir müssen ihn auslöschen.«

Michael traute seinen Ohren kaum. »*Auslöschen?*«, fragte er fassungslos.

Doch sie ging einfach darüber hinweg. »Ich will, dass ihr drei zu graben anfangt, Michael. Beginnt an den dunkelsten, schäbigsten Orten im VirtNet. Dort, wo die Gerüchte kochen. Stellt Fragen, überprüft die kursierenden Storys. Ich will, dass ihr Kaines Versteck aufspürt – das ist der einzige Weg, die ganze Wahrheit über das Mortality Dogma herauszufinden. Wir müssen erfahren, was er damit bezweckt. Tut alles, was ihr für richtig haltet. Wir wissen, dass ihr das könnt, dass ihr die Fähigkeiten dazu besitzt. Wir werden jeden von euch mit einem Tracker versehen, damit wir euch folgen können, sobald ihr sein Versteck entdeckt habt. Wenn ihr uns helft, dieses Problem zu lösen, habt ihr für den Rest eures Lebens ausgesorgt – was immer ihr haben wollt, werdet ihr bekommen. Wir haben auch noch andere mit der Suche beauftragt. Wer zuerst am Ziel ist, kassiert die gesamte Belohnung.«

Er öffnete den Mund, wollte noch etwas fragen, ohne genau zu wissen, was, aber da drehte sie sich abrupt um und eilte den Flur hinunter.

»Los«, sagte eine der Wachen, und sie führten Michael in die entgegengesetzte Richtung davon.

2

Sie kehrten nicht zum Auto zurück. Die Wachen führten ihn – ohne ein einziges Wort mit ihm zu wechseln – durch eine schier endlose Folge von Fluren, bis sie aus einem alten, verlassenen Gebäude neben einer U-Bahn-Station traten und ihn sich selbst überließen. Hier draußen herrschte geschäftiges Treiben, die Sonne schien zwischen den Wolken hindurch, ein Bonbonpapier wurde von der Brise aufgewirbelt. Die Welt drehte sich weiter wie bisher, aber sein Leben hatte sich gerade für immer verändert.

Der Gedanke an Schule war in weite Ferne gerückt. Benommen und wie unter Schock steuerte er den nächsten Coffee-Shop an und kaufte den größten Becher Kaffee, den sie hatten. Dann zurück zur U-Bahn und nach Hause, um sofort ein Treffen mit Bryson und Sarah für den nächsten Tag zu vereinbaren. Er erzählte ihnen nur so viel, dass ihr Interesse geweckt war, sonst würden sie kein Auge mehr schließen können, das war ihm klar. Und er hatte das dunkle Gefühl, dass sie sehr bald schon jede Sekunde Schlaf dringend brauchen würden.

3

Am Abend machte Michael den Fehler, die NewsBops anzuschauen.

Er war allein, konnte sich immer noch nicht daran erinnern, wann seine Eltern eigentlich wieder nach Hause kommen wollten, und Helga war wie immer mit den Hühnern ins Bett gegangen. Bequem in seinen Sessel gefläzt, drückte er auf den EarCuff und ließ den NetScreen vor sich in die Luft projizieren. Die üblichen schlechten Nachrichten des Tages – Morde, Finanzkrise, Naturkatastrophen. *Nichts, was mich vor dem Schlafen wenigstens ein bisschen aufgemuntert hätte*, dachte er bedrückt. Normalerweise schienen solche Ereignisse ganz weit weg – so was passierte nur den anderen. Aber seit dem Gespräch mit

Agentin Weber wurde er das unbestimmte Gefühl nicht los, dass diese Dinge viel näher lagen, als er bis jetzt gedacht hatte.

Er wollte gerade in ein anderes Programm zappen, als die Nachrichtenmoderatorin plötzlich von dem neuesten Gerücht im VirtNet berichtete. Es betraf einen Cyber-Terroristen namens Kaine.

Mit einem Fingersignal fuhr Michael die Lautstärke hoch, beugte sich vor und konzentrierte sich so angespannt, als wären die nächsten paar Minuten die wichtigsten seines Lebens.

»... wird für mehrere Selbstmorde verantwortlich gemacht, wie sowohl aus Zeugenaussagen als auch aus Abschiedsbriefen der Opfer hervorgeht«, sagte die Moderatorin gerade. »Als Game Master soll Kaine fast alle populären Spiele und Sozialen Netzwerke im VirtNet infiltriert haben. Außerdem gibt es zahllose Berichte über Belästigungen von Einzelpersonen. Seit dem Verschwinden des legendären Gamers Gunner Skale hat keine Story mehr so stark im VirtNet eingeschlagen wie diese. Zum jetzigen Zeitpunkt scheint niemand zu wissen, welche Ziele Kaine verfolgt. Die VNS hat in einer öffentlichen Stellungnahme zugesichert, ihren ganzen Handlungsspielraum darauf zu konzentrieren, den Mann aufzuspüren und seinen Zugriff auf das VirtNet zu sperren.«

Während sie weiterredete, starrte Michael mit einer Mischung aus Faszination und Angst auf den Screen. Virtuelle Entführungen, deren Opfer virtuell gefoltert und eingesperrt wurden, sodass sie sich nicht mehr in den Wake liften konnten. Ganze Spiele oder Netzwerke, auf die niemand mehr zugreifen konnte oder die völlig aus dem Netz gelöscht wurden – und stets vermeldete nur eine einzige Schriftzeile: »Kaine war hier.« Gamer, die hirntot in ihrer NerveBox aufgefunden wurden.

Inzwischen kannte Michael mehr als genug der Horrorszenarien, für die Kaine verantwortlich gemacht wurde. Welchen Plan, welches Ziel verfolgte dieser Typ? Tat er das alles nur, weil er den Kick, den ständigen Nervenkitzel brauchte?

Kaine.

Das Mortality Dogma.

Leute, die im Sleep gefangen waren. Gamer im Koma. Wieder andere, die sich umbrachten, um diesem Kerl zu entkommen.

Michael seufzte. *Genug Stoff für glückliche Träume*, dachte er sarkastisch.

In dieser Stimmung kroch er ins Bett und war bald darauf eingeschlafen. Aus welchem Grund auch immer träumte er von seinen Eltern und einem Urlaub am Strand, den sie vor langer, langer Zeit gemeinsam verbracht hatten.

4

Michael war froh, dass der nächste Tag ein Samstag war. Helga hatte zum Frühstück ihre Spezialwaffeln gemacht, richtig fiese Teile, weil sie alles draufhäufte, was dick machte – Butter, Schlagsahne, Sirup. Abgerundet wurde das Ganze von ein paar frischen Erdbeeren, um das schlechte Gewissen ein wenig zu mildern. Sie aßen schweigend, und Michael fragte sich, ob Helga wohl auch die gar so erfreulichen NewsBops gesehen hatte. Sein einziger Lichtblick war, dass er schon in ein paar Stunden wieder mit seinen Freunden zusammen sein würde.

Ein paar Stunden nach dem Frühstück lag Michaels realer Körper bequem im Coffin, während sich sein VirtNet-Ich gerade auf eine etwas abseits stehende Bank im New Yorker Central Park setzte. Die Bank war einer seiner Lieblingstreffpunkte. Die zweitbeste Sache am VirtNet war – gleich nach dem Essen –, dass er sich in die Natur begeben konnte. In seinem realen Wohnbezirk war fast kein Baum oder Busch zu finden – eine betongraue Häuserschlucht, in der ständig dichter Smog hing.

Bryson und Sarah erwarteten ihn bereits ungeduldig.

»Wehe, du hast nichts Interessantes auf Lager«, begrüßte ihn Bryson. »Und zwar was so Interessantes, dass ich mir vor Aufregung in die Hosen mache.«

»Was sollte die Geheimnistuerei?«, wollte Sarah wissen.

Inzwischen hatte sich Michaels Horror ein wenig gelegt, und er konnte es kaum erwarten, alles zu erzählen, was er erlebt hatte, seit er auf dem Schulweg gekidnappt worden war. Aus Angst, belauscht zu werden, begann er im Flüsterton, aber schon bald sprudelte alles so schnell aus ihm heraus, dass ihm seine Zuhörer kaum noch folgen konnten.

Sarah und Bryson starrten ihn völlig verwirrt an.

»Ähm ... Vielleicht solltest du noch mal von vorn anfangen«, sagte Bryson.

Sarah nickte. »*Ganz* von vorn. Und sprich bitte wie ein normaler Mensch.«

»Okay, okay, klar.« Michael holte tief Luft – frische, wenn auch unechte Luft – und begann von Neuem. »Also, ich war gestern gerade auf dem Weg zur U-Bahn, als plötzlich ein Auto heranrast und mich fast überfährt. Dann springt dieser Typ mit der schwarzen Sturmhaube raus und zerrt mich auf den Rücksitz.«

Bryson unterbrach ihn. »Halt. Stopp, Michael. Was hast du heute zum Frühstück gegessen?«

Michael verdrehte die Augen. »Nein, verdammt ... Jetzt hört mir doch erst mal zu!« Er konnte es ihnen zwar nicht verübeln, dass sie Zweifel an seiner Story hatten, aber allmählich war er doch ziemlich genervt davon, dass er die Sache nicht einfach zu Ende erzählen konnte.

Er holte noch einmal tief Luft und fuhr fort. Doch erst als er sein Gespräch mit Agentin Weber schilderte und davon berichtete, wie er erfahren hatte, dass sie es war, die ihn hatte verfolgen und entführen lassen, sah er ihnen an, dass sie seine Geschichte ernst nahmen. Schließlich endete er mit den schrecklichen Nachrichten aus den NewsBops – die seine Freunde ebenfalls gehört hatten.

Danach herrschte mindestens eine Minute lang völliges Schweigen, während sie sich verstohlen umsahen, um sich zu vergewissern, dass sie nicht belauscht wurden.

Es war Bryson, der endlich das Schweigen brach. »*Wow*. Wie kommen sie bloß auf die Idee, dass drei Teenager ihre Probleme lösen könnten?«

»Darüber habe ich auch schon nachgedacht«, sagte Michael. »Agentin Weber sagte, dass sie auch andere mit der Suche beauftragt hätte. Vielleicht hat die VNS einfach die besten Gamer und Codierer kontaktiert, um den geheimen Ort aufzuspüren, an dem sich Kaine versteckt hält. Sie weiß ja, dass wir hacken und codieren können. Ich sag euch, das war kein Spaß.«

»Aber wieso sollten *wir* etwas können, was die VNS-Leute nicht können?«, fragte Sarah. »Das ist schließlich ihr Job. Ehrlich, es macht mir Angst, dass sie versuchen, die Sache auf uns abzuwälzen.«

Bryson schnaubte verächtlich. »Die alten Knacker wissen doch genau, dass die neue Generation viel smarter ist, als sie es jemals sein werden. Schließlich hängen wir in jeder freien Minute im VirtNet ab. Wir kennen uns besser aus als irgendjemand sonst. Und wir können es machen, gerade *weil* es nicht unser Job ist. Sondern nur unser Hobby.«

»Es geht um mehr, als nur ums Programmieren«, fügte Michael hinzu. Er war erleichtert, dass Bryson die Sache offenbar für machbar hielt. »Dafür brauchen sie die Nutzer, nicht nur die Macher. Und wer ist schon besser als wir?«

»Bist du da sicher?«, fragte Sarah skeptisch. »Oder suchst du nur eine Ausrede, um in einem total aufregenden Game mitmischen zu dürfen?«

»Du etwa nicht?«, fragte Michael zurück.

Sarah zuckte die Schultern und grinste. »Vielleicht.«

»Und was meinte diese Agentin damit, dass wir dann für den Rest des Lebens ausgesorgt hätten?«, wollte Bryson wissen. »Ich hoffe doch, dass sie wirklich *uns drei* meinte, nicht nur dich.«

»Da bin ich ziemlich sicher«, antwortete Michael, obwohl er keineswegs so sicher war. Schließlich hatte sie auch gesagt, dass derjenige, der zuerst am Ziel sei, die gesamte Belohnung kassiere. »Stellt euch das mal vor: Wir werden reich und arbeiten für die VNS, oder was auch immer. Aber wir dürfen absolut niemandem davon erzählen.« Aus irgendeinem Grund konnte er sich nicht überwinden, ihnen auch von der unverhohlenen Drohung zu berichten, die Agentin Weber ihm gegenüber gemacht hatte. Aber vielleicht betraf dieser Teil ja auch gar nicht seine Freunde.

»Ich gebe zu, es klingt total spannend – nach einer echten Herausforderung«, sagte Sarah.

Michael nickte. Ein Spiel, das kein Spiel mehr war – sondern viel wichtiger als ein Spiel. In diesem Augenblick war er so aufgeregt, dass er am liebsten aufgesprungen wäre, um sofort loszulegen.

Bryson musste es ihm angesehen haben. »Bleib noch ein bisschen sitzen, Kumpel. Wir müssen uns erst ganz sicher sein, worauf wir uns da einlassen.«

»Ich weiß«, nickte Michael. »Ich bin ganz sicher.« Und das meinte er auch so.

In diesem Augenblick geschah etwas. Plötzlich lag eine seltsame Atmosphäre über der Bank, in ihrer ganzen Umgebung. Michael packte die Angst. Alle Bewegungen im Park schienen sich zu verlangsamen, wie bei einer Fliege im Honig.

Sarah schob sich eine Haarsträhne hinters Ohr. Auf Brysons Lippen lag ein Grinsen – sein freches Grinsen, das zeigte, dass er einverstanden und dabei war. Die Äste der Bäume schwangen träge im Wind. Ein Vogel flog vorbei und Michael nahm seine Flügelbewegungen wie in Zeitlupe wahr. Die Luft wurde schwer, erfüllt von bedrückender Schwüle.

Und dann war mit einem einzigen Lichtblitz alles verschwunden, gefolgt von wirbelnden Sternen und irrem Gelächter.

5

Michaels Körper hatte im VirtNet bereits alles durchgemacht, was man sich nur vorstellen konnte: Achterbahnfahrten, Flugzeugabstürze, Raketen, die mit Lichtgeschwindigkeit in andere Galaxien geschossen wurden, und unzählige Unfälle. Und der Coffin sorgte stets dafür, dass sich alles so realistisch wie möglich anfühlte. Aber das, was er in diesem Augenblick erlebte, war, als würde sein Körper in hundert Stücke zerrissen. Sein Magen rebellierte, sein Hirn schien ein Dutzend verschiedene Schmerzen auf einmal zu verspüren. Und die ganze Zeit über sah er wirbelnde Sterne vor sich, wobei er keine Ahnung hatte, ob seine Augen geschlossen waren oder nicht. Er verlor jegliches Bewusstsein für seine Umgebung und fragte sich, ob der Coffin mit diesem Extremstress überhaupt fertigwerden konnte.

Und dann, urplötzlich, endete der ganze Wahnsinn. Michaels Magen war immer noch verkrampft und ein Würgreiz nach dem anderen stieg in ihm auf, ohne dass etwas herauskam. Langsam normalisierte sich sein Atem. Er konnte den Kopf wieder leicht anheben und blickte sich um. Ringsum herrschte Dunkelheit, nur in einiger Entfernung blinkten ein paar schwache Lichter.

Neben ihm lagen zwei weitere Körper. Er konnte sie kaum sehen – sie waren nicht mehr als dunkle Silhouetten –, aber er wusste, dass es nur Bryson und Sarah sein konnten.

Die Lichter begannen sich zu drehen, verschmolzen ineinander, wirbelten immer schneller – und konzentrierten sich schließlich direkt vor ihnen zu einem Lichtball, der immer größer und heller wurde, bis Michael kaum noch hinschauen konnte. Wie ein Himmelskörper drehte sich der Ball um sich selbst und pulsierte mit gleißendem Licht.

Michael und seine Freunde warteten erstarrt, wie in einer Art Schwebezustand. Er wollte etwas sagen, brachte aber keinen Ton heraus. Wollte sich bewegen, war aber wie gelähmt. Angst jagte durch jede Faser seines Körpers. Und dann ertönte eine Stimme direkt aus dem grell blendenden Lichtball, und jedes einzelne Wort jagte Michael einen Schauer des Entsetzens über den Rücken.

»Mein Name ist Kaine. Ich sehe alles.«

6

Was auch immer Michael lähmte, es ließ nicht von ihm ab.

Die Furcht einflößende Stimme fuhr fort: »Glaubt ihr wirklich, dass ich nichts von den armseligen Bemühungen der VNS weiß, mich aufzuhalten? Dass ich irgendetwas im VirtNet zulassen würde, das *meinen* Interessen zuwiderläuft? Das ist jetzt *meine* Domain, und nur den Mutigsten, Stärksten und Klügsten werde ich am Ende erlauben, mir zu dienen. Die VNS und Gamer wie ihr sind dabei vollkommen unwichtig.«

Michael versuchte, sich gegen die unsichtbare Kraft, die ihn festhielt, zu wehren.

»Ihr habt keine Ahnung, welche Macht ich besitze«, sagte die Stimme. »Ich kann jeden nur warnen, der versucht, sich mir in den Weg zu stellen. Und euch warne ich nur ein einziges Mal.« Die Stimme schwieg ein paar Augenblicke. »Ihr werdet schon sehen, was mit euch geschieht, wenn ihr meine Warnung nicht befolgt.«

Der Lichtball löste sich auf und an seiner Stelle erschien eine große weiße Fläche, ähnlich den Kinoleinwänden, auf denen man vor Jahrzehnten Filme angesehen hatte. Bilder huschten über die Leinwand, die immer größer und breiter wurde, bis sie Michaels Gesichtsfeld vollkommen ausfüllte.

Es war, als wäre er direkt in den Verstand eines Geisteskranken transferiert worden: eine Stadt, übersät mit Müll, ohne jede Farbe, Menschen, die verdreckt und unterernährt in den Gossen kauerten.

Ein paar Männer in einem verräucherten Zimmer, ihre Gesichter starr vor Angst, die offenbar nur darauf warteten, von den Flammen verzehrt zu werden, die bereits unter einer Tür hereinzüngelten.

Eine alte Frau in einem Schaukelstuhl, die langsam ein Gewehr hob und die Mündung auf Michael richtete.

Zwei Teenager, die sich vor Lachen ausschütteten, während sie kleine Kinder über eine hohe Klippe stießen und johlend ihren Todessturz in die weit unter ihnen tosende Brandung beobachteten.

Ein Krankenhaus, überfüllt mit gebrechlichen Patienten, dessen Tür von außen mit schweren Ketten verschlossen war. Und mehrere wild und ausgezehrt wirkende Leute, die Benzin an die Außenmauern schütteten, während einer ein Feuerzeug zückte.

Eine entsetzliche Szene folgte auf die andere, und es wurde immer grausamer. Michael zitterte am ganzen Körper vor Anstrengung, sich zu befreien, schlimmer als in jedem Albtraum, von dem er jemals verzweifelt versucht hatte aufzuwachen.

Dann hallte wieder Kaines Stimme durch das Nichts, und sie schien von überall und nirgends zu kommen.

»Ihr wisst so wenig über das, was *wirklich* vor sich geht. Ihr seid die reinsten Kinder. Das alles und noch viel mehr erwartet euch, wenn ihr weitermacht.«

Und dann war es vorbei. Alles verschwand und Michael fand sich in seinem Coffin wieder. Aber seine Kehle schmerzte und ihm wurde klar, dass er lange Zeit geschrien haben musste.

KAPITEL 4

Keine andere Wahl

1

Tanjas Selbstmord war schon schlimm genug gewesen, aber jetzt war Michael kaum noch fähig, aus dem »Sarg« zu steigen. Er machte sich nicht einmal mehr die Mühe, seine Boxershorts anzuziehen. Nackt und schwitzend stolperte er zum Bett und ließ sich hineinfallen. Ein Teil von ihm sah noch immer Kaines Version eines galaktischen Kinos vor sich, die Horrorszenarien, die er für Michaels Zukunft vorhersagte. Genauer: für seinen *Verstand*, was immer das bedeuten mochte.

Michael zitterte. Da hatte er sein halbes Leben mit der Jagd nach immer wilderen und noch wilderen Ereignissen verbracht, und jetzt, nach zwei erschütternden Erlebnissen im VirtNet, sehnte er sich bereits nach den Tagen, als alles nur Spaß gewesen war – und nicht halb so wild. Es war ihm völlig egal, was ihm die VNS angeboten hatte, und auch ihre Drohungen, sollte er ihnen nicht helfen wollen. Er hatte mit ansehen müssen, wie ein Mädchen sich selbst den Core herausriss, und Kaine hatte ihm nur allzu deutlich vor Augen geführt, welche Folgen es hätte, wenn Michael weiter nach ihm suchte. Das reichte vollkommen, um seine Meinung zu ändern. Was, wenn dieser Typ ihn sogar im Wake erreichen konnte? Nie zuvor hatte er sich so gelähmt, so hilflos gefühlt, weder im VirtNet noch in der Echtwelt.

Er hatte keine Ahnung, wie er die Herausforderung der VNS überhaupt hätte anpacken sollen. Aliens abzuknallen, Prinzessinnen vor bösen Kobolden zu retten, sich mit dem alltäglichen *Lifeblood*-Drama zu beschäftigen – das alles war völlig okay, erst recht mit Bryson und Sarah an seiner Seite, mit denen er das alles gemeinsam erlebte und dann einfach in den Wake zurückliftete und sich an die Hausaufgaben machte. Das ganz normale, langweilige Leben eben. Nein, mit der VNS oder mit Kaine wollte er nie mehr wieder etwas zu tun haben. *Nie wieder.*

Als er sich fest eingeredet hatte, dass diese Entscheidung die beste war, schlief er endlich ein.

2

Der nächste Morgen, ein trostloser, grauer Sonntag, passte hervorragend zu Michaels Stimmung. Da Helga Kopfschmerzen hatte, musste er sich zu allem Übel auch noch mit Cornflakes zum Frühstück zufriedengeben. Er hätte ihr am liebsten erklärt, dass sie keine Ahnung hatte, was *wirk-*

liche Kopfschmerzen seien, und wie viel Spaß es machte, wenn einem dieser Kaine das Hirn manipulierte. Im Vergleich dazu wäre es ja wohl nicht zu viel verlangt, dass Helga den Kochlöffel schwang, statt über *Kopfschmerzen* zu jammern.

Aber er mochte Helga viel zu sehr und schämte sich, das auch nur zu denken.

Also wünschte er ihr Gute Besserung und mampfte drei Schalen Cornflakes in sich hinein. Anschließend duschte er sehr lange und sehr heiß. Danach fühlte er sich besser. Die Erinnerung an die Begegnung mit dem Cyber-Terroristen begann allmählich zu verblassen, als sei sie nur Teil eines hässlichen Albtraums gewesen.

Den Rest des Tages bemühte er sich, alles zu vergessen. Er joggte ein paar Kilometer, schlief eine Weile und nahm das perfekte Mittagessen zu sich: Sandwich, Chips und Pfirsiche aus der Dose. Schließlich nahm er im Sessel Platz, um mit Bryson und Sarah die unvermeidliche Unterhaltung über diese ganze bescheuerte Kaine-Sache zu führen. Als der Screen vor ihm aufleuchtete, sah er im Bulletin, dass ihm beide Freunde bereits Mails geschickt hatten.

Offenbar waren sie alle einer Meinung. Ein Game war ein Game, aber sich mit einem Psychopathen anzulegen, der andere Menschen terrorisierte und mit dem nicht einmal eine so mächtige Organisation wie die VNS fertigwurde – das war eine ganz andere Sache. Interessantes Angebot, aber ... nein danke. Darin stimmten alle drei überein. Kaine war einfach zu gefährlich, *so* gefährlich, dass ihnen die Drohungen der VNS geradezu niedlich vorkamen. Schon seine Programmierleistung, um sie gefangen zu halten und ihnen seine Visionen vorzuspielen, war einfach unfassbar.

Doch als die Frage aufkam, ob Michael die VNS über ihre gemeinsame Entscheidung informieren sollte, wehrte er ab. Er wollte auf keinen Fall noch einmal etwas mit diesen Leuten zu tun haben. Und überhaupt fand er das völlig unnötig, schließlich hatte Agentin Weber ja behauptet, mehrere Gamer auf Kaine angesetzt zu haben – irgendeiner von denen würde schon durchhalten. Aber Michael verspürte nicht die geringste Lust, das herauszufinden – tatsächlich hatte er zum ersten Mal sogar ein bisschen Angst davor, sich wieder in den Sleep einzuloggen. Um sich zu beruhigen, redete er sich ein, dass Kaine ihn und seine Freunde jetzt, da sie beschlossen hatten, nicht mehr hinter ihm herzuschnüffeln, in Ruhe lassen würde. Solange sie seine Warnung befolgten.

Mit der Verabredung, sich am Nachmittag im *Lifeblood* zu treffen, um ein bisschen zu spielen und die ganze Sache hinter sich zu lassen, verließen sie den Chat.

Doch als Michael sich später für den Login in den Coffin legte, lief alles anders als geplant: Statt wie üblich ins VirtNet zu sinken, sah er nur eine Schrift in Großbuchstaben aufleuchten:

ZUGANG VERWEIGERT DURCH VNS

3

Sie hatten ihn ausgesperrt!

Hastig stieg Michael aus dem »Sarg«, rannte zum Sessel und drückte seinen EarCuff. Nichts geschah. Er lief zur Couch vor dem großen Wandbildschirm und klickte auf die TV-Fernbedienung. Nichts. Jetzt hörte er Helga schimpfen, die in der Wohnung umherlief und zu telefonieren versuchte. Aber auch die Mobilnetzverbindung war unterbrochen. Michael ging zum Sessel zurück und versuchte eine Stunde lang, sich ins NetScreen zu hacken, schaffte es aber nicht.

Abgeschnitten. Vollständig ausgesperrt.

Er konnte nichts weiter tun, als sich aufs Bett zu werfen und die Decke anzustarren. Von Minute zu Minute fühlte er sich schlechter. In was zum Teufel war er da hineingeraten? Innerhalb von zwei Tagen hatte sich sein Leben komplett gedreht – von der VNS entführt, von einem Wahnsinnigen bedroht. Verzweifelt dachte er an die Zeit zurück, als Schule und Magenschmerzen seine größten Probleme gewesen waren.

Aber Michael wäre nicht Michael gewesen, wenn er seine Gedanken nicht in eine andere Richtung gelenkt hätte. Sicher, Kaine hatte ihm eine Vision gezeigt, die schlimmer war als alles, was er jemals – virtuell oder real – gesehen hatte. Und Kaine hatte ihm versprochen, dass seine Zukunft genauso aussehen würde, wenn er tat, was die VNS von ihm verlangte. Michael hatte nicht den geringsten Zweifel daran, dass das VirtNet tatsächlich speziell für ihn auf diese Weise programmiert werden konnte. Es stimmte: Wenn man genügend Macht hatte, um einen anderen Menschen *alles* sehen und erfahren zu lassen, gab es definitiv Dinge, die schlimmer waren als der Tod. Und dieser unendliche Abgrund tat sich nun vor Michael auf.

Doch dann hatte ihm jemand den Zugang zum VirtNet gesperrt. Und *damit* würde sich Michael auf keinen Fall abfinden.

Und was noch wichtiger war: Agentin Webers Worte nahmen jetzt konkrete Gestalt an. Sie hatte ihn und seine Familie bedroht – ihm nun den Access zum VirtNet zu verweigern, war definitiv nur der Anfang. Bestimmt waren sie schon dabei, sich noch schlimmere Strafen für ihn auszudenken. Michael musste die Dinge unbedingt wieder zurechtrücken. Vielleicht war es vorschnell gewesen, jetzt schon aufgeben zu wollen.

Er stieg aus dem Bett und beschloss, dass das Selbstmitleid ein Ende haben musste. Er wusste, dass die VNS ihm noch eine Chance geben würde – er hatte nun am eigenen Leib erfahren, womit sie es zu tun hatten. Und wenn sie ausgerechnet ihn um Hilfe baten, schienen sie ihn ziemlich dringend zu brauchen. Vor diesem Hintergrund verblassten Kaines Horrorszenarien ein wenig. Der ruhige, rationale Teil von Michael war inzwischen so weit zu glauben, dass das, was er zu sehen bekommen hatte, sich kaum von der normalen Action unterschied, die man eben im VirtNet erleben konnte. Schließlich war nichts davon *wirklich echt*. Er musste nur vorsichtig genug sein, dann würde er die Mission, mit der ihn die VNS beauftragt hatte, schon erledigen. All die Jahre, die er bereits im VirtNet abhing, hatte er niemanden kennengelernt, der im Codieren oder Hacken besser gewesen wäre als er, oder der sich in so kurzer Zeit so nahe an *Lifeblood Deep* herangearbeitet hätte. Kaine war gut, aber er war schließlich auch nur irgendein Gamer.

Michael war bereit, die Herausforderung anzunehmen, und schämte sich ein bisschen, dass er zuerst den Schwanz eingezogen hatte. Wie hatte er nur die Drohungen gegen seine Familie ignorieren können?

Mrs Perkins von nebenan bekam fast einen Herzinfarkt, als Michael gegen ihre Tür hämmerte. Die Augen weit aufgerissen, das Gesicht von irgendeiner Fettcreme bedeckt, öffnete sie und presste sich die Hand aufs Herz.

»Michael!« Sie seufzte erleichtert auf. »Du bist es nur. Ach du liebe Güte! Was ist denn los? Ich hätte fast …«

»Einen Herzanfall bekommen, ich weiß«, unterbrach er sie. »Mrs Perkins, hören Sie zu. Sie müssen mir unbedingt einen Gefallen tun.«

Sie stemmte die Hände in die Hüften. »Wenn das so ist, verlange ich ein bisschen mehr Höflichkeit, junger Mann.«

Michael mochte Mrs Perkins. Wirklich. Sie duftete immer nach Babypuder und Mentholcreme und war überhaupt die netteste ältere Dame auf dem ganzen Planeten. Aber in diesem Moment fiel es ihm schwer, sie nicht einfach beiseite zu stoßen, um an ihr Telefon zu hechten.

Doch er beherrschte sich mühsam. »Tut mir wirklich leid. Aber es ist sehr dringend«, sagte er etwas ruhiger.

»Entschuldigung angenommen, mein Lieber. Und wie kann ich dir helfen?«

Er wusste selbst nicht warum, aber plötzlich breitete sich ein Lächeln auf seinem Gesicht aus. »Würden Sie bitte die örtliche VNS-Dienststelle anrufen? Und denen von mir ausrichten, dass ich wieder dabei bin? Sagen Sie ihnen, ich werde finden, wonach sie suchen.«

4

Sein Zugang wurde sofort wieder freigeschaltet. Die Mails von Bryson und Sarah in seinem Postfach verrieten ihm, dass deren VirtNet-Access ebenfalls gesperrt worden war. Und sie nahmen die Warnung ebenso ernst wie er selbst. Der Unterricht am Montag verlief zäher und quälender als je zuvor, und Michael konnte es kaum erwarten, am Abend wieder seine Freunde zu kontaktieren. Sie verabredeten sich für den folgenden Nachmittag, um ihre Nachforschungen zu planen.

Alle drei waren entschlossen, dieses Mal vorsichtiger

vorzugehen und ihre Codierungs- und Hackerkenntnisse voll auszuschöpfen. Schließlich musste es einen Grund geben, warum die VNS ihn und seine Freunde ausgewählt hatte, davon war Michael überzeugt. Und er war der VNS sogar dankbar für ihren eindeutigen Hinweis darauf, dass es bei dieser Sache über die volle Distanz gehen würde.

Wir schaffen das, sagte er sich. Immer und immer wieder.

KAPITEL 5

Der alte Barbier

1

»Während ihr ausgeflippt seid«, sagte Bryson, »hab ich Kaines Aura einen Tracker angehängt. Jetzt werden wir immer gewarnt, wenn er uns zu nahe kommt.«

Michael saß mit seinen Freunden im Baumhaus, am äußersten Rand der äußersten Randbezirke von *Lifeblood*, ein Ort, den sie heimlich codiert – oder *konstruiert* – hatten. Das Baumhaus befand sich in einem kleinen Wald, und Michael war ziemlich sicher, dass nicht einmal die Programmierer des Spiels diesen Wald kannten.

»Und – hast du den Tracker auch für uns hochgeladen?«, fragte Sarah, die sich wie immer darum kümmerte, dass sich die Jungs auf die Sache konzentrierten.

»Klar doch.«

»Gut. Ich glaube, wenn ich mein *Hide-and-Seek*-Programm verwende und Michael sein *Cloak-and-Dagger*-Programm, sollte es uns eigentlich gelingen, uns diese Schlange eine Weile vom Leib zu halten.«

»Oder ihr zumindest zwei Schritte voraus zu sein«, ergänzte Michael. Die beiden Tarnungsprogramme, von ihm und Sarah selbst entwickelt, hatten sich schon mehr als einmal als hilfreich erwiesen.

Dann schwiegen sie für eine Weile, schlossen die Augen und konzentrierten sich auf den Zugang zu den Programmierungsdaten der Welt um sie herum. Michael öffnete ein paar virtuelle Screens und stellte die Verbindungen zu seinen Freunden her. Dann tauschten sie Codes aus, installierten verschiedene Hilfsprogramme und überprüften, ob alles richtig verlinkt und einsatzbereit war. Jetzt musste ihnen niemand mehr erklären, dass sie beim ersten Mal cleverer hätten sein sollen, aber zu jenem Zeitpunkt war ihnen das alles noch wie ein harmloses Spiel erschienen. *Pure Dummheit,* wie Michael sich sagte.

Als sie mit dem Codieren fertig waren, schlug er die Augen auf und rieb sie sich – sie tränten immer ein bisschen, nachdem sie mit dem Code verlinkt gewesen waren. Er ging in die Knie und blickte durch das Fenster auf den Wald hinaus, der sich bis zu den Hauptbezirken von *Lifeblood* erstreckte. So weit draußen war aufgrund der schwächeren Programmierung alles ein bisschen neblig verschwommen, aber Michael gefiel das. Das Baumhaus, das sie mithilfe selbstentwickelter Programmiertricks konstruiert hatten, war warm und gut versteckt, hier fühlten sie sich wohl und in Sicherheit. Fehlten nur noch selbst gestrickte Wollsocken und eine Strickmütze, um wie eine richtige Grandma auszusehen, dachte er und grinste verlegen. Aber ein Teil von ihm fürchtete sich vor den Dingen, auf die sie sich hier einließen. Ein ziemlich großer Teil.

»Also?«, fragte Bryson. Es war klar, was er damit meinte.

»Die Oldtimer«, sagte Sarah. »Mit denen fangen wir an.«

Michael riss sich aus seinem Tagtraum und ließ den draufgängerischen Teil in ihm die Oberhand gewinnen. »Unbedingt«, sagte er, während er sich vom Fenster abwandte und sich wieder setzte. »Wenn irgendjemand was weiß, dann die alten Knacker draußen im Old Towne-Einkaufsbezirk. Wenn wir sie mit ein paar Chips fürs Casino schmieren, werden sie gar nicht mehr aufhören zu reden.«

Sarah nickte, aber ihr Blick war auf das Fenster gerichtet, durch das Michael eben noch geschaut hatte. Sie sah nie jemanden direkt an, wenn sie nachdachte. »Ich versuche gerade, mich an den Namen dieses alten Barbiers zu erinnern. Der muss doch mindestens tausend Jahre alt sein.«

»Ich weiß, welchen Dinosaurier du meinst«, nickte Bryson. »Den von damals, als wir das Passwort für die Pluto-Mission herausfinden mussten. Dem sollte wirklich mal jemand ein Programm gegen Mundgeruch schreiben. Er stank so, dass ich nur noch durch den Mund atmen konnte.«

Michael lachte. »Wenn sämtliche Gamer der Stadt ständig bei dir anklopfen und um Rat fragen, würdest du dir wahrscheinlich auch Mundgeruch codieren, um sie dir vom Leib zu halten. Übrigens heißt er Cutter.«

»Zu dem gehen wir zuerst«, bestimmte Sarah. »Wir stöpseln uns einfach die Nasen zu.«

2

Old Towne war der meistbesuchte Ort im VirtNet, sozusagen das New York City der simulierten Welt. Das Einkaufsviertel brummte vor Leuten. Zuerst hatte sich Michael Sorgen darüber gemacht, dass sie sich in der Öffentlichkeit bewegen mussten, aber dort angekommen, wurde ihm klar, dass die vielen Leute hier sogar von Vorteil waren. Selbst wenn jemand die Menge ständig beobachtete, würden sie wohl kaum entdeckt werden. Vor allem nicht mit den beiden Tarnungsprogrammen, die auf Hochtouren liefen.

Zwei Shopping-Malls, jede mit Tausenden Läden, Arkaden, Restaurants, Upload-Kabinen, Unterhaltungsbars und überhaupt allem, was man sich vorstellen konnte, säumten eine riesige Plaza, die sich über Meilen hinweg erstreckte. Überall faszinierende Wasserfontänen, Skydancer und Achterbahnen, und Michael fuhr auf diese Unterhaltung genauso ab wie alle anderen Besucher. Die gesamte Anlage war nur aus zwei Gründen gebaut worden: Die Leute sollten ein bisschen Spaß haben und sich das Geld aus der

Tasche ziehen lassen. Im Sleep kostete fast alles genauso viel wie im Wake, nur dass man viel mehr Möglichkeiten hatte. Vor allem, wenn man gut im Codieren war.

Sarah musste Bryson ungefähr fünf Mal am Ohr ziehen, um ihn von irgendwelchen Attraktionen loszueisen, während sie sich ihren Weg zu einer langen, schmalen Gasse bahnten, in der sie Cutter zu finden hofften. Die Kopfsteinpflaster-Gasse zweigte von der Plaza ab und führte in einen Stadtteil, der Shady Towne genannt wurde, wo sich jene Läden befanden, die weniger Kunden anzogen, wie digitale Tätowierstudios und Pfandleiher. Michael fühlte sich wie auf einer Zeitreise über hundert Jahre in die Vergangenheit zurück. Sogar ein Pferd sah er vorbeitraben.

»Es ist gleich dort vorn«, sagte Sarah und wies auf ein Haus.

Seit sie die Plaza hinter sich gelassen hatten, hatten sie kein Wort mehr miteinander gewechselt, und Michael wusste auch warum. Hier waren viel weniger Menschen unterwegs, und das bedeutete, dass sie leichter entdeckt werden konnten. Aber Michael vertraute voll auf Brysons Tracker – falls Kaine es schaffen sollte, an ihren Tarnungsprogrammen vorbeizuschlüpfen und ihnen zu nahe zu kommen, würden sie es sofort bemerken. In diesem Fall hätten sie noch genug Zeit, um ein Portal zu suchen und ins Wake zu liften, bevor er sie noch einmal in diesen schwarzen Abgrund stürzen konnte.

Cutters Laden trug passenderweise den Namen *Old*

Man's Barbershop. Man brauchte kein Genie zu sein, um zu wissen, dass sich in einer simulierten Welt niemand die Haare schneiden lassen musste, aber die meisten Gamer tickten anders. Je lebensechter, desto besser. Und achtzig Prozent der User hatten ihre Auren auch tatsächlich auf Haarwuchs programmiert. Wer geschickt genug war und unbedingt einen Pferdeschwanz haben wollte, gab einfach einen bestimmten Code ein und programmierte sich diese Frisur.

»Wie gehen wir vor?«, fragte Bryson, als sie ein paar Schritte vor der Ladentür stehen blieben. »Marschieren wir einfach rein und bombardieren den Typ mit Fragen?«

Michael zuckte die Schultern. »Ich wette, er zockt bei jeder Gelegenheit, die sich ihm bietet. Also programmieren wir ihm einfach ein Ticket für das nächste Pokerturnier, und dann wird er uns bis zum Abwinken mit Informationen volldröhnen.«

»Und wer lässt sich von ihm einen Haarschnitt verpassen?«

Sarah strich sich schützend ihr Haar zurück. »Ich jedenfalls nicht. Schätze, der Typ ist nicht gerade ein Starfriseur.«

»Ich verpasse dir jetzt einen Lotter-Look«, sagte Michael zu Bryson und zerzauste ihm das Haar, »und dann kommt endlich. Wir vertrödeln hier nur unsere Zeit.«

3

Es war mindestens ein Jahr her, dass Michael versucht hatte, Cutter Informationen zu entlocken – damals war es um irgendeinen Schwindel bei einem Kriegsspiel gegangen –, und hatte deshalb schon fast vergessen, wie eigenartig Cutter aussah. Wenn jemals ein Spieler seine VirtNet-Aura wie einen Troll aus dem Märchenbuch gestylt hatte, dann stand er hier vor ihnen, gerade damit beschäftigt, einem Kunden an den Haaren herumzuschnipseln. Die drei warteten geduldig, bis Bryson schließlich an der Reihe war.

Cutters eigene Mähne bestand nur mehr aus ein paar kläglichen grauen Strähnen, die er quer über den von roten Flecken übersäten Schädel gekämmt hatte. Aus seinen Ohren wucherten mehr Haare als auf seinem Kopf. Er war klein und dick und wirkte so steinalt, dass Michael bei jedem Wort, das er sagte, befürchtete, er würde augenblicklich vor Altersschwäche tot umfallen. Überraschenderweise gestalteten die meisten Gamer ihre VirtNet-Aura als Spiegelbild ihres realen Ichs, sodass Michael sich durchaus vorstellen konnte, Cutter im Wake wiederzuerkennen. *Da kommt Freude auf*, dachte er.

»Was steht ihr verdammten Kids da rum und starrt uns an wie Geier eine halb tote Ratte?«, nuschelte Cutter nach einer Weile. Seine Hände arbeiteten schnipp-schnapp schneller, als Michael es ihm bei diesem Alter zugetraut hätte. Aber offenbar war er nicht daran gewöhnt, dass ihm jemand bei der Arbeit auf die Finger schaute.

»Weil wir nicht nur hier sind, um ein paar Haare zu lassen«, sagte Sarah mit ungewohnt fester Stimme.

»Ach wirklich?«, fragte er heiser. Michael vermutete, dass der Mann mehr Schleim im Rachen hatte als ein Kleinkind mit Keuchhusten. »Na, warum rückst du dann nicht gleich raus mit der Sprache, junge Dame?«

Sarah warf Michael einen auffordernden Blick zu, das war sozusagen sein Stichwort. Er beugte sich zu Cutter vor und flüsterte ihm ins Ohr: »Wir brauchen Informationen über einen Spieler namens Kaine. Haben gehört, dass er was Großes plant.« Er brach ab, weil ihm erst jetzt einfiel, dem Mann vielleicht etwas mehr Respekt entgegenbringen zu müssen. »Äh, Sir, bitte.«

»Die Schleimerei kannst du dir sparen«, gab Cutter zurück, sodass sein übler Atem Michael frontal erwischte. Er wich rasch einen Schritt zurück, um nicht zu würgen.

Irgendwie hatte er erwartet, dass der Alte weiterreden würde, ihnen alles erzählen würde, was er wusste, aber Cutter sagte kein einziges Wort mehr. Nicht für eine Sekunde hörte er auf, an Brysons Haaren rumzuschnippeln, sodass seine Frisur allmählich sogar ganz passabel aussah.

Sarah versuchte es noch einmal. »Ach, kommen Sie. Wir wissen, dass jedes Gerücht im Sleep irgendwann hier die Runde macht. Bitte sagen Sie uns, was Sie über Kaine und seine Geheimnisse wissen.«

»Oder wo wir etwas über ihn herausfinden können«, fügte Bryson hinzu.

Cutter lachte bellend. »Wenn ihr schon so verdammt smart seid, müsste euch doch klar sein, was es braucht, um Informationen abzustauben. Bisher hab ich nichts als Kopfweh bekommen und eine Handvoll virtuelles Haar, das meinen Boden verdreckt.«

Aus irgendeinem Grund sorgte der letzte Satz dafür, dass Michael sich ein Lachen nicht verkneifen konnte.

Cutter warf ihm einen wütenden Blick zu. »Ja, lach du nur. Ich bin nicht derjenige, der hier was will. Soweit ich mich erinnere, seid ihr das.«

Sarah warf Michael einen tadelnden Blick zu, die Art, die einfach nur Mädchen draufhatten. »Tut uns leid, Sir. Wirklich. Wir müssen zugeben, dass wir keine Ahnung haben, wie wir vorgehen sollen. So was haben wir noch nie gemacht.«

Bei diesen Worten zuckte Michael zusammen – der Mann mochte noch so alt sein, aber senil war er nicht, er konnte sich bestimmt noch an sie erinnern. Schnell versuchte Michael, von der Lüge abzulenken. »Natürlich geben wir Ihnen was für die Information. Wie wär's mit einem Ticket für das Pokerturnier im Casino am nächsten Wochenende?« Er hoffte nur, dass es seinen Eltern nicht auffallen würde, wenn der Betrag von ihrem Konto fehlte.

Cutters Augen bohrten sich in seine. Der Blick des Alten war von einer Klarheit und Tiefe, die Michael noch bei keinem anderen aufgefallen war. In diesem Moment wusste er, dass sie gewonnen hatten.

»Mit allen Drinks«, forderte der Alte, »und ständigen Refills.«

»Einverstanden«, nickte Michael. »Und jetzt heraus mit der Sprache.«

»Was ich weiß, wird euch vielleicht nicht gefallen, aber mehr ist es eben nicht. Vertraut mir einfach, und ich setze euch auf die richtige Fährte.«

»Okay«, sagte Sarah. »Wir hören.«

Cutter hatte inzwischen den Haarschnitt vollendet, was Michael erst jetzt auffiel. Er wischte Bryson die Haare vom Friseurumhang, nahm ihm den Umhang ab und Bryson bedankte sich kurz und stand auf. Alle drei warteten gespannt auf das, was der alte Barbier zu sagen hatte.

»Im Lauf der Zeit ist mir in meinem Laden 'ne Menge zu Ohren gekommen«, sagte der Alte. »Aber in den ganzen acht Jahrzehnten meines Lebens hab ich nichts gehört, das so fürchterlich war wie das, was ihr wissen wollt.«

Michael konnte kaum mehr an sich halten. »Und?«, drängte er.

»Über diesen Typen Kaine gehen ziemlich viele Gerüchte um, das steht fest. Der hat nichts Gutes im Sinn. Kidnapping, Hirntote ... Man sagt auch, dass er irgendwo was versteckt hält. Keine Ahnung, was es ist oder wo er es versteckt. Nur dass es eine große Sache sein muss.«

»Das wissen wir bereits«, warf Sarah ein. »Aber wie

können wir ihn oder sein Versteck finden? Wo sollen wir anfangen?«

Cutters Mund verzog sich zu einer Art Grinsen, aber da war Michael sich nicht ganz sicher. Sah eigentlich mehr wie eine Grimasse aus. »Die Pokernacht muss sich aber wirklich lohnen, Kids, denn das, was ich euch gleich erzählen werde, habe ich bis jetzt weniger Leuten verraten, als ich Zehen am rechten Fuß hab – und einen davon hab ich schon an diesen tollwütigen Köter in Des Moines verloren.«

»Wohin müssen wir?«, hakte Michael ungeduldig nach.

Cutter beugte sich ein wenig näher heran. Sein fauliger Atem wehte zu ihnen herüber, noch bevor er überhaupt weitersprach. »Zum *Black and Blue Club*. Fragt nach Ronika. Die alte Hexe ist die Einzige, die euch sagen kann, wo ihr ... *fündig werdet*.«

»*Fündig?*«, fragten alle drei gleichzeitig.

»Ja, wo ihr das findet, was euch zu Kaine führen wird.« Wieder verzog Cutter sein Gesicht zu dieser seltsamen Grimasse, bevor er im Flüsterton hinzu fügte: »*Den Pfad.*«

Michael runzelte die Stirn. Zwei einfache Wörter – aber so, wie der Alte sie ausgesprochen hatte, lief ihm plötzlich ein eiskalter Schauder über den Rücken.

Kapitel 6

Durch den Boden

1

Von dem Club hatte Michael schon gehört. *Alle* im VirtNet hatten schon vom *Black and Blue* gehört. Aber er kannte niemanden, der schon selbst dort gewesen wäre, denn es war praktisch unmöglich, hineinzukommen – sofern man nicht außerordentlich reich, berühmt oder kriminell war. Oder natürlich ein Politiker, auf den normalerweise alle drei genannten Eigenschaften zutrafen.

Michael und seine Freunde konnten allerdings *keine* dieser Eigenschaften vorweisen, und was die Sache noch aussichtsloser machte: Sie waren Teenager. Bei ihren Codierungskenntnissen war es zwar kein Problem, sich selbst älter aussehen zu lassen und gefälschte Personalausweise schneller hervorzuzaubern, als Helga Waffeln backen konnte. Aber der Club hatte inzwischen jede Menge Erfahrung mit cleveren Gamern, die genau das versuchten, und durchschaute fast jeden Trick.

Vor dem Clubeingang hatte sich eine Menschenschlange gebildet. Michael, der mit Sarah und Bryson auf der anderen Straßenseite stand, schätzte, dass die Wartenden mehr Geld für Schmuck und Designerklamotten ausgegeben hatten, als die meisten Leute in einem Jahr verdienten. *Lifeblood* war der einzige Ort im VirtNet, wo man sich nicht einfach alles nach Belieben beschaffen konnte. Wer was Besonderes wollte, musste auch in der realen Welt reich genug sein, um sich etwas Besonderes leisten zu können. Ansonsten blieb einem nichts anderes übrig, als anderen Leuten Honig ums Maul zu schmieren, zu flirten oder ziemlich gute Tricks anzuwenden. Oder man war ein Ass im Codieren und Hacken.

»Wie sieht unser Plan aus?«, fragte Bryson. »Ich schaffe es kaum, mich in Jackie Suede's *Shake Your Booty*-Bar zu schmuggeln, ganz zu schweigen vom *Black and Blue Club*.«

Michael dachte fieberhaft nach. »Diese Ronika kann ja nicht rund um die Uhr im Club abhängen. Wie wäre es, wenn wir einfach hier draußen auf sie warten und ihr folgen, sobald sie nach Hause geht?«

Sarah ließ so etwas wie ein Stöhnen vernehmen. »Stundenlang herumstehen und warten? Klingt ziemlich grausam. Mal abgesehen davon, dass wir keinen blassen Schimmer haben, wie sie aussieht. Außerdem hast du wohl vergessen, dass das hier nicht die Echtwelt ist. Vielleicht ist der Club sogar der einzige Ort, den sie im Sleep aufsucht. Vielleicht kehrt sie direkt durch ein Portal im Hinterzimmer des Clubs in ihren Coffin zurück. Ohne jemals auf die

Straße rauszukommen. Keine Ahnung, wär aber denkbar, wenn sie tatsächlich so bekannt ist, wie Cutter behauptet. Und ich bezweifle, dass sie ein Tangent ist, nicht in der Funktion, die sie im Club hat. Leader-Typen sind immer menschlich.«

Bryson seufzte übertrieben. »Ach, wenn ich sie doch nur fünf Minuten allein sprechen könnte! Ich würde sie mit meinem Charme um den Finger wickeln und ihr alle Infos entlocken, die wir haben wollen, und sie würde es nicht mal merken.«

»Bryson. Du. Nervst«, sagte Michael.

Dieses Mal stöhnte Sarah wirklich. »Wie bin ich eigentlich an euch zwei geraten? Erklärt mir das einer noch mal?«

Michael wurde ungeduldig. »Hört mal, ich sage es nicht gern, aber uns bleibt nur noch eine einzige Möglichkeit.«

Die beiden anderen schauten ihn skeptisch an, aber er wusste, dass ihnen genau derselbe Gedanke durch den Kopf ging. Etwas Illegales war immer das letzte Mittel.

Michael grinste boshaft. »Wir müssen uns eben den Weg hinein freihacken.«

2

Ein Hackangriff auf einen virtuellen Ort war im Grunde das Gleiche wie ein Einbruch in ein Gebäude im Wake. Etwas, wofür man einen guten Plan und Grips brauchte.

Und ebenso wie in der Echtwelt konnte sich der kleinste Fehler ziemlich negativ auswirken – wenn einen die VNS erwischte, drohte der Knast.

»Setzt eure *Ich-bin-völlig-harmlos*-Gesichter auf«, sagte Michael, »und folgt mir.«

»Kumpel, warum sagst du so was?«, beschwerte sich Bryson. »Jetzt sehe ich verdächtiger aus als der Pate persönlich.«

Sie nahmen einen Umweg um mehrere Straßenblocks, um zur Rückseite des Clubs zu gelangen, in der Hoffnung, dass ein möglicher Beobachter nicht erraten würde, was sie vorhatten. Als sie unterwegs immer stiller wurden, setzte Michael das Gespräch von Neuem in Gang, schließlich sollten sie wie ganz normale Jugendliche wirken, die ein wenig in der Stadt herumbummelten.

»Nimm's mir nicht übel, aber allmählich hängt es mir zum Hals heraus, ständig anhören zu müssen, was für eine Superköchin deine Helga ist«, sagte Bryson nach einer Weile, als sie um die letzte Ecke bogen und der Club nur noch knapp hundert Meter entfernt war. »Ich kenne sie nicht mal und werde sie wahrscheinlich auch nie kennenlernen.«

Sarah ging ihnen voraus und Michael hoffte, dass sie damit ihre Zuversicht signalisieren wollte, was den Job anging, der vor ihnen lag. »Vielleicht sollten wir uns mal in der Echtwelt in Michaels Wohnung verabreden«, schlug sie vor. »Dann könnte uns Helga ein paar von diesen leckeren Dingern vorsetzen, von denen du immer schwärmst.«

»Ist Helga eigentlich heiß?«, erkundigte sich Bryson.

Michael schüttelte sich innerlich bei dem Gedanken. »Mann, sie ist mindestens sechzig, vielleicht sogar schon siebzig.«

»Und? Das ist keine Antwort.«

Sarah blieb so abrupt stehen, dass Michael fast gegen sie geprallt wäre. Sie befanden sich jetzt nur noch wenige Gebäude vom Hintereingang entfernt, einer kleinen schwarzen Tür. Auch ohne Schild oder Aufschrift war Michael klar, dass die Tür in den *Black and Blue Club* führte: Zwei riesige, muskulöse Männer, deren Kopf jeweils so groß wie ihr Brustkorb war und ohne Hals auf dem Rumpf saß, standen davor und beäugten die Passanten, als hätten sie schon tagelang nichts zu essen bekommen und würden den Geschmack von rohem Menschenfleisch besonders schätzen. Jeder Club hatte seine Türsteher, aber diese beiden Typen waren echte Monster.

»Kinderspiel«, murmelte Bryson.

Sarah drehte sich plötzlich um und flüsterte ihnen zu, dass sie nicht mehr zum Club hinübersehen sollten. Ihr Gesichtsausdruck machte klar, dass sie es ernst meinte.

»Was hast du vor?«, fragte Michael.

»Keine Ahnung, welche Art von Firewalls um den Club herum errichtet wurden. Wir könnten uns reinhacken, klar. Aber als ich die beiden Typen gesehen habe, ist mir noch was anderes eingefallen.« Sie riskierte noch einmal einen flüchtigen Blick zu den Türstehern.

Brysons Miene spiegelte genau das wider, was auch Michael empfand: völlige Verwirrung. »Ach ja? Willst du einfach zwischen diesen beiden sympathischen Serienmördern dort drüben in den Club schlendern, oder was?«

Sarah verdrehte die Augen. »Was ich meine ist: Wir müssen uns nicht in sämtliche Firewalls um den Club hacken. Sondern nur in die Türsteher. Genauer gesagt in ihre Persönlichkeitsdaten. Und dann spazieren wir einfach durch diese Tür.«

Während sie ihnen die Einzelheiten ihres Plans darlegte, wurde Michael wieder einmal klar, warum er sie so sehr mochte: Sie war bestimmt das cleverste Mädchen, das je geboren wurde.

3

Sie brauchten genau dreiundvierzig Minuten.

Ein Stück vom Hintereingang des Clubs entfernt hatten sie sich mit dem Rücken an eine Mauer hingesetzt, sich miteinander verlinkt und checkten die Programmierung. Diesen Teil der Arbeit mochte Michael besonders: die Augen zu schließen und seine gesamte Vorstellungskraft darauf zu fokussieren, in den »Sarg« zu steigen, sich zu den wichtigsten Elementen des VirtNet Zugang zu verschaffen und den Core Code der Umgebung abzurufen. Dazu brauchte man eine Menge Instinkt und noch mehr

Erfahrung in der Zusammenarbeit mit anderen, aber darin waren er und seine Freunde inzwischen ziemlich gut. Ein weiterer Grund für ihre wunderbar funktionierende Freundschaft.

Nachdem sie zuerst die Codierung der beiden Türsteher isoliert hatten, hackten sie die Codes und luden die persönlichen Daten der Männer auf ihr eigenes System hoch. Danach schlüpften sie wieder in ihre eigenen VirtNet-Auras. Was sie vorhatten, war ein einziger riesiger Bluff – aber das schien der weitaus schnellere Weg, als der durch sämtliche Firewalls des Clubs, von denen es mit Sicherheit ziemlich viele gab. Als Michael die Augen wieder öffnete, spürte er, wie ihm der Schweiß übers Gesicht rann. Schon jetzt hatten sie die Grenzen des bei der Manipulation fremder Codes Erlaubten weit überschritten, und sie waren noch nicht einmal fertig. Bei so wenig Planungszeit war das Risiko, erwischt zu werden, allerdings weit höher, als ihnen lieb sein konnte.

Sarah sprang auf. »Los, Beeilung, bevor sie merken, was wir vorhaben.«

Michael und Bryson folgten ihr rasch. Während sie auf die beiden Türsteher-Monster zuliefen, kam Michael ein kleiner, aber beruhigender Gedanke: Die VNS hatte ihn ja praktisch *aufgefordert*, genau das zu tun. Vielleicht räumte sie ihm dann auch einen gewissen Spielraum bei Dingen ein, mit denen er eigentlich gegen das Gesetz verstieß.

Der links der Tür stehende Rausschmeißer bemerkte sie zuerst und blickte den drei sich nähernden Teenagern mit unverhohlenem Spott entgegen. Es war klar, dass sie etwas von ihm wollten, und offensichtlich freute er sich schon darauf, einen weiteren lahmen Versuch, in den Club reinzukommen, abwehren zu können. Er rieb sich die Hände, knackte mit den Fingerknöcheln und ließ ein kehliges, raues Lachen hören, während er seinen Partner in die Seite knuffte.

Michael wurde plötzlich nervös. »Das musst du machen«, flüsterte er Sarah zu, »war ja schließlich deine Idee.«

»Amen«, stimmte Bryson zu.

Ein paar Schritte vor den Türstehern hielten sie an. Jetzt beteiligte sich auch der andere am Spiel seines Partners, die drei in Grund und Boden zu starren.

»Lasst mich raten«, sagte der erste Typ. Michael bemerkte, dass die beiden praktisch wie Zwillinge aussahen. »Gleich bietet ihr uns einen Lolli an, damit wir euch zum Spielen reinlassen? Oder doch ein paar Gummibärchen?«

Sein Partner lachte, was wie fernes Donnergrollen klang. »Ihr vergeudet nur eure Zeit, Kids. Verschwindet in die Arkaden und legt dort ein paar Aliens um. Oder geht in den Teenyclub weiter unten an der Straße. Oder sonst wohin. Hauptsache, ihr verschwindet aus unserem Blickfeld.«

Michael konnte kaum fassen, *wie* nervös er war. Sie hatten schon Millionen verrückter Tricks angewandt, aber jetzt bewegten sie sich auf einem so schmalen Grat, dass seine Knie zitterten. Während Sarah gerade in ihrem Element schien.

»Wir haben eure Codes geklaut«, sagte sie, und ihre Stimme klang so cool, dass Michael erst recht schauderte. »Ich schick euch gleich mal was zum Beweis.« Sie schloss die Augen und sandte ihnen ein paar der gestohlenen files, bevor sie die beiden Türsteher grimmig anstarrte. Das große Bluffen hatte begonnen.

Der Typ links erstarrte und riss die Augen auf. Sein Kollege taumelte förmlich zurück, als habe er einen schweren Schlag in den Magen bekommen. »Dafür bringen wir euch alle drei in den Knast«, knurrte er. »Ich wette, in diesem Augenblick hämmert schon die VNS an eure Haustür.«

»Lass das ruhig unsere Sorge sein«, sagte Sarah lässig. »Okay – ich fange jetzt an zu zählen. Bei fünf werde ich ein paar Datenschnipsel losschicken, die wir in eurer ekelhaften Memory-Datenbank gefunden haben. Echte Leckerbissen, die eure Kontakte da bekommen, Freunde, Kunden und so weiter, ihr habt ja alle hübsch gespeichert. Wenn ich bei zehn bin, fangen wir an, ein paar Sachen zu ... löschen, die ihr ganz bestimmt nicht gelöscht haben wollt.«

»Du bluffst doch nur«, sagte der Mann rechts der Tür. »Und übrigens hab ich auch gerade zu zählen angefangen. Bei zwei prügle ich euch das Hirn aus den Schädeln. Oder soll ich mich vielleicht lieber ein bisschen in *eure* Codes hacken?«

»Eins«, zählte Sarah leise. »Zwei.«

Das linke Monster wurde zusehends nervöser. »Das traut ihr euch doch gar nicht. Ihr könnt überhaupt nicht auf unsere persönlichen Daten zugreifen!«

»Drei. Vier.« Sarah wandte sich an Michael, der sich inzwischen beruhigt hatte und die kleine Show sogar richtig genoss. »Bereite die Verteilerlisten vor.«

»Sind bereit«, sagte er und unterdrückte mühsam ein Grinsen.

Sarah schaute wieder die beiden Riesen an. »Fü…«

»Halt!«, brüllte der Kerl rechts. »Aufhören!«

»Wir lassen euch rein«, knurrte sein Partner wütend. »Was soll's. Aber sorgt dafür, dass ihr ein bisschen älter aussieht, damit wir keine Probleme kriegen.«

»Ein fairer Deal«, sagte Sarah. »Kommt, Leute.«

»Kumpel«, sagte Bryson zu einem der beiden, als er zwischen ihnen hindurch ging. »Was ich da in deinen files gesehen hab, Mann … Ich hoffe nur, du kriegst nie eigene Kinder.«

4

Der *Black and Blue Club* war ungefähr so, wie ihn Michael sich vorgestellt hatte, nur noch lauter, heißer, verschwitzter. Und er war sich sicher, dass er in der wahren Welt niemals mehr so viele schöne Menschen auf einem einzigen

Fleck zu sehen bekommen würde. Aus gewaltigen Lautsprechern, die an der Decke hingen, wummerte die Musik, das Discolicht blitzte und blendete. Und über allem lag ein rotes Glühen und ergoss sich über die Leute, die sich auf der Tanzfläche drehten, zuckten, herumwirbelten. Eine warme, sinnliche Körperwärme erfüllte den Raum. Wo immer Michael auch hinblickte, sah er Vollkommenheit: perfekt gestylte Frisuren, perfekte Klamotten, perfekte Muskeln, perfekte Beine.

Nicht mein Ding, dachte er und lächelte in sich hinein. Ihm waren die kumpelhaften Girls mit zerzaustem Haar und Chipskrümeln auf dem T-Shirt lieber.

»Los, wir sehen uns nach dieser Frau um!«, brüllte er den beiden anderen zu. Er überlegte, dass Lippenlesen bei den Leuten hier eigentlich der Download Nummer eins sein müsste – er konnte selbst kaum hören, was er sagte.

Bryson und Sarah nickten. Langsam schoben sie sich durch die Menge.

Das dumpfe Dröhnen der Bässe pochte in Michaels Kopf wie ein Schmiedehammer, ein Schlag nach dem anderen. Er konnte sich nicht erinnern, ob er schon zuvor leichtes Kopfweh verspürt hatte, jedenfalls reichten schon ein paar Minuten im Club aus, um ihm massive Schmerzen zu bereiten. Es war unmöglich, sich vorwärts zu bewegen, ohne ständig mit anderen Leuten zusammenzustoßen oder an verschwitzten Armen vorbeizustreifen. Im Weitergehen ahmte er unwillkürlich ein paar Tanzbewegungen nach –

bis er sah, wie fassungslos Sarah ihn angesichts seiner absolut talentfreien Bemühungen anstarrte.

Sie hauchte ihm ein lautloses »Echt heiß!« zu und verdrehte ironisch die Augen.

Ein Meer von Menschen. Harte, undurchdringliche Musik. Zuckendes Licht. Und der unendlich pochende Rhythmus. Schon nach kurzer Zeit war Michael schwindelig. Aber sie *mussten* diese Ronika finden, die angeblich alles wusste, was sie wissen wollten. Doch wie sollte man *hier* jemanden finden?

Michael blickte sich um – und stellte fest, dass Bryson und Sarah nicht mehr in seiner Nähe waren. Panik breitete sich in ihm aus. Er wirbelte im Kreis herum, ließ seinen Blick über die Menge schweifen, rief – völlig sinnlos – ihre Namen. Er war kurz davor durchzudrehen. Nicht genug damit, dass sie sich hier illegal Zugang verschafft hatten – was ihn sowieso schon nervös genug machte –, aber dass seine Freunde plötzlich spurlos verschwunden waren, machte ihn stutzig. Irgendetwas stimmte da nicht! Michael blieb stehen. Jemand stieß ihn heftig von hinten an, dann krachte ein Ellbogen gegen seinen Nacken. Über den betäubenden Lärm der Musik hinweg hörte er das Lachen einer Frau.

Dann sank er durch den Boden – und immer tiefer.

5

Es war keine Falltür. Der Boden brach auch nicht einfach ein. Stattdessen löste sich sein Körper auf, wurde transparent und sank in die Tiefe, während die tanzende Menge gen Himmel zu steigen schien. Michael warf einen Blick nach unten und sah, wie erst seine Füße, dann seine Beine und schließlich sein Torso geisterhaft durch die glänzenden schwarzen Fliesen glitten.

Als sein Kopf an der Reihe war, schloss er instinktiv die Augen. Als er sie wieder öffnete, fand er sich in einem schwach erleuchteten Raum wieder, umgeben von zwei bequem gepolsterten Sofas, Mahagoni-Paneelen an den Wänden, reich verzierten Lampen und einem flauschigen Orientteppich, in dem seine Schuhe förmlich versanken. Bryson und Sarah waren auch da und blickten ihn leicht vorwurfsvoll an, als käme er wieder mal zu spät zu einer Party. Ansonsten befand sich niemand im Raum.

»Äh – was war das denn?«, fragte Michael. Die Anwesenheit seiner Freunde beruhigte ihn ein wenig, wenngleich ihn die Tatsache, dass er einfach durch die Bodenfliesen gesunken war, immer noch fertigmachte.

»Was das war?«, fragte Bryson zurück. »Irgendjemand hat uns hier in den Keller gezogen. Und das bedeutet, dass wir nicht ganz so unbemerkt hier eingedrungen sind, wie wir uns das vorgestellt hatten.«

»Hallo?«, rief Sarah laut. »Wer ist da – wer hat uns hierher gebracht?«

Hinter ihnen schwang eine Tür auf und ein kräftiger Lichtstrahl fiel herein und beleuchtete eine Frau, für die Michael in diesem Moment keine andere Beschreibung als »*WOW!*« einfiel. Weder schön noch sexy, weder alt noch jung noch sonst irgendwas – er war außerstande, ihr Alter zu schätzen oder auch nur zu sagen, ob sie hässlich oder hübsch war. Aber in ihrem eleganten schwarzen Kleid, mit dem grauen Haar und dem weisen Gesicht strahlte diese Frau eine ungeheure Autorität und Selbstsicherheit aus.

Michael konnte nur hoffen, dass Bryson nicht eine seiner bescheuerten Bemerkungen vom Stapel ließ.

»Setzt euch«, sagte die Frau, als sie eintrat und auf sie zukam. »Ich muss zugeben, euer kleiner Trick an der Hintertür hat mich beeindruckt, aber natürlich habe ich die beiden Idioten bereits gefeuert, weil sie darauf hereingefallen sind.« Sie nahm auf einem dick gepolsterten Ledersessel Platz und schlug die Beine übereinander. »Noch einmal: Setzt euch.«

Erst jetzt wurde Michael klar, dass sie alle drei die Frau mit offenem Mund anstarrten. Verlegen ging er zu dem Sofa, das rechts von ihrem Sessel stand, während sich Sarah und Bryson auf dem anderen niederließen.

»Ihr wisst vermutlich, wer ich bin«, sagte sie. Michael hätte nicht sagen können, ob sie wütend war oder auch nur leicht gereizt. Er hatte noch nie eine derart gleichgültig klingende Stimme gehört.

»Ronika«, flüsterte Sarah ehrfurchtsvoll.

»Ja, mein Name ist Ronika.« Sie blickte sie der Reihe nach aus kalten Augen an, und Michael war wie gebannt. »Der Grund, warum ihr in diesem Raum sitzt, ist: Ich bin neugierig. Aus eurem Alter und eurer Herkunft konnte ich nicht schließen, warum ihr überhaupt hergekommen seid. Aber wenn ich daran denke, wie lange ihr da oben herumgestolpert seid, wird mir klar, dass Tanzen *nicht* der Grund ist.«

»Woher wissen Sie ...«, begann Michael, brach dann aber ab, als ihm klar wurde, dass er beinahe die dümmste Frage seines Lebens gestellt hätte. Natürlich wusste diese Lady, wo und wie sie sich Informationen beschaffen konnte! Ihre Hackerkompetenz war wahrscheinlich noch zehnmal besser als seine eigene. Ohne gewisse Talente und jede Menge Cash wurde man schließlich nicht Clubbesitzer – schon gar nicht vom *Black and Blue*.

Sie hob nur leicht die Augenbrauen, aber das reichte schon als Antwort. Dann fuhr sie fort: »Ich will eines klarstellen: Der *Black and Blue* hat seinen Ruf im VirtNet nicht rein zufällig bekommen. Leute, die das versuchen, was ihr heute getan habt, enden in ganz anderen Einrichtungen, von Krankenhäusern bis hin zu Irrenanstalten. Also: Beantwortet meine Fragen. Sagt mir die Wahrheit, dann geschieht euch nichts. Aber ich warne euch: Ich hasse Sarkasmus.«

Michael wechselte einen kurzen Blick mit Sarah. Sie hatte sie hier reingebracht – er wusste, jetzt war er an der Reihe. Irgendwie schien Bryson immer ziemlich leicht davonzukommen.

»Also, warum seid ihr hier?«, fragte Ronika.

Michael räusperte sich und schwor sich, nicht zu zeigen, wie sehr ihn diese Frau schon jetzt eingeschüchtert hatte. »Wir sind auf der Suche nach Informationen, und dabei hat uns jemand den Club genannt.«

»Wer war das?«

»Ein alter Barbier in Shady Towne.«

»Cutter.«

»Genau.« Beinahe hätte Michael einen Spruch über Cutters Mundgeruch losgelassen, schluckte ihn aber gerade noch rechtzeitig hinunter.

Ronika zögerte einen Moment. »Ich glaube, die Antwort auf die nächste Frage kenne ich bereits, aber trotzdem: Wonach sucht ihr?«

»Wir suchen nach Kaine. Dem Gamer.« Er ging zwar davon aus, dass ihr diese Auskunft reichen würde, fuhr aber dennoch fort: »Cutter sagte noch etwas von einem ›Pfad‹.«

Plötzlich sprang Bryson auf, kniff die Augen zusammen und drückte die Hände gegen die Schläfen. »Oh, Scheiße! Scheiße! Scheiße!«

Michaels Herz stolperte.

»Was ist?«, fragte Sarah entsetzt.

Bryson ließ die Arme sinken und öffnete die Augen wieder. »Mein Tracker hat sich aktiviert. Kaine weiß, dass wir hier sind. Er muss irgendwo ganz in der Nähe sein!«

Ronika reagierte völlig gelassen.

»Natürlich ist er das«, sagte sie.

Kapitel 7

Black and Blue

1

Sie blickten die Frau an und warteten auf eine Erklärung. Michael wäre am liebsten aufgesprungen und aus dem Raum geflohen, aber zugleich war ihm klar, dass es dann wohl keine zweite Chance mehr geben würde, etwas zu erfahren.

»Er war schon einmal hier«, sagte sie. »Aber ich kann euch versichern, dass meine Firewalls absolut zuverlässig sind. Dieser Mann würde es nicht wagen, sich mit mir anzulegen, schließlich ist ihm klar, dass ich einen seiner hochgeschätzten ... Tangents ... vor dem Datenverfall gerettet habe.«

Ihr seltsames Zögern zwischen den Worten machte Michael stutzig, sodass er beinahe vergaß, in welcher Gefahr er und seine Freunde schwebten. Er wusste, dass alle Tangents irgendwann das Decay-Stadium erreichten. Schließlich waren Tangents nichts weiter als Programme für künstliche Intelligenz, derart komplex und lebensecht, dass sie nicht ewig laufen konnten: Irgendwann fingen sie an, einen eigenen Willen zu entwickeln. Und dann ergaben sich Widersprüche zwischen ihrer Existenz als künstliche Wesen und ihren Instinkten. Forschungen hatten gezeigt, dass irgendwann bestimmte wesentliche Elemente im Leben der Tangents ohne ersichtlichen Grund zu verschwinden begannen – zuerst verlor ihr künstliches Gedächtnis die Fähigkeit, die »Lücken zu füllen«. Dann stießen ihrem »physischen Körper« seltsame Dinge zu, die bei jedem Tangent anders ausfielen. Aber bevor der Decay, also der allmähliche Verfall ihrer Daten, so weit fortgeschritten war, dass die Gamer es bemerkten, wurden die Tangents von den Programmierern abgeschaltet. Gelöscht. Getötet.

Ronikas Stimme brachte Michael wieder ins Hier und Jetzt.

»... hätte nicht so lange überlebt, wenn ich die Codierung nicht bereinigt und Kaines geschätzten Tangent praktisch wiedergeboren hätte. Was gar nicht so einfach ist, ohne dabei das Gedächtnis zu löschen. Abgesehen davon, dass so was strengstens verboten ist. Kaine steht in meiner Schuld. Angeblich hat er Jahre gebraucht, um dieses spezielle Programm zu entwickeln. Damals wusste ich über ihn noch nicht so viel wie heute, aber wahrscheinlich hätte ich es trotzdem getan. Es ist immer gut, Freunde zu haben – oder auch Feinde –, die einem etwas schulden.«

»Er scheint mir aber nicht der Typ zu sein, dem es viel ausmacht, einen alten Freund zu verraten«, sagte Michael.

»Und er hat Leute im Sleep gefangen gehalten. Er ist absolut rücksichtslos, und ich denke nicht, dass wir einfach dasitzen und abwarten sollten, was er sonst noch plant.«

Ronika betrachtete Michael aufmerksam. »Es steht dir frei zu gehen.«

»Sie wird uns sowieso nicht helfen, schließlich ist sie mit ihm befreundet«, warf Bryson ein.

»*Befreundet?*«, wiederholte Ronika, als sei ihr das Wort völlig unbekannt. »Er hat mir eine lächerliche Summe gezahlt. Ich bin mit keinem Gamer *befreundet*. Nur ein Partner. Was ich sagen wollte, ist, dass man für das, was ich für ihn getan habe, ein ganz besonderes Talent braucht. Und ich bin eine der wenigen, die dieses Talent besitzen. Deshalb würde er es niemals wagen, es in Gefahr zu bringen, schließlich könnte es ihm später noch einmal sehr nützlich sein.«

Trotzdem fühlte sich Michael in Ronikas Gegenwart nicht gerade sicher. Aber die Zeit drängte, sie brauchten Informationen von Ronika. Sarah hatte offenbar denselben Gedanken.

»Hören Sie«, sagte sie, »wir haben nicht viel Geld. Gibt es eine andere Möglichkeit, uns Ihre Informationen zu verdienen?«

Ein schlaues Grinsen erschien auf Ronikas Gesicht. »Es gibt vieles, das wertvoller ist als Geld. Die Tatsache, dass ihr überhaupt hierhergekommen seid, sagt mir schon eine ganze Menge über euch. Für meine Antworten auf eure

Fragen verlange ich nur eine einzige simple Gegenleistung.«

Das klang zu gut, um wahr zu sein. Michael spielte schon lange genug, um zu wissen, dass es eine Million furchtbare Dinge gab, die sie von ihnen verlangen konnte.

»Und die wäre?«, fragte er zögernd.

Das Lächeln lag noch immer auf ihren Lippen. »Oh, das kann ich jetzt noch nicht sagen. Das erfahrt ihr, wenn ich es brauche.«

Michael hatte keine Ahnung, wie diese Frau es schaffte, so harmlose Dinge so bedrohlich klingen zu lassen. Und gleichzeitig merkte er, dass er sie irgendwie mochte.

»Abgemacht«, sagte Bryson, ohne sich mit seinen Freunden abzusprechen. Aber Michael hätte ohnehin nicht widersprochen – im Grunde hatten sie gar keine andere Wahl.

»Und ihr beide?«, fragte sie Sarah und Michael.

Beide nickten stumm.

»Aber wir müssen uns beeilen«, drängte Bryson. »Mein Tracker pocht wie irre und ich will so schnell wie möglich weg von hier.«

Michael brauchte nicht lange zu überlegen, was ihnen blühte, wenn sie nicht bald verschwinden.

»Gut«, sagte Ronika, offenbar sehr zufrieden mit der Abmachung. »Stellt eure Fragen.«

2

Michael hatte seine Freunde in diese Sache reingezogen, also war er auch derjenige, der die Fragen stellen musste, auch wenn er am liebsten die Flucht ergriffen hätte. Aber an diesem Punkt gab es kein Zurück mehr. Er beschloss, sich so knapp und präzise wie möglich zu fassen, um endlich mehr über diesen Pfad zu erfahren – aber auch über einige andere Dinge.

»Kaine«, begann er. »Haben Sie von etwas gehört, das mit ihm in Verbindung gebracht wird – irgendetwas Geheimes, das tief im VirtNet versteckt ist?«

»Ja.«

Michael unterdrückte seine Aufregung. »Wissen Sie mehr darüber?«

Ronika verzog keine Miene. »Fast gar nichts. Aber ich glaube, dass es sich definitiv um eine große Sache handelt.«

Ihre Gelassenheit ärgerte Michael – er ahnte, dass sie mehr wusste, als sie verriet. »Cutter sagte etwas von einem Pfad.«

Sie nickte. »Ja. *Der Pfad.* Keine Ahnung, woher der Alte das alles weiß.«

»Und was ist dieser ... Pfad?«, fragte Sarah.

Ronika zögerte keine Sekunde, was Michael das Gefühl gab, dass sie die Wahrheit sagte. »Der Pfad ist der einzige Weg, der zur Holy Domain führt, die irgendwo tief im

Sleep versteckt ist – genau wie Kaine selbst. Holy Domain – der Name ist wichtig, den solltet ihr euch gut merken. Angeblich soll Kaine von dort aus seine Aktivitäten betreiben. Es ist praktisch unmöglich, dorthin zu gelangen – man sagt, es seien mehrere unüberwindbare Sicherheitsbarrieren darum herum errichtet worden. Aber ihr wisst ja offenbar, es gibt immer einen Weg hinein. Immer.«

»Und dieser Weg ist der Pfad?«, fragte Michael.

Ronika nickte. »Richtig. Der Pfad.«

Michael bemerkte, wie Brysons Knie jetzt aufgeregt auf und ab wippte.

»Kommt er näher?«, fragte er.

»Er steht praktisch vor dieser Tür, Mann.« Bryson blickte sich hektisch nach einem Fluchtweg um. »Wir müssen verschwinden!«

»Euch passiert schon nichts«, sagte Ronika, aber zum ersten Mal glaubte Michael, einen Anflug von Unsicherheit in ihrer Stimme zu hören. »Ich kann euch nur sagen, wo ihr anfangen müsst. Ich selbst war nie auf dem Pfad und habe auch nicht das geringste Verlangen danach.«

Michael beugte sich aufgeregt vor. Endlich würden sie eine konkrete Information bekommen. »Okay – wo müssen wir hin?«

»Habt ihr jemals *Devils of Destruction* gespielt?«

Michael schüttelte den Kopf. *Devils of Destruction* war ein ziemlich lahmes Kriegsspiel, das nur noch von alten Knackern gespielt wurde. »Hat mich nie interessiert.«

»Stinklangweilig«, warf Bryson ein. »Aber würde mich nicht wundern, wenn der Pfad dort anfinge – dort würde garantiert niemand danach suchen. Man muss schon echt verzweifelt oder total gelangweilt sein, um dieses Game zu spielen.«

Ronikas Miene wirkte jetzt ein wenig angespannt. Sie war nervös, was man ihrer Stimme deutlich anmerkte. »Irgendwo in der Hot Zone des Schlachtfelds gibt es einen Schützengraben, der einen Schwachpunkt im Code aufweist. Wenn ihr es schafft, euch an diesem Schwachpunkt in das Programm zu hacken, findet ihr ein Portal zum Pfad. Das ist alles, was ich weiß.« Sie stand abrupt auf. »Wir sind fertig miteinander. Vergesst nicht, dass ihr in meiner Schuld steht, die ich auf jeden Fall irgendwann einfordern werde.«

»Was ist los?«, fragte Michael, der ebenfalls aufgestanden war.

Die Frau kniff die Augen zusammen. »Vielleicht war ich ein bisschen voreilig, was unsere Sicherheit angeht.«

Sie hatte kaum das letzte Wort ausgesprochen, als Michael eines der schrecklichsten Geräusche seines Lebens hörte.

3

Es klang absolut unheimlich, irgendwas zwischen einem extrem schrillen Kreischen und einem Heulen. Ein unglaublich heiserer Schrei, misstönend, schrill. Michael schlug sich die Hände auf die Ohren und presste die Augen zusammen. Er wollte nur noch eins – dass es aufhörte.

Es dröhnte und kreischte mindestens eine Minute, fuhr ihm durch den ganzen Körper. Dann hörte es abrupt auf.

Michael öffnete die Augen und nahm die Hände herunter. Sarah und Bryson waren aschfahl im Gesicht und sahen aus, als müssten sie sich jeden Moment übergeben. Selbst Ronikas Ruhe und Gelassenheit wirkten erschüttert.

»Was war das?«, flüsterte Bryson geschockt.

»Dein Tracker hat nicht Kaine gemeldet«, antwortete Ronika. »Kaine hat ... etwas anderes geschickt.«

Ein dumpfes Poltern ertönte, das aus allen Richtungen gleichzeitig zu kommen schien – gefolgt von Totenstille. Die vier standen wie erstarrt mitten im Raum. Auch wenn es ihm widerstrebte, musste sich Michael eingestehen, dass er wünschte, Ronika würde ihnen sagen, was jetzt zu tun sei.

Dann explodierte wieder der Schrei, durchdringend und roh. Michael fiel rückwärts auf das Sofa und hielt sich erneut die Ohren zu. Diesmal verebbte das Geräusch schneller, und jetzt gab es für Michael kein Halten mehr. Er wollte nicht länger darauf warten, dass Ronika eine Entscheidung traf.

»Los, kommt«, rief er und deutete auf die Tür, durch die Ronika hereingekommen war. »Wir müssen hier ra...«

Ein weiterer Schrei schnitt ihm das Wort ab, aber Bryson und Sarah brauchten gar keine Aufforderung. Sie liefen zur Tür, als ein plötzliches Krachen – als zertrümmere ein entwurzelter Baum das Gebäude – sie zurücktaumeln ließ. Michael wirbelte herum: Eine Hand, zweimal so groß wie eine Menschenhand, brach durch die Wand und Holzsplitter fegten durch den Raum. Michael ging in die Knie und schützte seinen Kopf mit den Armen, um nicht von den Splittern getroffen zu werden. Riesige Finger ragten durch das Loch und bewegten sich suchend. Sie schienen von innen heraus gelblich zu leuchten.

Michael blieb in Deckung. Er hörte ein eigenartiges *Klick-klick-klick*, als kratzten Fingernägel oder Klauen über das Holz auf der anderen Seite der Wand, gepaart mit einem monströsen Schnauben und Keuchen.

Plötzlich kam Leben in Ronika. »Schnell, folgt mir!«

Michael zögerte keine Sekunde und sprang auf. Ronika rannte zur Tür, aber noch bevor sie sie erreichte, polterte etwas von außen dagegen, und dann gleich noch einmal. Die Tür bebte in ihren Angeln. Ronika machte kehrt, lief in eine Zimmerecke und ging zu Boden. Michael wollte ihr gerade wieder auf die Beine helfen, als ihm klar wurde, dass sie nicht gestürzt war, sondern eine in den Paneelen gut verborgene Geheimtür aufzog. Sie kroch in einen schachtartigen Tunnel und Michael folgte ihr auf Händen und Knien in die Dunkelheit. Er spürte, wie sich Sarah und Bryson hinter ihm in den Schacht drängten und ihn gegen Ronika schoben.

»Schließt die Tür!«, flüsterte sie. »Schnell!«

Bryson reagierte sofort und zog die Geheimtür hinter sich zu.

Der Platz reichte gerade aus, dass die vier gegen die Wand gelehnt nebeneinander sitzen konnten. Bevor jemand etwas sagen konnte, schloss Ronika fest die Augen, und ein Screen leuchtete in der Luft direkt vor ihr auf und schwebte dann zur Wand gegenüber. Auf dem Screen war der Raum zu sehen, aus dem sie soeben geflohen waren.

Gebannt starrten sie darauf. Plötzlich schoss etwas durch das Loch in der Wand, das die riesige Hand gerissen hatte: Eine dunkle, wolfähnliche, verschwommene Gestalt sprang zwischen den zersplitterten Paneelen hervor. Gelbe Augen glommen in dem grauen Schädel. Drei weitere dieser schattenhaften Kreaturen folgten und jede rannte zu einer anderen Ecke des Raumes. Sämtliche Ecken lagen im Halbdunkel, und Michael beobachtete entsetzt, wie die Kreaturen mit der Dunkelheit verschmolzen, bis nichts mehr von ihnen zu sehen war, außer ihren gelb aus den Schatten leuchtenden Augen.

Michael hatte keine Ahnung, was sie jetzt tun sollten, ohne ein Portal in der Nähe, um sich in den Wake zu liften.

Wer waren diese Biester dort draußen? So etwas hatte er noch nie zuvor gesehen. Und worauf zum Teufel warteten sie dort?

Ronika wandte sich zu ihnen um, als wollte sie etwas sagen. Sie hatte ja bereits erklärt, dass Kaine »etwas anderes« in den *Black and Blue Club* geschickt habe, und Michael hoffte, dass sie ihnen nun verraten würde, wer oder was diese Kreaturen waren.

»Na?«, flüsterte Bryson schließlich.

Ronika warf ihm einen scharfen Blick zu, bevor sie die unausgesprochene Frage beantwortete.

»Das sind KillSims. Und wir stecken ziemlich in der Klemme.«

4

Von KillSims hatte Michael noch nie gehört, bis zu seiner Begegnung mit Tanja – die jetzt Jahrhunderte zurückzuliegen schien. Er wusste kaum etwas darüber, aber das Wort reichte aus, um ihm einen Schauder über den Rücken zu jagen. »Was sind KillSims?«, fragte er.

»Kaines Kreaturen – es hat in letzter Zeit immer mehr Gerüchte darüber gegeben.« Ronika warf einen erneuten Blick auf den Screen. Immer noch keine Bewegung im Raum – nur Schatten und gelb glimmende Augen in dunklen Ecken. »Sie sind eine Art Antimaterie für das VirtNet.

Antiprogrammierung wäre wohl der treffendere Ausdruck. Schaffen sie es, sich in dich zu verbeißen, saugen sie dein virtuelles Leben buchstäblich in einen digitalen Abgrund, und nur der Himmel weiß, wo das ist. Man kann sich dann zwar wieder in den Coffin liften, ist aber ruiniert und muss ganz von vorne anfangen. Es kann sogar sein, dass man einen Hirnschaden erleidet, der auch in der Echtwelt bestehen bleibt – das könnte einigen der Leute zugestoßen sein, die du vorhin erwähnt hast.«

Wieder lief es Michael eiskalt über den Rücken. Er zuckte zusammen, als ein tiefes Knurren von der anderen Seite der Geheimtür hereindrang, obwohl sich auf dem Screen nichts bewegte. Das Geräusch klang anders als das Knurren eines realen Tieres – irgendwie statisch verzerrt, digital, künstlich. Er wappnete sich innerlich, dass als Nächstes der furchtbare Schrei wieder ertönen würde, aber alles blieb ruhig.

»Warum greifen sie uns nicht an?«, flüsterte Sarah. »Sie müssen doch wissen, dass wir hier drin sind.«

»Also, ich beschwer mich nicht darüber«, murmelte Bryson.

Ronika antwortete so leise, dass Michael sich zu ihr beugen musste. »Ich vermute, Kaine wollte uns in die Falle treiben. Und das hat er jetzt auch geschafft, wahrscheinlich noch besser, als er es sich vorgestellt hatte. Vielleicht taucht er selbst noch auf, aber dazu muss er erst meine Firewalls überwinden.«

»Wie können wir diese Dinger abwehren?«, fragte Bryson. »Wissen Sie irgendwas darüber?«

Kaum hatte er zu Ende gesprochen, als auch schon der ohrenbetäubende Schrei erneut die Luft zerriss.

Als wieder Stille herrschte, flüsterte Ronika: »Nein. Ich habe keine Ahnung«, und ihre Stimme klang beängstigend hoffnungslos.

Michael hatte keine andere Wahl, als selbst die Führung zu übernehmen. »Hören Sie, Ronika, diese Monster sind ganz offensichtlich hinter uns her. Aber wir können hier nicht einfach sitzen bleiben und abwarten, bis Kaine hereinspaziert – und er wird uns auf jeden Fall bald finden. Sie bleiben hier und wir versuchen, zur Tür zu kommen und zu verschwinden.«

»Nein«, widersprach sie mit fester Stimme. »Ich lasse euch nicht allein, bis wir alle in Sicherheit sind.«

Dass Ronika sie beschützen wollte, überraschte Michael. »Okay, aber Sie wissen genauso gut wie wir, dass es nur noch schlimmer werden kann. Vor allem, wenn Kaine hier auftaucht.«

»Hast du eine Idee, wie wir uns gegen diese Dinger wehren, wenn sie uns angreifen?«, fragte Bryson.

»Du musst nur verhindern, dass sie dich beißen«, meinte Sarah.

Ronika deutete auf den Screen. »Wir müssen es schaffen, die Treppe hinter der Tür hinaufzukommen. Kaine blockiert irgendwie meinen Kontakt zu meiner Security. Sobald wir oben an der Treppe sind, können wir zum Hauptraum des Clubs gelangen. Von dort werden meine Sicherheitsleute und Türsteher ausschwärmen, und sie werden selbst für die KillSims zu viele sein.«

»Okay. Also zur Tür«, sagte Michael, »und sofort die Treppe rauf. Kein Problem.« Doch in Wahrheit zitterte er förmlich vor Angst und konnte kaum noch atmen.

»Wir müssen dicht beieinander bleiben«, ergänzte Sarah. »Wie ein Rudel.«

Michael ging auf Hände und Knie und machte sich bereit, durch die Geheimtür zu kriechen. »Bryson, du bist direkt an der Tür, also musst du als Erster raus.«

»War ja klar«, murrte Bryson.

Michael wusste, dass Bryson das nur ironisch gemeint hatte, aber er wollte trotzdem nicht, dass Bryson als Erster ging. Michael schob sich an seinen Freunden vorbei. »Nein. Ich hab euch diese Scheiße eingebrockt, also gehe ich voran.«

»Aber wenn *du* jetzt stirbst, hab ich ein schlechtes Gewissen«, jammerte Bryson.

Michael war froh, dass sein Kumpel wenigstens seinen Humor noch nicht verloren hatte. »Damit wirst du wohl leben müssen.«

5

Als alle hinter Michael bereit waren, öffnete er vorsichtig die Geheimtür. Der Raum war nur schwach erleuchtet, wie von einer einzigen Kerze, die alles in einen ätherischen, warmen Schimmer tauchte. Aber Michael wusste, wie trügerisch der Frieden war: In den Schatten lauerte das Böse.

Während er sich langsam in den Raum schob, behielt er die Wand gegenüber genau im Blick. Abgesehen von den gelb glimmenden Augen konnte er keine Gestalten unterscheiden, ein dunkler Schatten schien den anderen zu überlagern. Noch während Michael herauszufinden versuchte, wie viele der Kreaturen im Raum lauerten, geschah etwas Seltsames: Die gelben Augen verschwanden, sobald er sie direkt anschaute. Wandte er jedoch den Blick ab, konnte er sie aus dem Augenwinkel erneut sehen. Ansonsten bewegte sich nichts. Vielleicht warteten sie tatsächlich auf Kaine und seine weiteren Befehle.

Michael schob sich vorsichtig Zentimeter um Zentimeter voran, dicht gefolgt von den anderen dreien, wobei er den Blick immer von den gelben Augen abgewandt hielt. Sie erreichten den Rand des Teppichs und krochen nun über die Fliesen, die sich unter ihren Knien kalt und hart anfühlten. Dann hörte Michael plötzlich wieder das digitale Knurren und sah gelbe Augen in dem Loch leuchten, das die Hand in die Wand gerissen hatte – keine sechs Meter entfernt. Michael hielt an.

Bryson stieß gegen ihn. »Weiter!«, drängelte Bryson flüsternd, aber es kam so laut heraus, dass er es ebenso gut in normaler Lautstärke hätte sagen können.

Michael warf ihm einen kurzen Blick zu. »Vielleicht greifen sie uns an, wenn wir uns zu schnell bewegen.«

»Vielleicht killen sie uns, wenn wir uns nicht bewegen!«

Kurze Zeit herrschte Stille, dann begann das Knurren erneut. Das statische Dröhnen ging Michael durch Mark und Bein. Er holte tief Luft und setzte sich wieder in Bewegung.

Als die Tür nur noch drei Meter entfernt war, ging Michael in die Hocke, spannte sämtliche Muskeln an und machte sich bereit, loszustürmen. Doch im selben Augenblick bewegte sich etwas weiter rechts. Er wandte den Kopf. Auf den ersten Blick schien es, als wäre die Dunkelheit in der Ecke geschmolzen und auf dem Boden auseinandergeflossen. Dann verdichtete sie sich zu einer der wolfähnlichen Gestalten, die er bereits kannte und die ihn jetzt mit ihren gelben, wie winzige Flammen leuchtenden Augen anstarrte. Michael starrte zurück und im nächsten Moment waren die glühenden Augen verschwunden und die Kreatur stieß ihren markerschütternden Schrei aus. Michael hatte nicht einmal Zeit, sich die Ohren zuzuhalten, als der Schrei auch schon wieder verstummte und in das seltsam summende Knurren überging – wie ein uralter Computer, der kurz vor dem endgültigen Absturz stand.

Jetzt gab es für ihn keinen Zweifel mehr: Diese Kreaturen sollten sie nur bewachen, sollten sie an der Flucht hindern. Kaine war auf dem Weg hierher.

Aber Michael hatte nicht vor, auf ihn zu warten.

6

Langsam erhob Michael sich aus seiner gebückten Haltung, bis er aufrecht an der Wand stand. Er hatte den Blick wieder abgewandt, sodass die Augen erneut sichtbar waren, und streckte instinktiv die Hand in Richtung des Monsters aus – als wolle er es beschwichtigen, obwohl er wusste, dass die Geste diesem Antiprogramm nichts bedeutete.

»Sobald ich die Tür öffne«, flüsterte er den anderen zu, »lauft ihr raus.« Erst als er den Satz ausgesprochen hatte, wurde ihm klar, was das bedeutete: Er würde den Raum als Letzter verlassen. Und wahrscheinlich als Erster angegriffen.

»Alles klar«, sagte Bryson.

Michael nickte. »Jetzt.«

Er raste auf die Tür zu, griff nach dem Knauf – und bemerkte im selben Augenblick, wie der Kopf des KillSim ruckartig, wie erschreckt, zurückzuckte. Blitzartig kam Michael der Gedanke, dass es Kaine selbst war, der sie durch diese gelben Augen beobachtete und wohl damit gerechnet hatte, dass Michael und seine Freunde voller Angst in ihrer Ecke kauern würden. Michaels Finger schlossen sich um den metallisch kalten Knauf. Er drehte ihn und hatte kaum die Tür aufgerissen, als auch schon Bryson hindurchjagte. Wieder dröhnte der entsetzliche Schrei durch die Stille. Aus dem Augenwinkel nahm Michael eine verschwommene, blitzschnelle Bewegung wahr, gerade als Sarah, dicht gefolgt von Ronika, durch die Tür rannte.

Michael setzte ihnen nach, wobei er hinter sich griff, um die Tür zuzuziehen. Nur noch eine Handbreit, und die Tür wäre ins Schloss gefallen, als ihm plötzlich der Knauf mit solch brutaler Gewalt aus der Hand gerissen wurde, dass die ganze Tür aus den Angeln krachte.

Michael sprintete weiter. Bryson hatte inzwischen ungefähr die Mitte der Treppe erreicht.

»Schneller!«, schrie Michael.

Im selben Augenblick packte ihn etwas an der rechten Schulter – schwer und scharf. Er wurde heftig zu Boden gestoßen. Keuchend warf er sich auf den Rücken und versuchte, sich mit Armen und Beinen gegen das riesige Ding, das ihn zu Boden presste, zu wehren. Zwei gelbe Augen starrten auf ihn herab, aber sonst sah er nichts als einen dunklen Schatten, der ständig zwischen einem festen und einem dunstähnlichen Zustand hin und her zu wechseln schien. Michael hörte die Schritte seiner Freunde auf der Treppe, hörte Sarah seinen Namen rufen. Weitere dunkle Schatten sprangen über Michael und seinen Angreifer hinweg und seinen Freunden hinterher. Er hörte sie schreien – Sarah, Bryson, Ronika. Sie waren dem Angriff hilflos ausgeliefert.

Der KillSim schlug mit gewaltigen Fäusten auf Michael ein, als habe er menschliche Gestalt angenommen. Für einen kurzen Augenblick sah sich Michael in seinem Coffin liegen und wild um sich schlagen, während die verschiedenen AirPuffs und LiquiGels und NerveWires dafür sorgten, dass er jeden einzelnen Hieb des Monsters genauso schmerzhaft wie im echten Leben spürte. Selbst schuld, warum musste es auch unbedingt der realistischste Coffin sein, der zu haben gewesen war?

Adrenalin schoss durch seine Adern. Er sammelte seine ganze Kraft, zog die Beine an und rammte dem KillSim die Füße in den Körper. Sein Angreifer wurde gegen die Wand des kurzen Flurs geschleudert, der zwischen Tür und Treppe lag.

Während Michael sich halb aufrappelte und zurückwich, setzte der KillSim bereits zu einem neuen Angriff an. Die gelben Augen blitzten, und wie ein wütender schwarzer Panther sprang das Ding los und stürzte sich auf ihn. In letzter Sekunde wich Michael zur Seite und warf sich in Richtung Treppe. Hinter ihm krachte das Ungeheuer gegen die Wand. Als Michael wieder auf die Füße kam, sah er, wie das Monster langsam versuchte, sich wieder aufzurichten, unsicher und vom Aufprall benommen.

Ringsum herrschte Chaos. Seine Freunde und Ronika

wehrten sich verzweifelt gegen die anderen KillSims. Sarah hatte es gerade geschafft, sich von ihrem Angreifer loszureißen und ihm einen Tritt ins Gesicht zu verpassen, sodass dieser die Treppe hinunter stürzte. Bryson war schon fast an der oberen Tür und boxte und schlug wild um sich. Ronika, nur zwei, drei Schritte von Michael entfernt, hatte es am schlimmsten erwischt: Ein KillSim saß auf ihr, das gierige Maul nur noch eine Handbreit von ihrem Kopf entfernt und so unglaublich weit aufgerissen, als wolle es ihren Kopf mit einem einzigen Biss verschlingen.

Michael wollte ihr zu Hilfe eilen, aber im selben Augenblick prallte sein eigener Angreifer gegen seinen Rücken, schleuderte ihn nach rechts und riss ihm eine klaffende Wunde in die Schulter. Michael schlug so schwer mit dem Kopf gegen die Wand, dass er für einen Moment benommen zusammenbrach. Der Angreifer ließ ihm keine Zeit, wieder zu sich zu kommen – er stürzte sich auf Michael, warf ihn auf den Rücken und presste seine Arme zu Boden. Erneut konnte Michael keine konkrete Gestalt ausmachen, aber ein dunkler wolfähnlicher Schädel senkte sich über sein Gesicht und fauchte ihn mit einem mechanischen Knurren an.

Michael konnte sich nicht mehr bewegen. Seine Muskeln schienen sich plötzlich in Gelee verwandelt zu haben, seine Gedanken wirbelten wirr durch den Kopf, während er verzweifelt versuchte, sich auf das Codieren zu konzentrieren ... Vielleicht konnte er eine Waffe oder irgendeine spezielle Kampftechnik aus einem anderen Game abrufen. Aber es war unmöglich, einen klaren Gedanken zu fassen. Der KillSim riss seine Schnauze immer weiter auf, und Michael sah, dass er weder Zähne noch Zunge hatte – über ihm gähnte ein Schlund absoluter Schwärze, wie ein Schwarzes Loch, das ihn jeden Augenblick in den Kosmos saugen würde. Hinter sich hörte er Ronika schreien, hörte Bryson und Sarah keuchen und stöhnen, hörte dumpfe Schläge des Kampfes. Erneut sammelte er seine ganze Kraft in dem verzweifelten Versuch, die Arme frei zu bekommen und das Ungeheuer von sich zu stoßen, aber es gelang ihm nicht. Stattdessen klaffte das Maul der Kreatur noch weiter auf, kam immer näher und füllte schließlich sein gesamtes Gesichtsfeld aus.

Dann ein plötzliches klirrendes Krachen hinter ihnen, als ob Glas zerschmettert würde. Dann noch einmal, so laut, dass es selbst Ronikas verzweifelte Schreie übertönte. Michael sah nichts als Schwärze, spürte nichts als einen stechenden Schmerz im Kopf.

Er hörte Bryson mit halb erstickter Stimme brüllen: »Die Augen! Drückt ihnen die verdammten Augen ein!«

Mit einem Mal veränderte sich der stechende Kopfschmerz in eine Art Summen, als ob ein Schwarm äußerst gereizter Wespen zwischen Michaels Ohren gefangen sei. Er konnte nicht mehr sagen, ob seine Augen offen oder geschlossen waren, spürte nicht mehr das Gewicht des Monsters auf seinen Armen und Beinen, und auch nicht den harten Boden unter seinem Rücken. Er schien in der dunklen Leere, im unendlichen Abgrund des KillSim zu schweben, und es gab nur noch diesen einen, tiefen Schmerz. Das Summen schwoll an, bis er fast nichts anderes mehr hörte. Ronika schrie ein letztes Mal auf, aber es klang wie aus weiter Ferne. Sarah brüllte etwas, aber in Michaels Ohren klang es wie wirres Zeug.

Seine Gedanken drifteten davon. Aus irgendeinem Grund sah er plötzlich wieder das *Lifeblood Deep*-Plakat vor sich, stellte sich seine Eltern auf ihrer anscheinend schon ewig andauernden bescheuerten Reise vor. Er sah sich als kleinen Jungen – Baseball. Eiskrem. Spielplatz.

Allmählich dämmerte ihm, dass er völlig desorientiert war, eingehüllt in Dunkelheit. Er kniff die Augen zu und versuchte, sich zu konzentrieren, sein ganzes Bewusstsein auf diesen Augenblick, diese Situation zu fokussieren. Hatte ihm Bryson nicht gerade gesagt, was er tun müsse – irgendwas mit den Augen? Sarah war ganz in der Nähe – vielleicht versuchte sie, ihm zu helfen?

Sie hatten eine Möglichkeit gefunden, sich zu wehren.

Das musste er auch.

Dieses Ding wollte ihn töten!

Noch einmal nahm Michael seine ganze Kraft zusammen. Mit einem gewaltigen Aufschrei befreite er sich aus den Klauen des Schattenmonsters. Blind fuhren seine Hände nach oben, suchten in der Dunkelheit nach dem Kopf des KillSim, bis er die Stelle fand, an der eben noch die gelben Augen geglüht hatten. Er spürte, wie ihn das Biest wieder zu Boden pressen wollte, und schaffte es, sich zur Seite zu rollen und den Klauen auszuweichen. Dann fanden seine Finger zwei warme, fast heiße Halbkugeln.

Er reagierte sofort: Mit dem letzten Rest seiner Kraft drückte er zu, so fest und stark er konnte. Die Augen, zuerst noch hart und glatt wie Glasmurmeln, gaben unter dem Druck nach, als wären sie aus Silikon. Trotz der Dunkelheit konnte er sehen, wie die Augen zwischen seinen Fingern hindurchquollen. Die Kreatur heulte entsetzt auf und versuchte, Michael von sich zu stoßen.

Dann zerplatzten die Augen.

7

Es war, als explodierten zwei rohe Eier in Michaels Händen. Im selben Augenblick verspürte er einen heftigen Stromstoß, der ihm die Handflächen versengte und durch Arme und Brust jagte. Michael schrie, als der Schmerz durch seinen Körper schoss, und stieß den KillSim von sich, der schlaff zur Seite kippte und bewegungslos liegen blieb. Licht floss in Michaels Augen, sein Sehvermögen kehrte zurück. Gleichzeitig wurde ihm so übel, als hätte er einen Hammerschlag in die Magengrube bekommen.

Der Raum schien jetzt eine andere Farbe angenommen zu haben, noch dunkler als zuvor, und Michaels Kopf schmerzte wie noch nie in seinem Leben. Seine Gedanken wirbelten immer noch wild durcheinander. Benommen blickte er sich um. Die Umrisse des KillSim zu seinen Füßen waren jetzt wieder deutlicher zu erkennen, aber so schlaff, wie er dalag, schien er geschrumpft zu sein, nichts weiter als ein augenloser, schwarzer Hundekadaver.

»Wenn wir das gewusst hätten ...«, hörte er Brysons heisere Stimme.

Michael riss den Blick von der Kreatur los und schaute zu seinem Freund hinüber. Die Bewegung schickte einen schmerzhaften Stich durch seinen Schädel.

Bryson und Sarah knieten neben Ronika, nur eine Handbreit entfernt lag ein toter KillSim, ganz in der Nähe zwei weitere Kadaver – einer am Fuß, der andere ungefähr auf der Mitte der Treppe. Michaels Freunde keuchten immer noch, und ein rascher Blick zeigte ihm, dass sie sich an den glühenden Augen die Hände verbrannt hatten. Erst da betrachtete er seine eigenen Hände – das selbe Bild – und spürte erst jetzt die Schmerzen.

Ronika – warum bewegte sie sich nicht?

Michael machte einen Schritt auf sie zu und wollte gerade fragen, was passiert sei, als er wie angewurzelt stehen blieb. Schockiert beobachtete er, wie sich ihr Körper zu transformieren begann.

Ein blaues Licht blitzte an ihren Augenbrauen entlang auf, immer schneller und immer heller, und setzte sich über Stirn und Schläfen fort, wuchs an und breitete sich immer weiter aus, über Augen, Nase, Wangen, Haare. Winzige bläulich-grüne Funken sprühten und erinnerten dabei an Schmetterlingsflügel, die Ronikas verschwundene Gesichtszüge ersetzten. Die Flügel schlugen ein paarmal und es knisterte und rauschte wie bei einem starken Stromstoß.

Ronikas Kopf war jetzt vollständig der Transformation unterworfen und sah aus, wie von einer furchtbar entstellenden Hautkrankheit befallen. Innerhalb kürzester Zeit war nichts mehr übrig außer einem glühenden Ball von flackernden blauen und grünen Lichtkreisen. Allmählich bewegte sich der Ball über ihren Hals hinab, breitete sich über Schultern und Brust aus und hinterließ nur jene seltsam flatternden, flügelähnlichen Gebilde. Michael blieb nichts anderes übrig, als den Verfall stumm und hilflos mit anzusehen, er wusste nicht, wie er ihr hätte helfen können.

Sarah fand als Erste die Sprache wieder. Ihre Stimme drang seltsam verzerrt durch das Knistern der elektrischen Stromstöße, die von Ronikas schwindendem Körper ausgingen. »Unsere Hilfe kam zu spät. Dieses ... Ding hat ihr das digitale Leben ausgesaugt. Genau das, wovor sie uns gewarnt hatte.«

»Nur eine Minute später, und du hättest genauso ausgesehen«, sagte Bryson mit einem Blick, der klarmachte, dass sie alle um Haaresbreite dem digitalen Tod entronnen waren.

Michael gab keine Antwort. Ronikas halber Körper war inzwischen verzehrt worden und die Schmetterlingsflügel, die ihren Kopf bedeckt hatten, flatterten hoch und blieben ein paar Handbreit über ihr schweben. Plötzlich blitzten sie grell auf und verschwanden spurlos. Und dann war auch Ronikas Kopf verschwunden. Für immer.

Wie gelähmt hatten die drei Freunde Ronikas Verfall beobachtet, doch jetzt meldete sich Michaels Kopfschmerz wieder und benommen blickte er auf. Plötzlich wurde ihm klar, dass sie keine Sekunde mehr verlieren durften. Ein stummer Blick zu den Freunden genügte, und ohne ein weiteres Wort stürmten sie – zwei Stufen auf einmal nehmend – die Treppe hinauf.

Bevor ihnen jemand Fragen stellen konnte, rannten sie aus dem Club, suchten das nächste Portal und lifteten sich in den Wake zurück. Als Michael aus dem Coffin stieg, fühlte sich sein Kopf an wie ein einziges Nest von giftigen schwarzen Skorpionen.

KAPITEL 8

Ein sehr kleiner Mann

1

Michael blieb lange im Bett liegen. Er fühlte sich hundeelend. Helga war fast außer sich vor Sorge, brachte ihm Tee und Suppe und Bananen ans Bett – mehr kriegte er nicht runter –, wann immer er die kleine Glocke läutete, die sie ihm aufs Nachttischchen gestellt hatte. Seine Eltern waren immer noch unterwegs, und so war das Appartement bis auf ihn und Helga wie ausgestorben. Er ließ die Jalousien geschlossen, hörte keine Musik, sah nicht fern. Aber eines zeigte ganz besonders deutlich, dass mit ihm *wirklich* etwas nicht stimmte: Er warf kaum einen Blick auf den NetScreen.

Sein Kopf war ein einziger *Schmerz*. Dazu kam noch die Übelkeit, ständig und unerbittlich. Mindestens ein- bis zweimal pro Stunde glaubte er, sich auf der Stelle übergeben zu müssen – was auch der Grund für seine seltsamen Essenswünsche an Helga war. Doch während er mit gewaltigen Kopfschmerzen und rebellierendem Magen im Bett lag, hatte er jede Menge Zeit, über das nachzudenken, was sich im *Black and Blue Club* zugetragen hatte.

Die KillSims. Ronika. Wie weit war Michaels KillSim bei ihm selbst gekommen? Hatte er es geschafft, ihm einen Teil seiner Aura auszusaugen? Wie knapp war er dem Schicksal entronnen, eines der hirntoten Opfer von Kaine zu werden? Hatte er womöglich einen dauerhaften physischen Schaden davongetragen? Jedenfalls fühlte er sich so, vor allem, wenn er mit geschlossenen Augen dalag und wartete, dass das Pochen im Schädel ein wenig verebbte. Vielleicht würde er ja mit jeder Minute mehr verdummen – und alles vergessen, was er im VirtNet gelernt und erfahren hatte.

Gleichzeitig war ihm klar, dass seine Gedanken verrückt spielten, und er zwang sich, positiv zu denken und zu hoffen, dass er das Ding gerade noch rechtzeitig gestoppt hatte und dass seine Kopfschmerzen allmählich abflauen würden. Die Vorstellung, dass er das, was er momentan fühlte, für den Rest seines Lebens würde fühlen müssen, war schier unerträglich.

Aber zu seinem eigenen Erstaunen hinderten ihn die Schmerzen nicht daran, weitermachen zu wollen. Im Gegenteil: Sie sorgten dafür, dass er Kaine nur noch mehr verabscheute, und bestärkten ihn in seiner Absicht, ihn unschädlich zu machen. Er, Michael, würde nicht aufgeben, bevor er Kaines geheimen Aufenthaltsort, nach dem die VNS so dringend suchte, entdeckt hatte. So einfach war das, Gefahr hin oder her. Letztlich ging es bei dieser Sache um nichts anderes als bei vielen Games –

nämlich darum, den Feind zu töten oder selbst getötet zu werden.

Mit einem einzigen Unterschied – dieses Mal war es nicht nur ein Spiel. Dieses Mal war es Wirklichkeit. Und die Kopfschmerzen sorgten dafür, dass er das keine Sekunde lang vergaß.

Die nächsten eineinhalb Tage blieb er jedoch erst einmal im Bett.

2

Achtundvierzig Stunden später ließen Michaels Kopfschmerzen langsam nach. Er stand auf, nahm eine Dusche und konnte sogar das helle Morgenlicht ertragen, ohne sich vor Qual zu einem Fötus zusammenzurollen. Mit neuer Energie und Tatkraft setzte er sich in den Sessel und schickte Bryson und Sarah eine Nachricht, dass er sie dringend sprechen müsse. Es dauerte nicht mal zehn Minuten, bis sie sich meldeten.

> Brystones: Wird aber auch Zeit. Bist du das Kopfweh wieder los? Hat dich Helga gesund geküsst? Ach vergiss es, will ich mir lieber gar nicht vorstellen.
> Sarahbobara: Bryson, im Moment kannst du dir alles erlauben, weil du uns gerettet hast. Aber in

einer Woche sind wieder Erziehungsmaßnahmen fällig.

Brystones: Also, *das* will ich mir erst recht nicht vorstellen.

Mikethespike: Hab mir echt Sorgen gemacht, dass mir dieses Ding dauerhaften Schaden zugefügt haben könnte. Mach mir immer noch Sorgen, aber zumindest geht's mir jetzt besser. Kann sogar reden und tippen, ohne zu sabbern.

Sarahbobara: Na, dann geht's dir ja besser als vorher.

Brystones: Und wann machen wir weiter? Ich meine, mit der Pfadsuche?

Sarahbobara: Lieber früher als später.

Michael atmete erleichtert auf. Sie waren noch dabei. Vielleicht etwas mitgenommen, genau wie er selbst, aber sie gaben nicht auf. Wenn überhaupt, hatte dieser Gamer mit seinen Höllenkreaturen Michael und seine Freunde nur noch entschlossener gemacht.

Sie diskutierten noch eine Weile darüber, wie sie ihre Suche mit der Schule vereinbaren könnten, aber es dauerte nicht lange, und sie kamen zu dem Schluss, dass ein paar »Krankheitstage« keinem von ihnen schaden würden – oder jedenfalls weniger, als sie von der VNS oder Kaine zu befürchten hätten. Der Gedanke an Kaine erinnerte sie an Ronika, und Michael spürte Schuldgefühle in sich aufflammen. Vielleicht lag sie irgendwo im Wake, hirntot, genau wie die anderen Opfer, die man gefunden hatte. Und vielleicht war das sogar der einzige Zweck der KillSims. Aber wie hing das alles zusammen?

Sarah schlug vor, als Nächstes einfach nur die Gamer-Berichte über *Devils of Destruction* zu durchforsten. Ronika hatte gesagt, dass in diesem Spiel der Zugang zum Pfad zu finden sei. Vielleicht würden sie irgendwelche Hinweise auf den Schwachpunkt im Code finden. Danach könnten sie alle früh ins Bett und sich richtig ausschlafen.

Und am nächsten Morgen würden sie die Suche fortsetzen.

3

Am selben Nachmittag klingelte es an Michaels Wohnungstür.

Er beschäftigte sich gerade mit *Devils of Destruction*. Es handelte sich um ein Kriegsspiel, das auf historischen Tatsachen beruhte, und das war auch der Hauptgrund dafür, dass es vor allem bei älteren Gamern so beliebt war. In Michaels Alter interessierte sich niemand sonderlich dafür, was vor unzähligen Jahren geschehen war, aber Michael war klar, dass er über den Krieg Bescheid wissen musste, wenn er das Spiel systematisch durchsuchen wollte. Bevor er damit anfing, las er eine Stunde lang alles, was er über den Grönland-Krieg von 2022 finden konnte, in dem sich mehrere Länder eine blutige Schlacht um eine gewaltige Goldader geliefert hatten, die im Jahr zuvor entdeckt worden war. Natürlich hatten alle Nationen »gute« Gründe dafür, Besitzansprüche auf das Gebiet zu erheben. Im Lauf der Lektüre stellte Michael fest, dass ihn die Ereignisse mehr interessierten, als er erwartet hatte.

Die Kriegsparteien kämpften mit Guerillataktiken und ziemlich primitiven Waffen, denn aufgrund ihrer Vielzahl wäre der Einsatz von Atomwaffen oder großen konventionellen Bomben zu gefährlich gewesen. Waffen mit hoher Sprengkraft und weitem Zerstörungsradius würden zwar einen Teil der Feinde auslöschen, zugleich bestand aber die große Gefahr, auch befreundete oder eigene Truppen zu treffen. Der Krieg war schmutzig, und es dauerte zwei Jahre, bis er genug sinnlose Opfer gekostet hatte, um die Kriegsparteien zur Vernunft zu bringen. Mit diesem Krieg hatten die Weltpolitiker wieder mal bewiesen, wie »fähig« sie waren.

In *Devils of Destruction* ging es um eine Gruppe von Söldnern, deren Vorbilder tatsächlich im Grönland-Krieg gekämpft hatten und die – manchmal nicht nur von einer Seite – angeheuert wurden, um bestimmte Ziele zu identifizieren und zu eliminieren. Genau das, was auch Michael und seine Freunde in diesem Game wollten: sich mitten ins Kampfgewühl stürzen, mit nichts weiter als Maschinengewehren bewaffnet, und nach dem Schützengraben suchen, den Ronika erwähnte hatte – wenn möglich, ohne erschossen zu werden. Sie konnten nur hoffen, dass sich ihre Hackerfähigkeiten als nützlich erweisen würden.

Als es zum ersten Mal an der Tür klingelte, überhörte er es einfach – seine Streifzüge durch das Kriegsspiel waren so spannend, dass er sich wunderte, warum er das Game bisher nicht wenigstens mal ausprobiert hatte. Er ging davon aus, dass Helga öffnen würde, aber als es zum zweiten Mal läutete, fiel ihm ein, dass sie heute ihre Schwester besuchen wollte.

Brummend berührte er den EarCuff, um den NetScreen herunterzufahren, und ging zur Tür. Doch als er sie öffnete, musste er erstaunt feststellen, dass niemand davor stand. Ein Schauder lief ihm über den Rücken – jetzt, da er in eine so heftige Sache verwickelt war, schien es keine Zufälle mehr zu geben. Er sah nach links und rechts in den Flur und warf auch einen Blick ins Treppenhaus, konnte aber niemanden entdecken. Gerade als er sie wieder zuziehen wollte, bemerkte er einen kleinen Zettel, der außen an der Tür klebte.

Eine kurze Nachricht, von Hand geschrieben:

```
Geh in die Gasse, in der wir dich auf-
gegriffen haben. Sofort.
```

4

Er musste nicht lange darüber nachdenken, ob er dem Befehl folgen sollte oder nicht. Klar, es konnte auch eine Falle sein, aber dieses Risiko erschien ihm relativ gering. In der Echtwelt kam ihm Kaine viel weniger gefährlich vor, auch wenn Michael nicht hätte sagen können, warum das so war. Außerdem – woher sollte Kaine oder sonst wer wissen, wo ihn die VNS gekidnappt hatte? Und dann war da noch Agentin Weber: Sie zu verärgern, war das Letzte, was Michael sich leisten konnte.

Er brauchte nur zwanzig Minuten, bis er von der Hauptstraße in die lange Gasse einbog. Kein Mensch war zu sehen – und auch kein Auto. Nur die großen Müllcontainer standen wie immer kreuz und quer auf der Straße, und Michael hatte das Gefühl, dass er hinter einem von diesen jene Person treffen würde, die ihn hierher beordert hatte. Die schwüle Hitze, die auf der Hauptstraße geherrscht hatte, wurde in dieser engen Häuserschlucht von einer angenehmen Brise abgelöst, die den Schweiß auf Michaels Nacken trocknete. Staubkörnchen wirbelten durch die graue, abweisende Gasse.

Als er sich dem ersten Container näherte, schlug sein Herz schneller. Er zögerte, bevor er einen Blick dahinter wagte – und entspannte sich, als er einen ungewöhnlich kleinen Mann entdeckte. Der Fremde trug einen perfekt sitzenden dreiteiligen Anzug und wirkte alles andere als bedrohlich. Er hatte einen Vollbart, wodurch sein absolut kahler Kopf noch krasser erschien, und beide Hände steckten in den Taschen.

»Sind Sie ...«, begann Michael, aber der Mann unterbrach ihn sofort.

»Ja, Michael. Komm hier rüber, damit man dich von der Straße aus nicht sehen kann.« Er wies ihn mit einer Kopfbewegung an, wo er sich hinstellen solle, und zog sich selbst ein paar Schritte zurück. Sein Gesicht war so trostlos wie das eines Leichenbestatters.

Während Michael seiner Anweisung folgte, musste er sich das Lachen verkneifen – der Typ war echt winzig! Wie aus einem Comic. »Warum wollten Sie mich sprechen?«

»Fortschrittsbericht«, sagte der Mann knapp. Er mied Michaels Blick. Stattdessen huschten seine Augen ständig nach rechts und links, als erwartete er jeden Moment einen Angriff aus dem Hinterhalt. Was Michael wiederum nicht gerade ein sicheres Gefühl gab. »Was ist passiert, was hast du herausgefunden, was hast du weiter vor und dergleichen.«

»Na ja, wir ...«

Wieder fiel ihm der Fremde ins Wort. »Kurz und bündig. Wir dürfen nicht zusammen gesehen werden. Und ich hab noch eine Menge zu tun.«

»O...kay«, sagte Michael und dachte: *Was für ein*

schräger Typ. »Ich denke, wir sind auf dem richtigen Weg, aber wir wurden schon zweimal von Kaine angegriffen.«

»Von Kaine?«, fragte der kleine Mann, trat einen Schritt näher und sah nun Michael zum ersten Mal direkt an. »Bist du *absolut sicher*, dass er ... dass es Kaine selbst war?«

Das verunsicherte Michael erst recht, und er suchte nach Worten. »Na ja, ich glaube schon ... Beim zweiten Mal wissen wir es nicht so genau. Da haben uns KillSims angegriffen, und Ronika nahm an, dass sie von Kaine geschickt worden waren.«

»Ronika? Wer ist Ronika?«

»Wissen Sie das wirklich nicht?«

»Wir wollen es von dir hören. Wie gesagt, du musst mir alles erzählen.«

»Woher soll ich wissen, dass Sie auch derjenige sind, für den Sie sich ausgeben? Eigentlich ...« Michael zögerte, doch dann fuhr er mit fester Stimme fort: »Eigentlich haben Sie mir noch gar nicht gesagt, *wer* Sie sind.«

Das schien das Comic-Männchen zu ärgern. »Ich bin Agent Scott und arbeite für Agentin Weber. Mehr brauchst du nicht zu wissen. Wir haben auch keine Zeit für solche Mätzchen.«

Als Michael darauf nichts erwiderte, verdrehte der Fremde die Augen und drückte auf seinen EarCuff. Ein VNS-Ausweis schwebte zwischen ihnen in der Luft, und

Michael beugte sich ein wenig verlegen nach vorn, um das Ding eingehend zu betrachten – und so zu tun, als wüsste er genau, wie ein echter Ausweis aussah. Er konnte nur hoffen, dass der Mann seinen Bluff nicht durchschaute. Schließlich nickte er.

»Na wunderbar«, seufzte Agent Scott genervt. »Und jetzt endlich raus mit der Sprache: Was weißt du? Und ich will *alles* hören.«

Und Michael erzählte ihm auch alles. Wie er in einem unbestimmten, leeren Raum gefangen gewesen war und Kaines furchtbare Warnung gehört – und *gesehen* – hatte. Von Cutter, von Ronika, dem *Black and Blue Club*, den KillSims, dem Pfad, der Holy Domain, zu welcher der Pfad angeblich führen sollte, von dem Plan, sich an diesem Nachmittag mit dem Kriegsspiel *Devils of Destruction* zu beschäftigen – einfach *alles*.

Als er geendet hatte, kratzte sich Agent Scott den Bart, wobei er den Ellbogen auf die andere Hand stützte, und blickte grübelnd zu Boden. Wahrscheinlich hielt das Männchen den Weltrekord als kleinster Sherlock Holmes. Michael wartete geduldig und musste erneut dagegen ankämpfen, laut loszulachen.

Schließlich hob der Agent den Kopf. »Gut – macht so weiter. Aber geht bloß nicht davon aus, dass Kaine der Einzige ist, der euch verfolgt oder versucht, euch aufzuhalten. Hast du das verstanden? Jeder, der euch begegnet, könnte euer Feind sein.«

»Das wird ja ein Riesenspaß«, murmelte Michael sarkastisch, während sich sein Magen verkrampfte.

»*Hast du mich verstanden?*«, wiederholte der Mann langsam und eindringlich.

Michael hätte ihn am liebsten darauf aufmerksam gemacht, dass *er* der Größere von ihnen beiden war. Aber er nickte nur.

»Michael – ich will dich *sagen hören*, dass du mich verstanden hast.«

»Ja, ich habe Sie verstanden.«

»Na also, geht doch.« Endlich schien Agent Scott zufrieden zu sein. Nachdem er sich kurz in beide Richtungen umgesehen hatte, winkte er Michael ein wenig näher zu sich heran. »Eure Auren sind immer noch mit unseren Trackern versehen. Selbst wenn ihr eure Tarnungsprogramme aktiviert habt, können wir euch jederzeit aufspüren. Ihr braucht euch also keine Sorgen zu machen. Wir wissen immer genau, wo ihr seid, und werden euch Hilfe schicken, sobald ihr zu dieser Holy Domain vordringt, von der ihr erfahren habt. Wenn das Mortality Dogma überhaupt irgendwo zu finden ist, dann dort. Passt also gut auf. Und geht immer auf Nummer sicher.«

»Jawohl, Sir.« Plötzlich kam ihm der Mann gar nicht mehr *so* klein vor.

»Gut, sehr gut. Ich gehe jetzt.«

»Äh, Sir?«, fragte Michael zögernd. »Was ist, wenn wir in echte Schwierigkeiten geraten, *bevor* wir die Holy

Domain gefunden haben? Werden Sie uns dann auch helfen? Nachdem Sie uns ja ständig beobachten?«

Agent Scott schüttelte den Kopf, als hätte er noch nie eine so dumme Frage gehört. »So funktioniert das nicht. Niemand darf merken, dass wir wissen, was vor sich geht. Außer euch sind noch eine Menge anderer Teams bei dieser Sache im Einsatz – wir können nur hoffen, dass es einem von euch gelingt, in die Holy Domain vorzudringen. Aber bis dahin dürfen wir nicht eingreifen, sonst würden wir die ganze Operation gefährden. Nein, tut mir leid, wenn ihr unterwegs Probleme bekommt, können wir euch nicht helfen.«

»Und was ist, wenn wir getötet werden?«, wollte Michael wissen. »Oder wenn unsere Auren gelöscht werden wie die von Ronika?«

Der kleine Mann lächelte zum ersten Mal. »Risiko, Michael. Immer schön wachsam bleiben. An Kaine ist irgendwas ... faul. Mehr kann ich nicht sagen.«

Und damit drehte sich der Kleine um und ging davon.

5

Michael blieb neben dem Container stehen, bis Agent Scott um die nächste Ecke verschwunden war. *Was für ein komisches Männchen*, dachte er und ließ endlich das Lachen heraus, das er die ganze Zeit so mühsam unterdrückt hatte – wohl eher Ausdruck seiner Anspannung als seiner Belustigung. Trotzdem wirkte es befreiend und erhellte die düstere Situation ein wenig.

Er wollte sich gerade auf den Heimweg machen, als ein plötzlicher, heftiger Schmerz durch seinen Kopf zuckte – so stark und überwältigend, dass er in die Knie sank und sich mit beiden Händen den Kopf hielt. Er stöhnte so laut auf, dass das Echo von den Mauern zurückhallte.

Der Schmerz übertraf sogar noch jene Qualen, die er nach dem Angriff der KillSims verspürt hatte. Er pulsierte mit jedem Herzschlag. Die Augen fest zusammengepresst, kroch er blind zur nächsten Hausmauer, lehnte sich mit dem Rücken dagegen und rieb sich die Schläfen. Ganz langsam versuchte er, die Augen zu öffnen, aber selbst hier in der düsteren Gasse kam ihm das Tageslicht unerträglich grell vor und schickte ihm eine weitere Schmerzwelle durch den Kopf. Und dann dämmerte ihm allmählich, dass irgendetwas mit der Gasse nicht stimmte. Er blinzelte, um herauszufinden, was es war.

Alles um ihn herum bebte und wogte wie ein Strom aus grauem Öl. Die Müllcontainer hoben sich in die Luft und drehten sich um die eigene Achse. Blitze leuchteten auf, vage Gestalten erschienen und verschwanden ebenso schnell wieder. Die Gebäude, die die Gasse säumten, hingen schief und krumm in alle erdenklichen Richtungen, wider sämtlichen physikalischen Gesetzen. Der Himmel hatte eine grauenhafte violette Farbe angenommen, übersät mit dunkelroten Wolken und Flecken. Michael geriet in Panik. Er kniff die Augen wieder zu, rollte sich auf dem Pflaster zusammen und flehte darum, dass die Halluzination endlich aufhörte.

Was ein paar Sekunden später auch tatsächlich der Fall war. Der Schmerz in seinem Kopf verschwand schlagartig, nicht einmal ein Nachhall blieb zurück. Er war einfach … wie weggeblasen, als wäre er nie da gewesen.

Erleichtert und misstrauisch zugleich öffnete er die Augen und sah, dass alles wieder normal war. Mit wackeligen Knien rappelte er sich auf und blickte in beiden Richtungen die Gasse entlang. Nichts Ungewöhnliches war zu sehen.

So blieb Michael nichts anderes zu tun, als das, was er bereits vor ein paar Augenblicken hatte tun wollen: Er machte sich auf dem Heimweg. Doch diesmal ging ihm ein furchterregender Gedanke nicht mehr aus dem Kopf: Der KillSim hatte ihm etwas angetan. Etwas Schreckliches.

6

Kaum war er zu Hause angelangt, schaltete er in seinem Zimmer den NetScreen ein. Auf dem Rückweg war ihm etwas eingefallen – noch bevor er seinen Freunden von diesem Horrorerlebnis erzählte, musste er herausfinden, was nach dem Angriff der KillSims aus der *realen* Ronika geworden war.

Er brauchte fast zwei Stunden, um die Puzzleteile zusammenzufügen. Und das Bild, das sich ergab, war alles andere als erfreulich.

Ronika war natürlich nicht ihr richtiger Name. Und in ihrer Stellung als Besitzerin eines Clubs wie dem *Black and Blue* hatte sie natürlich alles in ihrer Macht Stehende getan, um sicherzugehen, dass niemand herausfand, wer sie im Wake war. Aber nachdem Michael eine Unmenge NewsBop-Nachrichten durchforstet, Daten und Fakten aufgerufen und sie mit den Erfahrungen verglichen hatte, die er und seine Freunde im Club gemacht hatten, war er allmählich in der Lage, Ronikas wahren Background ziemlich plausibel zu rekonstruieren.

In Connecticut lebte eine gewisse Wilhelma Harris, die für die Firewall-Sicherheit einer Entwicklungsfirma für Computerspiele zuständig war, von der Michael hier in New York City noch nie gehört hatte. Aus der Beschreibung ihres Jobs und aus Michaels Recherche über ihren Lebensstil ergab sich, dass sie sich fast immer im Sleep aufhielt und in der Echtwelt kaum Freunde oder Familie hatte. Und genau diese Frau war »mit benommenem Blick« – wie es im Polizeibericht hieß – durch die Straßen ihres Wohnbezirks geirrt, bis sie von der Polizei aufgegriffen wurde. Wie Michael feststellte, musste das kurz nach dem Zeitpunkt gewesen sein, zu dem Ronika von einem der Kill-Sims in ihrem Club eliminiert worden war. Im Bericht hieß es weiter, sie habe Widerstand gegen die Polizisten geleistet, doch dann sei sie plötzlich ins Koma gefallen und seither nicht mehr erwacht.

Die Polizei bat nun Freunde oder Angehörige, sich zu melden, weil ihr Coffin einen Kurzschluss aufwies und man im VirtNet keinerlei Spur von ihr finden könne – als sei sie überhaupt nie im Sleep gewesen. Ferner wurde mitgeteilt, dass ihr Zustand nicht sehr stabil sei und sie möglicherweise nicht mehr lange zu leben habe.

Und dann kam der Clou: Sie hatte einen Hund, und auf einem Anhänger an seinem Halsband stand RONIKA.

Sie *musste* es einfach sein.

Michael fuhr alle Systeme herunter und legte sich auf sein Bett. Er starrte an die Decke und rief sich noch einmal in Erinnerung, was genau er gesehen hatte, als die Clubbesitzerin angegriffen wurde. Haut und Haar und Kleider hatten sich in digitale Asche verwandelt, waren weggeblasen worden und hatten sich damit aus der digitalen Existenz verabschiedet. Ein KillSim hatte sie ausgelöscht. Und Michael dachte daran, was das Monster ihrem tatsächlichen Körper angetan hatte.

Ins Koma gefallen. Zustand nicht sehr stabil. Hatte möglicherweise nicht mehr lange zu leben.

Das, was der KillSim ihr angetan hatte, hatte er auch Michael angetan, wenn auch nicht im gleichen Maß. Aber womöglich hatte er eine Teilschädigung erlitten.

Er dachte an die unglaublich intensiven Schmerzen, die ihm in der Gasse fast den Kopf gespaltet hatten, und an die wilde Halluzination, die ihn für ein paar Augenblicke fast in den Wahnsinn getrieben hatte. Und er beschloss, seinen Freunden nichts davon zu erzählen, nicht heute. Morgen war ein wichtiger Tag und sie hatten große Pläne. Vielleicht fand sich ja morgen die passende Gelegenheit, darüber zu reden.

Es dauerte lange, bis sich seine Gedanken wieder beruhigten. Kurz bevor er einschlief, dachte er noch flüchtig daran, dass Helga sich wohl entschlossen haben musste, über Nacht bei ihrer Schwester zu bleiben. Jedenfalls war sie nicht nach Hause gekommen.

KAPITEL 9

Zutritt verweigert

1

Michael wachte zehn Minuten vor dem Weckerklingeln auf. Obwohl die Angst nicht mehr aus seinem Hinterkopf wich – die Angst davor, was ihn das nächste Mal im Sleep erwarten mochte –, hatte ihn zugleich das Jagdfieber gepackt. Er war schon immer ein leidenschaftlicher Gamer gewesen, aber *diese* Mission übertraf alle vorangegangenen. Er hatte das *Spiel der Spiele* vor sich, die höchste denkbare Herausforderung, etwas, worauf selbst der große Gunner Skale hätte neidisch werden können. Plötzlich schoss ihm ein flüchtiger Gedanke durch den Kopf – dass er sich eines Tages vielleicht darüber wundern würde, wie er so naiv hatte sein können, sich darauf einzulassen. Aber so flüchtig dieser Gedanke war, so leicht ließ er sich auch verdrängen.

Nachdem jetzt auch noch Helga weg war, hielt ihn nichts mehr in der großen einsamen Wohnung. Nach einer schnellen Dusche und zwei Schalen Cornflakes kehrte er rasch in sein Zimmer zurück, um in den »Sarg« zu steigen. Das frühe Morgenlicht fiel durchs Fenster und unwillkürlich und geradezu andächtig richtete er den Blick auf das riesige Werbeplakat für *Lifeblood Deep*. Beinahe hätte er diesem Ding laut zugerufen, dass er noch nicht aufgegeben hatte, dass es immer noch das Ziel seines Lebens war, den Deep-Level zu erreichen.

Wenn er erst einmal Kaine und dieses Mortality Dogma gefunden hatte, würde man ihm wahrscheinlich als Belohnung den Zugangscode zu *Lifeblood Deep* auf einem Silbertablett servieren.

2

Michael sank in den Sleep. Er hatte sich mit Bryson und Sarah am Gaming Depot verabredet, einem beliebten Knotenpunkt für Leute, die sehr häufig spielten und ein wenig Abwechslung suchten. Am Depot konnte man abhängen, etwas essen oder sich vom erworbenen Punkteguthaben Upgrades für alles Mögliche kaufen, von Waffen bis hin zu Raumschiffen. Aber am wichtigsten war, dass man sich dort traf, um Tipps, Tricks und Geheimnisse auszutauschen, neue Spielteams zu gründen oder Allianzen für die Kriegsspiele zu schmieden.

Da alle drei dort mit einer Unmenge von Leuten bekannt waren, trafen sie sich diesmal an einem etwas abseits gelegenen Portal, hinter einer großen Baumgruppe und ein paar Brunnen. Sarah überspielte ihnen ein einfaches Tarnungsprogramm, das sie nutzen wollten, um unerkannt zum Eingang von *Devils of Destruction* zu gelangen. Sie durften nicht riskieren, dass andere auf ihr ungewöhnliches Vorhaben aufmerksam wurden – und es wäre *ziemlich* auffällig gewesen, wenn man sie bei diesem Game beobachtete, das niemand sonst in ihrem Alter spielte. *Devils of Destruction* war allgemein als Opa-Spiel bekannt.

Als sie losgingen, nahm Michael schließlich doch seinen ganzen Mut zusammen und erzählte ihnen von seinem Treffen mit dem Zwerg im Anzug und von den massiven Kopfschmerzen, die er direkt danach erlitten hatte. Und noch während alles aus ihm heraussprudelte, spürte er, wie sehr es ihn erleichterte. Eigentlich hatte er schon fast beschlossen, die ganze Sache für sich zu behalten – oder zumindest den Teil mit der verstörenden Vision. Aber die beiden waren seine besten Freunde und es schien ihm einfach nicht richtig, es ihnen zu verschweigen – schon gar nicht, wenn er bedachte, was er ihnen abverlangte.

Schließlich endete er damit, dass es ihm wieder gut gehe und dass er hoffe, die Sache sei gegessen.

»Du verlogener alter Sack!«, schimpfte Bryson. »Das glaubst du doch selbst nicht! Genauso wenig, wie du mir glauben würdest, wenn ich behauptete, Sarah und ich seien im Wake verheiratet.«

»Was wir definitiv *nicht* sind!«, kam Sarahs Widerspruch prompt. »Das will ich gleich mal klarstellen!«

Michael zuckte die Schultern, während sie einer Gruppe von Männern in mittelalterlichen Rüstungen begegneten. »Ich wollte es einfach positiv sehen.«

»Na schön«, sagte Sarah, »aber falls es wieder passiert, wartest du gefälligst nicht bis zum *nächsten Tag*, bevor du uns davon erzählst, sonst sorge ich dafür, dass dir ganz andere Stellen wehtun als nur deine Birne.« Sie grinste und legte Michael sanft die Hand auf den Arm. »Du musst uns vertrauen, Michael.«

Er konnte nur stumm nicken.

Aber Bryson schüttelte immer noch den Kopf. »Die ganze Sache über Ronika ... das glaub ich einfach nicht. Im Ernst: Bist du sicher, dass *sie* das ist?«

»Ganz sicher«, antwortete Michael. »Der KillSim hat mich ja nicht mal richtig erwischt, und jetzt sieh dir an, was mit mir passiert ist. Und Ronika hat uns doch erzählt, dass diese Kreaturen nur darauf programmiert sind, den Verstand auszulöschen, erinnerst du dich? Und zwar nicht nur den der virtuellen Aura, sondern den *echten*.«

Bryson blieb stehen und schaute seine beiden Freunde an. »Und trotzdem wollen wir jetzt wieder mitten ins Höllenfeuer springen? Was, wenn die KillSims nur der Anfang waren?«

Aber Sarah und Michael zuckten nur die Schultern und gingen weiter. Bryson schüttelte den Kopf, als hätten sie die falsche Entscheidung getroffen, und er würde nur mitmachen, um ihnen nicht den Spaß zu verderben.

»Willst du lieber umkehren?«, fragte Michael und versuchte, Brysons Zweifel herunterzuspielen. »Brauchst es nur zu sagen, Kumpel. Dann kauf ich dir einen Schnuller und du kannst heim zu Mami.«

Bryson zögerte keinen Augenblick. »Nö, bloß keine Umstände. Ich borg mir einfach einen von dir aus.«

Sekunden später bogen sie um eine Ecke und sahen das Schild über dem Eingang von *Devils of Destruction*.

3

Michael liebte die für das VirtNet typische Mischung aus archaischer Symbolik und Hightech. Dieser Bereich des Gaming Depot erinnerte an eine alte Strandpromenade irgendwo am Meer, mit Arkaden, Restaurants, Läden und Pavillons entlang eines Bohlenwegs. Die meisten Läden waren jedoch Spieleingänge – ihre falschen Türen führten direkt in andere Spielwelten.

Das *Devils of Destruction*-Schild war riesig, umrandet von flackernden Glühbirnen, um die dunkelgrüne Schrift besonders hervorzuheben, während die Umrisse von *Devils* rot erleuchtet waren. Rechts daneben war ein Soldat in voller Kampfmontur und mit Helm dargestellt, in der einen Hand ein zum Himmel gerichtetes Maschinengewehr, in der anderen einen abgetrennten, bluttriefenden Menschenkopf. *Etwas dick aufgetragen*, fand Michael.

Sie blieben direkt unter der Markise stehen und reckten die Hälse, um das Schild genau zu betrachten.

»Grönland«, sagte Bryson. »Ich bin fast siebzehn und hab noch nie ein Spiel gespielt, das dort stattfindet. Da soll ja 'ne Menge abgehen.«

Sarah wandte sich an ihre Freunde. »Grönland ist fast komplett von Schnee und Eis bedeckt. Wir werden uns den Hintern abfrieren.«

»Oder was anderes, was noch viel schlimmer wäre«, grinste Bryson, als hätte er gerade den Witz seines Lebens gerissen.

»Dann halt sie mal schön warm«, sagte Sarah und verdrehte die Augen.

Michael wies auf die Eingangstür, deren verwittertes Holz so aussah, als sei es seit Unzeiten nicht mehr gestrichen worden. Oder besser gesagt: Die Tür war genau auf diesen Look *programmiert* worden. Um gleich zu Beginn für die richtige Atmosphäre zu sorgen. »Okay, Leute – wir haben uns die Landkarten eingeprägt und unser Plan steht. Also, wir gehen rein.«

»Wer stirbt, muss zurück auf Start«, sagte Sarah. »Wenn das einem von uns passiert, müssen die anderen beiden dafür sorgen, dass sie ebenfalls sterben. Wir dürfen uns auf keinen Fall trennen, weil wir nur gemeinsam eine Chance haben.«

Aber damit war Michael nicht einverstanden. »Ich weiß nicht. Es geht doch vor allem darum, das Portal zum Pfad zu finden. Das ist alles, was zählt, und wir müssen jede Chance nutzen, sobald wir erst mal in der Kampfzone sind. Aber wenn wir es gefunden haben, gehen wir *nur gemeinsam* hindurch. Falls also einer von uns stirbt, warten die anderen auf ihn.«

»Ja, klar«, sagte Bryson mit gespielter Arroganz. »Keine Angst, ich halte die Typen in Schach, bis ihr beide angeschnauft kommt. Los jetzt.« Ohne eine Antwort abzuwarten, stieß er die Tür auf und trat in den Laden.

4

Der Laden sah wie das Foyer eines altmodischen Kinos aus: ein roter Teppich auf dem Boden und an den Wänden Werbeplakate für andere Games, umrahmt von vorsintflutlichen Glühbirnen, die im Uhrzeigersinn abwechselnd aufleuchteten. In der Mitte des Raums befand sich ein kleiner Verkaufsstand, und der Geruch von Popcorn lag in der Luft. Hinter dem Tresen erblickte Michael ein junges Mädchen mit schwarzem Haar und leuchtend rotem Eyeliner, die so heftig auf ihrem Kaugummi herumkaute, als wollte sie damit einen Wettbewerb gewinnen.

Auf der rechten Seite war der Kassenschalter. Die Frau dahinter hatte die Arme vor dem mächtigen Busen verschränkt und starrte die neuen Kunden mürrisch an. Eigentlich war nicht nur der Busen überdimensional, sondern auch alles andere an ihr. Gewaltige Schultern, dicker Hals, riesiger Kopf. Sie hatte kein Make-up aufgelegt und ihr ergrautes Haar war strähnig und unfrisiert.

»Huh, ich hab Angst«, flüsterte Bryson. »Würde bitte einer von euch die Tickets kaufen? Ich trau mich nicht. Ich glaub, die Lady hat meine halbe Nachbarschaft abgeschlachtet, als ich noch ein Baby war.«

Sarah lachte lauter, als sie eigentlich wollte. »Ich mach das, du armer großer Teddy.«

»Ich komme mit«, flüsterte Michael ihr zu. »Ich glaub, ich hab mich in sie verliebt.«

»Was wollt ihr?«, fragte die Frau mürrisch, als sie vor der Kasse standen. »Popcorn gibt's dort drüben.« Sie nickte zum Verkaufsstand hinüber, während der Rest ihres Körpers völlig reglos blieb.

»Wir wollen kein Popcorn«, sagte Sarah gelassen.

»Was wollt ihr denn *dann*, ihr kleinen Klugscheißer?« Die Frau hatte die unangenehme Angewohnheit, nur aus dem Mundwinkel zu sprechen.

Sarah warf Michael einen halb belustigten, halb verwirrten Blick zu.

»Hey!«, bellte die Frau jetzt. »Ich hab dich gefragt, nicht deinen Boyfriend!«

Sarahs Augen zuckten wieder zu der netten Dame zurück. »Na, spielen, was denn sonst? *Devils of Destruction* – schon mal gehört? Das Schild hängt immerhin über dem Eingang!«

Michael stöhnte innerlich auf – Sarah ging ein bisschen zu weit.

Die Kassiererin lachte, was allerdings wie ein tiefes Donnergrollen klang, das eher zu einem Mann gepasst hätte. »Sorry, Kids, ich bin heut nicht in Stimmung.«

Michael versuchte es auf die nette Art. »Bitte Ma'am, wir möchten es wirklich gerne spielen. Wir haben heute schulfrei und ich mache ein Projekt über Grönland.«

Die Frau ließ die Arme sinken, stützte sich auf den Tresen und beugte sich ein wenig vor. Michael stieg ein Geruch in die Nase, der ihn an Katzenpisse erinnerte. »Das ist doch nicht etwa dein Ernst, oder?«

Er spielte den Erstaunten, was ihm auch ziemlich gut gelang. »Ähm ... doch. Was ... meinen Sie denn damit? Wir wollen doch nur drei Tickets für das Game kaufen.«

Immerhin wurde der Gesichtsausdruck der Frau ein bisschen weicher. »Du machst gar nicht auf Klugscheißer – du kapierst es wirklich nicht, was?«

Michael schüttelte nur stumm den Kopf.

»Oh Mann, Leute, *dieses Game ist erst ab fünfundzwanzig*! Und jetzt seht zu, dass ihr Land gewinnt.«

5

Verstört und völlig durcheinander standen die drei vor dem Laden.

»Was zum Teufel ...?«, fragte Bryson und starrte ungläubig auf die schäbige Eingangstür. »Ich hab immer nur gehört, wie beschissen dieses Game ist. Was könnte denn da abgehen, dass es mit X25 eingestuft wird?«

X25 bedeutete, dass tatsächlich nur Erwachsene Zutritt hatten, obwohl man ja schon früher volljährig wurde – es war also die härteste aller Altersbeschränkungen. Genau wie Bryson war Michael völlig perplex. »Vielleicht meinen die Leute das wörtlich, wenn sie sagen, dass es nur von Opis gespielt wird. Weil sie die Einzigen sind, die es überhaupt spielen *dürfen*.«

»Unmöglich«, warf Sarah ein. »Wenn es in dem Game wirklich etwas gibt, weswegen es mit X25 eingestuft ist, dann hätten wir schon längst davon gehört – dann würden nämlich sämtliche Kids auf dem Planeten versuchen, sich reinzuhacken. Vielleicht wollen sie damit nur das Interesse an dem Game wiederbeleben. Wahrscheinlich haben sie die Einstufung zufällig gerade erst geändert.«

Aber nach der seltsamen Halluzination, die er in der Gasse gehabt hatte, glaubte Michael nicht mehr an Zufälle. »Mir kommt es eher so vor, als *wollte* ein gewisser Jemand nicht, dass wir das Game spielen. Das wäre die einfachste Methode, uns Steine in den Weg zu legen.«

Sarah schnaubte verächtlich. »Damit hätte dieser Jemand aber nicht mehr als ein oder zwei Stunden gewonnen. Von Altersbeschränkungen haben wir uns doch noch nie abschrecken lassen, oder?«

»Definitiv«, bemerkte Bryson und lachte kurz auf. »Ich werde bestimmt nie vergessen, was wir damals im *Vegas Vat of Doom* erlebt haben!«

»Aber hallo«, grinste Sarah.

»Also dann, fangen wir an«, unterbrach Michael das Geplänkel. Sie suchten sich eine abseits stehende Bank an der Strandpromenade, schlossen die Augen, konzentrierten sich auf den Zugangscode und machten sich daran, ihn zu manipulieren.

6

Zwei Stunden später saßen sie immer noch da – ohne das Geringste erreicht zu haben.

Sie hatten alles versucht, hatten ihre gesamten Kenntnisse im Spielen, Programmieren und Hacken zusammengeworfen und alle möglichen halb legalen und vollkommen illegalen Aktionen gestartet. Aber nichts hatte funktioniert. Und das lag nicht etwa daran, dass die Firewalls und Abwehrprogramme, von denen *Devils of Destruction* geschützt wurde, unüberwindbar gewesen wären – sie waren schlichtweg nicht zu fassen. Beinahe so, als gäbe es sie überhaupt nicht, und eine Wall, die man gar nicht erst findet, kann man schließlich auch nicht überwinden. Nachdem sie gesucht und gesucht und gesucht hatten, gaben sie auf – es hatte keinen Zweck, noch mehr Zeit zu vergeuden. So etwas hatte Michael noch nie erlebt.

»Das ist wirklich verrückt«, murmelte er nachdenklich, während er auf das weite Meer hinausblickte, der Himmel über ihnen grau und wolkenverhangen. »Langsam glaube ich, dass es das Game gar nicht gibt. Wer weiß – selbst wenn wir fünfundzwanzig wären, hätte das Kassenmonster vielleicht einen anderen Grund gefunden, uns den Zugang zu verweigern. Das gibt doch alles keinen Sinn, oder?«

Sarah blickte konzentriert auf ihre Schuhspitzen. »Vielleicht ist das Spiel ja wirklich so was von großartig und bei den älteren Semestern dermaßen beliebt, dass sie verhindern wollen, dass die jüngeren Gamer davon erfahren oder sich einloggen können. Oder vielleicht benutzen sie eine uralte Sicherheitstechnologie, von der wir noch nie gehört haben? Wie auch immer – wir müssen uns überlegen, wie wir jetzt weiter vorgehen wollen. Ich glaube nämlich nicht, dass wir uns mit demselben Trick reinmogeln können wie beim *Black and Blue*.«

»Wenn wir den versuchen«, meinte Bryson, »würde sich die fette Lady wahrscheinlich bis zum Ersticken auf uns setzen.«

Michael erhob sich. Er hatte einen Entschluss gefasst und brannte darauf, ihn zu verwirklichen.

»Kommt«, sagte er. »Wir machen es auf die altmodische Tour.«

»So, machen wir das?«, fragte Bryson überrascht.

»Ja, das machen wir. Ich geh jetzt wieder rein.« Und mit diesen Worten stürmte Michael davon. Er hatte keine Ahnung, woher er diese plötzliche Gewissheit nahm, aber das war ihm auch egal. Seine Freunde eilten ihm hinterher.

7

Einen Plan hatte er allerdings nicht. Aber er war sich darüber im Klaren, dass dort drin mehr auf sie wartete als ein kaugummischmatzendes Mädchen und ein geltungssüchtiges Weib, das er insgeheim Betonvenus getauft hatte. Die Entwickler dieses Games hatten bestimmt noch andere Hindernisse eingebaut, um ihnen den Zugang zu verwehren. Michael war jedoch fest entschlossen, sie *alle* zu überwinden. Er lief jetzt auf Hochtouren und war zu jedem Kampf bereit.

Kurz vor der schäbigen Ladentür packte ihn Bryson an der Schulter und riss ihn zu sich herum.

»Was ist?«, fauchte Michael wütend. »Wenn du mich jetzt stoppst, mach ich am Ende vielleicht doch noch einen Rückzieher.«

»Nenn mich verrückt, aber … meinst du nicht, dass du erst mal mit uns reden solltest? Vielleicht über so was wie einen *Plan*?«

Michael wusste, dass er sich beruhigen sollte. Aber genau das wollte er nicht. »Denk mal an die ganze Scheiße, in die du mich in den letzten Jahren reingezogen hast. Jetzt bin ich mal dran. Folgt mir einfach. Das da drin wird halb so schlimm – sie gehen davon aus, dass die Leute gar nicht erst versuchen, ins Game einzubrechen. Wäre viel zu offensichtlich und jeder weiß, dass man dafür in den Knast kommen kann. Aber uns bleibt gar keine andere Wahl – wir müssen es versuchen. Also versuchen wir's.«

Sarah lächelte ihn an und sah sogar ein wenig beeindruckt aus. »Diese Seite gefällt mir an dir.«

»Ich bin einfach unwiderstehlich. Also, kommt endlich.« Er drehte sich um und riss die Ladentür auf.

🔒

Schon beim Eintreten der drei war der überdimensionalen Lady an der Kasse anzusehen, dass sie wusste, was ihr bevorstand – nämlich jede Menge Ärger.

Sofort hob sie abwehrend ihre fleischige Hand. »Nein, nein, nein – ich seh's dir schon an, mein Süßer. Aber denk nicht mal dran. Wie oft muss ich es euch noch sagen? Ich lasse euch *auf gar keinen Fall* spielen. Und jetzt legt den Rückwärtsgang ein und macht, dass ihr wegkommt.«

Aber Michael war einfach weitergegangen, ohne auch nur eine Sekunde zu zögern, dicht gefolgt von Sarah und Bryson. Als sie am Verkaufsstand vorbeikamen, hörte das

Mädchen auf, ihren Kaugummi zu bearbeiten, und starrte sie völlig schockiert an.

»Wieso darfst du hier eigentlich arbeiten? Du bist doch noch lange keine fünfundzwanzig, oder?«, fragte Michael sie im Vorbeigehen, aber sie gab keine Antwort.

Die Betonvenus wuchtete sich hinter ihrer Kasse hervor. Die Fettwülste an ihren Armen schwabbelten, als sie die drei wie lästige Fliegen zu verscheuchen versuchte. »Hey! Bleibt sofort stehen! Bleibt. Sofort. Stehen!« Sie versuchte, ihnen den Weg abzuschneiden, aber sie waren schneller.

Michael kannte zwar den Grundriss des Gebäudes nicht, aber soweit er sehen konnte, gab es außer der Eingangstür nur noch eine weitere in der Lobby. Das musste der Zugang zu *Devils of Destruction* sein. Er befand sich in der rechten hinteren Ecke des Raums – weniger eine Tür, als viel mehr ein einfacher Durchgang, der in einen düsteren Flur führte. Michael marschierte entschlossen darauf zu.

Plötzlich schallte eine dröhnende Stimme durch den Raum, tief und mit starkem Südstaatenakzent. »Muss ich euch eure hübschen Gesichter wirklich mit Kugeln durchlöchern?«

Michael blieb wie angewurzelt stehen und drehte sich um. Gleichzeitig hörte er zweimal ein metallisches Klicken – das Spannen eines Gewehrhahns. Und dann blieb ihm buchstäblich die Luft weg, als er sah, wem die Stimme gehörte. Das Mädchen, das bis eben noch gewirkt hatte, als interessiere sie sich für nichts als das Kaugummi in ihrem Mund, stand nun breitbeinig auf ihrem Verkaufstresen, zwei Gewehre mit abgesägtem Lauf auf Michael und seine Freunde gerichtet.

»Ich heiße Ryker«, sagte sie, »und solange ich hier Wache stehe, kommen Freaks wie ihr da nicht rein. Soll euch nicht reinlassen, kann euch nicht reinlassen, will euch nicht reinlassen. Und jetzt schiebt eure kleinen Knackärsche zur Tür raus, bevor ich sie mit Blei spicke.«

Michael stand immer noch wie erstarrt da, den Blick auf dieses seltsame Mädchen namens Ryker geheftet.

»Wenn ihr glaubt, dass ich hier einen auf Witzfigur wie beim Rodeo mache, habt ihr euch geschnitten.« Ryker hob die Waffen ein wenig höher. »Wird zwar 'ne höllische Sauerei, euer Hirn hinterher von den Wänden zu kratzen, aber ich an eurer Stelle würd dran glauben, dass ich's durchziehe. Kostet mich nämlich einen vollen Monatslohn, wenn ich euch reinlasse. Also, zum letzten Mal: Zieht Leine!«

Trotz ihrer Drohung war Michael fest entschlossen, nicht aufzugeben. Dieses Risiko musste er eingehen. Sollte er wirklich erschossen werden, würde er eben in seinem Coffin aufwachen und sofort wieder hierher zurückkommen. Von diesem Mädchen würde er sich bestimmt nicht kampflos rauswerfen lassen.

»Alles klar«, sagte er. »Wir schleichen uns einfach dort hinten raus.«

Mit diesen Worten schob er sich, die Hände erhoben, langsam zu dem Durchgang hinter ihr. Er wusste, dass er keine zweite Chance kriegen würde, und hoffte inständig, dass seine Freunde verschont blieben.

»Bleib stehen, Kumpel«, warnte ihn Ryker. »Noch eine Bewegung und ich mach dich so fertig, dass du's kaum noch in den Wake schaffst. Wie wär's damit?«

Michael machte noch einen Schritt auf das Mädchen zu. Jetzt war er höchstens noch zwei Meter von ihr entfernt.

»Bleib stehen, hab ich gesagt!«, bellte Ryker und zielte nun mit beiden Gewehren auf sein Gesicht. Eigentlich hätte er sich freuen sollen, dass Bryson und Sarah nicht mehr direkt bedroht wurden – stattdessen wünschte er sich, Ryker würde die blöden Dinger wieder auf seine Freunde richten.

Ein weiterer Schritt. Und noch einer. Die Hände immer noch erhoben, den Blick voller Unschuld auf sie gerichtet, schob er sich langsam, jede plötzliche Bewegung vermeidend, immer näher an sie heran. *Ganz* nahe.

»Stopp!«, schrie Ryker.

Endlich hielt Michael inne. »Okay, okay.« Er ließ die Hände sinken und tat so, als wolle er aufgeben und zur Eingangstür gehen. »Tut mir leid, dass wir ...«

Im nächsten Moment wirbelte er durch die Luft und schlug mit den Armen die Gewehrläufe im selben Sekundenbruchteil hoch, in dem sich ihre Finger um die Abzüge krümmten. Zwei gewaltige Donnerschläge. Schrotkugeln durchsiebten die Decke, die Wände. Glas splitterte, Holz barst. Michael prallte gegen Ryker, beide taumelten über den Rand des Tresens und krachten dahinter zu Boden. Sie wollte sich freikämpfen, aber er war größer und stärker und fixierte sie mit seinem Körper. Mühsam entwand er ihr die beiden Gewehre und richtete eines davon auf ihr Gesicht.

»Hab den Spieß ... umgedreht«, keuchte er. »Bring mich bloß nicht in Versuchung.«

Ryker versuchte immer noch, sich unter ihm hervorzuwinden, auch wenn sie sich jetzt keine richtige Mühe mehr zu geben schien. »Was für ein Brutalo, richtet eine Knarre auf ein wehrloses Mädchen! Dein Daddy verprügelt wohl immer deine Mama, stimmt's?«

»Ach, halt einfach die Klappe. Wer hat denn damit gedroht, uns abzuknallen?« Er tippte mit der Gewehrmündung leicht gegen ihre Nase, dann stand er auf.

»Aua!«, kreischte sie mit einem so bösen, wilden Blick, wie Michael ihn noch nie bei einem Mädchen gesehen hatte.

»War nicht ganz ungefährlich«, bemerkte Sarah trocken. Sie und Bryson hatten sich nicht von der Stelle gerührt.

»Hat aber funktioniert, oder nicht?« Im selben Augenblick fiel ihm etwas auf. »Hey – wo ist die nette Lady hin?«

Bryson deutete auf den Kassenschalter. »Versteckt sich dahinter.«

In diesem Moment wusste Michael, dass etwas nicht stimmte. Er kletterte über den Verkaufstresen und reichte

Bryson eines der Gewehre. »Los, kommt, wir verschwinden.«

Da tauchte wie aufs Stichwort die Betonvenus wieder hinter ihrer Kasse auf und verschränkte die Arme vor der Brust, genau wie bei ihrer ersten Begegnung. »Ihr habt euch am falschen Tag mit mir angelegt, Kiddies. Glaubt ihr wirklich, ich würde einfach zuschauen, wie ihr hier hereinspaziert und ein Game spielt, das ihr nicht spielen dürft? He? Glaubt ihr das wirklich?«

Gleichzeitig war aus allen Richtungen ein lautes Zischen zu hören. Die drei Freunde wirbelten herum. Michael brauchte ein paar Sekunden, bevor er begriff, dass sich an den Wänden und an der Decke Löcher geöffnet hatten. Bevor er seine Freunde warnen konnte, schossen auch schon dicke schwarze Seile aus den Löchern und schlängelten sich auf sie zu.

Er drehte sich zur Tür, um zu fliehen, aber die Seile waren bereits überall. Ein Seilende wand sich wie ein lebendiges Wesen um seinen Knöchel und zog sich fest zusammen.

Er bückte sich, um es wegzureißen, als es ihn plötzlich vom Boden hob und hoch in die Luft wirbelte.

9

Michael drehte sich fast der Magen um, als er hin und her geschleudert wurde wie die Beute in der Schnauze eines Hundes. Er verlor jegliche Orientierung. Trotzdem war es ihm irgendwie gelungen, das Gewehr festzuhalten. Während er durch den Raum schwang, versuchte er, den Hahn zu spannen. Lichter blitzten auf und verschwammen mit den Farben der Lobby zu einem einzigen Chaos. Sein Kopf schmerzte wieder so heftig, als stünde ihm ein neuer Anfall bevor.

Michael packte das Gewehr mit beiden Händen, krümmte seinen Körper hoch, zielte – vorsichtig darauf bedacht, dass ihm sein eigenes Bein nicht in den Weg kam – auf das Seil. Und feuerte.

Der Rückschlag ließ ihn nach hinten prallen. Er sah den Boden auf sich zurasen, bis er mit dem Kopf darauf aufschlug. Trotz des pochenden Schmerzes spürte er, dass sein Bein vom Seil befreit war – er hatte getroffen.

Doch schon im nächsten Moment schlängelten sich weitere Seile zu Dutzenden aus ihren Löchern. Michael rappelte sich auf und blickte sich rasch nach seinen Freunden um. Bryson stand mit dem Rücken zur Wand, eines der schwarzen Seile schlang sich um seinen Oberschenkel, ein anderes um seinen Arm, während er sich freizukämpfen versuchte. Sarah war noch nicht gefangen, wehrte sich aber verzweifelt gegen ein Seilende, das wie eine Kobra, die jeden Augenblick zubeißen konnte, vor ihrem Gesicht schwang.

Da bemerkte Michael etwas Schwarzes an seinem Bein, schon hatte es sein Knie erreicht. Er packte es und riss es los, verlor dabei aber das Gleichgewicht und stürzte. Jetzt näherte sich ein weiteres Seil seinem Kopf. Sarah hatte ihren Kampf verloren – das schwarze Ding hatte sich um ihren Hals gewunden und zerrte sie zu der Wand, an der auch Bryson stand, inzwischen regungslos und mit geschlossenen Augen. Voller Angst, dass Bryson ernsthaft verletzt sein könnte, versuchte Michael, sich zu ihm durchzukämpfen, aber die Seile griffen nun aus allen Richtungen an, sodass er sich nicht mehr von der Stelle bewegen konnte. Er rollte sich seitwärts weg und schlug mit Armen und Beinen wild um sich.

Doch allmählich verließ ihn der Kampfgeist. Ihre Lage war aussichtslos. Sie hatten keine Chance, lebend hier herauszukommen. In seinem Gewehr steckte nur noch eine Patrone, und Brysons Waffe war quer durch den Raum geschlittert und lag nun direkt vor dem Kassentresen, hinter dem die Betonvenus wie eine Statue stand und alles stumm beobachtete. Etwas an ihr ließ Michael stutzen – sie sah tatsächlich wie zu *Stein* erstarrt aus, unnatürlich reglos, der verschleierte Blick auf irgendeinen Punkt in weiter Ferne gerichtet.

Im nächsten Moment spürte er, wie sich ein Seil um seine Taille wand und er riss sich von dem seltsamen Anblick los, um erneut gegen die unheimliche Bedrohung anzukämpfen. Aber zu spät – es hatte sich schon so fest um seinen Körper gewickelt, dass er nicht mehr dagegen ankam. Das Seil zerrte ihn über den Boden zu der Wand hinüber, an der seine Freunde gefangen waren. Das Gewehr entglitt ihm, aber er packte es gerade noch rechtzeitig mit beiden Händen – es war seine letzte Hoffnung.

Jetzt wickelte sich ein weiteres Seil um seinen linken Knöchel, er kickte es weg, woraufhin ein Seil von rechts kam und sich auf das Gewehr zuschlängelte. Es gelang ihm, es mit dem Gewehrkolben zurückzuschlagen – beinahe hätte er dabei reflexartig den Abzug durchgedrückt. Doch nun hatte er endlich beide Hände frei, packte die Waffe, richtete sich etwas auf und zielte auf das Seil, das sich um seine Hüfte klammerte. Die Druckwelle stieß ihn auf den Boden zurück. Benommen schüttelte er den Kopf. Doch er hatte sein Ziel erreicht – das Seil war tatsächlich durchtrennt worden. Rasch wickelte er sich den leblosen Rest vom Körper und kam wieder auf die Füße. In diesem Augenblick wurde ihm klar, was das wuchtige Weib am Kassentresen tat. Warum sie so still und konzentriert dastand.

Sie kommandierte die Seile.

10

Er hatte nur eine einzige Chance.

Die Betonvenus war fast zehn Meter entfernt, hinter ihrem Kassenschalter. Davor lag Brysons Gewehr auf dem Boden, er musste es nur aufheben. Aber zwischen dem Tresen und Michael wirbelten die schwarzen Seile durch die Luft wie lebendig gewordene Lianen im Dschungel, die nur darauf warteten, ihn einzufangen. Michael raste los.

Von allen Seiten schossen sie heran. Sein Körper explodierte förmlich vor Adrenalin, und er schlug wild mit den Armen um sich, sprang, drehte und wand sich. Trotzdem verfing er sich mit dem Knöchel in einem der Seile, taumelte und schlug hart auf dem Boden auf. Sofort schlängelten sich zwei weitere Seile um Hüfte und Brust, aber er warf sich herum und riss sie sich vom Leib. Um sich schlagend und tretend gelang es ihm, wieder auf die Füße zu kommen und weiterzulaufen. Inzwischen lag das Gewehr nur noch wenige Schritte entfernt. Aber die Seile ließen nicht von ihm ab.

Er kämpfte unermüdlich weiter, längst nur noch seinem Instinkt folgend. Dennoch schoss ihm der Gedanke durch den Kopf, dass er einen geradezu lächerlichen Anblick bieten musste, er wirbelte herum wie ein Balletttänzer auf Speed. Jetzt war das Gewehr in greifbarer Nähe. Bevor er die Hand danach ausstrecken konnte, wickelte sich ein Seil um seinen Arm, zog sich fest zusammen und riss ihn in die Höhe. Doch Michael packte es mit der anderen Hand und es gelang ihm, seinen Arm daraus zu befreien. Glücklicherweise hatte ihn das Seil in die richtige Richtung gezogen, und als er wieder auf dem Boden aufschlug, prallte er mit dem Kopf gegen den Sockel des Kassentresens – das Gewehr direkt vor seiner Nase.

Er umklammerte es mit beiden Händen. Doch ehe er aufstehen konnte, zischten neue Seile heran, so viele, dass seine Beine, Knöchel, Arme, seine Hüfte und Brust gleichzeitig zusammengeschnürt wurden. Er wehrte sich wild, doch schon im nächsten Moment wurde er in die Höhe gezogen.

Er schoss förmlich vor dem Tresen hoch. Lady Betonvenus, immer noch wie erstarrt, kam wieder in sein Blickfeld. Michael blieb nur ein Sekundenbruchteil – die schwarzen Ungeheuer zogen sich immer enger um seine Arme zusammen, versuchten sogar, ihm das Gewehr zu entwinden. Er konzentrierte sich und zielte auf ihre Brust. Aber bevor er den Abzug durchdrücken konnte, war alles vorbei.

Die Seile lösten sich von ihm. Michael stürzte zu Boden. Das seltsam klirrende, metallische Zischen erklang erneut. Völlig außer Atem rollte sich Michael auf den Rücken und beobachtete, wie sich die Seile in ihre Schlupflöcher zurückzogen. Ein schneller Blick zu seinen Freunden hinüber – auch sie waren frei. Ein Blick auf die Betonvenus – sie war über dem Tresen zusammengebrochen.

»Was ...«, begann Michael, fand aber keine Worte mehr.

»Ich hab ihr Programm gehackt«, sagte Bryson und seine Stimme bebte vor Erschöpfung. »Sie ist ein Tangent – ich hab sie plattgemacht. Ist mir noch nie gelungen – war wohl mehr Glück als Verstand. Hab einfach 'ne Schwachstelle gefunden. Verdammt knapp.«

Deshalb hatte er die Augen geschlossen, dachte Michael. Am liebsten hätte er laut aufgelacht.

»Los, weiter«, drängte Sarah.

Michael wusste genau, was sie meinte. *Weiter ins Game.*

Kapitel 10

Drei Teufel

1

Es dauerte ein paar Augenblicke, bis Michael wieder genug Sauerstoff in seine Lunge getankt hatte, um ruhig durchzuatmen. Dann ging er zu Bryson und Sarah hinüber. Ohne ein weiteres Wort wussten alle drei, was zu tun war. Wie auf Kommando drehten sie sich um und steuerten auf den dunklen Durchgang an der hinteren Wand der Lobby zu.

Doch eine bekannte Stimme hinter ihnen ließ sie innehalten: Ryker stand wieder auf dem Verkaufstresen.

»Ihr drei habt echt Nerven«, rief sie herüber, »aber null Ahnung. Auch wenn ihr glaubt zu wissen, wonach ihr sucht, kann ich euch sagen: *Ihr wisst es nicht.*«

In Michaels Ohren klangen ihre Worte unheilvoll, als läge eine tiefere Bedeutung in ihnen, die nichts als Ärger verhieß. Er wusste schließlich nur zu gut, wie der Sleep funktionierte. Was also meinte sie – das Game oder etwas noch größeres? Zum Beispiel Kaine selbst?

»Ach, verpiss dich doch endlich«, gab Bryson zurück.

Bevor Ryker antworten konnte, wandten sich die drei wieder um und sprinteten in den dunklen Flur. Michael hoffte, dieses Mädchen nie mehr wiedersehen zu müssen.

2

Der Flur wurde immer dunkler und immer kälter. Michael fröstelte. Ohne die geringste Lichtquelle konnte er gerade genug sehen, um sich seinen Weg hindurch zu bahnen, aber der Flur schien kein Ende nehmen zu wollen. Als sie allmählich realisierten, dass sie nicht verfolgt wurden, verlangsamten sie ihre Schritte. Doch je tiefer sie in den Tunnel vordrangen, desto kälter wurde es. Bald konnte Michael den Atem vor seinem Gesicht sehen.

Sie mussten wohl schon fast zwei Kilometer zurückgelegt haben, als Bryson endlich das Schweigen brach.

»Das ist das seltsamste Game, das ich je gesehen habe.«

»Glaubst du, es könnte eine Falle sein?«, fragte Michael. »Vielleicht haben sie uns in ein anderes Game geschleust, weil wir zu *Devils of Destruction* keinen Zugang haben?«

»Das wäre aber gegen die Regeln«, antwortete Bryson.

»Es ist genauso gegen die Regeln, sich in ein X25-Game zu hacken.«

»Hm. Da hast du auch wieder recht.«

»Schaut mal«, sagte Sarah und deutete nach vorn. »Die Wand verändert sich. Und es wird auch ein bisschen heller.«

Sie gingen wieder schneller. Kurz darauf erreichten sie eine Stelle, an der die Wände von Eis bedeckt waren und von innen heraus zu leuchten schienen. Michael konnte jetzt sehr viel mehr sehen als vorher – und traute seinen Augen kaum.

»Heilige Scheiße«, sagte Bryson, während er an sich selbst hinab sah.

Ihre Kleidung hatte sich komplett verändert – statt ihrer Alltagssachen trugen sie nun bauschige weiße Schneeanzüge mit vielen Taschen, in denen sich verschiedene Ausrüstungsgegenstände befanden, und am Gürtel hingen eine Menge Werkzeuge. Michael entdeckte die Gurte eines Rucksacks auf seinen Schultern und sah, dass auch seine Freunde schwer bepackt waren.

Er zog die Gurte etwas straffer und begutachtete seine neue Uniform genauer. Bei den Gegenständen am Gürtel handelte es sich um fünf Handgranaten, eine Feldflasche, ein Messer und ein Stück Seil.

»Also, das beantwortet wohl unsere Frage«, verkündete er. »Wir sind drin.«

»Und so, wie es hier aussieht, befinden wir uns an der Gletscherfront«, ergänzte Sarah. Die Goldader, um die alle kämpften, verlief größtenteils unter dem Jakobshavn, einem der größeren Gletscher Grönlands. Aber die Front erstreckte sich bis hin zur Tundra, einer urtümlichen Landschaft aus Sümpfen und Schlamm.

»Ich kann nur hoffen, dass da vorn noch bessere Waffen auf uns warten«, sagte Bryson und nickte den Flur entlang. »Ich weiß nämlich nicht, ob ich es ertragen könnte, heute auch noch mit dem Messer zu kämpfen, Game hin oder her.«

Michael zückte sein Messer und betrachtete es eingehend. Es machte einen stabilen Eindruck, grau und scharf. »Gilt auch für mich.«

»Und für mich auch«, fügte Sarah hinzu, während sie weitergingen. »Vielleicht können wir ja etwas aus einem anderen Spiel codieren. Ich hoffe nur, dass wir wegen dieser ganzen Sache nicht alle im Knast landen.«

Michael wischte Sarahs Befürchtungen mit einer Handbewegung beiseite. »Wir machen das alles doch, weil es die VNS von uns verlangt. Die werden uns doch wohl kaum ins Gefängnis werfen, weil wir ihrem Befehl folgen, oder?« Allerdings war er sich da selbst nicht so sicher.

»Ach, wirklich?«, gab Sarah zurück. »Und das weißt du ganz bestimmt? Und wozu dann diese Geheimnistuerei? Wenn du sie irgendwann um Hilfe anflehst, werden sie einfach wegschauen. Und behaupten, sie hätten noch nie von dir gehört.«

Michael wusste, dass ihm die Angst ebenso ins Gesicht geschrieben stand wie seinen Freunden. »Umso mehr Grund, Kaine aufzuspüren«, sagte er schließlich.

Danach herrschte wieder Schweigen. Sie joggten den langen, eisigen Tunnel entlang. Ihre Ausrüstung wog so schwer, dass sie Michael förmlich niederdrückte. Er merkte, dass er langsamer wurde. Dann begann der Tunnel anzusteigen und ihr Marsch wurde noch beschwerlicher.

»Wie lang kann so ein verdammter Tunnel eigentlich sein?«, fragte Bryson schließlich.

Niemand antwortete.

3

Irgendwann erreichten sie schließlich doch das Ende: eine Stahltür, verschlossen mit einem schweren Eisenbolzen, der in zwei enormen Eisenschienen verankert war. An den Wänden zogen sich Holzbänke entlang und in einem riesigen offenen Regal lag eine erstaunliche Anzahl von Maschinengewehren und Munition. Michael verschlug es die Sprache.

»Ich vermute mal, wenn man da draußen im Kampf stirbt, muss man hier wieder von vorne anfangen«, sagte Sarah.

»Wahrscheinlich.« Bryson untersuchte bereits die Waffen. »Aber die gute Nachricht ist: Ich hab nicht vor, da draußen zu sterben.«

»Ich auch nicht«, sagte Michael. »Also, fangen wir an.«

Alle drei rüsteten sich mit einem schweren MG und mehreren Munitionspacks aus. Michael lud seine Waffe, checkte das Gewicht und die Einstellungen – solche Waffen hatte er schon oft benutzt. Wie es aussah, mussten sie nun doch nicht das zusätzliche Risiko eingehen, sich in andere Spiele zu hacken, um sich Waffen zu besorgen.

»Ich mache mir nur Sorgen wegen der Kälte«, sagte Sarah. »Könnte einer der Gründe sein, warum das Spiel mit X25 eingestuft wird. Die meisten Kids würden doch gleich drauflosrennen, weil sie glauben, dass es nur darum geht, möglichst viele Leute umzulegen. Wir müssen unbedingt darauf achten, dass wir uns ab und zu wieder aufwärmen, um Erfrierungen zu vermeiden.«

Bryson schüttelte den Kopf. »Das kann nicht der einzige Grund sein. Ich bin ziemlich sicher, dass da draußen noch was Schlimmeres abgeht. Was *viel* Schlimmeres. Ein X25-Games muss schon verdammt hart sein.«

Michael war derselben Meinung. Sie kannten bereits jede Menge Games, die *nicht* mit X25 eingestuft waren und einem trotzdem ziemlich an die Nieren gehen konnten. »Wenigstens sind wir in der Theorie vorbereitet. Jetzt müssen wir nur noch das Portal zum Pfad finden.«

»Macht euch darauf gefasst, dass euch gleich der Hintern abfriert«, sagte Bryson, als er den Eisenbolzen aus der Verankerung wuchtete. Prompt ließ er den schweren Riegel mit lautem Scheppern zu Boden fallen, sodass er Sarah beinahe die Zehen zerquetschte.

»Der geborene Kavalier«, kommentierte sie.

Bryson zwinkerte ihr zu, dann zog er die schwere Stahltür auf. Ein Schwall arktischer Luft blies herein und wirbelte

Eiskristalle in den Tunnel. Eine solche Kälte hatte Michael noch nie in seinem Leben zu spüren bekommen.

Bryson schrie etwas Unverständliches, während er in die Welt von Grönland hinaus trat. Michael und Sarah folgten ihm.

4

Der Himmel war strahlend blau, und Michael bemerkte, dass es gar nicht schneite: Was da durch die Luft fegte, waren Schnee- und Eiskristalle, die der schneidende Wind vom Boden aufwirbelte. Wenigstens mussten sie nicht auch noch gegen einen Schneesturm ankämpfen.

Aber der Wind zerrte an Michaels Uniform, so stark, dass Michael das Gefühl hatte, der Schneeanzug würde ihm vom Leib gerissen. Kaum war er aus dem Tunnel getreten, stolperte er auch schon und fiel in den hart gefrorenen Schnee. Er hatte den Sturz mit den Händen abgefangen, die zunächst heftig schmerzten, bevor sie vor Kälte gefühllos wurden. Erst jetzt wurde ihm klar, dass sie ohne Handschuhe keine zehn Minuten hier draußen durchhalten konnten. Wie dumm von ihnen, ausgerechnet dieses Detail zu vergessen! Da außer ihnen niemand in der Nähe war, nahmen sie sich ein paar Minuten Zeit, um den Code so zu manipulieren, dass sie kurz darauf warme Mützen und Handschuhe trugen. So ausgestattet, fühlte sich

Michael zwar besser, aber nicht sehr viel. Es kam ihm so vor, als sei die Programmierung ein klein wenig schwieriger gewesen als erwartet, vor allem angesichts dieser einfachen Dinge. Er fragte sich, ob sie wohl bereits Kaines harte Firewalls zu spüren bekommen hatten.

Michael rückte den Rucksack zurecht und machte das MG schussbereit. Mit den dicken Handschuhen kostete es ihn einige Mühen, einen Finger auf den Abzug zu schieben, aber schließlich gelang es ihm. Sie blickten sich um. Die weiße Ebene erstreckte sich in alle Richtungen, kein Mensch war zu sehen. In weiter Ferne jedoch stieg Rauch in einer langen, schwarzen Säule zum Himmel.

Sarah beugte sich zu ihm und schrie gegen den Wind an. »Dort, wo der Rauch ist, wird bestimmt gekämpft. Laut Karte müssen wir vom Start direkt nach Norden marschieren. Und nach dem Stand der Sonne ...«

»Ja!«, brüllte Michael zurück. »So machen wir's!«

Bryson stand ein paar Schritte entfernt und wartete ungeduldig, als wüsste er längst, was zu tun war. Er nickte nur, als Michael in die Richtung wies, die Sarah ihm genannt hatte. Sie marschierten los – in den Kampf.

5

Schon nach ein paar Minuten war Michael davon überzeugt, dass nichts härter sein könne als dieser Marsch durch den eisigen Wind und die Schneeböen – nicht einmal der Kampf selbst. Jeder Schritt gegen den Wind kostete enorm viel Kraft, zumal die Stiefel ständig im Schnee versanken. Doch er verstärkte den Griff um die Waffe sogar noch, denn er brannte darauf, zu erfahren, was an der Front vor sich ging. *Sei lieber vorsichtig mit dem, was du dir wünschst*, dachte er andererseits mit mulmigem Gefühl.

Als sie schließlich über eine flache Hügelkuppe kamen, bot sich ihnen ein Anblick des Horrors. Sofort warfen sich die drei Freunde in den Schnee. Michael schob die Mündung seiner MG vor und stützte sich auf die Ellbogen, um durch das Zielfernrohr einen besseren Überblick zu bekommen.

Ein riesiger Talkessel erstreckte sich meilenweit in alle Richtungen, übersät mit Schützengräben, die anscheinend völlig planlos in Schnee und Eis gegraben worden waren. Ein breiter, unbefestigter Weg zog sich mittendurch. Sämtliche Gräben sahen aus, als hätte man sie mit einem dunklen Material ausgekleidet, wahrscheinlich, um die Soldaten gegen die Feuchtigkeit zu schützen. Michael konnte nicht tief genug in die breiten Gräben blicken, aber ab und zu war der Kopf eines über den Grabenrand spähenden Soldaten zu sehen. Am Ende des langen Korridors, der zwischen den Gräben verlief, hatte man Zelte errichtet, aber aus der Ferne war nicht zu erkennen, wofür sie dienten.

Und überall Blut. Das war es, was Michael am meisten verstörte. Wohin er auch blickte, sah er riesige Blutlachen in der weißen Landschaft, ganz besonders entlang des Weges, wo auch jetzt unzählige Kämpfe stattfanden. Zumeist Nahkämpfe, Soldat gegen Soldat, mit größter Brutalität ausgeführt. Er beobachtete, wie ein Mann einen anderen mit dem Messer erstach und sich dann über ihn beugte, um die Klinge noch tiefer in seine Brust zu rammen. Ein paar Meter weiter schnitt eine Frau einem Soldaten von hinten die Kehle durch. Überall kämpften kleine Gruppen, boxten, rangen, stachen, hieben einander nieder. Ein Albtraum, wie er schlimmer nicht hätte sein können.

Niemand schien die Neuankömmlinge auf dem Hügel bemerkt zu haben.

Michael senkte das Gewehr und schaute zuerst Bryson, dann Sarah an. »Wo sind wir hier eigentlich? Solche Kriege wurden seit mindestens hundert Jahren nicht mehr geführt. Ich komme mir vor wie bei Neandertalern, die um eine Höhle kämpfen. Unsere Recherchen über das Game hatten doch nur ergeben, dass wir mit ziemlich chaotischen Kämpfe rechnen müssten, aber das hier … das ist doch totaler Scheiß.«

»Und Gräben auf diese Art anzulegen, ist doch völliger

Quatsch«, fügte Bryson hinzu. »Übrigens auch die Uniformen – ich sehe mindestens vier verschiedene Arten, und es kämpfen sogar Leute gegeneinander, die die gleiche Uniform tragen. Und warum befinden sich die Gräben und die Zelte so nah beieinander?«

Sarah kroch ein wenig weiter vor, damit sie besser miteinander reden konnten. »Ich kapiere allmählich, warum das Spiel erst ab 25 freigegeben ist. Und ich glaube auch nicht, dass es mit dem tatsächlichen Krieg auf Grönland viel zu tun hat. Das Setting vielleicht, aber das war's dann auch schon.«

»Wozu soll das Game dann gut sein?«, fragte Bryson. »Ich meine, warum haben wir noch keinen Befehl für eine bestimmte Mission bekommen, wie sonst auch? Irgendeinen Auftrag. Kommen die Gamer einfach nur hierher, um sich gegenseitig abzuschlachten und dann gleich wieder von vorne anzufangen?«

»Vielleicht geht es ja wirklich genau darum«, antwortete Michael. Auch zu den Zelten war ihm eine Idee gekommen. »Vielleicht kriegen sie eine Belohnung, wenn sie erfolgreich sind. Etwas, das unschuldige Kids wie wir nicht tun oder auch nur mitansehen sollten.« Er grinste. »*The winner takes it all* – wie mein Dad immer sagt.«

»*Devils of Destruction.*« Bryson wirkte nachdenklich. »Der Name passt jedenfalls, so wie es dort unten aussieht.«

6

Die MGs im Anschlag, stiegen sie den langen Abhang zu dem Gemetzel hinunter, das im Tal tobte. Die riesigen blutroten Flecken auf dem weißen Schnee machten den Anblick noch unerträglicher. Dazu der Schlachtenlärm, der vom Wind an ihre Ohren getragen wurde – Stöhnen und Keuchen, Schreie und blutrünstiges Knurren. Aber aus irgendeinem Grund war kein Gewehrfeuer zu hören.

»Wartet mal«, sagte Michael und ein furchtbarer Gedanke schoss ihm plötzlich durch den Kopf. »Funktionieren die MGs überhaupt?« Er richtete die Mündung gen Himmel und drückte auf den Abzug. Es klickte, aber das war auch schon alles. Voller Wut warf er die Waffe in den Schnee.

Bryson versuchte es ebenfalls, doch auch er schleuderte das MG frustriert von sich. »Wer will uns denn hier verarschen? Das ist doch ein Game für Barbaren! Warum lassen sich die Leute nicht gleich ins Mittelalter zurückversetzen?«

»Ich glaube, ich verschwende nur unnötig Kraft, wenn ich den Abzug betätige«, sagte Sarah, versuchte es aber trotzdem. Natürlich ohne Erfolg. Sie ließ die Waffe über die Schulter in den Schnee fallen und marschierte weiter auf das Schlachtfeld zu. »Da wartet wohl ein ordentliches Stück Programmierarbeit auf uns.«

7

Michael hätte es seinen Freunden gegenüber nie zugegeben, aber er war mehr als nur entsetzt. Sie hatten eine Menge Geld für ihre Coffins hingelegt, um das VirtNet so realistisch wie möglich zu erleben – was auch wirklich großartig war, solange es sich um die angenehmeren Dinge des Lebens handelte. Aber wenn man erstochen, verprügelt, erdrosselt wurde, war das nicht halb so großartig. Michael hatte schon vieles im Sleep gesehen und getan, aber das, was nun vor ihm lag, übertraf *alles*. Er marschierte geradewegs auf ein Höllenszenario voller nackter Gewalt und tierischer Brutalität zu. Und nachdem es schon schwierig genug gewesen, auch nur Handschuhe und Mützen zu programmieren, erschien es ihm plötzlich alles andere als verlockend, den Code für weitere Waffen und Kampftechniken zu hacken.

Vereinzelt fanden auch Kämpfe an den äußeren Rändern des Schlachtfelds statt, aber das hauptsächliche Gemetzel konzentrierte sich auf die Mitte, um die Schützengräben herum. Während ihres Abstiegs war der Lärm immer lauter und lauter geworden und klang nun so brutal, dass Michael am liebsten wieder umgekehrt wäre. Die Schmerzens- und Todesschreie ließen das, was sie sahen, nur noch unmenschlicher und grausamer erscheinen. Das keuchende Würgen der Erdrosselten, die wahnsinnigen

Schreie der Kämpfenden, das hysterische Gekicher der triumphierenden Sieger. Tatsächlich fand Michael das Gelächter am unerträglichsten.

Und es würde sicherlich nicht lange dauern, bis ein paar Soldaten auf sie aufmerksam wurden.

»Wir haben keinen Auftrag, keine Strategie«, sagte Sarah. »Die Spielbeschreibung ist offenbar eine einzige Lüge. Wie gehen wir vor: Bleiben wir zusammen oder kämpfen wir getrennt?«

Bryson zog kampfbereit das Messer aus seinem Gürtel. Michael war davon überzeugt, dass seine Fingerknöchel unter dem Handschuh weiß wurden.

»Besser, wir bleiben zusammen«, sagte Bryson. »Dann dauert es zwar länger, bis wir herausfinden, in welchem Graben sich das Portal zum Pfad befindet, aber wie's aussieht, haben die meisten Gamer hier schon eine Menge Erfahrung im Nahkampf. Wir müssen zusammenhalten, wenn wir überleben wollen.«

»Sehe ich genauso«, sagte Michael und hörte selbst die Angst in seiner Stimme. Doch auch er zückte sein Messer und versuchte sich zu erinnern, ob er jemals ein Game gespielt hatte, in dem er – nur mit einem Messer bewaffnet – in einen Kampf auf Leben und Tod verwickelt gewesen war. Normalerweise hatten die Gamer modernere Waffen zur Hand. »Allerdings sollten wir uns noch besser ausrüsten.«

»Aber das würde uns nur noch auffälliger machen«, widersprach Sarah. »Vielleicht würden sich die anderen sogar gegen uns verbünden.« Sie deutete auf den nächsten Graben, der links von ihnen lag. »Am besten schlagen wir einen Bogen an der Außenseite des Schlachtfelds entlang und nähern uns in einer immer enger werdenden Spirale der Mitte. Auf diese Weise können wir sämtliche Gräben kontrollieren.«

Michael und Bryson nickten. Gemeinsam gingen sie auf den ersten Graben zu.

»Scheiße!«, fluchte Bryson plötzlich.

Von rechts kamen drei Soldaten auf sie zugerannt. Zwei Männer, eine Frau. Als sie sahen, dass sie bemerkt worden waren, stießen sie ein wildes Gebrüll aus und schwenkten drohend ihre blutigen Messer. Die Frau hatte außerdem noch eine lange Eisenstange in der Hand. Michael drehte sich der Magen um, als er sah, dass auf der Spitze der Stange etwas Blutiges steckte, das wie ein Stück Fleisch aussah.

Bryson hatte recht. Diese Leute waren Barbaren.

♟

»Kämpft so hart, ihr könnt«, sagte Sarah ruhig. »Und denkt daran – es ist nicht schlimm, wenn man stirbt.«

Daran *brauchst du mich wirklich nicht zu erinnern*, dachte Michael.

Sie warfen die Rucksäcke ab und nahmen mit erhobenen Messern Kampfposition ein. Als die Soldaten bis auf fünf oder sechs Meter herangestürmt waren, dachte Michael plötzlich an die Handgranate, die an seinem Gürtel hing. Er ging zwar davon aus, dass auch sie nicht funktionierte, aber es war ohnehin zu spät. Die Angreifer waren jetzt so nahe, dass er die Wut in ihren Augen aufblitzen sah. Alle drei brüllten kampfhungrig, und Michael vermutete, dass sie ihnen in ihrer Sprache Beleidigungen entgegenschleuderten, so hasserfüllt, dass ihnen der Speichel aus den Mündern tropfte.

Als sie nur noch ein paar Schritte voneinander trennten, stoben ihre Angreifer plötzlich auseinander – offenbar hatten sie sich abgesprochen, wer gegen wen kämpfen sollte. Die Frau hatte es auf Michael abgesehen – und das war keineswegs die gute Nachricht. Sie sah entschieden fieser aus als ihre beiden Kameraden zusammen – das schwarze Haar schweiß- und blutverkrustet, das Gesicht blutverschmiert, mehrere Zähne ausgeschlagen. Und dann diese Eisenstange. Mit der grausigen Trophäe auf der Spitze. Michaels Mut gefror zu Eis.

Mit einem durchdringenden Schrei, der ihn an die Kill-Sims erinnerte, stürzte sie sich auf ihn, um ihm mit der Stange einen gewaltigen Hieb gegen seinen Kopf zu versetzen. Er duckte sich und behielt zugleich das Messer in ihrer anderen Hand im Auge, mit dem sie nach seinem Gesicht stach, während die Eisenstange knapp seine Schulter verfehlte. Michael stieß den Stab mit dem Unterarm weg, ließ sich auf den Rücken fallen und rollte zur Seite ab. Aus dem Augenwinkel sah er, dass sich die Frau in der Luft überschlug, um gelenkig wie eine Akrobatin auf den Füßen zu landen. In diesem Moment wurde ihm klar, dass ihm der Kampf seines Lebens bevorstand.

Die Angreiferin grinste übers ganze Gesicht und hielt sogar kurz inne, als wollte sie richtig genießen, was sie in Michaels Miene sah. Aber er hatte genug Erfahrung, um sich nicht völlig einschüchtern zu lassen. Wenn diese Frau ihn schon besiegen würde, dann wollte er wenigstens dafür sorgen, dass auch sie ein paar echte Schmerzen zu spüren bekam.

Er sprang auf, das Messer kampfbereit. »Wir könnten uns das sparen«, sagte er. »Wir wollen uns doch nur ein bisschen umsehen.« Der Versuch kam ihm selbst lächerlich vor.

Die Frau runzelte verwirrt die Stirn, dann sagte sie etwas. Aber Michael verstand kein Wort, wusste nicht einmal, welche Sprache das war. Ihre Miene dagegen drückte unmissverständlich eines aus: Wut.

Er trat einen Schritt zurück, als wollte er fliehen. Dann sprang er plötzlich vor und hoffte, das Überraschungsmoment ausnutzen zu können. Aber seine Gegnerin grinste nur, als freute sie sich über seinen Angriff. Michael holte mit dem Messer wie zum Stich aus, kickte dann jedoch mit beiden Füßen gegen ihre Brust. Sie versuchte noch auszuweichen, aber einen Sekundenbruchteil zu spät – sein Stoß traf sie mit voller Wucht. Mit einem halb erstickten Aufschrei taumelte sie zurück und fiel seitwärts in den Schnee.

Auch Michael stürzte, kam aber sofort wieder auf die Beine und warf sich auf die Frau, die sich gerade auf den Händen abstützte. Er rammte sie mit der Schulter, sodass sie sich beide zusammen mehrmals überschlugen. Doch Michael behielt die Oberhand. Die Frau hatte ihr Messer verloren, umklammerte jetzt aber umso fester die Stange. Sie holte aus und zielte damit auf Michael, der daraufhin blitzschnell sein Messer fallen ließ, die Stange mit beiden Händen packte und sie ihr zu entreißen versuchte. Aber sie war zu stark. Ein wildes Hin und Her begann, keiner von beiden zeigte Schwäche. Bis Michael schließlich die Stange nach unten drückte und sie ihr in den Mund rammte.

Das Knacken der Zähne und Kieferknochen war so grausam, dass Michaels Magen rebellierte und er beinahe den Halt verloren hätte. Die Frau stieß einen markerschütternden Schrei aus, ließ die Stange los und bedeckte ihr Gesicht mit beiden Händen. Blut quoll zwischen ihren Fingern hervor, während sie sich unter lautem Schmerzgeheul von ihm zu befreien versuchte, aber er saß rittlings auf ihrem Torso und presste sie mit beiden Schenkeln auf den Boden. Die Stange gehörte nun ihm. Er holte weit aus und wuchtete sie auf den Schädel der Frau. Ein dumpfes Krachen war zu hören, dann lag die Frau stumm und reglos im Schnee.

Sobald sie sich nicht mehr bewegte, sprang Michael auf die Füße und hob schnell sein Messer vom Boden auf.

Dann trat er – Stab und Messer zum Kampf erhoben – einen Schritt zurück. Aber die Frau rührte sich nicht.

Er hielt einen Moment inne und rang keuchend nach Atem. Die eisige Luft strömte wie tausend Nadeln durch seine Lungen. Dann sprang ihn jemand von hinten an, mit solcher Gewalt, dass Michaels Kopf zurückgeworfen wurde und hart gegen das Gesicht des Angreifers prallte. Beide stürzten zu Boden. Michael spürte, wie ihm der letzte Rest an Atemluft aus den Lungen gepresst wurde. Der Angreifer drehte ihn auf den Rücken, setzte sich auf ihn und drückte Michaels Arme mit den Knien zu Boden. Sein Gesicht hing jetzt direkt über Michaels Kopf, hochrot vor Anstrengung und übersät mit blutigen Schnitten. Eisblaue, wahnsinnige Augen starrten ihn an. Der Fremde war zweimal so groß wie die Frau und hielt Michael ein Messer an die Kehle.

Jetzt war Michael völlig egal, was Sarah gesagt hatte – er *brauchte* eine Waffe aus einem anderen Game. Er kniff die Augen zusammen, verlor sich in einem Meer von Codes, suchte hektisch nach Möglichkeiten. Aber es war zu spät.

Der Mann über ihm sagte etwas in derselben Sprache wie zuvor die Frau, dann schnitt er ihm in aller Seelenruhe die Kehle durch. Ein eiskalter Schmerz schoss durch seinen ganzen Körper, dann spürte er das warme Blut aus ihm heraussprudeln.

Ein paar Sekunden später starb er.

Kapitel 11

In den Schützengräben

1

Die zwanzig oder dreißig Sekunden nach dem Tod waren immer unangenehm, aber bei einem Game wie *Devils of Destruction*, das aus in sich geschlossenen Episoden bestand, hasste Michael diese Zeitspanne ganz besonders. Bevor man das nächste Leben beginnen konnte, versank man in einem höchst beunruhigenden, düsteren Vakuum, einem absolut schwarzen Nichts. Das war natürlich Absicht: Man wollte den Spielern ein möglichst realistisches Gefühl für den Tod vermitteln – ihnen die Chance geben, einen kurzen Augenblick zu überlegen, was geschehen war und wie es sich anfühlte, wenn der Tod wirklich eingetreten wäre. Zeit zum Nachdenken: *Was wäre wenn ...?*

Doch dieses Mal war Michael einfach nur wütend, während er auf sein neues Leben wartete. Kaum hatten sie das Game begonnen, war er auch schon getötet worden. Er hatte nicht mal Zeit gehabt, auch nur in *einen einzigen* dieser beschissenen Gräben zu schauen! Wie in aller Welt sollten sie es denn jemals schaffen, *jeden einzelnen* dieser unzähligen Gräben zu untersuchen? Er sah sich im Geiste voller Ungeduld mit den Fingern trommeln, während er still und stumm – eben gewissermaßen tot – dalag. Bis endlich ein Licht vor ihm auftauchte, das langsam größer und heller wurde und ihn wieder vollkommen in die Welt des VirtNet zurückzog.

Er schlug die Augen auf – und fand sich vor der Stahltür wieder, die in jene eisige, verschneite Welt führte, in der er soeben abgeschlachtet worden war. Er seufzte auf, voller Erleichterung, dass er nicht in die Lobby zurückversetzt worden war – denn dann hätte er nicht nur den ganzen Weg durch den Tunnel noch einmal zurücklegen, sondern auch gegen Betonvenus und Ryker, das wütende Cowgirl, kämpfen müssen. Und er bezweifelte, dass er dazu noch genug Kraft gehabt hätte.

Stöhnend setzte er sich auf. Die Nachwirkungen der beiden Kämpfe – wenn man den zweiten Angriff überhaupt als Kampf bezeichnen konnte – waren noch in allen Muskeln zu spüren. Er befand sich allein im Tunnel. Bryson und Sarah lebten also noch oder waren – falls sie doch den Tod gefunden hatten – schon wieder aufs Schlachtfeld zurückgekehrt.

Er war immer noch von Kopf bis Fuß in die warmen Klamotten gepackt, der prall gefüllte Rucksack lag neben ihm. Nach einer flüchtigen Überprüfung der Waffen auf dem Regal – keine einzige funktionierte – und einem ziemlich dämlichen Test einer Handgranate (allerdings mit demselben Ergebnis) zog er den schweren Riegel der Tür zurück und trat in die eisige Kälte hinaus. Während er über den Hügel stapfte, überlegte er fieberhaft, welche Codes ihm in diesem grausamen Krieg helfen könnten.

2

In der Ferne sah er zwei Gestalten, die den langen weißen Abhang hinaufstiegen. Er war sicher, dass es seine Freunde waren – Sarahs langes braunes Haar, das unter der Mütze hervorschaute, und Brysons großspuriger Gang waren selbst aus dieser Distanz unverkennbar. Da er sie sowieso nicht würde einholen können, entschloss Michael sich, einen anderen Weg zu nehmen – statt wie ein Vollidiot schnurstracks in die Schlacht zurückzumarschieren. Beim ersten Mal hatten sie nicht gewusst, was sie erwartete, aber jetzt plante er, nach rechts abzuschwenken und – auf dem Hügelkamm versteckt – zu allererst zu erkunden, ob er sich nicht an einer weniger gefährlichen Stelle des Gefechts zu den Gräben schleichen konnte. Er hatte noch keine hundert Meter zurückgelegt, als er sah, dass Sarah und Bryson offenbar dieselbe Entscheidung getroffen hatten – allerdings waren sie nach links abgebogen.

Gut, dachte Michael. Das erhöhte ihre Chancen, wenigstens ein paar Gräben zu inspizieren, bevor ihnen irgendwelche verrückten Eiskrieger oder durchgeknallten blutrünstigen Weiber wieder die Kehlen aufschlitzen.

Der Wind zerrte an Michaels Kleidern, Eis- und Schneekristalle stachen wie unzählige Nadeln in die ungeschützten Stellen seines Gesichts. Die Lippen waren rissig und fühlten sich an wie verbranntes Papier, als ob sie beim nächsten Befeuchten sofort aufplatzen würden. Fast sehnte er sich nach irgendeiner Art von Action, dann würde er wenigsten die Kälte nicht mehr so spüren.

Der Lärm der Schlacht wurde lauter, als sich Michael der Hügelkuppe näherte. Er kauerte sich nieder und robbte auf Händen und Knien weiter, dankbar, dass seine Handschuhe so gut gefüttert waren.

Kurz vor der Kuppe kroch er auf dem Bauch bis zum höchsten Punkt und blieb dann einen Augenblick lang liegen, um sich vorsichtig umzusehen. Weiter links, in der Ferne, sah er Bryson und Sarah von Hügel zu Hügel sprinten. Hinter jeder Anhöhe gingen sie in Deckung, bevor sie weiterrannten. Offenbar waren sie noch nicht bemerkt worden, obwohl sie die äußersten Gräben fast erreicht hatten. Doch dort kämpften weniger Leute, die meisten Kämpfe wurden immer noch entlang des blutigen Korridors ausgetragen, der sich zwischen den Gräben erstreckte.

Metallisches Klirren, animalisches Stöhnen, wilde Schreie – der Wind trug den Schlachtenlärm erbarmungslos an Michaels Ohr, und er konnte es immer noch nicht fassen, dass sich jemand freiwillig dieser Brutalität hingab. Ganz in seiner Nähe beobachtete er einen Zweikampf, bei dem ein Mann seinen Gegner gerade erstach und währenddessen unablässig brüllte. Michael wand den Blick ab, trotz der unzähligen Filme, die er gesehen hatte, und der Games, die er gespielt hatte: Dieses Gemetzel war schlimmer als die Hölle.

Konzentrier dich, ermahnte er sich. *Du darfst auf keinen Fall entdeckt werden. Konzentrier dich auf die Gräben.*

Wie ein echter Soldat kroch er knapp unterhalb der Hügelkuppe weiter über den hart gefrorenen Schnee. Aus Angst, dass ihn sein Rucksack verraten könnte, nahm er ihn ab und warf ihn von sich – er wusste gar nicht mehr, warum er ihn überhaupt mitgenommen hatte. Es wäre geradezu ein Wunder, wenn er lange genug am Leben blieb, um sich über Verpflegung oder warme Wechselklamotten Sorgen zu machen.

Da er bis jetzt noch nicht entdeckt worden war, machte er sich an den Abstieg. Zwischen ihm und den Stellen, an denen die Schlacht am heftigsten geführt wurde, lagen mehrere Gräben, aber er war noch zu weit entfernt, um zu erkennen, wie viele Kämpfer sich darin versteckt hielten. Hinter einer Schneeverwehung machte er halt, um wieder zu Atem zu kommen – und seinen ganzen Mut zusammenzunehmen. Die Erinnerung daran, wie das Messer ihm die Kehle durchtrennte, war noch so lebendig, dass er fast den Schmerz zu spüren glaubte.

Einen Moment lang schloss er die Augen und konzentrierte sich auf den Code der Umgebung. Er war schwer zu lesen, schien ihm immer wieder zu entgleiten, wie ein von einem heftigen Sturm aufgewühltes Meer von Zahlen, Zeichen und Buchstaben. Es dauerte mehrere Minuten, bis es ihm gelang, eine Zeichenfolge der Programmierung festzuhalten, die er schon einmal in *Dungeons of Delmar* benutzt hatte – und die seinem Messer eine magische Eigenschaft verleihen würde, kleine, unsichtbare Kraftfelder, die von der Spitze ausstrahlten, aber so schwach waren, dass sie vielleicht unbemerkt blieben.

Schwach, aber besser als gar nichts.

Es war nicht das erste Mal, dass Michael sich im Sleep selbst aufmunterte, doch diesmal hatte er den Zuspruch besonders nötig, um sich noch einmal klarzumachen, dass, wie schlimm es auch kommen mochte, er nicht *wirklich* sterben würde. Schmerzen, ja. Horror, ja. Vielleicht sogar für immer traumatisiert. Aber wenigstens am Leben.

Er machte die Augen zu. Atmete tief ein und aus. Machte die Augen wieder auf. Schloss die Faust um das magisch verstärkte Messer. Zog es entschlossen aus dem Gürtel.

Dann erhob er sich und rannte auf den ersten Graben zu.

3

Sein Herz pochte bis zum Hals und die eiskalte Luft raubte ihm fast den Atem. Aber Michael verdrängte alles und konzentrierte sich nur auf eines: so schnell wie möglich zu rennen. Ein paar Soldaten bemerkten ihn, aber sie waren auf der anderen Seite des Grabens, den Michael anpeilte, und machten keine Anstalten, ihn anzugreifen – stattdessen prügelten sie unbeirrt weiter aufeinander ein.

Und dann hatte er den Rand des Grabens erreicht. Er blickte prüfend hinunter – der Graben, ungefähr fünf Meter tief, war absolut leer. Bis auf eine Holzbank an einer der Wände und einen ausgetrampelten, matschigen Pfad in der Mitte. Die Grabenwände waren mit schwarzen Planen ausgekleidet, die oben von Reifen und alten Töpfen und Pfannen fixiert wurden. Soldaten waren nicht zu sehen.

Ebenso wenig ein eindeutiges Portal. Michael wollte sich schon abwenden und zum nächsten Graben laufen, doch dann zögerte er. Wer wusste schon, wie das Portal aussah? Oder wie leicht es zu erkennen war? Erst in diesem Augenblick wurde ihm klar, *wie* groß die Aufgabe war, die da vor ihnen lag. Sie würden eine Ewigkeit brauchen, um sämtliche Gräben von oben bis unten zu untersuchen. Und sie wussten nicht mal genau, *wonach* sie suchen mussten.

Er entdeckte eine Leiter und machte sich seufzend an den Abstieg.

4

Die schwarzen Planen ließen sich leicht beiseiteschieben. Michael schob sich dahinter und schritt in ihrem Schutz die gesamte Länge des Grabens ab, während er unablässig die eisverkrusteten Wände abtastete. Und das war auch schon alles, was er fühlte – Eis und hart gefrorener Schnee. Nichts Verdächtiges oder Ungewöhnliches. Ab und zu schloss er die Augen und durchsuchte den Code nach Anomalitäten, Fehlern oder irgendetwas, das nicht dazugehörte. Aber er fand nichts.

Bevor er am anderen Ende der Wand hinter der Plane hervortrat, stellte er sicher, dass er immer noch allein war. Erst dann machte er sich an die andere Längswand.

Nichts.

Noch einmal schritt er die gesamte Länge ab, wobei er durch den matschigen Pfad stapfte und den Code erneut auf irgendwelche Unregelmäßigkeiten überprüfte. Er checkte auch die Holzbank und deren Programmierung.

Wieder nichts.

Während er schließlich die Leiter nach oben kletterte, versuchte er, nicht daran zu denken, wie viel Zeit er allein für diesen ersten Graben verschwendet hatte. Und wie viele noch vor ihm lagen. Aber es blieb ihnen nichts anderes übrig, als sie alle zu prüfen – einen nach dem anderen. Sonst würden sie nie erfahren, in welchem Graben das

Portal verborgen war. Er tröstete sich mit dem Gedanken, dass die Mühe nicht vergeblich sein würde, wenn sie auf diese Weise das Portal fanden.

Er stöhnte leise. *Falls* sie es fanden … Das Gefühl der Aussichtslosigkeit ihres Unterfangens ließ sich nicht so leicht abschütteln. Es gab noch mindestens hundert solcher Gräben.

Er blickte sich schnell auf dem Schlachtfeld um. Niemand lief auf ihn zu, niemand griff ihn an – noch nicht. Auch von seinen Freunden keine Spur.

Michael duckte sich und lief zum nächsten Graben.

5

Auch dieser Graben war leer.

Michael kletterte hinunter und begann mit seiner Suche. Wieder schlüpfte er unter die Plane, wieder arbeitete er sich an einer Wand entlang, an der anderen zurück, wieder checkte er den Code. Aber auch hier keine Auffälligkeiten. Nichts zu finden.

Enttäuscht, aber bereit für den nächsten Graben, stieg er heraus – und war völlig überrascht, als er plötzlich eine Frau erblickte, die offenbar auf ihn wartete. Sie trug die gleiche winterliche Tarnkleidung wie er selbst und sah so dabei so frisch und sauber aus, als käme sie direkt aus dem Tunnel. Ihr Gesicht wäre sogar hübsch gewesen, wenn sie es nicht zu einer hässlichen Fratze verzogen hätte.

»Micky sagte mir, dass ich hier einen leichten Kill machen könnte«, grinste sie. »Ein einzelner Junge, der sich einfach so ins verbotene Game geschlichen hat. Du bist so was wie die Vorspeise für mich.« Bei diesen Worten war ihr Gesicht fast freundlich geworden, aber dann bleckte sie wieder die Zähne.

»Vorspeise?«, echote Michael. »Wie kommst du darauf, dass ich leicht zu töten bin?« Er trat einen kleinen Schritt zurück, sodass er mit den Absätzen genau an der Kante des Grabens stand. Sollte sie ruhig glauben, dass er sich fast in die Hosen machte und nur so tat, als hätte er keine Angst.

»Wie oft warst du schon hier?«, fragte sie, wobei sich ihre hässliche Fratze wieder entspannte, allerdings nur bis sie zu reden aufhörte.

»Ist das erste Mal«, sagte Michael so unschuldig wie möglich. »Aber ich hab bereits einen Kill. Nicht schlecht, was?«

»Fantastisch.« Sie schüttelte den Kopf, als könnte sie es gar nicht fassen. »Dann werde ich *meinen* Kill gleich noch viel mehr genießen.«

Michael grinste nur. »Na, dann los!«

Er wollte, dass sie zuerst angriff, und das tat sie auch. Sie stürzte sich auf ihn, das Gesicht rot vor Wut.

Sie holte aus, doch bevor ihre Faust ihn treffen konnte,

warf sich Michael zur Seite. Ein gefährliches Manöver, das war ihm klar, nur zu leicht konnte er ausrutschen und selbst in den Graben stürzen. Aber dieses Risiko musste er eingehen, wenn er einen längeren Kampf vermeiden wollte. Er umfasste den Griff seines Messers und schickte einen unsichtbaren Energiestoß durch ihren Körper, der sie nach vorn schleuderte.

Sie flog über Michael hinweg und stürzte laut schreiend in den Graben. Bevor sie sich wieder aufrappeln konnte, sprintete Michael bereits zum nächsten Graben. Wenn er Glück hatte, hatte sie sich ein Bein gebrochen.

6

Im nächsten Graben lag ein Mann auf der Holzbank und schlief. Sonst war niemand zu sehen. Eilig kletterte Michael die Leiter hinunter. Er wollte die Sache so schnell wie möglich hinter sich bringen, ohne sich weiter um den Mann zu kümmern, aber dann kamen ihm Bedenken. Wenn der Typ aufwachte, während Michael unter der Plane war, wäre er ihm hilflos ausgeliefert. Dieses Risiko war definitiv zu hoch.

Er stellte sich neben den Schlafenden und beobachtete ein paar Sekunden lang die ruhigen Atemzüge. Ohne ihm zu nahe zu kommen, zückte er sein Messer, zielte – und sandte einen scharfen Laserstrahl in den Hals des Mannes. Michael musste einen Würgereiz unterdrücken, als er beobachtete, wie der Mann brutal aus dem Schlaf gerissen wurde, sich an die blutende Kehle fasste und von der Bank fiel. Zum zweiten Mal an diesem Tag musste sich Michael daran erinnern, dass er *nicht wirklich* jemanden umgebracht hatte. Aber es fühlte sich alles so verdammt echt an.

Der Mann verblutete. Dann war er verschwunden.

Eine schnelle Durchsuchung des Grabens, und Michael wusste, dass er erneut eine Niete gezogen hatte. Drei Gräben lagen hinter ihm, Dutzende noch vor ihm. Er stöhnte auf.

»Gefällt's dir nicht da unten?«

Michael blickte hoch. Direkt über ihm beugten sich ein Mann und eine Frau über den Grabenrand. Die Frau jonglierte spielerisch mit einer Handgranate.

»Äh, nein, muss nur mal kurz verschnaufen.« Glücklicherweise war sein weißer Tarnanzug inzwischen wieder völlig verdreckt und blutverschmiert. So passte er viel besser hierher, gerade so, als gehörte er dazu.

»Nur so 'n dämlicher Junge«, sagte der Mann zu der Frau, dann rief er in den Graben: »Du glaubst doch nicht etwa, dass du dich einfach so in andere Game-Codes hacken kannst und damit davonkommst? Du bist ein Anfänger, merkt doch jeder.«

Michael blinzelte verblüfft. »Woher willst du das wissen?«

»Weil du noch nicht mal versucht hast, abzuhauen.

Wahrscheinlich bist du dir absolut sicher, dass die Granate nicht funktioniert.«

Michael wollte gerade antworten, aber da riss die Frau auch schon den Ring heraus und warf die Granate in den Graben. Sie klatschte direkt vor Michaels Füßen in den Matsch. Trotzig starrte er zu den beiden Soldaten hinauf, doch die machten auf dem Absatz kehrt und rannten davon.

Die Granate explodierte und Michael verspürte eine unglaubliche Explosion von Schmerzen. So schnell, so heftig, dass er nicht einmal schreien konnte. Und dann fiel er erneut in diese dunkle Leere, die sie Tod nannten.

7

Als er aufwachte, fand er sich erneut in dem eisigen Tunnel wieder. Bryson saß nur wenige Meter von ihm entfernt und schien nicht im Geringsten überrascht von Michaels Auftauchen.

»Mann, das nervt, ständig getötet zu werden«, schimpfte er. »Mir tut alles weh. Jeder verdammte Knochen.«

»Mir auch.« Michael stand auf und streckte sich. Die Schmerzen seiner beiden Tode klangen noch immer nach. Anders als bei echten Verletzungen – schließlich stimulierte der Coffin nur gewisse Nerven, um physische Reaktionen und keine wirklichen Wunden hervorzurufen –, aber stark genug, dass man die Sache nicht so schnell vergaß.

»Wie geht's Sarah?«, fragte er.

Bryson zuckte die Schultern. »Keine Ahnung. Wir wurden getrennt.«

»Wie viele Gräben hast du untersucht?«

Bryson hielt zwei Finger in die Höhe. »Aber nichts gefunden.«

»Oh Mann«, stöhnte Michael. »Das kann Jahre dauern!«

»Ach komm, wir schaffen das«, antwortete Bryson und stand ebenfalls auf. »Hast du wenigstens Spaß?«

Michael warf ihm einen gereizten Blick zu. »Ich *hasse* es, jede einzelne Sekunde.« Er hielt sein Messer hoch. »Hab mir eine Kleinigkeit von *Dungeons of Delmar* ausgeliehen.«

Bryson nickte geistesabwesend, dann verzog er das Gesicht. »Mann, es ist echt abartig, wie viel Spaß die alten Knacker daran haben, sich gegenseitig abzuschlachten. Wie die Tiere. Muss mir auch dringend irgendwas Unterstützendes programmieren.«

Michael nickte. »Nichts wie weiter. Wir müssen endlich dieses bescheuerte Portal finden.«

Und schon öffneten sie wieder die Stahltür.

8

Die nächsten Tage waren für Michael die reinste Hölle.

Ganze siebenundzwanzig Mal war er nun schon in dieser brutalen, eisigen Arena gestorben, auf jede nur erdenkliche Weise, eine schlimmer als die andere. Trotzdem kehrte er immer wieder aufs Schlachtfeld zurück. Der Trick mit dem Messer hatte sich ein paar Mal als hilfreich erwiesen, sodass er sich in weitere Came-Codes hackte, um die übernatürliche Sprungkraft aus *Canyon Jumpers* und die beschleunigte Laufgeschwindigkeit aus *Running with Runners* zu programmieren. Was allerdings ziemlich schwierig war, und letztlich zögerte er damit ja doch nur das Unvermeidliche hinaus – seinen nächsten Tod.

Aber er gab nicht auf.

Seltsamerweise ertönte jeden Abend bei Sonnenuntergang ein Horn, und die Kampfhandlungen hörten abrupt auf. Leute, die eben noch versucht hatten, einander wie gereizte Tiger umzubringen, fielen sich nun in die Arme und gingen – oder hinkten – lachend zum Abendessen.

Michael und seine Freunde fanden sich ebenfalls an den Tischen ein, zogen sich jedoch bald nach dem Essen zu einem Unterstand zurück, in dem Wärmelampen glühten und Schlafsäcke bereitlagen. In der ersten Nacht versuchten sie, sich zu den Gräben zurückzuschleichen, doch als sie gegen eine temporäre Firewall stießen, spürten sie schnell, dass sie einfach viel zu müde waren, um sich auch noch durch dieses Hindernis zu hacken. Das Sicherheitsprogramm in diesem arktischen Spiel war jedenfalls genial.

Am nächsten Morgen begann alles von vorn. Töten, töten, getötet werden. Schmerzen und Leid. Du tötest jemanden und wirst selbst getötet. Zum ersten Mal begann Michael zu begreifen, warum echte Soldaten, die aus echten Kriegen zurückkehrten, oftmals Schwierigkeiten hatten, das Erlebte zu überwinden. Das, was sie gesehen und getan hatten. Und das, was ihnen angetan worden war. Wenn es so etwas wie eine Seele gab, dann verflüchtigte sie sich allmählich aus all seinen Poren.

Seine Freunde waren Michaels einziger Trost. Sie redeten nicht viel miteinander – dazu blieb kaum Zeit –, aber wenigstens waren sie zusammen.

Am späten Nachmittag des dritten Tages entdeckte Sarah schließlich das Portal.

Kapitel 12

Eine düstere Warnung

1

Michael war gerade wieder von einer Granate getötet worden. Wenn er eines in *Devils of Destruction* gelernt hatte, dann das: *Egal, wie oft dein Körper auch explodiert, das Sterben wird dadurch bestimmt nicht leichter.*

Sarah saß bereits im Tunnel, als er auftauchte. An die Wand gelehnt, die Beine untergeschlagen, wirkte sie völlig erschöpft. Michael setzte sich ihr gegenüber.

»Ich hab's gefunden«, sagte sie leise. Ihre Stimme klang ebenso leblos wie Michael sich fühlte. Und er wusste auch genau, warum: Der Preis, den sie zahlen mussten, war einfach zu hoch. Keiner von ihnen würde jemals wieder derselbe sein.

Erleichterung durchflutete ihn. »Wo?«, fragte er. Jetzt konnte er auch Sarah ansehen, wie erleichtert sie war.

»Fünf Gräben von den Zelten entfernt, fast in der Mitte, auf der linken Seite. Es befinden sich fünf Leute im Graben, keine Ahnung, welche Waffen sie haben. Ich hatte das Portal gerade erst entdeckt, als sie mich töteten.«

»Wir schaffen das«, sagte Michael. »Wir warten jetzt erst mal auf Bryson und entwickeln dann einen Plan. Vielleicht können wir die Sache sogar durchziehen, ohne alle abschlachten zu müssen.«

Sie lächelte. Ein kleines, schwaches Lächeln, aber es gab ihm neuen Mut. »Wenigstens wissen wir jetzt, wo es ist. Ich glaube nicht, dass ich es dort draußen noch viel länger ausgehalten hätte. Es ist Wahnsinn, von einem Graben zum anderen zu hetzen und sich dabei auszumalen, auf welche Weise man wohl als Nächstes den Tod finden wird.«

»Da würde ich jeden Trip durchs Universum vorziehen, egal, wie viele Aliens ich mit einer Laserkanone wegpusten müsste.«

Ihre Blicke begegneten sich, ließen einander nicht mehr los. Beide schwiegen, verloren in den Erinnerungen an das, was sie gerade durchgemacht hatten. Dann explodierte ein gewaltiger Schmerz in Michaels Kopf.

2

Er kippte auf den Boden und rollte sich zusammen. Sarah beugte sich über ihn, rief seinen Namen, schrie ihn verzweifelt an, ihr zu sagen, was los sei, aber er hörte sie kaum. Er brachte kein einziges Wort heraus, presste sich nur beide Hände an die Schläfen und krümmte und wand sich, während der Schmerz durch seinen Kopf hämmerte.

Die Erinnerung an das, was er in der Gasse erlebt hatte, wurde wieder lebendig, und er wusste, dass er auf keinen Fall die Augen öffnen durfte.

Die Visionen. Diese unheimlichen, grauenhaften Visionen. Er hatte zwar keine Ahnung, ob sie im VirtNet genauso ausfallen würden wie im Wake, aber er legte auch keinen Wert darauf, das herauszufinden. Er hielt die Augen fest geschlossen und wartete voller Qual darauf, dass die Schmerzen endlich verschwanden.

Was schließlich ebenso schlagartig geschah wie beim letzten Mal. Kein langsames Abflauen, kein schmerzvoller Nachhall. Von einer Sekunde auf die andere fühlte er sich wieder vollkommen fit. Wenn da nicht diese seltsame Stimme gewesen wäre ... es hatte sich angehört, als flüsterte sie ihm etwas zu ...

Sarah erklärte ihm, der Anfall habe drei Minuten gedauert – ihm war es wie drei Stunden vorgekommen. Sie legte ihm den Arm um die Schultern und half ihm, sich wieder aufrecht hinzusetzen. Er lehnte sich an die Wand und starrte zur Tunneldecke hinauf. Was für eine geniale Woche er doch hinter sich hatte!

»Geht's dir wieder besser?«, fragte Sarah besorgt.

Michael nickte. »Ja. Das geht immer ganz schnell. Wenn die Schmerzen mal weg sind, dann komplett. Jetzt spüre ich absolut nichts mehr.« Bis auf seine Erschöpfung und seine Angst. Der letzte Anfall lag Tage zurück, und er hatte gehofft, dass es vielleicht ganz aufgehört hätte.

Sie fuhr ihm mit den Fingern durchs Haar. »Was hat dir dieses Monster nur angetan?«, murmelte sie.

Er zuckte die Schultern – er nahm an, dass sie den Kill-Sim meinte. »Keine Ahnung. Ich weiß nur noch, dass es mir so vorkam, als würde er mir das Hirn aus dem Schädel saugen. Vielleicht hat er das ja auch – jedenfalls teilweise.«

»Aber jetzt hattest du schon eine ganze Weile keine Anfälle mehr, oder? Vielleicht werden sie immer seltener und hören dann irgendwann ganz auf.«

In diesem Augenblick erschien Bryson auf der Bildfläche, ein triumphierendes Grinsen im Gesicht. Sarah zog schnell ihre Hand von Michaels Haar zurück.

»Hey, ich hab's gefunden!«, rief Bryson. »Ich hab das Portal gefunden!«

Sarah grinste. »Big deal«, sagte sie. »Aber ich war zuerst da, Lahmarsch.«

Sie strahlte übers ganze Gesicht und Michael fühlte sich nicht mehr ganz so leer und ausgepowert, obwohl er sich immer noch Sorgen machte. Er hoffte, dass er es sich nur eingebildet hatte, aber er hätte schwören können, während des Anfalls ein Flüstern gehört zu haben.

Du machst das gut, Michael.

3

Bryson beschrieb den Graben, in dem er das Portal gefunden hatte, und es war tatsächlich derselbe, den auch Sarah entdeckt hatte. Jetzt brauchten sie einen guten Plan. Sie zermarterten sich ihre erschöpften Gehirne. Sie mussten nicht nur nahe genug herankommen, sondern auch genügend Zeit haben, um das Portal zu erkunden und seinen Code zu hacken. Aber in den Graben zu springen, mit nichts weiter als ihren Messern und Fäusten bewaffnet, war das Letzte, was sie jemals wieder tun wollten.

An diesem Punkt fielen Michael wieder die Handgranaten ein. Drei- oder viermal hatte er durch sie den Tod gefunden, also mussten sie funktionieren. Und wenn er ganz ehrlich war, ging es ihm auch ein klein wenig um Rache.

»Klingt gut«, sagte Bryson, als Michael seine Idee geäußert hatte, »aber wir brauchen noch was obendrauf, um ganz sicherzugehen, dass sie auch wirklich in die Luft fliegen.«

»Na, dann werfen wir eben mehrere hintereinander rein«, schlug Sarah vor. »Und ich könnte die spektakulären Funken aus *Munitions Maniacs* programmieren, die die Granaten definitiv zum Explodieren bringen. Hoffe ich zumindest.«

Michael öffnete seinen Rucksack und leerte den gesamten Inhalt auf den Boden. »Okay – packen wir so viele Granaten ein, wie wir tragen können.«

4

Als alle ihre Rucksäcke vollgepackt hatten, zogen sie wieder ihre Mützen und Handschuhe an und traten durch die Stahltür in die eisige Winterluft hinaus.

Michael und Sarah folgten Bryson, der sie an der linken Seite des Tals entlang führte, immer sorgfältig darauf bedacht, im Schutz des Hügels zu bleiben, um nicht zu früh entdeckt zu werden. Kurz vor der Hügelkuppe ließen sie sich auf den Bauch fallen und krochen bis zum Kamm.

Plötzlich verkrampfte sich Michaels Magen. »Wie wär's, wenn wir uns erst morgen früh zum Graben schleichen, noch *vor* allen anderen?« Aber was er damit eigentlich sagen wollte war: *Bitte zwingt mich nicht noch einmal in diese blutige Schlacht.* Er wusste nicht, ob er das noch einmal durchstehen würde.

»Ich hab genauso viel Schiss wie du«, sagte Bryson. »Aber wir können nicht *noch* eine Nacht warten. Wir versuchen's einfach. Egal, ob der Graben leer ist oder nicht.«

»Na gut«, murrte Michael. »Aber denkt daran – entweder kommen alle durchs Portal oder keiner. Alleingänge sind absolut tabu, sonst finden wir uns womöglich nicht mehr.«

»Okay«, nickte Bryson. »Aber wie wär's, wenn wir uns gar nicht erst töten lassen? Das wird nämlich langsam zur schlechten Angewohnheit.«

»Amen«, gab Michael zurück. »Sterben steht neuerdings auf Platz eins meiner Hassliste.«

Er ließ seinen Blick über die weiße Ebene gleiten. Sie mussten an Dutzenden von Einzelkämpfen vorbei, außerdem an ungefähr zehn Gräben. Die Chancen, zum Portal zu kommen, ohne in einen der Kämpfe verwickelt zu werden, standen nicht sehr gut. Sarahs Miene nach zu urteilen, dachte sie das Gleiche.

»Okay«, sagte sie, plötzlich entschlossen, die Verantwortung zu übernehmen. »Ich glaube, wir könnten durchkommen, aber ihr müsst auf meine Führung vertrauen. Wenn einer von uns aufgehalten wird, müssen wir alle bei ihm bleiben und kämpfen.«

»Kapiert«, sagte Bryson. »Zusammenbleiben. Bringen wir's endlich hinter uns.«

Michaels Herz schlug heftiger als die Kolben in einem Formel-Eins-Wagen. »Klar«, war alles, was er herausbrachte.

»Dann los.« Sarah stand auf und rannte den Hügelabhang hinunter. Michael und Bryson hatten Mühe, mit ihr Schritt zu halten.

5

Sie brauchten eine Stunde.

Ein Kampf nach dem anderen verlängerte ihren Weg zum Graben. Manchmal waren es nur Angriffe einzelner Männer oder Frauen, – mit ihnen wurden sie ziemlich leicht fertig. Aber ein paar Mal gerieten sie in ernste Schwierigkeiten, als sich ihnen ganze Gruppen von zwei, drei oder vier Soldaten in den Weg stellten und sich gleichzeitig auf sie stürzten. Jetzt erwies es sich wenigstens als Vorteil, dass sie schon so oft gestorben waren, hatten sie doch jede Menge Erfahrung gesammelt, um die Angriffe viel besser abwehren zu können. Noch dazu mithilfe der speziellen Kräfte, die sie sich aus den anderen Games draufprogrammiert hatten.

Dieses Mal würden sie nicht sterben. Das schwor sich Michael immer wieder. Trotz seiner Erschöpfung war sein Adrenalinspiegel so hoch, dass ihm jeder neue Angriff sogar einen neuen Energieschub verlieh.

Schließlich befanden sie sich nur noch wenige Schritte vom Rand des Grabens entfernt, blutverschmiert, angeschlagen und mit zerfetzter Kleidung. Bryson hatte seinen Rucksack verloren und sie besaßen nur noch ein einziges Messer. Aber für einen kurzen Augenblick waren sie ganz für sich allein, ohne einen einzigen Angreifer.

Sarah kniete nieder, zog den Reißverschluss ihres Rucksacks auf und leerte die Granaten auf den gefrorenen Boden. Michael fügte seine hinzu, während Bryson vom Rand aus die Lage im Graben sondierte. »Fünf oder sechs sitzen unten«, berichtete er, als er zurückkam, und kniete ebenfalls nieder, um ihnen zu helfen. »Also, lasst uns anfangen! Ring ziehen und weg damit! Sie sitzen mit ihren Gewehren da und rauchen.«

Sofort machte Michael sich an die Arbeit. Handgranate nehmen, Ring ziehen, in den schmalen, langen Graben werfen. Er wartete gar nicht erst ab, um zu sehen, was passierte – schon nahm er die nächste und schleuderte sie hinterher. Bryson und Sarah waren genauso schnell. Innerhalb von Sekunden landeten über ein Dutzend Granaten im Graben.

Sarah schloss die Augen – ihre Lider flatterten, als sie nach dem Code suchte und ihn manipulierte. Dann blitzte ein grelles Licht auf ihrer Brust auf, so hell, dass sich Michael den Arm schützend vor die Augen hielt. Als er darunter hervorspähte, sah er, dass das Licht sich von ihr löste und wie ein feuriger Komet in den Graben hinunter schoss.

Im selben Moment bemerkte er einen Mann, der am anderen Ende des Grabens herauskletterte. Gerade als er seine Freunde warnen wollte, ertönte ein ohrenbetäubender Knall. Hohe Blitze zuckten empor, Metalltrümmer wirbelten in alle Richtungen.

»Los, gehen wir rein!«, schrie Sarah und rannte bereits zur Leiter. Der Mann, der eben noch aus dem Graben geklettert war, lag bäuchlings auf dem Rand, eine riesige Wunde klaffte auf seinem Rücken. Nichts als blutiges Fleisch und Knochensplitter.

Während sie auf die Leiter zurasten, warfen sie prüfende Blicke nach unten. Keine Überlebenden, nichts rührte sich, alles, was sie sahen, war Blut und Tod und Leichen, die eine nach der anderen verschwanden.

Endlich erreichten sie die Leiter. Im selben Moment rollte sich der Mann, der neben der Leiter lag, auf den Rücken. Er war dem Tode nahe und sein Gesichtsausdruck zeigte, dass er das wusste.

Sarah stieg die ersten Sprossen hinunter, Bryson dicht hinter ihr. Michael musste etwas warten, um ihnen folgen zu können, als der Mann ihn plötzlich am Arm packte und zu sich herumriss. Erstaunlich kraftvoll, angesichts seines Zustands.

Michael wand sich los und wich zurück, doch da murmelte der Mann etwas. Seine Lippen bebten vor Anstrengung und er zitterte am ganzen Körper.

Michael glaubte, seinen Namen gehört zu haben. »Was hast du gesagt?«, fragte er und beugte sich wieder etwas näher heran.

Der Soldat schien seine letzten Kräfte zusammenzunehmen. Und dann platzte es aus ihm heraus, zusammen mit einem Blutschwall, aber Michael verstand trotzdem jedes Wort.

»Sei vorsichtig ... mit Kaine ... Er ist nicht der, für den du ihn hältst.«

Daraufhin starb der Mann, und der halb zerfetzte Körper löste sich in Luft auf.

Kapitel 13

Die steinerne Scheibe

1

»Komm endlich!«, schrie Sarah ungeduldig von unten.

Erst da merkte Michael, dass er immer noch reglos dastand und auf das Blut im Schnee starrte, auf die Stelle, wo der Mann nur ein paar Sekunden zuvor noch gelegen hatte. Was ging hier eigentlich ab? Bei seinem letzten Anfall hatte er eine Stimme flüstern gehört, dass er seine Sache gut mache, und jetzt das, was dieser Fremde über Kaine gesagt hatte ... Was bedeutete das alles?

Tief im Innern befürchtete Michael, dass Kaine genau Bescheid wusste, was sie machten und wo sie sich befanden. Und er fragte sich, ob es möglich sein konnte ... *Wollte Kaine vielleicht sogar, dass Michael herausfand, wo er war?*

»He, Kumpel!«

Michael blickte in den Graben hinunter – Bryson starrte wütend herauf.

»Was machst du denn so lange?«, brüllte Bryson.

»Ich denke nach«, antwortete Michael. Dabei war ihm völlig klar, wie bescheuert das klang. »Tut mir leid«, fügte er hinzu. Und beeilte sich, so schnell wie möglich die Leiter hinunterzuklettern, als er sah, dass nun von allen Seiten Leute herbeirannten.

Bryson schüttelte unwillig den Kopf. »Dich kann man wirklich nirgendwo mit hinnehmen.«

»Hat der Typ noch irgendwas gesagt?«, fragte Sarah.

Michael nickte. »Ja, aber das erzähl ich euch später. Wir kriegen gleich jede Menge Besuch, und keiner von denen hat eine Einladung. Da oben sieht's aus wie bei einer Zombie-Party, und wir sind das Fingerfood.«

»Das Portal ist hier drüben«, sagte Bryson und winkte ihnen, ihm zu folgen. Sie stapften den matschigen, ausgetrampelten Pfad entlang. Nach ungefähr fünf Metern blieb Bryson stehen und deutete auf die Plane, die an dieser Stelle zerrissen war. Überall schimmerte das Eis durch die Löcher, bis auf eine Stelle, an der ein sanftes violettes Glühen zu sehen war.

Die Schreie und Rufe der sich nähernden Meute wurden lauter.

»Wir dürfen keine Sekunde mehr verlieren«, sagte Sarah. Und an Michael gewandt: »Du stehst Wache, während Bryson und ich versuchen herauszukriegen, wie dieses Ding funktioniert.«

Michael nickte nur. Bryson hatte bereits damit begonnen, ein großes Stück aus der Plane zu reißen. Dahinter entdeckten sie einen ungefähr mannshohen Tunnel, der in die Eiswand geschnitten worden war. Ein dunkler Tunnel, aber irgendwo in der Tiefe pulsierte das violette Licht. Was sich hinter diesem Licht befand, konnte Michael nicht sagen – je mehr er seine Augen anstrengte, desto verschwommener wurde seine Sicht.

»Schon wieder diese Kids!«, brüllte jemand von oben. Während Sarah und Bryson bereits in den Tunnel drängten, drehte sich Michael noch einmal um und erblickte einen Mann am Grabenrand, der sein langes Messer drohend erhoben hatte.

Michael zögerte nicht länger und folgte seinen Freunden in den Tunnel, geradewegs auf das violette Licht zu.

2

Der Lärm der Grönlandschlacht flaute schnell ab – im Tunnel war es so still, als sei hinter ihnen eine Tür zugefallen. Und als Michael zurückblickte, sah er, dass tatsächlich etwas Ähnliches passiert war: Der Graben war nicht mehr zu sehen. Stattdessen leuchtete auch hinter ihnen das seltsame violette Licht.

Er wandte sich wieder nach vorn. Genau wie er bewegten sich Bryson und Sarah immer noch auf Händen und Knien fort, während sie sich – im Gegensatz zu ihm – völlig auf den Umgebungscode konzentrierten. Er sah die hektischen Bewegungen ihrer Augen hinter den geschlossenen Lidern, während sie den Code checkten.

»Ich hab mir gerade Zugang zu einer Art Karte verschafft«, sagte Sarah, die Augen immer noch geschlossen. »Siehst du?«

Bryson nickte. »Ja, aber nur schwach. Wir müssen erst den Code identifizieren, sonst entwischt er uns wieder.«

»Was ist los?«, wollte Michael wissen. »Kann ich was tun?«

Sarah drehte sich zu ihm um, ohne die Augen zu öffnen. »Das Portal selbst ist eigentlich nicht wirklich blockiert. Aber man kann sich hier drin sehr leicht verirren. Und mit verirren meine ich … für immer. Wir haben ein paar Marker-Dateien gefunden. Wenn wir den Markierungen folgen, sollten wir irgendwann zum ersten Level des Pfads kommen.«

»Okay.«

Sarah streckte blind die Hand aus und klopfte Michael auf die Schulter. »Ich glaube, es ist besser, wenn einer von uns die Augen offen hält, falls uns jemand verfolgt. Kannst du das übernehmen? Bryson und ich werden weiter versuchen, den Code zu scannen.«

Michael zuckte die Schultern, auch wenn das seine Freunde gar nicht sehen konnten. »Klar. Augen offen halten – kein Problem.«

»Gefällt mir, wie der Junge Befehle befolgt«, sagte Bryson grinsend.

Sarah wandte sich wieder nach vorn. »Los weiter. Hier lang.«

Tiefer und tiefer krochen sie auf Händen und Knien in den Tunnel. Minute um Minute verstrich und nichts geschah. Michael verspürte einen starken Druck auf der Brust, der ihm fast den Atem nahm, doch jedes Mal, wenn er anhielt, um wieder Luft zu holen, war das Druckgefühl verschwunden. Auch die Stille im Tunnel war eigenartig – keine absolute Stille, sondern mehr ein ständiges, leises Summen. Eine Weile nahm er an, dass die beiden vor ihm deshalb keinen Laut von sich gaben, weil sie sich auf den Code konzentrierten, doch dann kam ihm plötzlich ein Gedanke. Er rief nach ihnen – aber kein Ton drang über seine Lippen. Es war, als hätte ihn jemand auf stumm geschaltet – und aus irgendeinem Grund jagte ihm das noch mehr Angst ein als der ganze bizarre Tunnel.

Er riss sich zusammen und konzentrierte sich auf Brysons Beine direkt vor sich. Der Gedanke, dass seine Freunde plötzlich verschwinden könnten und er ganz allein im Tunnel zurückbliebe, versetzte ihn in Panik. Seine Hände und Knie schmerzten, seine Ellbogen und Schultern verkrampften sich. Allmählich wurde ihm schwindlig und er verlor jegliches Orientierungsgefühl.

Aber sie krochen immer weiter und weiter, wie eine kleine Kolonne von Ameisen. Inzwischen mussten sie mindestens einen Kilometer, vielleicht sogar zwei, zurückgelegt haben. Die Anstrengung war ungewohnt. Außerdem drohte ihn allmählich, ein klaustrophobisches Gefühl zu überwältigen. Aber er verdrängte es, konzentrierte sich auf jede Bewegung, jeden Zentimeter, den er zurücklegte, und setzte sein ganzes Vertrauen auf seine Freunde, die besten Hacker und Codierer, die er kannte. Und er hätte nie gedacht, dass er für den Anblick von Brysons Hintern einmal so dankbar sein würde – ein Signal, das ihn durch den violetten Nebel führte.

Sie krochen immer noch schweigend durch den Tunnel, als plötzlich etwas auf Michael herunterkrachte. Er fiel flach auf den Bauch und bekam keine Luft mehr. Seine Angst verwandelte sich in blanken Horror – er versuchte zu schreien und um sich zu schlagen, brachte aber noch immer keinen Ton heraus und konnte sich kaum bewegen. Schon wurde ihm schwindlig, er war kurz davor, das Bewusstsein zu verlieren – und dann war es vorbei.

Mit einem Schlag war *alles* vorbei. Der violett schimmernde Tunnel. Die Stille. Das Gewicht, das ihn zu Boden presste. Er bemerkte, dass er auf einer harten, grauen Fläche lag. Sich auf Hände und Knie stützen konnte. Verwundert starrte er um sich.

Er und seine Freunde kauerten am Rande einer riesigen steinernen Scheibe von mindestens zehn Metern Durchmesser, die offenbar mitten in der Luft schwebte. Über ihnen hingen gewaltige dunkle Wolkengebilde, die wie lebendige Wesen anwuchsen und wieder zusammenschrumpften. Blitze zuckten über den Himmel, Donner grollte und die Luft war so schwül wie kurz vor einem heftigen Sommergewitter.

Michael hatte keine Ahnung, wo sie sich befanden – einen solchen Ort hatte er im VirtNet noch nie gesehen. Doch so seltsam die Szenerie auch sein mochte, war er doch unendlich erleichtert, dass sie den Tunnel endlich hinter sich hatten.

»Hey!« Bryson wies mit einer Kopfbewegung auf etwas, das sich hinter Michael befinden musste.

Michael drehte sich zur Mitte der Steinscheibe um. Er war sicher, dass sich dort nichts befunden hatte, als sie angekommen waren, doch jetzt saß dort eine alte Frau in einem Schaukelstuhl, der leise knarrte, als sie langsam vor und zurück schaukelte. Sie trug ein formloses graues Wollkleid und sah aus wie eine liebe alte Großmutter.

»Hallo, da seid ihr ja, meine jungen Freunde«, krächzte sie heiser. »Kommt, setzt euch ein bisschen zu mir.«

3

Michael starrte die Frau reglos an. Auch seine Freunde rührten sich nicht. Sie hörte auf zu schaukeln und beugte sich ein wenig in ihre Richtung. »Du meine Güte! Schiebt eure faulen Ärsche sofort hier rüber oder ich mach euch die Hölle heiß! *Sofort!*«

Erschrocken rappelte sich Michael auf und ging zum Mittelpunkt der Plattform, dicht gefolgt von Bryson und Sarah.

»Setzt euch!«, krächzte sie. Ihre Lippen waren so faltig und eingefallen, als hätte sie keine Zähne mehr.

Diesmal gehorchten die Freunde sofort. Michael setzte sich im Schneidersitz hin und wartete angespannt. *Irgendwie seltsam*, dachte er, *aber auch nicht total krank* – schließlich hatte er sein halbes Leben im Sleep verbracht und war an fremdartige Gestalten wie diese hier längst gewöhnt. Die meisten waren harmlos. Allerdings musste er sich in diesem Fall daran erinnern, dass sie es bis zum Pfad geschafft hatten – was bedeutete, dass diese alte Lady hier irgendwas mit Kaine zu tun haben konnte. Und wenn das der Fall war, dann war die Alte bestimmt alles andere als harmlos.

Die Frau betrachtete die drei Freunde nachdenklich. Alles an ihr schien hundert Jahre alt, bis auf ihre hellen Augen. Sie blickten scharf und klar, während die Frau selbst erschöpft, krumm und müde aussah. Gelbe, faltige Haut baumelte ihr buchstäblich von den morschen Knochen. Ein paar dünne kaum mehr vorhandene Strähnen grauen Haars auf dem Schädel. Uralte fleckige, runzlige Hände ineinander gefaltet auf dem Schoß, wie knorrig verwachsene alte Baumwurzeln.

»Wo sind wir?«, fragte Sarah schließlich. »Und wer sind Sie?«

Die Augen der Alten fokussierten sich jetzt auf Sarah. »Wer ich bin, fragst du? Wo ihr seid? Was für ein Ort das ist? Wie, wo, was, warum? Woher kommen wir, wohin gehen wir? Die Fragen purzeln dir ja nur so aus deinem Kirschenmund, Mädchen. Aber die Antworten – die liegen im Wolkennebel verborgen.«

Während sie redete, ließ die Alte ihren Blick wieder umherschweifen und richtete ihn nun in unbestimmte Ferne. Michael suchte Blickkontakt zu Bryson, der nur die Augenbrauen hob – eine Warnung, dass Michael zur Abwechslung besser mal den Mund halten solle.

»Du«, sagte die Alte, hob eine Hand und deutete mit dem leicht zittrigen Zeigefinger auf Michael. »Eine einzige schnoddrige Bemerkung, und das ist dein Ende.«

Dabei verzog sich ihre Miene zu einer wütenden Fratze. Mit dieser Frau durfte er sich auf keinen Fall anlegen. Schließlich befanden sie sich hier im Sleep, und im Sleep war alles möglich. Auch, dass sie sich in einen Drachen verwandelte und sie alle drei verschlang.

»Hat dein Spatzenhirn meine Warnung verarbeitet?«, fauchte sie, während sich ihre Augen zu schmalen, runzligen Schlitzen verengten. »Hast du mich *verstanden*?«

Bryson stieß ihn mit dem Ellbogen an. »Sei brav.«

»Ja«, antwortete Michael. »Klar und deutlich.«

Die Alte nickte, lehnte sich wieder zurück und begann wieder zu schaukeln. »Kids wie ihr können eine alte Frau nicht mal richtig grüßen und schon bombardieren sie sie mit Fragen!«

»Tut uns leid«, sagte Sarah. »Ehrlich. Aber wir haben eine Menge durchgemacht, um es bis hierher zu schaffen, und wollen es jetzt einfach hinter uns bringen. Wir suchen nach etwas, das Holy Domain genannt wird.«

»Oh, mir ist vollkommen klar, wohin eure süßen Herzchen streben. Der Pfad führt nur zu einem Ziel, und das Ziel hat nur einen Pfad, der zu ihm führt. Die Holy Domain aber ist ziemlich weit von der Stelle entfernt, an der ihr jetzt sitzt, das zumindest kann ich euch verraten.«

Jetzt wurde Michael ungeduldig. »Also, was müssen wir wissen?«

Ihr Finger schoss wieder nach vorn, der krumme gelbe Nagel deutete direkt auf sein Gesicht. »Der hier – der darf kein Wort mehr sagen. Wenn er auch nur einen Piep von sich gibt, verschwinde ich.«

Bryson schlug ihm die Hand vor den Mund, bevor Michael auch nur einen Piep von sich geben konnte.

»Er hat schlimme Zeiten hinter sich«, erklärte Bryson und tat so, als sei Michael sein beschränkter kleiner Bruder. »Noch dazu ist er leider auch ein richtiges Weichei. Keine Sorge, ab jetzt wird er den Mund halten. Stimmt doch, oder, Michael? Nick einmal wie ein braver Junge.«

Am liebsten hätte er Bryson eine gescheuert, stattdessen nickte er mit entschuldigendem Lächeln und schälte sich Brysons Hand aus dem Gesicht.

Die Alte faltete daraufhin wieder die Hände im Schoß und begann zu reden.

4

»Man nennt mich Satchel, warum, geht euch nichts an. Ich bin hier, um den Pfad im Auge zu behalten. Manchmal kommen Leute vorbei, die hier nichts zu suchen haben. Wahrscheinlich muss ich euch nicht mehr erklären, dass der Pfad nichts von einem angenehmen Ausflug an sich hat. Ganz und gar nichts. Ein paar von der cleveren Sorte nennen es Ironie, aber so ist es nun mal: Der Pfad hat nur einen einzigen Zweck – nämlich die Leute daran zu hindern, ihn bis zum Ende zu gehen.«

Sie hielt kurz inne. »Hier ist alles anders«, fuhr sie dann fort, »ganz anders als überall sonst im VirtNet. Um hierher zu kommen, musstet ihr hacken und codieren. Aber darauf könnt ihr euch von hier an nicht mehr verlassen. Ab jetzt müsst ihr sehr, sehr schlau sein. Und mutig! Es gibt nur eine einzige Regel, an die ihr euch immer und überall halten müsst. Doch wenn ihr diese Regel hört, werdet ihr euch wünschen, eure Ohren hätten euch was vorgelogen.«

»Wie ... wie lautet diese Regel?«, fragte Sarah vorsichtig.

Satchel schwieg ein paar Augenblicke lang. Michael zitterte innerlich vor Ungeduld.

»Wer stirbt, ist erledigt«, sagte sie schließlich. »Erledigt wie ein Kaninchen im Löwengehege. Ihr werdet in den Wake zurückgeschickt und eure Chancen, jemals wieder auf den Pfad zu gelangen, sind gleich null. Ebenso gut könntet ihr versuchen, von der Venus zum Mars zu marschieren. Unmöglich. Bis hierher habt ihr es geschafft, das steht fest – und dazu gehört schon eine Menge Mut und Können. Aber jetzt haben wir eure Daten erfasst, vom Kopf bis zum kleinsten Zeh, innen und außen, und es gibt keine zweite Chance mehr.«

Michael schluckte heftig und wechselte besorgte Blicke mit seinen Freunden. Das war eine verdammt ernste Sache. Selbst die brutalsten Games im VirtNet wurden vor dem Hintergrund gespielt, dass der Tod nur das vorübergehende Aus war. Ein Rückschlag. Eine Verzögerung. Mehr nicht. Und dieses Wissen half den Leuten, sich ohne Bedenken in die virtuellen Welten zu stürzen, Risiken einzugehen und Dinge zu tun, die sie in der Echtwelt *niemals* tun würden. Genau darin lag der ganze Spaß – man konnte immer wieder zurück und es noch mal probieren.

Wenn aber das, was die alte Frau sagte, stimmte ... dann hatten Michael und seine Freunde bei diesem Game nur *eine einzige Chance*. Wenn das auch schon für *Devils of Destruction* gegolten hätte, wären sie schon in der ersten Viertelstunde erledigt gewesen.

»Ihr habt die Sache wie Erwachsene gemeistert«, sagte Satchel. »Das muss ich euch lassen. Aber auf dem Pfad ist alles anders – nirgends gibt es eine bessere Firewall. Das steht fest.«

Die Tatsache, dass er den Mund halten musste, machte Michael fast wahnsinnig – obwohl er gar nicht so recht wusste, was er eigentlich hätte sagen wollen.

Im Gegensatz zu Bryson. »Okay, wenn wir sterben, geht's zurück in den Wake. Soweit klar. Und was gibt's sonst noch?«

Satchel lachte. »Ihr habt nur zwei Möglichkeiten, um von dieser Platte herunterzukommen. Die erste: Ihr springt in den Tod und landet direkt im Wake.«

Keine wirkliche Option, dachte Michael.

»Und die zweite?«, fragte Bryson.

Die Frau lächelte, sodass sich ihr ganzes Gesicht in unzählige Falten legte. »Findet heraus, wie viel Uhr es ist.«

5

Kaum hatte sie die Worte ausgesprochen, als die gesamte Steinplatte mehrere Meter nach unten sackte. Michaels Magen hob sich. Instinktiv griff er um sich, suchte nach Halt.

Blitze zuckten über den Himmel, rings um sie herum erschien ein wildes Durcheinander an rechteckigen Öffnungen und Durchgängen, Schluchten von tiefster Dunkelheit, nur ein paar Schritte vom Rand der Platte entfernt. Und verschwanden wieder. Tauchten auf und verschwanden. Immer wieder.

Dann begann die Scheibe abrupt zu rotieren, sodass Michael erneut das Gleichgewicht verlor. Er schlitterte über den Stein, geradewegs auf den Abgrund zu, als die Platte urplötzlich zum Stillstand kam. Der Schaukelstuhl in der Mitte hatte sich nicht bewegt. Die Alte kicherte.

»Was ist los?«, schrie Sarah. »Was passiert hier?«

Michael kroch zur Mitte zurück, um sich so nah wie möglich bei ihrem Stuhl niederzulassen, jedoch außerhalb ihrer Reichweite.

»Ich hab euch doch schon erklärt, was ihr tun müsst«, krächzte die Alte. »Nur nach dem Code zu suchen, wird euch jetzt nichts mehr nutzen.«

»Was *sollen* wir denn tun?«, fragte Michael, bevor ihm der Befehl wieder einfiel. »Wie können wir die Zeit denn erraten?«

Sie blickte ihn an – und ihre Augen waren dunkel vor Wut. »Ihr seid ein lästiges Pack – aber ich gönne euch noch ein paar Worte, bevor ich verschwinde.«

»Gut – wir hören«, sagte Michael, erleichtert, dass sie nicht auf der Stelle verschwunden war, obwohl er sein Schweigen gebrochen hatte.

Der Stein setzte sich wieder in Bewegung und die drei klammerten sich schnell an den Rillen und Spalten der Platte fest. Michael warf einen Blick über den Rand und sah, dass auch das Durcheinander an schwarzen Schluchten wieder auftauchte – und verschwand, auftauchte und verschwand. Und überall um die Scheibe herum brodelten dunkle Wolken, wallten auf, brachen in sich zusammen, nur um gleich darauf für ein paar Sekunden erneut zu gewaltigen Wolkenbergen anzuwachsen.

Satchel beugte sich ein wenig vor. »Hört mir genau zu«, krächzte sie, jetzt mit völlig ausdrucksloser Miene. »Denn was ich nun sage, sage ich nur ein einziges Mal.«

»Okay«, sagte Sarah, »wir sind bereit.«

Cool wie immer, typisch Sarah, dachte Michael. Er beugte sich näher zu der Alten heran, um nichts zu verpassen. Satchel sprach klar und deutlich, und dennoch waren ihre Worte ein Rätsel:

»Bevor ihr wählt die Hexenstunde
müsst ihr den höchsten Turm erträumen.
Verlasset nicht des Steines Runde
Bevor der Mond euch dunkel leuchtet.«

Sie kicherte ein letztes Mal, dann war sie mitsamt ihrem Schaukelstuhl verschwunden.

6

Michael war so darauf konzentriert, sich ihre Worte einzuprägen, dass er ihr Verschwinden zunächst gar nicht bemerkte. Doch als er die Augen schloss und versuchte, sich an den kurzen Reim zu erinnern, musste er enttäuscht feststellen, dass er trotzdem nur noch die Hälfte zusammenbrachte.

»Habt ihr euch das gemerkt, Leute?«, fragte Bryson.

Michael warf ihm einen entmutigten Blick zu. »Äh, vielleicht. Das meiste. Oder nur ein bisschen?«

Sarah wandte sich um, sodass sie den beiden Jungen gegenüber saß. Sie wollte gerade etwas sagen, als die Scheibe erneut zu rotieren begann. Sie drehte sich um neunzig Grad. Ebenso wie die dunklen Rechtecke – irgendwelche Portale, vermutete Michael – wieder erschienen und verschwanden.

»Okay, ich glaube, ich weiß noch den ganzen Reim«, sagte Sarah.

Bryson rief seinen NetScreen und die Tastatur auf und tippte ein, was Sarah ihm diktierte. Tatsächlich brachte sie den Vierzeiler fast vollständig zusammen, danach verglichen sie ihre Strophe mit den Bruchstücken, an die sich die beiden Jungs noch erinnern konnten. Schließlich hatten sie eine Version, die alle drei für korrekt hielten. Aber Michael war trotzdem niedergeschlagen.

Frustriert hob er die Hände. »Die alte Schachtel hätte uns ruhig ein bisschen mehr verraten können!«

»Na ja«, meinte Bryson, »sie hat ja noch was gesagt – dass wir herausfinden sollen, wie viel Uhr es ist. Wenigstens wissen wir dann, wann unser Leben auf diesem Stein-UFO angefangen hat.«

Sarah stöhnte. »Kommt schon, Jungs. Wir schaffen das.«

»Ich weiß«, nickte Michael und riss sich zusammen. »Also, hört zu – wir sitzen auf einem steinernen Ding. Das sich immer wieder mal dreht. Überall um uns herum tauchen Portale auf, die vielleicht irgendwohin führen. Im Rätsel ist von einer Hexenstunde die Rede. Außerdem hat Satchel gesagt, dass wir herausfinden müssten, wie viel Uhr es ist. Kinderspiel.«

»Und diese Platte hier ist rund wie ein Ziffernblatt«, fügte Sarah hinzu.

Bryson nickte. »Vielleicht müssen wir erst das Rätsel lösen und die korrekte Zeit auf dem Ziffernblatt finden, um dann durch das passende Rechteck zu springen?«

»Aber wo sind die *Ziffern*?«, fragte Michael. Bevor seine Freunde ihn zurückhalten konnten, kroch er auch schon zum Rand, um den Stein genauer zu untersuchen.

»Pass auf!«, schrie Sarah. »Das Ding kann sich jede Sekunde wieder drehen!«

Kaum hatte sie die Warnung ausgesprochen, als die Platte auch schon zu rotieren anfing. Michael wurde seitwärts geschleudert, rollte mehrere Meter zum Rand, ohne jegliche Orientierung. Er schrie auf und krallte sich mit beiden Händen fest, so gut es ging. Die Steinplatte kam abrupt zum Stillstand. Michael blickte sich um.

Er war noch gut drei Meter vom Rand entfernt, aber jetzt musste er es durchziehen, schon um sich Brysons spöttische Bemerkungen zu ersparen. Auf Händen und Knien kroch er zum Rand hinüber, wobei er Arme und

Beine so weit wie möglich abspreizte, um das Gleichgewicht besser halten zu können, falls sich das Ding wieder in Bewegung setzte. Direkt vor ihm öffnete sich eines der Portale. Es schien unendlich tief zu sein – so schwarz, dass es ihm fast *lebendig* vorkam.

Langsam kroch er weiter, bis er nur noch ein paar Handbreit vom Rand entfernt war. Dann ließ er sich auf den Bauch nieder und robbte sich noch näher heran. Im selben Augenblick verschwand das Portal, sodass er nur noch den grauen, wogenden Wolkenhimmel sah. Michael schloss die Augen und senkte den Kopf über den Rand ins Leere. Als er die Augen wieder öffnete, entdeckte er, dass tatsächlich etwas in den äußeren Rand gemeißelt war. Ziffern – eine große Eins und eine Zwei. Zwölf!

Er drehte den Kopf und rief den anderen zu: »Hier ist Mitternacht!«

7

»Komm sofort zurück«, schrie Sarah, »bevor dich dieses Ding ins All schleudert!«

Aber Michael achtete nicht auf sie. Er kroch noch ein Stück weiter, bis er die Elf gefunden hatte. Im nächsten Moment warf er sich auch schon herum und stützte sich auf Hände und Knie – die Scheibe hatte sich wieder in Bewegung gesetzt und Michael erstarrte festgeklammert. Als sie wieder zum Stillstand kam, kroch er schnell zu seinen Freunden zurück.

»Dieses Ding hier ist wirklich so was wie ein Ziffernblatt«, sagte er. »Die Zahlen sind außen am Rand eingraviert.«

Sarah nickte. »Bryson markiert bereits die Zwölf mit seinen Beinen.«

Michael wandte den Kopf. Tatsächlich saß Bryson so, dass seine Beine auf die Stelle zeigten, an der Michael eben die Zwölf entdeckt hatte. »*Wow*. Echt clever, Leute«, sagte er anerkennend.

»Erzähl mir was Neues«, gab Bryson lässig zurück. »Jetzt kommt der leichte Teil: die Lösung des Rätsels.« Sein NetScreen schwebte immer noch vor ihm. Michael beugte sich hinüber und las den Reim noch einmal laut vor:

»Bevor ihr wählt die Hexenstunde
müsst ihr den höchsten Turm erträumen.
Verlasset nicht des Steines Runde
Bevor der Mond euch dunkel leuchtet.«

»Das muss irgendwas mit Mondphasen zu tun haben«, meinte Sarah. »Weiß jemand über die Mondphasen Bescheid?«

»Oder darüber, wann der Mond *dunkel leuchtet*?«, fügte Bryson hinzu. »Ist das vielleicht einfach so was wie Neumond, nur völlig schwarz? Oder eine Mondfinsternis?«

Plötzlich drehte sich die Steinplatte erneut und die drei verstummten und warteten verkrampft ab, bis sie wieder anhielt.

»Was könnte bloß mit dem Turm gemeint sein?«, rätselte Sarah nachdenklich, als sie sich wieder ein wenig entspannten. »Vielleicht ein Symbol für irgendwas ... das dann zusammen mit dem Neumond ... Oh, Mann! Ich hab echt keine Ahnung.«

Michael saß nur da und beobachtete seine beiden Freunde. Ein unbestimmtes Gefühl sagte ihm, dass sie sich auf dem Holzweg befanden. Absolut falsch lagen. Die Sache hier hatte nichts mit Mondphasen oder Türmen zu tun. Hier ging es um etwas anderes, und er war kurz davor, den Finger darauf zu legen.

»Michael?«, fragte Sarah. »Du bist hier doch das Genie – was glaubst *du*?«

Er schaute sie an, sagte aber nichts. Seine Gedanken drehten sich immer noch um etwas ... etwas ... er war ganz nahe dran ...

»Na?«, drängte sie schließlich. »Was hast du dir ...«

In diesem Augenblick geschahen zwei Dinge gleichzeitig. Ein Knall – lauter als alles, was Michael jemals gehört hatte, so nahe, dass seine Ohren klingelten – und ein greller Blitz, der weißglühend über den Himmel zuckte und in die Platte einschlug, nicht mehr als fünf oder sechs Meter von ihnen entfernt. Sterne wirbelten vor ihren Augen.

»Was war das denn?«, hörte Michael Brysons Stimme wie durch einen schweren Vorhang.

Durch die gewaltige Explosion war Michael auf den Rücken geschleudert worden. Benommen drehte er sich um, rappelte sich mühsam auf die Knie auf – als er plötzlich ein bedrohliches Knacken hörte. Es klang, als berste ein Gletscher. Er fuhr herum und sah voller Entsetzen, dass die steinerne Scheibe auseinanderbrach! Feine Risse breiteten sich wie ein Spinnennetz von der Stelle aus, an welcher der Blitz eingeschlagen hatte. Sie wurden immer länger und länger und klafften immer weiter auseinander. Gleich würde die Scheibe in unzählige Stücke zerfallen.

»Steht auf!«, brüllte Michael. »Wir müssen eng zusammenrücken!«

Noch während seine Freunde aufsprangen und sich zu ihm drängten, lichtete sich der Nebel in seinem Gehirn und er sah des Rätsels Lösung so klar vor sich, dass er beinahe laut aufgelacht hätte.

»Zehn Uhr!«, brüllte er. »Wir müssen durch zehn Uhr gehen!«

8

Die Plattform bebte und die drei klammerten sich aneinander. Von den Rändern lösten sich Bruchstücke und wurden ins Nichts geschleudert. Das Spinnenetz breitete sich immer schneller aus, die Risse wurden immer größer und zogen sich jetzt über die gesamte Fläche. Ihnen blieb keine Zeit mehr.

»Kommt schon!«, schrie Michael und rannte los, wobei er die Richtung nur vermuten konnte, da Brysons Beine jetzt nicht mehr zur Orientierung dienten. Immer noch tanzten die schwarzen Portale um die Scheibe herum, tauchten auf und verschwanden wieder.

»Nein!«, schrie Bryson plötzlich und hielt an. »Es ist dort drüben!« Er deutete auf die andere Seite.

Michael wusste aus Erfahrung, dass auf die Gamer-Instinkte seines Freundes Verlass war. Also machte er auf dem Absatz kehrt und folgte Brysons Anweisung. Unter ihren Füßen knirschte es bereits wie Sand und Kiesel, die bei jedem Schritt nachgaben. Ein lautes Splittern hallte von rechts herüber, und voller Entsetzen beobachteten sie, wie ein gut zwei Meter breites Stück abbrach und im wolkigen Abgrund verschwand.

»Seht nur!«, schrie Sarah und deutete links neben die neue Bruchstelle. Sie waren ihr so nahe, dass sie die Zahl erkennen konnten. Vier. Bryson hatte sich geirrt!

»Oh Shit, tut mir leid!«, schrie er.

Wieder drehte sich der Stein und schleuderte alle drei zu Boden, sodass sie aufeinander landeten. Verzweifelt versuchten sie, sofort wieder auf die Füße zu kommen. Michael wollte sich abstützen, doch seine Hand fuhr ins Leere. Panik erfasste ihn, als er mit dem Ellbogen an einer weiteren Bruchstelle entlang schrammte, aber es gelang ihm gerade noch, den Arm wieder hochzureißen. Im nächsten Moment packte ihn Bryson und zog ihn vor der gähnenden Leere zurück, die sich plötzlich vor ihm aufgetan hatte. Michael taumelte und klammerte sich an Sarah fest. Die Steinplatte bebte jetzt so heftig, als befände sie sich im Epizentrum eines schweren Erdbebens. Aus allen Richtungen ertönte ein unerbittliches Knacken und Knarzen.

Jetzt war keine Zeit mehr für Vorsicht! Michael sprang auf und packte seine beiden Freunde an den Händen.

»Los!«, schrie er und riss sie im nächsten Moment auch schon mit sich.

Sie sprinteten über die Reste der Steinplatte, sprangen über mehrere gähnende Löcher. Links von ihnen war gerade ein großes Stück abgebrochen, dann ein noch größeres auf der anderen Seite, und die Mitte, wo Satchel auf ihrem Schaukelstuhl gesessen hatte, war praktisch explodiert – Steinbrocken hagelten auf sie herab und das düstere violette Licht des Himmels schien durch das Loch zu ihnen empor. Aber Michael lief weiter, die Hände seiner Freunde fest umklammert, genau in die entgegengesetzte Richtung der Ziffer vier. Doch gerade jetzt, wo sie ein Portal dringend brauchten, war dort keines zu sehen.

Sie waren nur noch ein paar Schritte vom Rand entfernt, als die Scheibe erneut rotierte. Wieder stürzten sie. Das Knacken des zerberstenden Steins klang nun eher wie Donner, lauter als je zuvor, und Michael musste sich nicht erst umsehen, um zu wissen, dass die andere Hälfte der Scheibe gerade im Abgrund verschwunden war. Er ließ sich auf die Knie fallen, seine Freunde mit ihm. Verzweifelt starrten sie auf die Stelle, an der sich die Zehn befinden musste. Und immer noch war kein Portal zu sehen.

»Komm schon!«, brüllte Michael in die Leere. »Komm schon, du lächerliches Stückchen ...«

In diesem Moment tauchte ein schwarzes Rechteck auf, ein flaches, dunkles Nichts, das nur ein paar Schritte entfernt in der Luft schwebte. Michael wusste, dass es gleich wieder verschwinden würde und dass sie es beim Sprung verfehlen konnten. Aber zum Nachdenken blieb keine Zeit.

Er sprang auf und stieß Bryson auf das Portal zu. Bryson nahm Anlauf, sprang in das tintendunkle Rechteck und wurde sofort von der Schwärze verschluckt. Sarah folgte ihm. Sie stolperte und ihr Fuß rutschte ab, aber sie schaffte es trotzdem.

Michael hörte einen krachenden Donnerschlag hinter sich, Blitze zuckten um ihn herum. Er rannte los, duckte sich zum Absprung – als die Scheibe ein weiteres Mal rotierte. Er wurde herumgeschleudert und sah nun plötzlich die berstende Plattform vor sich – oder das, was noch davon übrig war: ein Meer von Trümmern und Staubwolken. Gleichzeitig begriff er, dass er rückwärts flog, ohne sagen zu können, ob die Richtung noch stimmte oder ob er in den Abgrund stürzen würde. Ein Augenblick, der eine Ewigkeit zu dauern schien.

Und dann wurde der Himmel schwarz und er raste rückwärts durch das Portal.

KAPITEL 14

Geisterstimme

1

Er landete hart auf einem Holzdielenboden. Der Schmerz schoss durch sein Rückgrat. Eine Art breiter Flur erstreckte sich vor und hinter ihm, mit einer verblichenen, an den Rändern ausgefransten Blümchentapete an den Wänden. Von der Decke baumelte eine nackte Glühbirne, die nur ein düsteres Dämmerlicht verbreitete. Bryson lag ausgestreckt neben ihm, den Kopf auf die Arme gebettet, während Sarah sich bereits aufgerichtet hatte, wenn auch ziemlich benommen.

»Das war mal wieder verdammt knapp«, murmelte Bryson.

Sarah knuffte Michael in die Seite. »Hey – wie hast du das rausgefunden? Warum gerade zehn Uhr?«

Michael fühlte sich eigentlich ganz okay – bis er sich bewegte und spürte, dass sein Körper überall schmerzte. Stöhnend setzte er sich auf. »Dieses dämliche Rätsel beschreibt eigentlich nur, wie die Zahlen aussehen. Denkt mal genau nach.«

Bryson und Sarah tauschten einen Blick, und Michael konnte geradezu mit ansehen, wie es bei beiden gleichzeitig klick machte.

»Ein Turm«, sagte Sarah. »Und der dunkle Mond.«

»Eine Eins und eine Null«, übersetzte Bryson und schüttelte den Kopf, als könne er es nicht fassen, nicht gleich darauf gekommen zu sein.

»Sorry, Leute, aber ich bin eben einfach brillant«, grinste Michael. »Ist allerdings auch eine ziemliche Bürde.«

Sarah lächelte, wurde aber sofort wieder ernst. »Glaubt ihr, dass es stimmt?«

»Dass was stimmt?«, fragten Michael und Bryson wie aus einem Mund.

»Ach, kommt schon. Ihr wisst genau, was ich meine.«

»Die Sache mit der einzigen Chance?«, fragte Bryson.

»Genau. Die Alte sagte, wenn wir sterben, könnten wir nicht mehr auf den Pfad zurück.«

Das hatte Michael bei dem ganzen Chaos völlig vergessen. »Na, dann müssen wir eben aufpassen, dass wir nicht sterben.«

»Gibt Schlimmeres«, meinte Bryson. »Ich hatte eigentlich damit gerechnet, dass sie sagt, sie würden unsere Codes hacken – und unsere Cores manipulieren. Wenigstens wissen wir jetzt, dass wir wohlbehalten nach Hause zurückkehren, wenn wir aus dem Game fliegen.«

Was Michael allerdings nicht sonderlich beruhigte. »Aber mit unserer … Mission – oder wie immer man das nennen mag – wären wir dann gescheitert. Und das würde der VNS bestimmt nicht gefallen. Sie würde unser Leben zerstören, uns ins Gefängnis werfen, unsere Familien umbringen und was weiß ich, was noch alles. Da wäre mir der Tod noch lieber.«

»Wir dürfen nicht sterben«, sagte Sarah leise. »Das hier ist kein Spiel mehr. Wir dürfen auf keinen Fall zulassen, dass einer von uns stirbt. Abgemacht?«

»Abgemacht«, sagte Michael.

Bryson hob beide Daumen. »Und am *allerwenigsten* darf ich sterben. Ich denke, da sind wir einer Meinung.«

Der Schmerz in Michaels Rücken klang allmählich ab, sodass er sich endlich ein wenig umsehen konnte.

Der Flur, in dem sie gelandet waren, erstreckte sich nach beiden Seiten in die drohende Dunkelheit und schien kein Ende zu nehmen.

»Wo sind wir jetzt?«, fragte Bryson. »Und woher wissen wir, dass das hier immer noch der Pfad ist?«

Sarah schloss kurz die Augen und scannte den Code. »Scheint noch dieselbe Struktur zu haben und sieht auch so aus wie die Programmierung der Steinplatte. Komplex und fast unmöglich zu entziffern. Komische Sache.«

Michael stand auf, lehnte sich an die Wand und wartete ein paar Minuten ab, ob sich irgendetwas veränderte. »Sieht so aus, als seien wir in einem uralten Herrenhaus oder so.«

Die beiden anderen standen ebenfalls auf. Bryson breitete die Arme aus und deutete in beide Richtungen gleichzeitig. »Wohin zuerst? Wir sollten erst mal das Gebäude erkunden.«

In diesem Moment ertönte ein seltsamer Laut.

Ein leises, schmerzhaftes Wimmern. Michael glaubte, dass es von rechts kam. Ein kalter Schauder lief ihm über den Rücken. Er stieß sich von der Wand ab und horchte aufmerksam. Es klang wie das Stöhnen eines Mannes. Und es hörte nicht auf. Gerade als er seinen Freunden etwas zuflüstern wollte, hallte ein durchdringender Schrei durch den Flur. Er kam aus derselben Richtung, lang und schmerzvoll. Dann wurde es abrupt still. Die drei sahen einander entsetzt an.

»Ich glaube, wir sollten doch eher in diese Richtung gehen«, sagte Michael und deutete nach links.

2

Während sie den Flur entlang marschierten, blickte Michael sich alle paar Sekunden um, als rechnete er damit, dass hinter ihnen ein grausiger Geist auftauchen würde. Aber es war nichts zu sehen und auch die unheimlichen Geräusche blieben verstummt.

Der Flur jedoch wollte kein Ende nehmen. Sie gingen weiter und weiter und kamen dabei immer wieder unter einer von der Decke baumelnden Glühbirne vorbei, die jedes

Mal genau jener am Anfang des Flurs glich. Allmählich fiel Michael ein gewisses Muster auf: Wann immer das dämmerige Licht in fast völlige Dunkelheit überging, erreichten sie wieder den Rand eines etwas besser erleuchteten Abschnitts, in dem dann erneut eine Glühbirne hing. Michael hätte schwören können, dass sie im Kreis liefen, obwohl sich der Flur schnurgerade in die Länge zu ziehen schien.

Gute zwanzig Minuten lang stapften sie so dahin, ohne dass sich etwas änderte.

»Das ist ein Irrenhaus«, sagte Michael schließlich. Tatsächlich erinnerte ihn die Situation an ein Game, das er früher mal gespielt hatte – ein Turm voller Treppen, die zusammen ein komplexes Labyrinth ergaben. Aber damals hatte er wenigstens das Gefühl gehabt, dass seine Erkundungen irgendwann zum Ziel führen würden. »Kann's kaum erwarten, zu sehen, wie das Wohnzimmer aussieht«, murmelte er.

Ab und zu blieb Sarah stehen und untersuchte die Tapete. »Wenn das hier *überhaupt* ein Haus ist. Ich versuche schon die ganze Zeit herauszufinden, ob wir im Kreis laufen oder in einer Art Endlosschleife gefangen sind. Dann hätten sich aber das Muster der Tapeten oder die Schimmelflecken oder Risse irgendwann wiederholen müssen, und das habe ich nirgendwo entdeckt. Scheint tatsächlich ein unendlich langer Flur zu sein.«

»Noch seltsamer ist, dass es keine Türen gibt«, fügte Bryson hinzu.

»Vielleicht ist es doch kein Flur, sondern ein Tunnel – eine Verbindung zwischen zwei Gebäuden«, meinte Sarah. »Das würde Sinn ergeben, schließlich gibt es hier auch keine Fenster.«

Plötzlich durchschnitt ein seltsames Geräusch die Luft, eine Art zischendes Flüstern, wie ein scharfer Windstoß.

Michael hielt an und hob die Hand. »Was war das?« Wieder jagte ihm ein Schauder über den Rücken.

Bryson und Sarah sahen ihn an, aber in der Dunkelheit konnte er ihre Gesichter kaum erkennen.

»*Michael*«, raunte eine körperlose Stimme.

Michael wirbelte herum und drückte sich mit dem Rücken gegen die Wand. Schnell blickte er in beide Richtungen, aber die Stimme schien von *überall* gekommen zu sein, als wären in der Decke, den Wänden und im Boden Lautsprecher verborgen.

»*Michael, du machst das gut.*«

Eine Brise wehte durch den Flur, fuhr durch Michaels Haar und ließ die Kleider seiner Freunde flattern. Als ob ein riesiges Ungeheuer seinen letzten Atem ausgehaucht hätte.

»Okay«, murmelte Bryson. »Ich gebe zu, das macht mich fertig. Ich will hier raus, und zwar sofort. Warum redet da jemand zu dir?«

»Jetzt mach mal halblang«, sagte Michael leise und bemühte sich, möglichst cool zu klingen. »Wie oft waren wir schon in Spukhäusern unterwegs? Das ist doch gar nichts.« Hoffte er jedenfalls. »Und es ist doch auch nichts Seltsames daran, dass sie meinen Namen kennen.«

»Ach so, du hast also überhaupt keine Angst, was?«, fauchte Bryson gereizt.

Michael schenkte ihm ein großspuriges Grinsen und ging weiter. Doch sobald er sich von seinen Freunden abgewandt hatte, verschwand das Grinsen. So zu tun, als sei er mutig, hieß noch lange nicht, dass er auch mutig war. Ja, natürlich hatte er schon oft solche Szenen erlebt. Aber eben nicht in einem Game, in dem man nur ein Leben, *ein einziges Leben* hatte. Michaels Magen rebellierte, aber nicht vor Hunger.

Erschrocken fuhr er herum, als ihn plötzlich eine Hand an der Schulter packte.

»Siehst du, Bryson?«, sagte Sarah lachend. »Er hat *überhaupt* keine Angst.«

Bryson kicherte. »Wir können nur hoffen, dass wir nicht an einem Spiegel vorbeikommen. Wenn er sich darin sieht, macht er sich gleich in die Hosen.«

»Okay, okay, ihr habt gewonnen«, knurrte Michael. »Ich will heim zu meiner Mami. Und jetzt helft mir gefälligst, eine Tür zu suchen.«

3

Zwei Stunden später hatten sie immer noch keine Tür gefunden.

Dafür hatte die Geisterbrise noch drei weitere Male durch den Flur geweht, stets begleitet von der seltsamen Flüsterstimme, die von überall und nirgends zu kommen schien. Und jedes Mal jagte sie Michael einen Schauder über den Rücken. Er musste sich zusammenreißen, seine Angst nicht zu zeigen. Warum lobte ihn jemand? Doch wer oder was es auch sein mochte, es blieb ohne schlimme Folgen. Und während sie immer weiter durch den endlosen Flur gingen, verwandelte sich Michaels Angst vor der geisterhaften Stimme allmählich in Panik, dass sie vielleicht niemals einen Ausgang finden würden.

Vielleicht war der Flur eine brillante Art von Firewall. Nicht, um einen zu verwunden oder zu töten, sondern um einen in die Falle zu locken. Eine Firewall, die einem das Gefühl gab, irgendwohin gelangen zu können, obwohl man *nirgendwohin* gelangte. Und dann musste man nur noch ab und zu eine unheimliche Geisterstimme ertönen lassen, und schon drehten die Leute durch.

»Was machen wir hier eigentlich?«, fragte Bryson gereizt. Michael zuckte erschrocken zusammen – seit einer ganzen Weile schon hatte niemand mehr einen Ton gesagt und seine Nerven lagen blank.

Sarah lehnte sich an die Wand und ließ sich zu Boden sinken. »Du hast recht. Die Sache ist total sinnlos. Wer auch immer uns beobachtet – für denjenigen sind wir doch nichts als durchgeknallte Hamster im Laufrad.« Sie winkte dem unsichtbaren Zuschauer in beide Richtungen des Flurs zu und seufzte. »Wir machen eine Pause und schauen uns noch mal den Code genauer an. Vielleicht haben wir was übersehen.«

Sie schloss die Augen und lehnte den Kopf gegen die Wand. Michael und Bryson taten es ihr nach. Alle drei konzentrierten sich auf den Code ihrer Umgebung.

Michael atmete ein paarmal tief durch, während er nach Auffälligkeiten suchte. Inzwischen knurrte sein Magen tatsächlich vor Hunger, sodass es ihm schwerfiel, sich zu konzentrieren. Sie mussten unbedingt etwas essen, sonst würden ihre Kräfte rasch nachlassen. Ihre echten Körper wurden zwar in den Coffins versorgt, doch um die Simulation so lebensecht wie möglich erscheinen zu lassen, saugte das VirtNet die Kraft aus der Aura der Gamer, bis sie kaum noch Energie hatten, um zum nächsten Portal zu kriechen.

Aber was war mit der Programmierung hier? Er konnte kaum glauben, was er zu sehen bekam. War ihm schon der Code für *Devils of Destruction* wie ein Sturm von Buchstaben und Ziffern erschienen, so glich der Code in diesem endlosen Tunnel einem wahren Tornado, in dem alles so rasend schnell herumwirbelte, dass er kaum Einzelheiten erkennen konnte. Schon der bloße Versuch verursachte ihm Kopfschmerzen.

»*Michael.*«

Sofort kappte Michael die Verbindung und blickte auf. Die Stimme hatte dieses Mal viel näher, viel körperlicher geklungen, und er rechnete fast damit, dass sich der Sprecher nun zeigen würde. Aber es war niemand zu sehen. Wieder wehte die inzwischen vertraute Brise durch den Flur, aber sanfter und langsamer als zuvor. Ihr unsichtbarer Freund wiederholte seine seltsame Botschaft noch ein paarmal, dann herrschte wieder Stille.

Michael blickte zu Bryson hinüber und etwas im Gesicht seines Freundes machte ihn stutzig. Bryson hatte sich vorgebeugt und starrte intensiv auf einen bestimmten Punkt an der Wand gegenüber. Michael folgte seinem Blick, konnte aber nichts entdecken. Die Tapete sah hier genauso aus wie überall sonst, wo sie entlanggekommen waren.

»Hey, Bryson«, sagte Michael, »was ist los? Hast du eine Schwachstelle gefunden?«

Brysons Miene entspannte sich und er blickte zu Michael herüber. »Glaub schon. Na ja, vielleicht keine richtige Schwachstelle, aber womöglich einen Hinweis darauf, was wir nun tun sollten. Aber so was wie diese Programmierung hier in diesem … Haus hab ich noch nie gesehen. Das totale Chaos.«

»Wer das alles hier konstruiert hat, hat ohne Zweifel tausendmal mehr drauf, als ich mir jemals erträumen könnte«, sagte Sarah, während Michael nickte. »Dieser Typ, Kaine, macht mich immer neugieriger. Muss das totale Genie sein.«

Bryson zuckte die Schultern. »Sag ich ja: das totale Chaos. Keiner von uns könnte so was produzieren. Das steht fest.«

»Aber ich dachte, du hättest was entdeckt?«, fragte Michael, während seine Hoffnung schwand.

»Hab ich auch. Kann sein, dass es nur ein Element dieser verrückten supergenialen Codierung ist, aber wir sind ja auch nicht gerade auf den Kopf gefallen. Schaut euch das mal an.«

Er stand auf, ging zur Wand gegenüber, legte den Kopf dagegen, als lauschte er auf etwas, und strich gleichzeitig mit beiden Händen über die Tapete. Dann klopfte er dagegen.

»Hört ihr das?«, fragte er.

Michaels erster Gedanke war, dass Bryson gewonnen hatte – und zwar den Wettbewerb, wer von ihnen bei diesem endlosen Marsch als Erster durchknallen würde.

»Klar«, grinste er. »Hört sich an wie ein Bekloppter, der an einer Tapete rumfummelt.«

Bryson grinste zurück. »Nein, Kumpel. Das ist ein magisches Geräusch. Es klingt hohl.«

»Ich höre nichts Magisches«, sagte Sarah.

Bryson richtete sich wieder auf. »Vertraut mir, meine allerbesten Freunde.« Er holte aus und kickte seinen

Fuß mit aller Kraft gegen die Wand. Es krachte, dann splitterte etwas und seine Schuhspitze verschwand in der Tapete. Bryson zog den Fuß wieder heraus, zusammen mit einem Stück Gips, gefolgt von einer kleinen weißen Staubwolke.

Er warf seinen Freunden einen triumphierenden Blick über die Schulter zu. »Keine Tür? Kein Problem. Dann machen wir uns eben selbst eine.«

4

Bryson zeigte ihnen das Element, das ihn in dem Wirbelsturm von Daten hatte stutzig werden lassen. Und tatsächlich fand sich darin ein deutlicher Hinweis: Offenbar *sollten* sie *durch* die Wand gehen, um zum nächsten Abschnitt des Pfads zu gelangen.

Sie machten sich an die Arbeit. Die Jungen vergrößerten das Loch, das Bryson in die Wand gekickt hatte, indem sie die Tapete zerfetzten und weitere Stücke aus der Gipswand rissen. Michaels Hände begannen zu schmerzen, aber vor Aufregung nahm er es kaum wahr.

Selbst als die geheimnisvolle Brise erneut durch den Flur wehte und die furchtbare Stimme wieder seinen Namen flüsterte, achtete er kaum darauf. Das Loch wurde größer und größer. In ein paar Minuten würden sie diesen entsetzlichen Flur hinter sich lassen.

Kurz darauf war das Loch so groß, dass sie gebückt hindurchkriechen konnten.

»Wer geht als Erster?«, fragte Michael. Auf der anderen Seite herrschte völlige Dunkelheit, als hätte jemand ein schwarzes Tuch über das Loch gehängt.

Sarah stieß Bryson den Ellbogen in die Rippen. »Du bist der Entdecker, Kolumbus.«

»Na schön«, murmelte Bryson. Er duckte sich, riss noch ein paar kleine Stücke aus der Wand und zwängte sich durch das Loch. Auf der anderen Seite richtete er sich wieder auf. Michael und Sarah sahen nur seine Hosenbeine, während sich Bryson hin und her drehte.

»Was siehst du?«, fragte Michael.

»Nichts«, kam die Antwort, die ein wenig gedämpft klang. »Rein gar nichts. Aber ich scheine irgendwie im Freien zu sein – die Luft ist auf jeden Fall frisch. Kommt rüber. Dann halten wir uns an den Händen und vertreiben uns die Angst mit ein paar Liedchen.«

Sarah und Michael krochen hintereinander durch das Loch. Bryson hatte recht – die Luft war angenehm kühl. Und es war rein gar nichts zu sehen.

»Irgendwie unheimlich«, meinte Michael. »Kann jemand mal Licht machen?«

Bryson betätigte seinen EarCuff und der NetScreen erschien vor ihm in der Luft. Er veränderte ein paar Einstellungen und schon erleuchtete der hell strahlende Bildschirm die Umgebung ein wenig.

»Genial«, sagte Michael.

»Weiß ich doch«, antwortete Bryson.

Michael und Sarah folgten seinem Beispiel, sodass sie nun von einem Lichtkegel umgeben waren. Erkennen konnten sie allerdings immer noch nichts. Außerhalb des Lichtkegels war alles schwarz.

»Ich glaub allmählich, wir sind auf dem Mond«, flüsterte Sarah.

Michael drückte leicht ihren Ellbogen. »Nur können wir hier atmen, es sind keine Sterne zu sehen und die Gesetze der Schwerkraft wirken immer noch.«

»Aber alles andere kommt mir wie auf dem Mond vor.« Sie machte ein paar vorsichtige Schritte in die Finsternis und schaute sich um. »Wohin jetzt?«

»Vorwärts«, antwortete Bryson und deutete geradeaus. »Jedenfalls scheint das der Code zu besagen.«

»Mir ist alles recht, solange ich nicht mehr in diesen idiotischen Flur zurück muss«, sagte Michael. Aber einen Augenblick lang kamen ihm Zweifel, ob das die richtige Entscheidung war. Und warum versuchte niemand, sich ihnen in den Weg zu stellen? Aber sie hatten offenbar keine andere Wahl.

»Also los«, befahl Sarah.

Sie marschierten in die Dunkelheit.

5

Es war unheimlich. Still. Gespenstisch. Selbst der Boden war schwarz. Ihre Schritte, ihr Atem, das Rascheln ihrer Kleider waren die einzigen Geräusche. Michael blickte sich immer wieder um. Das Loch, durch das sie gekommen waren, war nun nur noch ein winziger, schwach schimmernder Fleck in der Ferne. *Die Programmierung hier ist einfach unglaublich*, dachte er. Die Perspektive wirkte zu jedem Zeitpunkt völlig real. In anderen, schlechteren Games wurden Programmierschwächen ziemlich schnell sichtbar, etwa wenn sich die Umgebung leicht verschob, die Farben sich veränderten oder eine Lichtquelle flackerte.

»Welchen Sinn hat das alles eigentlich?«, flüsterte Bryson. Sie flüsterten jetzt immer, als ob sie befürchteten, dass jemand sie im Dunklen belauschte.

»Das ist der Pfad«, sagte Michael, der allmählich wirklich eine Art Sinn zu erkennen begann. »Kaine weiß, dass er nicht jeden von seinem Geheimversteck fernhalten kann. Und er weiß auch, dass die Besten immer auch hervorragende Hacker sind. Er benutzt uns, wir spielen ihm sozusagen in die Hände. Vielleicht ist das eine Art Testlauf für ihn – er schickt ein paar Leute durch eine ganze Serie von Firewall-Programmen, bis die ihnen so viel Angst einjagen, dass sie irgendwann nur noch umkehren wollen.

Oder er tötet sie irgendwann – das hätte dieselbe Wirkung. Mann, wie ich diesen Kumpel hasse!«

»Er ist kein Kumpel«, warf Sarah ein. »Er ist ein wahnsinnig gewordener Gamer.«

»Nein«, widersprach Bryson, »kein wahnsinniger Gamer. Er ist ein böser, aber genialer Game Master.«

»Ich glaube, ihr habt beide recht«, nickte Michael und verbesserte sich: »Mann, wie ich diesen bösen, wahnsinnigen, genialen Game Master hasse!«

Sie gingen weiter und weiter. Aber nichts veränderte sich. Nichts geschah.

Bis Michael die Geisterstimme wieder hörte. Sein Herz begann, wild zu pochen. Sie hielten an.

»*Michael.*« Dieses wimmernde Flüstern. »*Michael.*«

Und wieder wehte die Brise, aber diesmal fegte sie nicht einfach an ihnen vorbei. Sie flaute ab, wurde wieder stärker, änderte die Richtung, zerrte an ihren Haaren und Kleidern. Und wollte nicht mehr enden. Und ständig drang das Klagen durch den Wind, jetzt jedoch viel lauter als im Flur. Michael stellte sich einen Mann vor, der zusammengekrümmt auf einem nass geschwitzten Bett lag und vor Schmerzen stöhnte.

»*Michael, Michael, Michael*«, raunte die unheimliche Stimme, und dann begann wieder das Stöhnen, das von überall zu kommen schien. Michael wusste nicht, was er davon halten sollte.

»Erinnert mich daran, dass ich von jetzt an nichts mehr mit

Spukhäusern zu tun haben will«, murmelte Bryson. »Und überhaupt – warum redet der Typ eigentlich nur mit dir?«

Plötzlich hallte ein weiterer Schrei durch die Luft – unnatürlich lang und schrill, der Schrei einer Frau.

»Ich halt das nicht mehr aus!«, schrie Sarah und schlug sich die Hände auf die Ohren. »Ich will hier weg!«

Michael und Bryson nickten einander nur kurz zu, griffen nach Sarahs Händen und rannten los – einfach vorwärts in die Dunkelheit. Die NetScreens hüpften vor ihnen in der Luft und ihr Licht flackerte über den schwarzen Boden. Aber das furchtbare Jammern wurde immer lauter und die Brise wuchs zu einem kräftigen Wind an.

»*Michael, Michael, Michael …*«

Michael lief noch schneller und zog Sarah mit sich. Aber nach kurzer Zeit wurde der Boden plötzlich weicher und Michaels Schuhe sanken bei jedem Schritt tiefer ein, bis er stolperte und hinfiel.

Erst da entdeckte er es: Unter ihren Füßen war schwarzer Sand. Der Wind wurde noch stärker und trieb ihnen feine Sandkörner ins Gesicht. Das Stöhnen ging in ein lautes Heulen über, die Worte vermischten sich zu einem unverständlichen Sprachgewirr.

»Das ergibt doch überhaupt keinen Sinn mehr!«, schrie Bryson gegen den Sturm an. Michael konnte ihn kaum verstehen. Er lag auf den Knien und sah sich ungläubig um.

Sarah kam gerade wieder auf die Füße. »Wir müssen weiter …«

Aber ihr letztes Wort ging in einen grellen Schrei über, als der Boden unter ihnen plötzlich nachgab. In einer gewaltigen Sandlawine stürzten sie in die Tiefe.

6

Michaels Herz schien stillzustehen. Der Fall dauerte schier endlos, und plötzlich sah er sich wieder mit Tanja von der Golden Gate Bridge stürzen. Doch dann die Erleichterung: Er schlug nicht irgendwo hart auf, er landete nicht mal, sondern spürte vielmehr etwas Festes, Kühles, das sich gegen seinen Rücken presste. Er fiel nicht länger in die Tiefe – er *glitt* hinab. Und wurde langsamer. Schließlich spürte er, wie die Fläche unter ihm in Stufen überging, die er hinabpolterte, während er verzweifelt anzuhalten versuchte.

Jede Stufe schickte ihm eine Schmerzwelle durch den Körper. Jedes Mal stöhnte er auf und versuchte, den Fall mit ausgestreckten Armen und Beinen zu bremsen, bis er schließlich mit dem Kinn voran auf einer harten Stufenkante liegen blieb. Er schloss die Augen und atmete tief durch. Im selben Augenblick fiel jemand auf ihn.

Michael schrie auf, und in dem Schrei lag die ganze Frustration der vergangenen Stunden. Instinktiv schlug er wild um sich, um das, was immer auf ihm lag, wegzustoßen – bis er sah, dass es Sarah war. Entsetzt beobachtete er, wie sie mehrere Stufen hinunterstürzte, sich mehrfach überschlug und endlich ein paar Stufen unter ihm liegen blieb.

»Oh Gott, tut mir leid!«, murmelte er verlegen und konnte es selbst kaum glauben, dass er seine beste Freundin die Treppe hinuntergestoßen hatte. »Hab für einen Moment völlig durchgedreht.«

Sie schaute zu ihm herauf, das Gesicht vor Schmerz verzogen. Im ersten Moment schien sie ihm ihre ganze Wut an den Kopf schleudern zu wollen, überlegte es sich dann aber doch anders. Erst jetzt sah er, dass Bryson schrecklich verkrümmt dalag, während sein NetScreen über ihm in der Luft schwebte.

Michael zog die Beine an die Brust und schlang seine Arme darum. Er konnte sich lebhaft vorstellen, wie viele Blutergüsse er spüren würde, wenn er sich in den Wake liftete. In Sachen physischer Qual funktionierte der Coffin hervorragend.

»Tut *das* weh«, stöhnte Bryson, den Blick ins Leere gerichtet.

Michael sah sich um. Nichts als die ewig gleiche unendliche Dunkelheit. »Allmählich bin ich mir ziemlich sicher, dass ein einzelner Game Master niemals eine solch komplexe Umgebung kreieren kann. Wie sollte Kaine ein Programm schreiben, das so mächtig ist, dass nicht einmal wir drei eine Struktur erkennen können? Ganz zu schweigen davon, uns ins Programm zu hacken oder es zu manipulieren.«

»Keine Ahnung«, antwortete Bryson. »Aber vielleicht hat er eine ganze Softwarefirma mit Hunderten von Programmierern hinter sich? Oder vielleicht benutzt er eine ganz neue Programmiersprache, von der wir keine Ahnung haben? Egal – die Sache ist total verrückt. Ich glaube, du hast recht – die einzigen Schwachstellen, die wir bisher entdeckt haben, sind die, die wir entdecken *sollten.* Weil *er* es so will. Und das wiederum bedeutet, dass er uns nach seinem eigenen Plan durch den Pfad dirigiert. Ich bin richtig neidisch auf diese Ratte!«

Plötzlich ließ Sarah ein leises Schluchzen hören. Michael sah, dass ihre Schultern bebten; sie saß auf der Treppe und hielt den Kopf zwischen den Armen verborgen. *Scheiße*, dachte er, *so weit ist es also gekommen.* Er konnte sich nicht erinnern, Sarah jemals weinen gesehen zu haben. Er stieg die Stufen hinunter und jede Faser in ihm schrie vor Schmerzen. Vorsichtig setzte er sich neben sie und strich ihr sanft über den Rücken.

Sie blickte auf. Tränen liefen ihr übers Gesicht, aber selbst in dem düsteren Licht konnte er sehen, dass sie nicht wütend war. Oder jedenfalls nicht auf *ihn*.

»Alles okay?«, fragte er leise, wobei ihm klar war, wie idiotisch die Frage klang – ganz offensichtlich war nichts okay. Aber ihm fiel nichts Besseres ein.

»Hm, lass mich mal überlegen ... Nein, gar nichts ist okay«, bestätigte sie seine Gedanken und versuchte, tapfer zu lächeln. Sie setzte sich etwas bequemer zurecht und stöhnte bei jeder Bewegung. »Was ist da eben passiert?«

»Tja«, antwortete Bryson von weiter oben, »erst marschieren wir stundenlang durch einen leeren Flur, dann kommen wir in einen schwarzen Raum, dann laufen wir über Sand, dann sausen wir über eine Art Rutsche in die Tiefe und kullern eine Treppe hinunter. Sagt bloß, ihr habt so was noch nie erlebt?«

»Ich jedenfalls nicht«, sagte Sarah mit schwacher Stimme. »Aber ihr habt recht, was den Code angeht. Und Kaine. Die Sache ist wirklich unheimlich.«

Michael schaute die Treppe hinunter und versuchte zu erkennen, wo sie endete, aber genau wie der Flur verschwand sie einfach im Dunkeln.

Er hasste es, sie antreiben zu müssen, aber sie hatten keine andere Wahl. »Kommt, wir müssen weiter. Irgendwie müssen wir hier raus.«

»Warum denn?«, fragte Bryson sarkastisch. »Wo wir auch hingehen, es wird immer noch schlimmer.«

Michael zuckte die Schultern. »Stimmt. Aber wir stehen das durch und machen weiter. Bis wir irgendwann zur Holy Domain kommen und herausfinden, was das Ganze eigentlich soll.«

»Oder bis wir sterben und nach Hause können«, sagte Sarah leise.

»Oder bis wir sterben, richtig«, nickte Michael. Der Gedanke, dass sie trotz der langen Zeit, die sie im Sleep verbracht hatten, offenbar immer noch nicht genug Erfahrung gesammelt hatten, um durch diese massive Firewall zu hacken, machte ihn rasend. Wenn es überhaupt eine Firewall war. Wütend und mit schmerzenden Gliedern stand er auf und stieg die Treppe hinunter.

7

Zwei Stunden lang stiegen sie immer weiter hinab, aber auch die Treppe schien kein Ende zu nehmen. Nichts veränderte sich, nur der Sand, der mit ihnen heruntergefallen war, verschwand nach ein paar Stufen. Stufen, immer neue Stufen. Immer weiter hinunter, durch die kühle Finsternis. Nur der schwache Schein der NetScreens erhellte ihren Weg. Jeder Versuch, eine Abkürzung oder einen Ausgang im Programm zu finden, scheiterte – nichts ergab einen Sinn.

Schließlich wurden sie so müde, dass sie beschlossen, erst einmal zu schlafen.

»Jeder von uns passt ziemlich genau auf eine Stufe«, meinte Bryson.

Schweigend legten sie sich hin. Michael hatte sich noch nie so müde gefühlt. Sein Verstand und sein Körper schrien förmlich nach Schlaf.

Und doch konnte er nicht einschlafen. Vielleicht lag es an den Prellungen, vielleicht war er einfach zu aufgeregt, weil er keine Ahnung hatte, was ihnen noch bevorstand.

Seine Gedanken irrten rastlos umher, bis irgendwann nur noch ein einziger Gedanke übrig blieb.

Seine Eltern.

Er wusste nicht, warum er plötzlich an sie denken musste. Sicher, sie fehlten ihm. Und er machte sich Sorgen, dass sie die ganze Sache mit Kaine herausfinden würden.

Doch dann fiel ihm noch etwas anderes ein. Und dieser neue Gedanke war so verstörend, so unglaublich, so furchterregend, dass er sich ruckartig aufsetzte und nach Luft schnappte. Glücklicherweise schliefen Sarah und Bryson fest. Ihre Fragen hätte er jetzt nicht ertragen können – er war nicht einmal sicher, ob er überhaupt die Antworten kannte.

Er schloss die Augen und konzentrierte sich, während er sich die Schläfen massierte. Vielleicht war er einfach zu erschüttert, um klar zu denken. Mühsam zwang er sich, gleichmäßig zu atmen und sich so weit zu beruhigen, dass er methodisch vorgehen konnte – einen Gedanken nach dem anderen. Er ging jeden einzelnen Tag seines Lebens während der letzten Zeit durch und legte eine imaginäre Liste aller Ereignisse an, an die er sich erinnerte.

Eine Woche. Zwei Wochen. Drei Wochen. Ein Monat. Zwei Monate. Tag um Tag ging er zurück, fügte jedes noch so alltägliche Erlebnis zu der Liste hinzu. Sein Erinnerungsvermögen war viel stärker, als er vermutet hätte. Unter all den Details, die ihm in den Sinn kamen, gab es nur eine Sache, an die er sich *nicht* erinnern konnte. Etwas Prägnantes, Auffälliges, Wichtiges – aber so sehr er es auch versuchte und sich darauf konzentrierte, es gelang ihm nicht. Wie hatte das nur passieren können? Wie hatte er sich so sehr in sein eigenes Leben vergraben können, in seinen lächerlich einfachen Alltag zwischen Schule und VirtNet, dass ihm dieses eine wichtige Detail bis jetzt gar nicht aufgefallen war?

Wann hatte Michael eigentlich zuletzt seine Eltern gesehen?

Kapitel 15

Untot

1

Und Helga war auch nicht mehr nach Hause gekommen.

Michael wusste nicht, was ihn mehr schockierte – dass seinen Eltern und der Haushälterin irgendetwas Furchtbares zugestoßen sein mochte oder dass er so sehr für seine Games lebte, dass er bis zu diesem Augenblick überhaupt nicht bemerkt hatte, was um ihn herum vorging. Er wusste nur, dass er sich dafür schämte. Und dass er Angst hatte.

Fieberhaft versuchte er sich vorzustellen, was passiert sein mochte. Hatte die VNS etwas damit zu tun? Oder Kaine und sein bescheuertes Mortality-Dogma-Ding, was immer das war. Auf jeden Fall hing alles, was sein Leben in den letzten paar Wochen so dramatisch verändert hatte, irgendwie zusammen. Er wusste nur nicht, wie er die einzelnen Punkte miteinander verknüpfen sollte.

Immer wieder versuchte er, sich an die letzte Begegnung mit seinen Eltern zu erinnern. Bei allem, was er sich ins Gedächtnis rief – Partys, Essen, Auto fahren, ein Footballmatch schauen –, *musste* er doch irgendwann mal mit ihnen zusammen gewesen sein? Aber da war nichts.

Es war verrückt, unheimlich, beängstigend. Und was ihm erst recht zu schaffen machte: Er hatte keine Ahnung, ob diese »Vergesslichkeit« nicht etwas mit dem Angriff des KillSim zu tun hatte. Er war ohnehin längst davon überzeugt, dass diese Kreatur seinem Gehirn irgendetwas angetan hatte. Vielleicht hatte sie ihm tatsächlich einen Teil seiner Erinnerungen herausgesaugt.

Er wusste nicht, was er glauben, denken oder tun sollte. Nach einer Weile ließ er sich auf die Stufe zurücksinken und legte sich wieder hin. Schließlich überwältigten ihn Erschöpfung und Müdigkeit und er schlief ein.

2

Jemand schüttelte ihn sanft an der Schulter. Michael öffnete schlaftrunken die Augen und erblickte seinen Freund.

»Hey, Kumpel, wir sind schon seit einer Stunde wach«, sagte Bryson grinsend. »Und du schnarchst wie ein fetter Bär im Winterschlaf.«

Michael setzte sich auf, gähnte und rieb sich die Augen. Die schwarze Welt rings um die Treppe schwankte ein wenig, doch dann war er vollkommen wach. Während seines Schlafs hatte sich nichts verändert.

»Habt ihr auch so seltsam geträumt?«, fragte Sarah. »In

meinem Traum tauchte ein Typ auf, der als Hase verkleidet war. Fragt lieber nicht, was das bedeutet.«

Michael hatte überhaupt nichts geträumt, aber in diesem Moment fiel ihm seine entsetzliche Erkenntnis wieder ein und traf ihn wie ein Schlag in die Magengrube. Warum konnte er sich nicht erinnern, wann er seine Eltern zuletzt gesehen hatte? Und warum war Helga nicht mehr nach Hause gekommen? Wie konnte es sein, dass er keine Sekunde darüber nachgedacht hatte, warum seine Eltern so lange wegblieben? Er hatte zwar nie viel mit ihnen telefoniert, wenn sie auf Reisen waren, aber diese Situation war definitiv seltsam. Zweifellos stimmte da etwas nicht.

»Michael?«, fragte Sarah. »Alles in Ordnung bei dir?«

Er schaute sie an und beschloss, seine seltsamen Erinnerungslücken für sich zu behalten. »Ja, alles okay. Bin nur ein bisschen aufgeregt, was wohl die nächsten Stufen bringen werden. Außerdem hab ich solchen Hunger, dass ich sogar einen von Brysons Käsefüßen auffressen könnte.«

»Eine echte Delikatesse«, grinste Bryson und wackelte mit den Füßen, als wolle er ihm einen anbieten. »Ich hatte übrigens auch einen seltsamen Traum. Darin hab ich Michael nie kennengelernt und hatte deshalb ein rundum glückliches Leben, in dem mich niemand umbringen oder mir einen permanenten Hirnschaden verpassen wollte. Das war echt herrlich.«

»Klingt wie ein Leben im Paradies«, sagte Sarah.

Michael stand auf und streckte sich. »Ha. Ha. Ha. Kommt, bringen wir endlich diese verdammte Treppe hinter uns.«

Da niemand einen besseren Vorschlag hatte, machten sie sich wieder an den Abstieg.

3

Es war unmöglich zu sagen, wie viel Zeit vergangen war, bis sich wieder etwas veränderte. Zuerst hatte Michael die Stufen gezählt, dann die Sekunden und Minuten, nur um seine Gedanken von seinen Eltern abzulenken. Irgendwann war seine Uhr stehen geblieben und die Digitalanzeigen auf ihren NetScreens spielten verrückt. Je länger sie die Treppe hinunter stiegen, desto deutlicher hatte Michael das Gefühl, allmählich selbst durchzudrehen. Die bloße Monotonie erweckte eine Angst, die er kaum noch unterdrücken konnte. Ihre gelegentlichen – vergeblichen – Versuche, sich in den schier unfassbaren Umgebungscode zu hacken, machten alles nur noch schlimmer.

Bis sie endlich, endlich an eine Tür kamen.

Die Treppe endete, und der bisher unsichtbare schwarze Raum verengte sich zu einem Tunnel, der zu einer einfachen Holztür führte. Michaels Erleichterung, die Treppe hinter sich zu haben, war riesig und entlud sich in einem Lachanfall.

»Was ist daran so komisch?«, fragte Bryson, der selbst fast lachen musste. »Lass uns Normalsterbliche auch teilhaben.«

»Nichts ist komisch.« Michael stand bereits an der Tür und streckte die Hand nach dem Messingknauf aus. »Ich bin einfach nur heilfroh, wieder heimzukommen.«

Das brachte Bryson wirklich zum Lachen, aber Michael konnte nicht länger warten. Ungeduldig stieß er die Tür auf, die leise in den Angeln zurückschwang, tat einen Schritt hindurch – und blieb wie angewurzelt stehen.

Zwei lange Reihen von Menschen entlang den Wänden eines breiten Flurs. Sie alle hatten die Augen geöffnet. Und doch schienen sie alle tot zu sein.

4

Starr vor Entsetzen spürte Michael, wie seine Freunde dicht hinter ihm über seine Schulter spähten, ohne ihn weiter über die Türschwelle zu drängen. Wahrscheinlich waren sie genauso scharf drauf wie er selbst, durch diesen Flur zu gehen. Nämlich *gar nicht*.

Nackte Glühbirnen hingen von der Decke, dieselbe Art wie im endlosen Flur des Spukhauses. Nur, dass sie hier keine Tapeten beleuchteten, sondern zwei Reihen von völlig erstarrten Menschen. Plötzlich sehnte sich Michael nach der Dunkelheit, von der sie so lange umgeben gewesen waren. Wie Marmorstatuen standen diese Leute da, ihre Augen starr auf Michael und seine Freunde gerichtet.

Die Frau zu seiner Rechten hatte mondbleiche Haut und trug ein weißes verknittertes, aber sauberes Kleid. Ihre dunklen Augen bohrten sich so intensiv in Michaels, als wollte sie jeden Moment den Mund öffnen und ihm etwas sagen.

Ihr gegenüber, an der linken Wand, stand ein Mann in schwarzem Anzug. Er war genauso bleich wie die Frau und genauso reglos, hielt jedoch die rechte Hand mit gespreizten Fingern halb ausgestreckt.

Michael ließ den Blick weiter über die Reihen wandern. Diese geisterhafte Blässe, diese vollkommene Erstarrung, diese Blicke. Nicht nur der Mann im schwarzen Anzug verharrte in einer seltsamen Pose, auch viele andere wirkten, als seien sie mitten in einer Tätigkeit in Stein verwandelt worden.

»Hallo?«, rief Bryson. Seine Stimme hallte durch den Flur, doch bevor das Echo vollends verklang, bewegten sich die Leute ein klein wenig. Michaels Herzschlag setzte kurz aus.

»Was war das?«, flüsterte Sarah, und wieder bewegten sich ein paar Leute. Noch leiser fügte sie hinzu: »Dem Code zufolge führt der Pfad hier mitten hindurch. Soweit ich sehen kann, gibt es keinen anderen Ausweg.«

»Das ist ja mal was ganz Neues«, murmelte Bryson.

Ganz langsam wandte Michael den Kopf seinen Freunden zu und wisperte so leise, dass er sich selbst kaum hören konnte: »Okay. Kein Wort. Keine plötzlichen Bewegungen. Folgt mir.«

Er wandte sich wieder nach vorn und machte einen zaghaften Schritt in den Flur hinein, dann noch einen. Die Augen dieser Untoten folgten langsam seinen Bewegungen. Mit jeder Person, an der er vorbeiging, wuchs Michaels Angst und ein beklemmendes Gefühl legte sich auf seine Brust, sodass er kaum noch atmen konnte.

Doch er zwang sich weiterzugehen, Schritt für Schritt, so langsam wie möglich. Er spürte Bryson und Sarah dicht hinter sich, wagte aber nicht, sich zu ihnen umzudrehen. Aus dem Augenwinkel sah er einen alten Mann mit großer Hakennase und feurigem Blick. Ein anderer hatte ein riesiges Muttermal, das fast sein ganzes Gesicht bedeckte. Dann eine Dame mit so weit aufgerissenem Mund, dass nicht nur die weißen Zähne, sondern auch das violette Zahnfleisch zu sehen waren. Und da war sogar ein Kleinkind mit einem leichten Lächeln im Gesicht.

Plötzlich begann Michaels Nase heftig zu jucken. Er konnte es nicht unterdrücken und musste heftig niesen. Ringsum zuckten Arme und Hände ein paar Zentimeter in die Höhe. Wieder stockte ihm kurz der Herzschlag. Bewegungslos wartete er ab, was nun geschehen würde. Aber alles blieb still. Erleichtert setzte er seinen Weg fort, einen quälend langsamen Schritt nach dem anderen.

Sie waren an ungefähr zehn Leuten vorbei, als Michael über eine unebene Stelle im Boden stolperte. Er fiel der Länge nach hin und schlug mit der Schulter hart auf. Doch schon während seines Falls hörte er, wie sich alle um ihn herum bewegten.

5

Michael rollte sich auf den Rücken, hob die Arme schützend über den Kopf und erstarrte in dieser Haltung. Die Szene hätte ein perfektes Horrorfilm-Plakat abgegeben: Hände, die sich nach ihm ausstreckten, knochige, weiße Finger mit scharfen gelben Nägeln, die direkt über ihm schwebten, wütende Gesichter mit Augen, in denen ein seltsamer Hunger loderte. Aber im selben Augenblick wie er erstarrte, bewegten sich auch die Leute nicht mehr.

Michael war sicher, dass sie sein heftig hämmerndes Herz hören konnten. Er kämpfte mühsam gegen eine Panikattacke an, atmete ein paar Mal tief und langsam durch und begann, sich mit winzigen Bewegungen seiner Arme und Beine vorsichtig unter ihnen hervorzuschieben. Der Schweiß brach ihm aus jeder Pore, drang durch seine Kleider, troff von seiner Stirn. Er konnte den Blick nicht von den Gesichtern lösen, die ihn regungslos beobachteten. Nur ein Fehler und sie würden ihn angreifen, das wusste er, und dann wäre alles vorbei. Denn wenn er sich dagegen wehrte, würde das nur noch mehr Bewegung verursachen.

Das baut einen echt auf, dachte er, während er sich weiter über den Boden schob.

Endlich hatte Michael den Baldachin von erstarrten Armen und Gesichtern hinter sich. Am unheimlichsten waren ihre Augen, die jede seiner Bewegungen genau verfolgten, während ihre Körper in vollkommener Reglosigkeit verharrten. Ein Schauder nach dem anderen jagte ihm über den Rücken.

Wie in Zeitlupe drehte er sich um – stand auf – warf einen Blick zu Bryson und Sarah zurück. Die beiden befanden sich noch auf der anderen Seite der Meute, die Michael hatte angreifen wollen. Doch an den Stellen, an denen die Leute vor dem Angriff gestanden hatten, war nun genug Platz zur Wand, sodass sich Bryson und Sarah hindurchschlängeln konnten. Es schien eine Ewigkeit zu dauern, bis die drei Freunde wieder vereint waren.

Dieses Erlebnis schien Bryson – eigentlich untypisch für ihn – zutiefst verstört zu haben: Sein Gesicht war verzerrt, sein Blick wild, fast irre. Michael konnte ihm nichts Aufmunterndes sagen, denn jedes Geräusch hätte wieder einen Angriff ausgelöst.

Also schlichen sie schweigend weiter. Langsam. Ganz langsam.

6

Still zu sein, fiel Michael schon schwer genug, aber die Langsamkeit brachte ihn fast um den Verstand. Doch er würde alles tun, damit diese seltsame Meute nicht mehr angriff.

Allmählich nahm er die einzelnen Personen gar nicht mehr wahr – sie verschmolzen zu einer Masse, in der er weder Mann noch Frau, weder Kinder noch Alte, Dicke noch Dünne unterscheiden konnte. Ein einziges Horrorkabinett von wächsernen Gesichtern und starren Augen. Er mied ihre Blicke und konzentrierte sich nur noch auf den entferntesten Punkt des Flurs, den er erkennen konnte.

Nach einer gefühlten Ewigkeit kam tatsächlich ein Ende in Sicht. Vorne, ganz weit vorne konnte Michael eine Tür erkennen.

7

Als ihm klar wurde, dass der helle Fleck tatsächlich eine *Tür* war, konnte Michael sich nur mühsam beherrschen, nicht einfach loszustürmen. Die Tür rückte Zentimeter um Zentimeter näher.

Plötzlich zuckte Michael zusammen, als hinter ihm ein seltsamer Laut zu hören war, wie ein leises Jammern. Entsetzt wurde ihm klar, dass es von Bryson kam. Und schon bewegten sich die unheimlichen Hände.

»Ich muss ständig an Kaine und den unmöglichen Code hier denken«, flüsterte Bryson viel zu laut. Wieder bewegte sich die Meute. »Und dann kam mir eine total irre Idee. Vielleicht ist Kaine ja gar kein Gamer. Was dann? Was wäre ... hey! Der Code ist hier viel schwächer!«

Der letzte Satz war nicht einmal mehr ein lautes Flüstern, sondern ein Aufschrei, der durch den Flur hallte. Brysons Stimme schnitt durch die Stille, während Michael von Panik gepackt wurde. Im nächsten Moment stürzte Bryson vor, stieß Michael beiseite und raste auf die Tür zu. Ein kalter Körper prallte gegen Michael, sodass er zur Seite taumelte und gegen einen weiteren kalten Körper stieß, der plötzlich zum Leben erwachte. Aber statt Michael zu packen, jagte die Kreatur hinter Bryson her. Und dann brach die Hölle los: Alle stürmten hinterdrein. Michael sank in die Knie, wie gelähmt vor Entsetzen, und schaute hilflos zu, wie die wilde Horde seinen Freund jagte.

8

Solange man im Sleep war, wusste man irgendwie immer, dass man sich nicht in der realen Welt befand. Das Schlimmste, was einem passieren konnte, war, dass man starb, vielleicht sogar auf ziemlich grausame und schmerzhafte Weise – aber das bedeutete nur, dass man sich Sekunden später wieder in seinem Coffin wiederfand. Man konnte eine Dusche nehmen, sich von den Qualen erholen – und am nächsten Tag vielleicht ein neues Game beginnen. Diese grundlegende Basis war einem immer bewusst.

Aber hier auf dem Pfad war diese Gewissheit, dass einem eigentlich nichts passieren konnte, plötzlich in weite Ferne gerückt. In dem Moment, als die Meute hinter seinem Freund herjagte, war Michael hin- und hergerissen: Einerseits war ihm klar, dass das, was Bryson gleich erleben würde, nicht in Wirklichkeit geschah. Würde es *wirklich* geschehen, hätte Michael keine Sekunde gezögert – er wäre hinterher gejagt und hätte versucht, seinem Freund beizustehen. Wahrscheinlich hätte er das sogar in jedem *normalen* VirtNet-Game getan. Aber das hier war kein normales Spiel. Wenn es überhaupt noch ein Spiel war. Wenn Michael hier starb, war alles vorbei. Das durfte er nicht riskieren.

Andererseits machte dieses Wissen die Sache auch nicht leichter, als weiter vorn im Flur die nackte Gewalt ausbrach.

Sarah ließ sich neben Michael auf den Boden fallen. »Wir müssen den Code hacken ...«

Er unterbrach sie. »Haben wir doch längst versucht.«

»Dann versuchen wir's eben noch mal!«, schrie sie mit vor Panik rotem Gesicht.

»Schon gut, du hast ja recht.«

Michael schloss die Augen und rief den Umgebungscode auf. Tastete, suchte, schwamm durch Unmengen von Daten. Er fühlte Sarahs digitale Gegenwart, die genau dasselbe tat. Aber der Pfad schien hier noch besser geschützt zu sein als an den anderen Stellen. Michael setzte alles daran, um den Code für den Angriff auf Bryson zu finden, aber er schaffte es einfach nicht.

Sarah versuchte es noch eine ganze Weile, aber auch sie blieb erfolglos.

»Trotzdem danke«, sagte sie leise.

Als sie die Augen wieder aufschlugen, vermieden sie es, zu Bryson hinüberzublicken. Keinesfalls wollten sie mitansehen müssen, was nun unweigerlich mit ihm passieren würde. Schon allein der Lärm war grausam genug. Knurren, Beißen, Reißen, Zerfetzen. Wutgebrüll, oder vielleicht waren es auch Schreie nackter Gier.

Aber am schlimmsten waren Brysons Schreie. Sie zerrissen förmlich die Luft, übertönten alles andere und hallten durch den ganzen Flur, sodass es klang, als stünde Bryson direkt neben ihnen. Verzweifelte Schreie voller Entsetzen und grauenhafter Angst, die Michael bis ins Mark erschütterten. Ihm war, als würde sein Herz von einer eisenharten Faust gepackt und gnadenlos zerquetscht. Wer sich zum Sleep anmeldete, wusste zwar, dass dieses Leben nicht real war, aber in diesem Augenblick spielte das keine Rolle – Bryson *spürte* sämtliche Qualen und Schmerzen, die ihm zugefügt wurden.

Endlich hörte es auf. Michael musste nicht erst zum Ende des Flurs blicken, er wusste auch so, dass das, was von Bryson noch übrig gewesen sein mochte, verschwunden war. Und mit ihm der letzte Hauch seiner Aura. Irgendwo weit weg von hier würde ihr Freund in dieser Sekunde in seinem Coffin aufwachen, wahrscheinlich immer noch schreiend vor bloßem Entsetzen.

Sarah griff nach Michaels Hand und hielt sie fest. Zum zweiten Mal innerhalb eines Tages hörte er sie weinen.

Als alles wieder still war, konnte Michael endlich über die seltsamen Worte nachdenken, die ihm sein Freund zugerufen hatte, bevor er zur Tür gerannt war. War das nur ein wirrer Gedanke gewesen, kurz bevor Bryson durchgedreht hatte, oder steckte mehr dahinter?

Vielleicht ist Kaine ja gar kein Gamer.

Michael schloss die Augen. Jetzt erst spürte er, dass er selbst den Tränen nahe war. Was um alles in der Welt hatte Bryson damit gemeint?

Kapitel 16

Der Einsiedler

1

Kaum war Brysons Körper verschwunden, war auch die Meute erstarrt. Im Flur herrschte wieder Totenstille. Michael und Sarah standen auf, erneut vorsichtig darauf bedacht, sich so langsam wie möglich zu bewegen. Das Wissen, dass Bryson weg war und nie mehr auf den Pfad zurückkehren würde, und die damit verbundenen Schuldgefühle hüllten Michael wie ein schwerer schwarzer Nebel ein. Er hätte sich gern mit Sarah über Brysons letzte Worte ausgetauscht, aber das Risiko, die Untoten erneut zu wecken, war einfach zu groß.

Also konzentrierte er sich auf das Einzige, was er tun konnte – nämlich zur Tür zu gelangen. Er durchforstete den Code nach einer Möglichkeit, alle Geräusche stumm zu schalten – unter normalen Umständen ein Kinderspiel, bei dieser hochkomplexen Firewall jedoch fast unmöglich. Aber eben nur fast, denn schließlich gelang es ihm, und Sarah nickte ihm dankbar zu.

Schritt um Schritt näherten sie sich ihrem Ziel, bis sich

ein letztes Hindernis vor ihnen auftat: der Berg von Untoten, die Bryson das Leben genommen hatten. Eng an die Wand gepresst stieg Michael vorsichtig über Arme und Beine. Trotz der programmierten Stille war er mit den Nerven am Ende und der Schweiß rann ihm übers Gesicht. Er war unglaublich durstig, sein Gaumen fühlte sich an wie uraltes, verstaubtes Pergament.

Doch schließlich hatten sie den Leichenhaufen hinter sich und gingen langsam weiter, jeder Schritt so schwer und mühsam, als wateten sie durch einen Sumpf.

Endlich war die Tür – *die wunderbare Tür*, dachte Michael – direkt vor ihnen. Unverschlossen, wie es schon die Eingangstür gewesen war. Michael öffnete sie langsam, trat hindurch und zog Sarah an der Hand hinter sich her.

Kaum waren sie durch, als die Tür krachend zuschlug. Erst jetzt drehte er sich um und nahm seine neue Umgebung in Augenschein.

Ein dichter Wald von gewaltigen Bäumen. Nebelschleier hingen wie Frost zwischen den Ästen. Ein stark ausgetretener Pfad führte tiefer in den Wald hinein. Und direkt am Anfang des Pfads, unter den weit ausladenden Ästen einer mächtigen Eiche, stand ein Mann mit blutrotem Umhang, die Kapuze tief ins Gesicht gezogen.

»Da waren es nur noch zwei«, begrüßte sie der Fremde.

2

Michaels erste Reaktion war, sich schnell nach der Tür umzusehen. Da war sie, massives Holz in einer gewaltigen Granitfelswand. Aber er wusste selbst nicht genau, warum ihm das überhaupt wichtig war – in den Flur der Untoten zurückzukehren war so ziemlich das Letzte, wonach ihm der Sinn stand. Allerdings wirkten der düstere Wald und dieser Mann auch nicht gerade einladend.

Er drehte sich wieder zu dem Fremden um, der immer noch mit verschränkten Armen unter der Eiche stand und Michael und Sarah gelassen betrachtete. Sein roter Umhang glänzte im schwachen Licht.

Jetzt erst blickte Michael dem Mann direkt ins Gesicht – ein altes, wenn auch nicht uraltes Gesicht. Bleich, faltig, aber nicht verfallen wie das eines Menschen in den letzten Lebensjahren. Schmale Lippen, Hakennase, spitzes Kinn. Und die Augen – blau, fast silberblau, durchdringend und so hell, dass sie wie von innen zu leuchten schienen.

»Wo sind wir?«, fragte Sarah. Offenbar eine Frage, die sie ständig stellen mussten. »Und wer sind Sie?«

Seine Stimme klang heiser. »Ihr befindet euch am Rand des Waldes von Mendenstone, in dem Finsternis und Tod herrschen. Aber fürchtet euch nicht, meine jungen Freunde. Mitten in diesen majestätischen Mauern von Tannen und Eichen liegt ein Ort der Stille, der Meditation. Dort werdet ihr etwas zu essen und Unterkunft finden. Und Schutz vor den Wesen, die euch schlachten und zerreißen wollen.«

Von Tod und Finsternis hatte Michael inzwischen mehr als genug – und er konnte gut darauf verzichten, abgeschlachtet und zerrissen zu werden. Was er jedoch dringend brauchte, war etwas zu essen. Sein Magen knurrte. Plötzlich wurde ihm klar, dass es ihm völlig egal war, ob der alte Kerl dort ein Serienkiller, ein Henker oder sonst was war. Wenn er ihm etwas zu essen beschaffen konnte, würde Michael ihm überallhin folgen.

Sarah schien nicht ganz so verzweifelt zu sein. »Wie kommen Sie auf die Idee, dass wir Ihnen vertrauen? Bisher sind wir auch allein zurechtgekommen – warum also sollten wir dem Erstbesten nachlaufen, der uns begegnet?«

»Wegen des Essens«, flüsterte Michael ihr zu.

Der Mann hob beschwichtigend die Hände. »Ich bin friedfertig. Ihr könnt mir vertrauen. Kommt mit mir und seid für eine Weile meine Gäste.«

Michael hätte beinahe laut und spöttisch aufgelacht, aber der Hunger war stärker.

»Okay«, willigte er ein. Sarah wollte widersprechen, aber Michael brachte sie mit einer Handbewegung zum Schweigen – dafür würde er später was zu hören kriegen, aber das war ihm egal, solange er endlich was zu essen bekam. »Aber keine linken Touren, sonst schicken wir Sie ohne mit der Wimper zu zucken in den Wake zurück.«

Der Mann lächelte. Die Drohung schien ihn nicht besonders zu beeindrucken, seine leuchtenden Augen zeigten keine Spur von Furcht. »Natürlich«, erwiderte er nur.

Ohne ein weiteres Wort drehte sich der Fremde um und ging den Pfad entlang, der in den Wald führte. Kaum hatte er einen Schritt getan, als ein pelziges Tier an ihm hinaufhuschte und es sich auf seiner Schulter bequem machte. Es sah aus wie ein Frettchen oder ein Wiesel. Es richtete sich auf und hob schnüffelnd die Nase in die Luft.

»Sieh nur«, flüsterte Michael Sarah zu.

Erst jetzt bemerkte sie den kleinen Gefährten des Fremden und riss erstaunt die Augen auf.

»Okay, das macht ihn nur noch unheimlicher«, flüsterte sie zurück. »Grund Nummer dreihundert, warum wir diesem Typen nicht folgen dürfen.«

Inzwischen war auch Michael drauf und dran, Sarah zuzustimmen, als sich der Fremde zu ihnen umdrehte.

»Ohne mich habt ihr keine Chance, die nächste Ebene des Pfads zu erreichen«, sagte er. »Und die Holy Domain erst recht nicht, auch wenn ihr noch so sehr versucht, den Code zu hacken.«

Mit diesen Worten drehte er sich um und verschwand im Halbdunkel des Waldes.

Damit war die Sache für Michael entschieden.

3

»Komm schon.« Michael zog Sarah am Ellbogen mit sich, um den Fremden nicht aus den Augen zu verlieren.

Sie schüttelte seine Hand ab, lief aber trotzdem weiter neben ihm her. »Mir kommt es so vor, als würden wir einer Schlange in ihr Nest folgen. Jede Wette, dass dieser Kerl schon Hunderte von Kindern gekillt hat.«

Sie liefen zwischen gewaltigen Bäumen hindurch, die über ihnen ein dichtes Laubdach bildeten. Von den starken Ästen hingen lange Moosstränge herab, und je tiefer sie in den Wald vordrangen, desto mächtiger wurden die Bäume. Ein Wunder der Programmierkunst.

»Wahrscheinlich ist er nur ein Tangent«, meinte Michael, während er die Umgebung aufmerksam musterte. Das einzige Licht schien von den Bäumen selbst zu kommen, deren knorrige Stämme in einem unheimlichen Blau leuchteten. Immer tiefer führte der Pfad in den Wald, und die Äste und belaubten Zweige ragten immer weiter in den Weg hinein, als wollten sie die Eindringlinge aufhalten.

»Warum hast du ihm dann damit gedroht, ihn in den Wake zurückzuschicken?«, wollte Sarah wissen.

»Nur so. Mir ist einfach nichts anderes eingefallen.« Michael zuckte die Schultern.

Der Mann ging schnellen, gleichmäßigen Schrittes ungefähr zehn Meter vor ihnen her, seinen seltsamen Begleiter immer noch auf der Schulter. Die Luft war kühl und es roch nach feuchter Erde und Moos. *Eigentlich ganz angenehm*, dachte Michael, bis ihm ein leichter Verwesungsgeruch in die Nase stieg. Außer dem Zirpen der Grillen und dem gelegentlichen Ruf einer Eule war nichts zu hören.

»Wir hatten wohl gar keine Wahl«, murmelte Sarah nach einer Weile. »Im Code ist jedenfalls kein anderer Weg zu finden.«

»Ich dachte, den Punkt hätten wir bereits hinter uns?«, fragte Michael.

»Ich meine ja nur«, murrte sie. Dann herrschte wieder Schweigen, bis Sarah es erneut brach. »Wir sollten überlegen, was Bryson uns sagen wollte. Es war, als hätte es plötzlich bei ihm klick gemacht. Aber warum hat er dann die Nerven verloren? Was hat er im Code entdeckt?«

Michael rief sich jede Sekunde der letzten gemeinsamen Augenblicke mit seinem Freund in Erinnerung. »Ja, das war wirklich seltsam. *Vielleicht ist Kaine ja gar kein Gamer.* Was soll das heißen?«

Sarah kicherte. »Wir stellen einander immer nur Fragen. Aber was wir brauchen, sind Antworten!«

»Stimmt.« Michael schob einen tief hängenden Ast beiseite. »Bryson machte sich über die komplizierte Codierung des Pfads Gedanken. Er wollte einfach nicht glauben, dass Kaine so was programmieren könnte. Ein Ding der Unmöglichkeit.«

»Und deshalb kam er zu dem Schluss, dass es Kaine gar

nicht wirklich gibt?«, fragte Sarah. »Dass das vielleicht nur ein Tarnname für eine ganze Gruppe von Leuten ist, die dahinter steckt?«

»Könnte sein.« Michael zuckte die Schultern. »Wir lassen uns das durch den Kopf gehen. Werfen dabei immer wieder einen Blick in den Code. Und irgendwann finden wir's heraus.«

»Okay. Aber wir müssen wirklich ständig auf der Hut sein.«

»*Auf der Hut sein?*«, wiederholte Michael ironisch.

»Ja. Was soll das?«

Er lachte. »Klingt nach … Sherlock Holmes oder so. Wahrscheinlich holst du gleich noch eine Lupe raus. Und eine Pfeife vielleicht auch noch?«

Sarah grinste. »Du wirst mir noch dankbar sein, wenn ich dir das Leben rette.«

»Keine Sorge. Ich *bin* auf der Hut und werde Augen und Ohren offen halten. Und was ist mit meiner Nase?«

»Halt. Die. Klappe.« Sie erhöhte ihr Tempo, um ein wenig Abstand zu ihm zu gewinnen.

Michael warf einen Blick auf ihren Führer, der immer gleichen Schrittes vor ihnen herging, während das Tierchen geschickt auf seiner Schulter balancierte. Schließlich richtete Michael seine Aufmerksamkeit auf den Wald zu beiden Seiten des Pfads.

Die blau leuchtenden Stämme ragten dick und hoch in den schwarzen Himmel hinein. Das seltsame blass-blaue

Glimmen, das kaum das Dunkel der Nacht durchdrang, gab ihm das Gefühl, in den längst vergessenen Tiefen eines Ozeans zu treiben. Es machte ihn so schwindlig, dass er ein paarmal tief durchatmen musste, um sich in Erinnerung zu rufen, dass er im Freien durch einen Wald ging.

Als Nächstes führte der Pfad um einen Baum herum, der weit größer und mächtiger war als alle, die sie bisher gesehen hatten. Im Vorbeigehen schweifte sein Blick fast automatisch an dem Stamm vorbei, um zu sehen, was sich dahinter befand. Michael zuckte unwillkürlich zusammen und stolperte, als er zwei helle gelbe Augen entdeckte, die ihn nur ein paar Schritte entfernt aus dem Wald heraus anstarrten. *Ein KillSim?*, schoss es ihm durch den Kopf, und er wagte es nicht, den Blick abzuwenden und ging rückwärts weiter.

Die Augen folgten ihm, nicht jedoch das Ding, dem sie gehörten. Bald machte der Pfad eine weitere Biegung um eine Baumgruppe, welche die Sicht auf die Augen verdeckte. Die Augen eines Tieres? Oder eines Monsters?

Erst als er mit Sarah zusammenstieß, drehte er sich wieder in Laufrichtung um.

»Was ist los?«, fragte sie.

»Sorry«, war alles, was er herausbrachte. Die Augen hatten ihn in Angst und Schrecken versetzt, und plötzlich sehnte er sich danach, endlich zu diesem Fremden nach Hause zu kommen, selbst wenn er dort mit dem Wiesel-Frettchen-Ding an einem Tisch sitzen musste.

4

Der Wald zog sich schier endlos dahin.

Michael entdeckte noch drei weitere gelbe Augenpaare, aber ebenso wie beim ersten bewegten sich auch diese Kreaturen nicht von der Stelle, sondern beobachteten ihn nur. Doch jedes Mal durchzuckte ihn die Angst vor den KillSims wie ein scharfer Messerstich und er beschleunigte seinen Schritt.

»He, warum läufst du plötzlich so schnell?«, fragte Sarah, nachdem er das vierte Augenpaar gesichtet hatte.

»Ich sehe immer wieder Augen dort im Unterholz«, antwortete er und konnte selbst hören, wie ängstlich seine Stimme klang. »So ähnlich wie die der KillSims, aber kleiner, glaube ich.« Hoffte er.

»Ach so, und da wolltest du mich mal eben als Schutzschild dazwischenschieben?«

»So ungefähr«, grinste Michael.

Sarah wollte sich gerade selbst nach den Augen umsehen, als der Fremde abrupt stehen blieb.

»Dieser Anblick treibt mir stets Tränen in die Augen«, verkündete er.

Und tatsächlich war sein Gesicht von Tränen benetzt, die im unheimlichen Glimmen der Bäume blau schimmerten. Michael und Sarah folgten seinem Blick.

Ungefähr zwei Dutzend Schritte weiter vorn waren die

Äste zweier sich gegenüber stehender Bäume so ineinander verschlungen, dass sie einen großen Torbogen über dem Pfad bildeten. Von der Mitte des Bogens baumelte ein Holzschild herab, auf dem in neongelb leuchtender Handschrift stand:

```
MENDENSTONE-RESERVAT
     MASTER SLAKE
     OBERAUFSEHER
  HERZLICH WILLKOMMEN!
```

»Master Slake?«, fragte Michael. »Auf welchem Gebiet sind Sie denn ein Meister?«

Der Mann fixierte ihn mit scharfem Blick. »Ich bin hier, um dir zu helfen, Junge. Aber wenn du mir nicht den nötigen Respekt entgegenbringst, dann ...« Er unterbrach sich, und sein Blick wanderte kurz zu Sarah, dann wieder zu Michael. »Ach, egal. Tretet ein und esst mit mir zu Abend. Meine Freunde haben euch ein gutes Mahl bereitet. Wir werden beisammensitzen und unsere geplagten Glieder am Feuer wärmen, während wir essen und trinken. Und dann werde ich euch sagen, wie ihr zur Holy Domain gelangen könnt. Ihr werdet feststellen, dass von hier an alles sehr einfach sein wird. Sehr, sehr einfach sogar.«

Tausend Fragen schossen Michael durch den Kopf, aber da wandte sich der Mann bereits ab und ging weiter. Geradezu feierlich schritt er unter dem Bogen aus Ästen hindurch. Michael und Sarah schauten ihm misstrauisch nach, doch nach kurzem Zögern folgten sie ihm. Wenigstens schien der Mann Antworten zu haben.

5

Der Wald endete zwar nicht hinter dem Torbogen, mündete aber in eine große Lichtung, auf der nur einzelne Bäume standen. Der helle Mond beleuchtete die Szene und warf lange, schmale Schatten über das Gelände. Etwa fünfzig Schritte von ihnen entfernt befand sich ein lang gestrecktes Blockhaus, das allerdings ziemlich baufällig aussah. Die Wände aus schweren Baumstämmen, die Fenster und sogar das Dach, alles wirkte ein wenig schief, als könne es jeden Augenblick einstürzen. Eine große Tür mit einem Willkommensschild darüber stand weit offen und gewährte einen Blick in das dunkle Innere, nur erhellt vom flackernden Widerschein eines Kaminfeuers.

Michael rechnete fast damit, dass der Mann einen Spruch wie »Trautes Heim, Glück allein« hören lassen würde, aber der Alte ging nur schweigend auf die Haustür zu. Michael und Sarah beeilten sich, mit ihm Schritt zu halten. Der Anblick des Hauses beruhigte Michael ein wenig, aber vielleicht war es auch nur die Vorfreude auf das Essen, die über seine eigentliche Unruhe hinwegtäuschte.

»Sie haben vorhin Freunde erwähnt«, sagte Sarah. »Wie viele Leute wohnen denn hier? Seid ihr Mönche oder so was?«

Das Wiesel-Frettchen auf Slakes Schulter schnüffelte in die Luft, während der Mann ein leises Lachen ausstieß, das irgendwie beunruhigend klang. »Mönche? Tja, so könnte man sie nennen.« Er lachte erneut.

Michael und Sarah wechselten einen schnellen Blick. Sarah schien nicht gerade glücklich darüber, das Haus betreten zu müssen, und ihr Blick sagte eindeutig, dass sie Michael die Schuld an allem gab, was sich ab jetzt ereignen würde. Er wandte sich wieder an Slake. »Was meinen Sie damit? Wer sind Ihre Freunde?«

»Das werdet ihr gleich sehen«, antwortete der Mann. Und nach kurzem Zögern fügte er hinzu: »Ich hoffe, ihr seid hungrig.«

Diese Bemerkung fegte Michaels Bedenken restlos beiseite. Für etwas zu essen hätte er in diesem Augenblick fast alles getan.

»Wir sind da«, verkündete Slake und blieb ein paar Schritte vor der offenen Tür stehen. Michael spähte hinein, konnte aber bis auf das Flackern des Feuers nichts erkennen.

Aber er hörte Geräusche. Irgendwas huschte über Holzbohlen. Töpfe und Pfannen klapperten gegeneinander. Ein seltsames Zwitschern und Grunzen – definitiv unmenschlich.

Master Slake wandte sich an Michael und Sarah. Plötzlich wirkte er aufrichtig besorgt. »Ihr braucht euch nicht zu fürchten. Sie sind meine Freunde.«

Und damit trat er durch die Tür.

6

Michael und Sarah zögerten. Beide warteten darauf, dass der andere vorausging. Schließlich gab Sarah Michael einen leichten Schubs.

»Nach dir«, sagte sie und schnitt eine Grimasse. Sie machte sich nicht die Mühe, ihre Furcht zu verbergen.

»Wie großzügig von dir.«

»Gern geschehen.«

Michael war klar, dass jeden Augenblick etwas passieren konnte. Schließlich diente der Pfad dazu, sie von der Holy Domain fernzuhalten und nicht, sie dorthin zu lotsen. Aber da sie nicht wussten, was ihnen als Nächstes bevorstand, war es sinnlos, zu fliehen oder auch nur den Code zu analysieren. Es gab nur einen Weg: vorwärts.

Vorsichtig trat er einen Schritt näher und blieb auf der Schwelle stehen. Während er in den Raum spähte, hielt er sich am Türrahmen fest.

Ein niedriger, langer Tisch erstreckte sich inmitten des großen Raums. Teller und Töpfe mit herrlichem Essen standen darauf, so einladend, wie er es sich nur wünschen konnte. Doch fast im selben Moment wurde seine Aufmerksamkeit abgelenkt – überall im Raum bewegte sich etwas, und außer Master Slake war kein einziges Wesen menschlich.

Ein räudiger Hund von mindestens einem Meter Schulterhöhe lief direkt an Michael vorbei, eine Tasse in der Schnauze. Von rechts tappte ein riesiger Schwarzbär heran, dessen Fell auf der Brust mehrere kahle Stellen aufwies, und beugte sich zu einer Durchreiche hinunter, um ein Tablett mit Cupcakes aus der Küche entgegenzunehmen. Ein Bär! Mit einem Tablett! Voller Cupcakes! Michael musste sich erst wieder daran erinnern, dass sie im VirtNet waren – und da war schließlich alles möglich.

Dann kam ein Tiger ins Blickfeld, der auf den Hinterpfoten ging und eine Art Soßenschale in den Vorderpfoten trug. Eine Gans hüpfte mit aufgeregtem Flügelschlagen am Tisch entlang und schob mit dem Schnabel Geschirr und Besteck zurecht. Und dann war da noch ein Fuchs, der eine große Servierplatte mit einem riesigen Thanksgiving Truthahn über den Tisch schob. Ein Löwe hatte einen Brotkorb zwischen den Reißzähnen. Und auf dem Tisch hockte eine Katze und tranchierte ein Brathähnchen.

Der Gedanke, der Michael seltsamerweise zuerst durch den Kopf schoss, war, warum es diesen Tieren nichts ausmachte, ihre Freunde zu kochen? Oder vielleicht waren sich Gänse und Hähnchen nicht ebenbürtig?

Sarah trat hinter Michael und stützte das Kinn auf seine

Schulter, während sie sich umsah. »Na, immer noch hungrig?«, fragte sie leise.

»Solange der Hund nicht die Teller sauber leckt, bin ich ganz zufrieden«, meinte er und musste plötzlich ein Lachen unterdrücken. Wie viel Angst er doch vor dem gehabt hatte, was sie in diesem Blockhaus erwartete, und nun fanden sie sich in einem Märchenbuch für kleine Kinder wieder. Fehlte nur noch, dass die Tiere ein Liedchen anstimmten.

Master Slake setzte sich an das Kopfende des Tisches. Der Bär beugte sich halb über ihn und breitete eine Serviette auf seinem Schoß aus. Slake bedankte sich höflich und der Bär zog sich zurück, um sich seinen sonstigen Pflichten zu widmen. Es war einfach aberwitzig.

»Setzt euch«, rief Slake wie ein König, der seine Untertanen zur Tafel einlädt. »Hier gibt es mehr zu essen, als ihr jemals essen könnt. Selbst im Sleep.«

Jetzt gewann Michaels Hunger endgültig die Oberhand. Sarah versuchte, ihn am Arm zurückzuhalten, aber er entwand sich ihrem Griff und setzte sich neben Slake. Kaum hatte er Platz genommen, als auch schon ein Eichhörnchen herbeihuschte und einen Teller mit dampfendem, köstlich duftendem Essen vor ihn hinstellte. Mit seinen kleinen Knopfaugen schaute es Michael kurz an, dann huschte es wieder davon.

Schließlich setzte sich auch Sarah gegenüber von Michael an den Tisch und ihr Gesichtsausdruck veränderte sich allmählich – von Abscheu zu einer Art hungrigem Verlangen. *Der Duft ist auch einfach zu köstlich*, dachte Michael.

»Bevor wir speisen, lasst uns das Tischgebet zu unseren Ahnen sprechen, ob Mensch oder Tier«, sagte Master Slake und reichte seinen Gästen die Hände.

Er schloss die Augen. »Alle, die uns vorangingen«, begann er, »bitten wir, uns heute mit ihrem Wohlwollen zu beehren. Wir bitten um euren Segen für Speis und Trank. Wir haben heute zwei Gäste in unserer bescheidenen Heimstatt, die allen eine Herberge bietet, die den dunklen Wald betreten. Segnet sie, liebe Geister. Gebt ihnen Kraft und Hoffnung. Auf dass sie die Dämonen besiegen mögen, von denen sie alsbald bedrängt werden, sodass sie ihre Reise auf dem Pfad fortsetzen können. Amen.«

Slake gab ihre Hände frei, öffnete die Augen und begann zu essen. Er nahm einen Truthahnschenkel von der Platte und fiel darüber her wie ein halb verhungerter Hund. Fett troff von seinem Kinn und ein Stück Fleisch blieb in seinem Mundwinkel hängen.

Michael musste den Blick abwenden. Er dachte an das Tischgebet – und die Frage, die sich dabei aufdrängte.

»Sie haben etwas über Dämonen gesagt«, begann er und stocherte auf seinem Teller herum, um seinem Gastgeber nicht beim Essen zuschauen zu müssen. »War das nur eine ... typische Gebetsfloskel?«

Slake lachte leise. »Oh nein, mein Junge, ganz bestimmt

nicht. Ich habe jedes Wort so gemeint, wie ich es zu unseren Ahnen sprach. Ich kann nur hoffen, dass es dir gelingen wird, zu ihren Füßen zu knien, bevor dich die Dämonen zerreißen.«

Michael verschluckte sich fast an einem Stück Fleisch. Er schluckte es hastig hinunter und räusperte sich. »Wollen Sie uns nicht ein bisschen mehr über diese Dämonen erzählen?«

»Ach, mein Junge.« Der alte Mann wischte sich mit dem Ärmel über den Mund. »Die Dämonen sind euer geringstes Problem. Die Welt um euch herum lernt allmählich etwas, das dir – euch beiden – noch nicht klar geworden ist. Obwohl ich weiß, dass ihr im Umgang mit Codes äußerst versiert seid, ebenso wie euer Freund ... Bryson, nicht wahr?«

Michaels Nackenhaare sträubten sich.

Sarah hielt ihre Gabel fest umklammert. »Was wollen Sie damit sagen?«, fragte sie drohend.

»Bitte«, antwortete Slake besänftigend. »Wir wollen doch keine Feinde werden – dafür gibt es gar keinen Grund. Außerdem hatte ich in meinem Leben schon genug Streit. All die Jahre als Gamer ... da macht man sich eine Menge Feinde. Und ich war ... ziemlich gut, müsst ihr wissen. Bis ich irgendwie meinen Weg hierher fand, auf diesem Pfad. Offenbar kann ich diesem verdammten Ding nicht mehr entkommen. Aber das habe ich inzwischen akzeptiert und eine neue Aufgabe gefunden: Leuten wie euch zu helfen, davon zu überzeugen zu gehen, wenn es euch gelingt, einen Ausgang zu finden ... und nie mehr hierher zurückzukehren.«

Michael starrte den Mann an, nun erst recht neugierig.

Aber Sarah kam ihm zuvor. »Heißt das etwa ... dass Sie ein Gamer sind? Und nicht nur ein Tangent?«

Slake sah sie lange und fast bekümmert an. »Wirklich schade, dass du den Unterschied nicht selbst erkennst. Sehr, sehr schade. Ich war einer der Besten. Vielleicht der Beste, den es je gab.«

Michael schloss unwillkürlich die Augen und scannte den Umgebungscode, obwohl er wusste, dass dieser nur sehr schwer zu entziffern war. Er analysierte den Mann, der hier am Tisch saß, durchsuchte die Programmierung nach irgendeinem Zeichen, einem Hinweis darauf, wovon dieser Typ eigentlich redete. Tatsächlich stieß er auf Bruchstücke von Slakes Geschichte, fand ein paar NewsBop-Stories und entdeckte plötzlich etwas, das ihn stutzig machte. Bis es ihm mit einem Mal wie Schuppen von den Augen fiel.

»Was zum Teu...«, flüsterte er aufgeregt und ängstlich zugleich. »Sie sind Gunner Skale! Aber wieso sind Sie hier? Warum sind Sie aus dem VirtNet, der Öffentlichkeit, komplett verschwunden?«

Sarah blickte verwirrt von einem zum anderen. »Ist das dein Ernst, Michael?«

Der alte Mann gähnte und kratzte sich am Kopf. »Tja, ich bin gewissermaßen ruiniert worden. Ich weiß, dass ich euch jetzt wie eine ziemlich traurige Figur vorkommen muss, vor allem im Vergleich zu meinen glorreichen Gamer-Tagen. Aber ich bin zufrieden, das kann ich euch versichern. Ich glaube, dass ich eine höhere Berufung gefunden habe. Ich bin Mensch geblieben, Michael und Sarah, ein Mensch, der in einer nichtmenschlichen Welt spielt. Die Programmierung spricht doch für sich. Zwei so clevere Leute wie ihr hätten das eigentlich längst herausfinden müssen. Der Pfad hätte euch eine Lehre sein müssen!«

Er schwieg eine Weile, während sich die Puzzleteile in Michaels Gedanken allmählich ordneten und ineinanderfügten.

»Ihr hättet es erkennen müssen«, fuhr Skale fort. »Ihr seid in Kaines Nähe gewesen ebenso wie in der Nähe vieler Tangents und unzähliger anderer Gamer. Der Unterschied in der Programmierung ist zwar sehr, sehr gering, fällt aber jedem sofort auf, der weiß, wo er hinschauen muss.« Wieder eine Pause. »Ich glaube, euer Freund hat schließlich die Wahrheit erkannt, aber er konnte sie nicht ertragen. Er geriet in Panik und musste deshalb den Pfad verlassen.«

Jetzt kannte auch Michael die Wahrheit, aber Sarah kam ihm zuvor.

»Kaine ist gar kein Mensch!«, stieß sie hervor. »Ein Mensch könnte das niemals tun, was er getan hat. Er ist ein ...«

Michael sprach das Wort im selben Augenblick aus.

»... Tangent!«

KAPITEL 17

Eine Nacht auf der Couch

1

Skale widmete sich wieder seinem Essen, während ihn Michael und Sarah fassungslos anstarrten. Die Erkenntnis war wie ein Schlag ins Gesicht. Der Gamer, den sie jagten, war kein Mensch. Michael war so schockiert, dass er völlig vergaß, Skale noch weiter über die Dämonen auszufragen.

Kaine – ein Tangent? Unmöglich. Ausgeschlossen. Wie hätte denn ein *Programm* die ganze Welt so perfekt täuschen können, dass alle glaubten – sogar die VNS –, Kaine sei ein genialer Gamer, ein bösartiger Game Master, der ein tödliches Spiel trieb? Konnte es sein, dass das Programm ein *eigenes Bewusstsein* entwickelt hatte? Wäre das überhaupt möglich? Michaels Magen verkrampfte sich bei dem Gedanken. Hatte die künstliche Intelligenz wirklich einen derart enormen Sprung gemacht? Oder gab es da im Hintergrund noch jemand anders, der Kaine beherrschte?

Dann fiel ihm wieder die Stimme ein.

Michael, du machst das gut.

»Wollt ihr denn nichts essen?«, fragte Skale, die Gabel

mit einem großen Bissen Fleisch halb erhoben. »Es wäre mir sehr unangenehm, wenn ich meine Freunde enttäuschen müsste. Sie haben sich so große Mühe gegeben!«

»Aber ...«, begann Michael, doch dann brach er ab.

Er musste das alles erst mal verdauen. Nicht nur die Sache mit Kaine, sondern auch die Sache mit dem Mann, der da neben ihm saß. Skale, der einst berühmteste Gamer im VirtNet, war jetzt ein armseliger Eigenbrötler, ein Einsiedler, der zusammen mit wilden Tieren im Wald hauste, zu einem Leben hinter Kaines Firewalls verdammt. Auch Sarah dachte offenbar darüber nach, denn sie blickte stumm und mit gerunzelter Stirn auf ihren Teller. Doch dann spürte Michael seinen Hunger wieder, der immer noch beharrlich an ihm nagte, und griff endlich ordentlich zu. Wobei er sich, ein köstliche Stück Brathähnchen im Mund, erneut darüber wunderte, dass die anderen Tiere ihnen einfach so ihre eigene Spezies servierten.

Als hätte Skale seine Gedanken gelesen, lieferte er ihm prompt eine Antwort. »Alle meine Freunde hier wissen, dass sie eines Tages selbst an der Reihe sind, anderen als Nahrung zu dienen. Das sehen sie für gewöhnlich sogar als Ehre an, in dem Bewusstsein, dass sie ein gutes Leben hatten.«

Aus einem Grund, der ihm selbst nicht ganz klar war, ärgerte sich Michael über Skales Worte. »Aber Sie wissen doch wohl, dass das alles nicht *die Realität* ist, oder?«

»Wer weiß schon, was *die Realität* ist?«, fragte Skale gleichmütig zurück, während er weiteraß. »Wenn man schon so lange an einem Ort im Sleep eingesperrt ist wie ich, erscheint einem alles real. Aber jetzt Schluss damit, esst bitte.«

Und das taten sie schließlich auch. Sie brauchten Kraft für das, was vor ihnen lag, was immer es auch sein mochte. Doch genau dieser Gedanke brachte Michael wieder auf das Thema zurück.

»Hier gibt es also Dämonen. Kaine ist ein Tangent. Sonst noch was, das wir wissen sollten?« Er hörte selbst, wie sarkastisch das klang.

Gunner Skale hörte auf zu kauen, trank einen Schluck und wischte sich den Mund erneut am Ärmel ab, sodass sich ein dunkler Schmierfleck über den roten Stoff zog. »Ihr habt bereits alle Informationen, die ihr braucht, sofern ihr bereit seid, danach zu suchen. Ich hoffe nur, du hast ein gutes Gedächtnis, mein Sohn.«

»Mein Sohn?«

»Diese Angewohnheit, alles zu wiederholen, was ich sage, ist ziemlich unangenehm, mein Junge. Ich möchte dir dringend raten, dir das abzugewöhnen.«

Sein Ton war so streng, dass Michael nur beschämt nickte. Der Alte hatte immer noch ziemlich viel Energie, das stand fest. Jedoch war Michael nicht ganz klar, wie Skale seine kaum verhüllten Drohungen wahr machen wollte – sofern das nicht seine tierischen Freunde auf seinen Befehl hin erledigten. Die Vorstellung, von einem Schwarzbären aufgefressen zu werden, war allerdings nicht sehr motivierend.

»Und Sie haben uns wirklich alles gesagt?«, fragte Sarah, die bisher ungewöhnlich schweigsam gewesen war.

Skale stand auf, legte seinen Umhang ab und hielt ihn mit ausgestrecktem Arm vor sich. Der Bär brummte, ein Grollen, das tief aus seiner Brust zu kommen schien, trottete herbei, nahm den Umhang, faltete ihn ordentlich zusammen – und trollte sich dann wieder mitsamt dem roten Stoff in seinen Pfoten. Michael war fast enttäuscht, dass er nicht in bestem Oxford-Englisch »Zu Diensten, Mylord« sagte.

»Kommt, setzen wir uns noch ein wenig vor den Kamin«, schlug Skale vor. »Dort können sich, wie versprochen, eure müden Glieder ein wenig erholen.«

Ohne eine Antwort abzuwarten, verließ er den Raum. Michael und Sarah schauten sich kurz an, nahmen noch ein paar Bissen und tranken einen großen Schluck Wasser, bevor sie ihrem Gastgeber rasch folgten. Michael war sicher, dass Sarah in diesem Moment genau dasselbe dachte wie er: Mit diesem Zoo allein in einem Raum zu bleiben, war definitiv keine gute Idee.

2

»Was wisst ihr beide über den Deep?«, fragte Skale, als sie sich nebenan in riesigen, bequemen Sesseln vor dem offenen Backsteinkamin niedergelassen hatten, in dem ein heimeliges Feuer flackerte.

Michael beugte sich eifrig vor. »Sie meinen *Lifeblood Deep*?«

»*Lifeblood Deep*«, wiederholte der Mann mit verächtlichem Schnauben. »Glaubt ihr wirklich, dass *Lifeblood Deep* das einzige Programm ist, das einen solchen Level hat?«

Michael hatte keine Ahnung, was Skale damit sagen wollte.

»Sie meinen – den Deep-Level?«, hakte Sarah nach.

Skale nickte, ohne den Blick vom Feuer zu lösen. In seinen Augen spiegelten sich die Flammen. »Ja, was denn sonst? Den Deep-Level gibt es schon seit Anbeginn des VirtNet, aber bis jetzt haben nur wenige Programme diesen Level erreicht. *Lifeblood* ist das einzige, das öffentlich zugänglich ist, aber eigentlich hat es den Deep kaum verdient.«

»Was gibt es denn sonst noch?«, fragte Michael.

»Das müsst ihr zu gegebener Zeit selbst herausfinden. Aber die Holy Domain gehört dazu.« Skale stand auf, ging zum Kamin und stocherte mit dem Schüreisen gedankenverloren im Feuer herum. »Ein von Kaine kreiertes Programm, das tief im Deep versteckt ist. Der Pfad verbindet es mit den oberen Schichten des VirtNet. Ihr könnt von Glück sagen, es bis hierher geschafft zu haben, aber um auch noch den Rest des Pfads zurückzulegen, braucht ihr noch viel mehr Glück.« Er drehte sich zu Michael und Sarah um. »Gestattet mir eine Frage: Habt ihr euch noch nicht darüber gewundert, wie ein solcher Pfad überhaupt kreiert werden konnte? So kompliziert, dass die große und mächtige VNS sogar Jugendliche wie euch anheuern muss, um sich von ihnen dorthin führen zu lassen?«

Michael wollte gern *alles* darüber erfahren, wusste jedoch nicht, *wonach genau* er fragen sollte. »Und ... und warum erzählen Sie uns das alles? Bisher haben Sie uns nur Rätsel und ein paar Hinweise gegeben, aber das hilft uns nicht weiter.«

»Keine Hinweise, Junge!«, rief der Mann, aber es klang fast wie ein wütender Schrei. Doch dann beruhigte er sich wieder und ließ sich in den Sessel zurücksinken. »Ich rede nur, um uns die Zeit zu vertreiben, bis die Dämonen erscheinen. Aber vielleicht bin ich auch einfach nur müde. Wir alle brauchen dringend ein paar Stunden Schlaf.«

»Wann genau erscheinen die Dämonen denn?«, fragte Sarah, als wollte sie den Wecker danach stellen.

Skale stand auf und starrte erneut ins Feuer. »Wenn sie zum Reißen und Töten bereit sind. Und jetzt Gute Nacht. Der Bär wird euch eure Betten zeigen.« Er warf noch einen letzten, sehnsuchtsvollen Blick auf die Flammen, dann verschwand er durch eine Holztür, die hinter ihm ins Schloss fiel.

So müde Michael auch war, schlafen schien ihm so ziemlich das Letzte, wozu er jetzt fähig war. »Er hat wieder genau dieselben Begriffe verwendet.«

»Was?«

»Reißen und Töten. Weiß der Kerl denn nicht, dass so was absolut tabu für Gutenachtgeschichten ist?« *Der Bär hat bestimmt gleich noch ganz andere Storys auf Lager – mit noch viel mehr Biss*, dachte Michael düster.

3

Skale hatte von einem *Bett* geredet, aber der Bär führte Michael nur zu einer ramponierten Couch im ersten Stock. Sie war hart und unbequem und knarrte bei jeder Bewegung, aber immer noch besser, als auf dem Boden schlafen zu müssen. Er zog die kratzige Wolldecke bis zum Kinn hoch und schloss die Augen. Eine brennende Kerze stand auf einem Tisch in der Nähe. Er konnte das Flackern sogar durch die geschlossenen Lider hindurch sehen.

Der Anfall kam wie aus dem Nichts.

Ein brutaler Schmerz, als würde ihm der Schädel gespalten, so gewaltig, dass er von der Couch fiel und sich beide Fäuste gegen die Schläfen presste. Ein durchdringendes, schrilles Kreischen erfüllte seinen Kopf und ein gleißendes, grelles Licht blendete ihn. Er stöhnte und wand sich vor Qual. Er spürte, dass Sarah zu ihm gerannt kam und neben ihm niederkniete, ihn an den Schultern packte und schüttelte und immer wieder fragte, was los sei. Aber Michael schlug nur wild um sich und wollte, dass sie ihn losließ, aus Angst, dass er ihr etwas antun könnte.

Bilder zuckten durch sein Gehirn. Seine Eltern, Mutter, Vater, aber ihre Gesichter und Gestalten waren verschwommen und verschwanden sofort wieder wie leichte Rauchwolken im Wind. Helga, mit vor Entsetzen verzerrtem Gesicht. Noch immer brannte die Kerze, aber jetzt schien sie ihm gleißender als die Sonne, sodass er sich abwenden musste. Er sprang auf, stolperte, streckte die Arme aus, um sein Gleichgewicht zu finden, aber der Raum schien auf und ab zu wogen, begann sich zu drehen und Michael glaubte, jeden Moment gegen die Holzbalken der Decke geschleudert zu werden.

Die Couch streckte sich, wurde immer länger, während der Raum gleich groß blieb. Auch Sarahs Kopf wuchs an, bis ihr Gesicht einer Fratze in einem riesigen Zerrspiegel glich. Die Bodendielen knarrten, warfen sich auf, verdrehten und verkrümmten sich, als seien sie aus Gummi. Und dann erfüllte ein besonders schrecklicher Lärm seinen Kopf: das Schreien und Toben der Untoten, als sie über Bryson herfielen.

Er presste die Hände auf die Ohren, als müsse er seinen

Kopf vor einer Explosion bewahren. Irgendwo halb im Unterbewusstsein sah er den KillSim im Club wieder vor sich – er war es, der ihm diese Schmerzen und Visionen zufügte. Er hatte sein Gehirn verletzt. Das Antiprogramm musste es geschafft haben, ihm etwas Schlimmes anzutun – egal, ob er sich im Sleep oder im Wake befand.

Die Schmerzen pochten und hämmerten, seine Umgebung wurde immer fremdartiger. Arme wuchsen aus den Wänden, wild zuckende Herzen schwebten in der Luft, aus dem Boden schoss eine Blutfontäne, ein kleines Mädchen saß in einem Schaukelstuhl, ein todesschlaffes Tier auf dem Schoß. Und über allem lag das schrille Jammern und Wehklagen unsichtbarer Folteropfer ...

Und dann hörte alles auf.

Im Raum herrschte Stille und alles war wieder so wie vor dem Anfall. Auch die rasenden Kopfschmerzen waren schlagartig verschwunden.

Michael ließ sich erschöpft und völlig nass geschwitzt auf die Couch fallen. Sarah setzte sich zu ihm, nahm seine Hand und sah ihn voller Sorge an.

»Schon wieder?«, fragte sie.

Michael fühlte sich, als hätte er einen Marathon hinter sich. »Ich glaube, ich sterbe.«

4

Skale war nicht aufgewacht. Zumindest ließ er sich nicht blicken, um sich nach dem Wohlergehen seiner Gäste zu erkundigen. Sarah saß neben Michael auf der Couch, den Arm um seine Schultern gelegt. Sie schwiegen, und er war dankbar, dass Sarah ihn nicht drängte, ihr zu erzählen, was er soeben durchgemacht hatte. Trotz seiner Erschöpfung war er glücklich, eine solche Freundin zu haben.

Schließlich fielen ihnen die Augen zu. Michael schlief tief und fest, ohne Ängste und Albträume. Er schlief wie ein Toter.

5

Gunner Skale rüttelte sie wach. Er trug wieder seinen roten Umhang, das Gesicht im Schatten der Kapuze verborgen.
»Ist es schon Morgen?«, fragte Michael schläfrig.
»Es gibt keinen Morgen im Mendenstone-Reservat«, antwortete Skale. »Das ist Fluch und Segen zugleich, aber jetzt ist keine Zeit für Erklärungen. Eure Dämonen sind da.«

6

Diese Worte brachten Michael und Sarah sofort auf die Beine.

»Was meinen Sie damit?«, fragte Michael.

»*Wo* sind die Dämonen?«, fügte Sarah hinzu.

»Eure Dämonen sind immer bei euch«, erklärte der Alte. Seine Stimme klang noch rauer als sonst. »Versteht ihr das denn immer noch nicht? Sie sind stets bei euch, ihr könnt ihnen nicht entkommen. Aber man weiß nie, in welcher Form sie sich zeigen. Passt also gut auf, meine Kinder. Und nun kommt, schnell.«

»Wohin gehen wir?« Sarah ließ nicht locker, aber Skale gab keine Antwort, sondern ging zur Tür, öffnete sie und trat in den dunklen Flur.

Michael nahm Sarahs Hand. Skale war nur schemenhaft zu sehen, während er auf die Treppe zusteuerte. Sarah zögerte, aber Michael zog sie mit sich, um Skale nicht aus den Augen zu verlieren.

Sie stiegen die Treppe hinab. Skale führte sie zu dem großen Tisch, an dem sie gegessen hatten.

»Bitte setzt euch«, sagte Skale und wies auf die Holzstühle. »Ich hole meine Freunde, damit sie sich zu uns gesellen.«

Es fiel Michael unglaublich schwer, die Teile dieses seltsamen Puzzles zusammenzufügen. Er war vom Schlaf noch wie benommen, und obwohl die Schmerzen längst verschwunden waren, hatte ihn der Anfall geschwächt – er musste ständig an die Qualen und die Halluzinationen denken. Wie sollte er sich jetzt auf einen Kampf mit Dämonen vorbereiten? Und was meinte Skale damit, dass sie immer bei ihnen seien? Kopfschüttelnd saß er da und zuckte zusammen, als er Füße über den Dielenboden kratzen hörte. Vielleicht gelang es ihnen ja dieses Mal, sich aus der Gefahrenzone zu programmieren, bevor es kritisch wurde.

Sarah setzte sich neben ihn. »Lass uns überlegen. Skale sagte, wir hätten bereits alle Informationen bekommen, die wir brauchen. Kannst du dich noch an irgendwas davon erinnern? Ich glaube, es könnte etwas mit dem Gebet vor dem Essen zu tun haben.«

Michael nickte, obwohl er sich an kein einziges Wort dieses Gebets mehr erinnern konnte. »Leider weiß ich nur noch, was er über Kaine gesagt hat.«

Er stützte die Arme auf den Tisch, verbarg das Gesicht in den Händen und schloss die Augen. Er durchsuchte den Umgebungscode. »Ich sehe nichts. Keine Möglichkeiten, irgendwelche Umwege einzuschlagen und den Dämonen auszuweichen.«

»Hab ich auch schon versucht, mehrmals.« Sarah trommelte mit den Fingern auf den Tisch. »In dem Gebet ging es irgendwie darum, zu Füßen der Ahnen zu knien. Ich bin ziemlich sicher, dass das ein Hinweis ist.«

»Kann sein«, stimmte Michael nachdenklich zu. »Wirklich seltsam, wie undurchdringlich der Code hier auf diesem Pfad erscheint.« Am liebsten hätte er frustriert auf den Tisch gehämmert.

In diesem Moment kam Gunner Skale zur Tür herein und unterbrach ihr Gespräch. Er war nicht allein – eine Kreatur nach der anderen folgte ihm, dieselben Tiere, die sie bereits beim Essen gesehen hatten. Sie flogen, krochen oder tappten in den Raum. Die Gans, das Eichhörnchen, der Tiger, der Hund, der Bär. Und ein Dutzend weiterer Tiere. Mit ihnen strömte der Geruch des Waldes herein – Erde und Moder und Verwesung.

Sie stellten sich an den Wänden entlang im Halbkreis auf, die Augen unablässig auf die Besucher gerichtet. Ein angespanntes Schweigen lag in der Luft, nur gelegentlich unterbrochen von einem Knurren oder Schnauben. Michael glaubte fast zu sehen, wie allen Tieren das Wasser in Schnauze oder Schnabel zusammenlief. Bestimmt betrachteten sie ihn und Sarah als ihr Frühstück.

»Was ist los?«, fragte Michael, selbst davon überrascht, dass er nur flüsterte. Er räusperte sich und sprach normal weiter. »Warum habe ich plötzlich das Gefühl, dass wir jetzt dem großen Gott der Tiere geopfert werden?«

Skale kam lässig durch den Raum geschlendert und blieb neben Michaels Stuhl stehen. Michael wandte den Kopf, um Skales Miene zu sehen. Aber sein Gesicht wurde immer noch von der roten Kapuze verborgen.

»Weil«, antwortete Skale, »genau das jetzt geschehen wird.«

Michael sprang so heftig auf, dass der Stuhl krachend zu Boden fiel. Doch noch bevor er irgendetwas tun konnte, rief der alte Mann drei Worte, die Michael das Blut in den Adern gefrieren ließen.

»Dämonen, erhebt euch.«

7

Jetzt wurde Michael klar, was Gunner Skale damit gemeint hatte, dass die Dämonen stets bei ihnen seien – die Tiere waren die Dämonen.

Zuerst bemerkte Michael den Bären, der seine enorme Schnauze aufriss und ein tiefes, grollendes Knurren gen Himmel schickte. Dann kräuselten sich sein Fell und seine Haut wie Hobelspäne und rollten sich langsam auf. Darunter kam ein entsetzlich vernarbtes Gesicht zum Vorschein. Die Bärenaugen verwandelten sich und leuchteten nun grellgelb, genau wie die Augen, die Michael im Wald gesehen hatte.

Allmählich schälte sich auch der Rest der Kreatur aus dem Bärenfell. Nackte, wulstige Muskeln, ein Buckel, hervorstechende Schulterblätter, Pfoten mit scharfen Krallen – nichts erinnerte mehr an den Bären, der ihnen erst vor wenigen Stunden das Essen serviert hatte. Ein kehliges

Fauchen kam über die fleischigen Lippen und die enormen Reißzähne wurden gefletscht. Aber die Kreatur bewegte sich nicht, sondern blieb immer noch an der Wand stehen.

Michael hatte die Verwandlung wie gebannt verfolgt. Inzwischen verwandelten sich auch die übrigen Tiere – bei allen schälten sich Haut, Federkleid oder Fell zurück und grausige, hautlose Dämonen in allen möglichen Formen und Größen kamen zum Vorschein.

»Aber Sie haben doch gesagt, Sie seien da, um uns zu helfen!«, schrie Sarah Skale an, der das Geschehen ohne jede Gemütsregung beobachtete. »Was sollen wir denn jetzt tun?«

»Ich helfe euch doch!«, erwiderte Skale mit seltsam fröhlicher Stimme. »Ich sorge dafür, dass ihr euren Dämonen gegenübertreten könnt, denn das wird eure Seele für immer verändern. Euer Tod im VirtNet wird euch in den Wake zurückbringen. Und so bleibt euch mein Schicksal, für immer hier eingesperrt zu sein, erspart. Mögen eure Ahnen euch beistehen, mein Sohn und meine Tochter.«

Michael warf einen verstohlenen Blick zur Tür, die natürlich von zwei weiteren Dämonen blockiert war. Aber irgendwie *mussten* er und Sarah sich durchkämpfen. Auf keinen Fall wollte er abwarten, was als Nächstes geschah – er hatte keine Wahl.

Er packte Skales Umhang und schwang den Mann herum, sodass er ihm den Arm wie eine Schlinge um den Hals legen konnte. Skale keuchte und hustete. Die Dämonen reagierten wie auf Kommando – brüllten, röhrten und sprangen näher. Jetzt waren sie *wirklich* wütend.

»Zurück!«, brüllte Michael und hoffte, dass ihn die Ungeheuer verstanden. »Ein Schritt näher und ich breche ihm das Genick!«

Kapitel 18

Zu Füßen der Ahnen

1

Michael musste überleben, wenn er zu Kaine gelangen wollte. Niemals würde er sich kampflos ergeben und zulassen, dass ihn die Dämonen töteten und ihm seine einzige Chance nahmen.

»Du bist verrückt«, zischte Skale mit zusammengebissenen Zähnen. »Du weißt nicht, was du da …«

Michael verstärkte den Griff um Skales Hals noch ein wenig. »Seien Sie still.«

Die monströsen Kreaturen hielten tatsächlich inne. Verkrümmt und verkrüppelt standen sie im Raum, jeder Einzelne von ihnen ein Albtraum, bereit zum Angriff.

»Michael«, flüsterte Sarah. Sie zögerte, dann sprach sie etwas lauter. »Wenn du ihn schon töten musst, dann schnell und sauber. Brich ihm das Genick.«

Michael unterdrückte ein grimmiges Grinsen. »Wird gemacht.«

Er zerrte Skale mit sich zur Tür. Der Alte hatte Mühe, sich auf den Beinen zu halten.

»Glaubt bloß nicht, ich wäre nicht dazu fähig!«, schrie Michael die Dämonen an. »Lasst uns gehen, dann werde ich ihn freilassen – ansonsten muss er sterben!«

Es war absurd, aber genauso, wie sie ihn schon als Tiere verstanden hatten, verstanden sie ihn auch als Dämonen. Ein tiefes Grollen erfüllte den Raum, und mit jedem Schritt, den Michael auf die Tür zumachte, wichen sie einen Schritt zurück.

Auch die beiden Dämonen, die die Tür bewachten, wichen zur Seite und gaben den Weg nach draußen frei. Michael schöpfte ein wenig Hoffnung – bisher jedenfalls funktionierte sein Plan.

»Kommt uns bloß nicht nach!«, befahl Michael, als er die Tür erreicht hatte. Er spürte, wie Skale seine ganze Kraft zusammennahm und sich loszureißen versuchte, aber Michael drückte den Arm nur noch fester um seine Kehle. Skale gab auf.

Michael zog sich rückwärts durch die Tür zurück, Sarah dicht an seiner Seite. Als sie sich draußen in der Dunkelheit ein Stück vom Blockhaus entfernt hatten, blieb er stehen.

»Vielleicht kannst du ihn zum Reden bringen.«

Sarah nickte. »Sie haben gesagt, Sie wüssten, wie wir zur Holy Domain gelangen können. Also, was müssen wir tun? Führt der Pfad von hier weiter?«

Skale keuchte und rang um Atem. »Von mir erfahrt ihr nichts«, stieß er hervor. »Nicht um meinetwillen, sondern um euretwillen! Nichts!«

2

Die Dämonen drängten sich in der Tür, sodass ihre blutverschmierten Körper zu einer einzigen schleimigen Masse verschmolzen. Ihre gelben Augen glitzerten vor Wut, aber Michael glaubte, auch einen Hauch von Zweifel darin zu erkennen.

»Reden Sie!«, schrie er Skale an. »Sonst schicken wir Sie in den Wake!« Er schüttelte den Mann heftig und verstärkte noch einmal seinen Griff um Skales Hals. Der Mann würgte und keuchte.

Aber er sagte nichts. Panik stieg in Michael auf. Natürlich war seine Drohung nur ein Bluff gewesen – ein toter Skale würde ihnen schließlich auch nichts nützen.

Michael hatte keine Ahnung, was sie nun tun sollten. Er zerrte Skale noch weiter vom Haus weg. Der Mann war schwer, und es kostete Michael seine ganze Kraft, ihn mit sich zu schleppen. Sarahs Blick zuckte nervös zwischen Michael und Skale hin und her.

»Was machen wir bloß?«, flüsterte sie.

Michael gab keine Antwort. Er überlegte fieberhaft. Irgendetwas *musste* ihm doch einfallen. Schließlich bemerkte er am anderen Ende des lang gestreckten Blockhauses eine weitere Tür. Darüber hing ein großes Schild mit der Aufschrift AHNENKAPELLE. Instinktiv wechselte er die Richtung und zerrte Skale auf die Tür zu. Hatte der Alte nicht davon geredet, dass sie vor ihren Ahnen knien müssten?

Skale trat und schlug jetzt wieder um sich, sodass Michael kurz anhalten musste, um ihn besser in den Griff zu bekommen. In diesem Moment sah er, dass die Dämonen durch die Eingangstür ins Freie drängten. Sie waren höchstens zehn Meter entfernt. Ein Dämon nach dem anderen schlich sich heraus; das Mondlicht glitzerte auf ihren hautlosen Körpern und ihre gelben Augen funkelten. Ihr Knurren, Zischen, Kreischen hallte durch die Nacht.

»Reden Sie endlich!«, schrie Michael seinen Gefangenen an und schüttelte ihn heftig. Aber der Mann blickte nur schweigend zu ihm auf, und in diesem Blick sah Michael nichts als Entschlossenheit. In diesem Moment wusste Michael, dass er von Skale niemals etwas erfahren würde. Eher würde der Alte sterben.

»Michael«, flüsterte Sarah.

Er sah auf. Die Dämonen schlichen nun schneller auf sie zu. Einer von ihnen schrie so gellend laut und durchdringend, dass der Schrei förmlich die Nacht zerriss – irgendwo am Haus zersplitterte eine Fensterscheibe.

Noch einmal schaute er Skale an, der kalt zurückstarrte. Dann gab Michael auf. Er ließ so plötzlich von Skale ab, dass dieser zu Boden stürzte. Der große und mächtige Gunner Skale.

Skale rappelte sich halb auf und taumelte ein paar Schritte zurück, während er keuchend um Atem rang.

»Tötet sie!«, schrie er schrill. »Zerreißt sie und tötet sie!«

Sarah packte Michael am Arm und riss ihn mit sich auf den Eingang der Kapelle zu.

Die Dämonen heulten in einem gewaltigen Chor auf und stürzten ihnen nach.

3

Die Tür war nicht verschlossen.

Michael schlug sie krachend hinter sich zu. »Wir müssen sie blockieren!«

Sarah zog bereits an einer der Bänke. Gemeinsam wuchteten sie sie über den Steinboden, wobei die Holzfüße der Bank ein furchtbares Kreischen erzeugten, und rammten sie gegen die Tür. Sekunden später prallten die Dämonen von draußen dagegen und ein wütendes Hämmern ertönte.

Michael wich zurück und blickte sich schnell nach weiteren Gegenständen um, die ihnen nützlich sein könnten. Die Kapelle sah völlig normal aus – klein, mit einem Dutzend Kirchenbänken, die durch einen schmalen Mittelgang voneinander getrennt waren. Der Gang führte direkt zum Altar. Dahinter, auf einer Art Sockel, standen weiße Marmorstatuen von Menschen unterschiedlichen Alters und unterschiedlicher Größe. Ihre Augen schienen auf Michael gerichtet zu sein. Vorfahren. *Ahnen*.

Erst da bemerkte Michael, dass sich mehrere Glasfenster

ringsum in den Wänden befanden. Die Dämonen brauchten die Tür gar nicht!

»Der Altar!«, rief Sarah, die erstaunlich ruhig wirkte. »Komm schnell!« Sie lief durch den Mittelgang nach vorn und Michael rannte ihr hinterher.

»Er sagte, wir sollten uns hinknien. Aber was dann?«

Bevor sie antworten konnte, explodierten praktisch alle Fenster gleichzeitig. Schreie und Kreischen und Knurren erfüllte die Kapelle.

Michael und Sarah rasten zum Altar.

4

Ein Scherbenregen ergoss sich in der Kapelle, als die wilde Dämonenhorde durch die Fenster brach. Michael konzentrierte sich auf den Altar, der nur noch ein paar Meter entfernt war.

»Schneller!«, schrie Sarah.

Nur noch ein paar Sekunden, und die blutrünstige Meute würde sich auf sie stürzen. Endlich erreichten sie den Altar. Auf der ersten Stufe fielen sie auf die Knie, falteten die Hände – aber nichts geschah. Michael spürte nur, wie seine Knie in einem weichen Kissen versanken.

Immer noch nichts.

Er hätte es sich denken können – knien allein war nicht genug.

Wenn sie hier lebend rauskommen wollten, mussten sie den Code manipulieren.

5

Eine geflügelte Kreatur schwang sich auf sie herab. Michael wurde zur Seite geschleudert und riss Sarah mit sich. Das entsetzliche Monster schwebte nur ein paar Handbreit über seiner Brust, während es mit seinen gewaltigen Flügeln schlug, und Michael erkannte den Gans-Dämon – zwei Wörter, von denen er nie gedacht hätte, dass sie einmal zusammenpassen würden. Doch nun war aus der harmlosen Gans tatsächlich ein Dämon geworden, mit weit aufgerissenem, blutverschmiertem Schnabel, aus dem ein entsetzlich schriller Schrei drang, der den Lärm in der Kapelle noch übertönte und die restlichen Fensterscheiben zersplittern ließ.

Michael wölbte den Rücken und kickte mit aller Kraft gegen den dämonischen Körper der Gans. Sie wurde gegen eine Kirchenbank geschleudert, fiel zu Boden und regte sich nicht mehr.

Im selben Augenblick krallte sich eine scharfe Klaue in Michaels Schulter, riss ihn hoch, wirbelte ihn herum – und er erblickte einen lebendig gewordenen Albtraum. Ein riesiges, gähnendes Maul, in dem dolchartige Zähne funkelten. Direkt daneben kämpfte Sarah gegen einen weiteren dämonischen Angreifer. Die Kreatur hatte Michael so dicht an sich gerissen, dass sich ihre Nasen fast berührten. Der Gestank war fürchterlich, eine Mischung aus verwesendem Fleisch und faulen Eiern. Michael drehte sich der Magen um und er kämpfte mühsam gegen den Würgereiz an.

Sein Angreifer war der Bär – *konnte* nur der Bär sein, so groß und stark wie er war.

Michael starrte in die Augen des Monsters und war vor Schreck wie gelähmt – nur sein Herz nicht, das so heftig hämmerte, dass es ihm schier die Rippen zerbarst.

Er hatte keine Ahnung, wie er sich gegen dieses Ungeheuer wehren konnte.

Dann ein plötzlicher Angriff von rechts. Michael und sein Bär-Dämon verloren das Gleichgewicht und stürzten, und der Dämon lockerte seinen Griff. Michael warf sich herum und sah, dass Sarah die Angreiferin war – sie prügelte mit aller Kraft auf den dämonischen Bären ein. Irgendwie war es ihr gelungen, die Kreatur, die es auf sie abgesehen hatte, zu töten.

Aber gegen den Bären, das wusste Michael, hatten sie auch zu zweit keine Chance. Nicht ohne Hilfe. Er schloss die Augen, konzentrierte sich auf den Code, blendete das Chaos, das ringsum tobte, völlig aus, fokussierte seine Gedanken auf seine eigene Aura, seine Geschichte im Sleep – und griff bei der erstbesten Gelegenheit zu: die Feuerscheiben aus *The Realms of Rasputin*. Er schnappte sich den Programmcode und zog ihn in die Kapelle, ohne lange nachzudenken – er handelte rein instinktiv, bis plötzlich glühende, feurige Scheiben im Raum schwebten. Er setzte sie frei und schleuderte sie auf den Bären.

Das Biest brüllte auf, als das Feuer durch sein Fleisch schnitt und es verbrannte. Sarah kroch auf Händen und Füßen außer Reichweite, rappelte sich auf und stellte sich neben Michael. Der Bär brüllte erneut auf, röhrte vor Wut und Schmerz, fiel auf alle vier Pfoten und taumelte zur Wand, wo er sich wieder aufrichtete. Michael wirbelte im Kreis herum – die Dämonen griffen nun von allen Seiten an.

Irgendwie ahnte er, dass der Altar eine Schwachstelle in der Programmierung bildete. Ein Blick über seine Schulter zeigte ihm, dass gerade ein kleiner Dämon darauf stand – das Eichhörnchen oder vielleicht auch das Frettchen-Wiesel-Ding, das auf Gunner Skales Schulter gesessen hatte. Es zischte Michael an und fletschte die kleinen rasiermesserscharfen Reißzähne.

Michael und Sarah standen jetzt Schulter an Schulter, hielten einander an der Hand und schoben sich langsam rückwärts in Richtung der Kniekissen, die vor dem Altar lagen. Die Dämonen drängten immer näher heran.

»Du durchsuchst den Code«, flüsterte Michael. »Irgendwo muss ein Schwachpunkt sein. Ich versuche, sie mit Feuerscheiben in Schach zu halten.« Aber ihm war klar, dass sie nicht mehr lange durchhalten würden.

»Okay«, sagte Sarah. »Du führst mich.« Sie schloss die Augen und umklammerte seine Hand noch fester. Michael wich einen weiteren Schritt zurück, codierte eine neue Ladung Feuerscheiben und schleuderte sie in alle Richtungen.

Die Dämonen brüllten vor Schmerz, als sich die Scheiben in ihre hautlosen, schleimigen Körper bohrten. Jetzt ließ Michael alle Vorsicht fahren, drehte sich um und sprang – ohne Sarahs Hand loszulassen – auf die Altarstufen zu. Sie stürzten und schlitterten ein paar Schritte über den Marmorboden bis direkt vor die unterste Stufe, auf der die Kniekissen lagen. Sarah hatte es irgendwie geschafft, die Augen geschlossen zu halten und sich weiter auf ihre Aufgabe zu konzentrieren. Der kleine Dämon auf dem Alter schrie auf und stürzte auf Sarah herab. Seine Klauen gruben sich in ihr Haar, während er versuchte, sie ins Gesicht zu beißen. Sie reagierte nicht, aber Michael packte den Dämon und schleuderte ihn mit aller Kraft weg.

»Ich hab's!«, schrie Sarah und riss die Augen auf. »Ich weiß jetzt, was wir tun müssen!«

Aber in diesem Moment stürzten sich die Dämonen von allen Seiten auf sie. Einer krallte seine Klauen in Michaels Arm, ein anderer verbiss sich in sein Bein. Ein weiterer packte Sarahs Haar und riss ihren Kopf zurück, um seine Fangzähne in ihre Kehle zu schlagen. Sie schrie auf. Michael versuchte, sich freizukämpfen, verlor dabei aber den Zugriff auf den Code der Feuerscheiben. Nun schlugen und bissen die Angreifer noch wilder auf sie ein, packten, hieben, zerrten und kratzen. Es war so grausam, dass er drauf und dran war, aufzugeben, zuzulassen, dass sie ihn töteten, nur um endlich dieser Hölle zu entkommen ... ins Wake zu fliehen ... Mit den Konsequenzen würde er dann schon irgendwie fertigwerden.

Doch dann explodierte plötzlich etwas in ihm. Ein gewaltiges Brüllen stieg seine Kehle hinauf, Adrenalin schoss durch seinen Körper. Mit einem lauten Wutschrei schlug Michael auf die Kreaturen ein, hieb wie ein Wahnsinniger um sich, und für einen winzigen Moment sah er Furcht in den gelben Augen aufblitzen. Das stachelte ihn noch weiter an.

Er schleuderte Sarahs riesigen Angreifer zur Seite. Es hatte sie schwer erwischt, das Blut lief ihr in Strömen übers Gesicht. Er hob sie hoch, sprang über die Kniekissen hinweg und rannte am Altar vorbei zu dem dahinter aufragenden Sockel, auf dem die Statuen standen.

Worte waren nicht mehr nötig. Michael schloss die Augen, verlinkte sich mit dem Code und spürte Sarahs Gegenwart. Sie hatte bereits alles vorbereitet, der Code lag offen vor ihm. Und inmitten von Ziffern und Buchstaben und Symbolen entdeckte er es – einen winzigen Hoffnungsschimmer zu entkommen. Sie stürzten sich beide gleichzeitig darauf.

Doch schon griffen die Dämonen wieder an, ihre digitalen Erscheinungen genauso furchterregend wie ihre fleischlichen Körper. Eine Klaue riss eine tiefe Furche über Michaels Rücken. Ein vierbeiniges Monster – der Hund oder der Fuchs – sprang auf den Altar und fauchte blutrünstig. Michael wurde beinahe von den Füßen gerissen, doch dank seiner digitalen Muskelkraft schaffte er es, das Gleichgewicht zu halten. Nur noch eine Sekunde, nur eine einzige ... Er gab die letzten Teile des Codes ein.

Dann ein gewaltiger Knall.

Und alles war verschwunden.

Kapitel 19

Glühende Hitze

1

Der Knall verhallte. Die Welt um sie herum wurde schwarz. Als sie schließlich wieder etwas erkennen konnten, befanden sie sich in einer schwach erleuchteten Höhle. Wände, Decke und Boden waren aus schwarzem Gestein.

»Oh Mann«, stöhnte Michael. Mühsam rappelte er sich auf, kroch zur nächsten Wand und lehnte sich dagegen. »Ich will verdammt sein, wenn ich jemals wieder ein Tier auch nur anschaue. Vor allem solche, die sich in Dämonen verwandeln.«

»Du sagst es.« Sarah saß an der Felswand gegenüber. Er konnte kaum hinsehen, so kreideweiß und blutverschmiert war sie. »Und das gilt auch für sämtliche Wälder. Flure. Treppen. Steinplatten.«

»Ein Cheeseburger dagegen wäre jetzt *kein* schlechter Anblick.« Wie zur Bestätigung knurrte sein Magen.

»Oh bitte, sei still, das ist ja die reinste Folter«, jammerte Sarah.

Er schaute sich genauer in der Höhle um, die weiter hinten in einen langen Tunnel mündete. In der Ferne schimmerte ein sanftes orangefarbenes Licht warm und einladend. Michael stellte sich unwillkürlich eine Gruppe kleiner Zwerge vor, die dort hinten lebten, Tee tranken und einen kräftigen Eintopf löffelten.

»Wie um alles in der Welt haben wir das bloß überlebt?«, seufzte Sarah.

»Dank dir«, antwortete Michael. »Weil du nicht in Panik geraten bist und den Ausweg entdeckt hast.«

Sarah schwieg einen Moment lang nachdenklich. »Das war eigentlich gar nicht so schwierig. Es kommt mir fast so vor, als hätte man es uns an bestimmten Stellen leichter gemacht, einen Weg in die Freiheit zu hacken, als an anderen.«

»Nur keine falsche Bescheidenheit, Sarah. Du hast es einfach drauf.«

Sie gab keine Antwort, sondern schien immer noch tief in Gedanken versunken.

Michael riss die Augen auf und sah sie übertrieben erstaunt an. »Im Ernst, wann bist du zur Superheldin geworden? Du bist ja besser als Batman und Hulk zusammen.«

»Du hast ein Talent dafür, ein Kompliment wie eine Beleidigung klingen zu lassen!«

»Ich geb mir Mühe.«

Sarah lächelte. »Los komm, wir erkunden die Höhle hier. Es ist ja jetzt schon klar, dass wir bald wieder in irgendwas hineingeraten werden, und ich möchte das Ganze so schnell wie möglich hinter mich bringen.«

Michael seufzte. Obwohl er vor dem Dämonenangriff genug zu essen gehabt und sogar ein paar Stunden geschlafen hatte, fühlte er sich völlig erschöpft. Und sein Hunger war schon wieder so stark, dass ihm sogar die schwarzen Felsbrocken, die auf dem Boden herumlagen, appetitlich vorkamen.

»Nicht lange nachdenken«, warnte Sarah. »Einfach losmarschieren.«

»Okay.« Michael wusste, dass sie recht hatte. Es selbst anzupacken, war besser, als darauf zu warten, angepackt zu werden.

Aber er stand trotzdem nicht sofort auf. Irgendetwas, das sie gerade gesagt hatte, gab ihm zu denken – die Sache mit dem Pfad und seinen beinahe allzu offensichtlichen Schwachstellen da und dort. Vielleicht hing das irgendwie mit der unheimlichen Stimme zusammen, die er so oft gehört hatte – die Stimme, die ihn beim Namen rief und ihm sagte, dass er seine Sache gut machte. Was steckte dahinter? Was bedeutete das? Es stand in völligem Widerspruch zu allem, was sie taten. Die VNS hatte ihn in den Sleep geschickt, damit er den Pfad und die Holy Domain fand, um dann die VNS zu Kaine führen zu können. Die VNS konnte also gar nicht wissen, ob er seine Sache gut machte, bis er Kaine aufgespürt hatte – und der wiederum hielt sich doch angeblich versteckt.

Aber wenn der ganze Pfad eine von Kaine konstruierte Firewall war, um andere Leute fernzuhalten, dann ...?

»Hast du deine Zunge verschluckt?«, fragte Sarah nach einer Weile.

Michael rieb sich die müden Augen. »Was?«

»Hast du deine Zunge verschluckt?«

»Was *heißt* das?«

»Hallo? Sag bloß, du kennst den Spruch nicht?«

Michael streckte sich und versuchte, endlich seine Müdigkeit zu überwinden und aufzustehen. »Doch, den kenne ich schon. Aber ich bin ziemlich sicher, dass so was nur noch uralte Leute sagen.«

»Wie auch immer. Warum so still?«

»Hab ein bisschen nachgedacht. Über den Pfad. Kaine. Und den ganzen Rest.«

»Hatte ich nicht was von *nicht lange nachdenken* gesagt?«, fragte Sarah. »Das hab ich übrigens auch so gemeint.«

Michael grinste und nickte, spürte aber trotzdem eine wachsende Unruhe. Der Pfad ergab irgendwie keinen Sinn. Wenn er die Leute außen vor halten sollte, warum gab es dann bestimmte Stellen im Code, die einen geradezu einluden, weiterzugehen? Was sollte diese ganze Pfad-Sache überhaupt? Bisher war Michael so sehr mit dem puren Überlebenskampf beschäftigt gewesen, dass er darüber noch gar nicht richtig nachgedacht hatte.

Doch je mehr er jetzt darüber nachgrübelte, desto seltsamer kam ihm das alles vor. *Der Pfad* – wirklich ein ziemlich merkwürdiger Name für ein Programm, das einen von etwas *abhalten* sollte. Vielleicht war es gar keine Firewall? Vielleicht war es etwas ganz anderes?

2

Michael stöhnte und ächzte vor Schmerzen, als er sich endlich aufrappelte. Er deutete den langen Tunnel hinunter. »Was, meinst du, ist das dort?«

»Lavagestein.«

Die Antwort kam so prompt, dass Michael Sarah verblüfft anstarrte. »Echt?«

»Ja. Ich denke, das hier ist ein Vulkan – das schwarze Gestein ist erkaltetes Magma.«

»Ähm ... dann sehe ich das richtig, dass jede Sekunde ein enormer Strom von glühendem Feuer durch den Tunnel in die Höhle hier schießen könnte?«

»Das siehst du absolut richtig.«

Wird ja immer besser, dachte Michael. »Aha. Na, denen werden wir's zeigen. Wir warten gar nicht erst ab, bis sie uns das Zeug schicken – wir spazieren dem Ganzen einfach wie zwei Vollidioten direkt entgegen.«

Sarah schenkte ihm ein mattes Grinsen.

»Und übrigens – du siehst grauenhaft aus«, fügte Michael hinzu.

Sie schaute ihn wütend an, lächelte aber gleich darauf wieder. »Danke. Aber bestimmt nicht schlimmer als du.«

»Keine Angst. Du siehst immer noch toll aus, nur eben ein bisschen mitgenommen.« Das klang zwar blöd, aber wenigstens meinte er es ehrlich.

»Du bist echt lieb, Michael.«

Nach allem, was sie gemeinsam durchgemacht hatten, war da etwas zwischen ihnen … etwas, das Michael für niemanden sonst empfand. »Wenn das alles hier vorbei ist«, sagte er schließlich, »möchte ich dich wirklich mal im Wake kennenlernen. Und ich kann dir versprechen, dass ich in echt sogar noch besser aussehe.«

»Und ich wahrscheinlich noch schlechter.« Sarahs Lachen war für sie beide wie eine Befreiung.

»Wär mir egal. Echt, ich schwöre es. Das ist das Geniale am Sleep. Ich weiß, wer du tief in deinem Innern bist, und das ist alles, was zählt.« Etwas so Schmalziges hatte er in seinem ganzen Leben noch nie von sich gegeben.

»Das ist wirklich total süß von dir, Michael.«

Er wurde tatsächlich rot. »Aber ich wette, dass du echt heiß bist.«

»Vielleicht. Vielleicht auch nicht.« Sie verdrehte die Augen, doch dann kehrte ihr Blick sofort wieder zu ihm zurück. »Also, abgemacht. Sobald wir das VirtNet – und die ganze Welt – gerettet haben, treffen wir uns im echten Sonnenschein.«

»Abgemacht.«

Sie drehte sich um und kam stöhnend auf die Füße. Michael wusste genau, wie sie sich fühlte – plötzlich schmerzten Körperteile, von deren Existenz er noch einen Tag zuvor nicht mal was geahnt hatte.

»Dürfte ich Sie bei dieser kleinen Höhlenexpedition begleiten, Mylady?«, fragte er mit einem furchtbar übertriebenen britischen Akzent.

»Mit Vergnügen, Sir.« Nicht nur ihr Mund lächelte, sondern auch ihre Augen, und er fühlte sich gleich viel besser.

Während sie sich auf den Weg in den Tunnel machten und dabei humpelten, wie zwei alte Leute mit schwerer Arthritis, nahm Sarah seine Hand.

»Mit Vergnügen«, wiederholte sie leise.

3

Michael war davon überzeugt, dass die Tunnelwände von Menschenhand entstanden waren. Sie wirkten wie gemeißelt, so glatt und glänzend. Aufgrund des sanften Lichts, das irgendwo aus der Ferne durch den Tunnel schimmerte, sah alles so aus, als würde es im nächsten Augenblick schmelzen.

Schon nach der ersten Biegung des Tunnels entdeckten sie die orangefarbene Lichtquelle. Plötzlich, wie durch ihre Ankunft ausgelöst, strich eine warme Brise über sie hinweg und ließ ihre Haare und Kleider flattern. Es fühlte sich so gut an, dass sie sich am liebsten hingelegt und geschlafen hätten.

Aber sie gingen ohne ein Wort weiter. Michael starrte das warme Licht unentwegt an. Er traute der Sache nicht. Es leuchtete so einladend wie ein Lagerfeuer in einer kühlen Nacht – aber zugleich jagte es ihm Angst ein. Wenn sie sich wirklich in einem Vulkan befanden, war es bestimmt nichts Angenehmes.

Mit einem Mal wurde der Tunnel breiter und höher, die Decke schien hier mindestens zehn Meter hoch. Weiter vorn verbreiterte sich der Raum sogar noch mehr – eine geräumige Höhle erwartete sie, und auch das feurige orangefarbene Licht wurde stärker. Inzwischen war die Temperatur so stark angestiegen, dass es drückend schwül war.

Bald erreichten sie ein kleines Felsbecken, in dem geschmolzenes Gestein brodelte. Michael war fasziniert von der Schönheit der roten Glut – bis ihm einfiel, was er in Geologie gelernt hatte: Sie standen hier auf einer extrem dünnen Schicht erkalteter Lava, die sich wiederum auf einer riesigen Masse von keineswegs erkaltetem Magma befinden musste. Plötzlich malte er sich aus, wie sich im Boden Risse bildeten und flüssiges Feuer herausschoss, das sie in Sekunden verzehrte. Ein kalter Schauder jagte ihm über den Rücken.

»Lust, ein bisschen zu schwimmen?«, fragte er mit unsicherer Stimme.

Sarah ließ seine Hand los und klopfte ihm aufmunternd

auf die Schulter. »Nein, danke. Da lasse ich dir gern den Vortritt.« Ihr Gesicht glänzte vor Schweiß.

»Ziemlich heiß hier«, stellte Michael fest.

»Ja, und es wird sogar noch heißer werden. Komm – zu essen gibt's hier sowieso nichts, und je länger wir die Sache hinauszögern, desto schwächer werden wir.«

»Was jetzt kommt, ist echt übel, was?«

»Übel ist gar kein Ausdruck. Aber es gibt keinen anderen Weg, da ist der Code ziemlich eindeutig.«

Also gingen sie weiter, immer tiefer in den Vulkan hinein.

4

Als Michael und Sarah das Ende des Tunnels erreichten, blieben sie wie angewurzelt stehen. Vor ihnen tat sich eine riesige Höhle von der Größe einer gewaltigen Kathedrale auf, mit vielen kleinen Felsbecken, in denen Lava brodelte.

Michael fühlte sich an ein Tigerfell erinnert – die Wände und der Boden waren von unzähligen rot glühenden Strömen durchzogen, die das erkaltete Gestein in schwarze Streifen schnitten. Noch erstaunlicher war eine Lavakaskade, die wie ein glühender Wasserfall durch die Risse in den schwarzen Wänden herabschoss und sich spuckend und zischend in die brodelnden Felsbecken ergoss. Flammen züngelten aus den Lavabächen empor, die sich durch die gesamte Höhle zogen – und Michael und Sarah würden sie überqueren müssen.

Sie standen immer noch wie gebannt da, während ein heißer Windstoß nach dem anderen über sie hinwegfegte.

»Schlimmer als ich dachte«, murmelte Michael.

Sarah schloss kurz die Augen, dann deutete sie zur gegenüberliegenden Seite der Höhle. »Dort drüben zweigt ein weiterer Tunnel ab, und der Code des Pfads scheint auch nur in diese Richtung zu weisen. Ich kann keinen anderen Weg sehen, du vielleicht?«

Er scannte ebenfalls den Code und seufzte. »Nope. Dann bleibt uns wohl nichts anderes übrig – wir müssen mitten hindurch.«

»Okay, beeilen wir uns, bevor wir völlig austrocknen und sterben. Ich glaub nämlich nicht, dass unterwegs ein paar kühle Trinkwasserquellen auf uns warten.«

Michael war derselben Meinung. Noch länger herumzustehen war sinnlos und würde ihn nur wahnsinnig machen.

Vom Tunnel aus führte ein kleiner Abhang auf den Boden der Höhle hinunter. Bevor sie losliefen, nutzten sie ihre erhöhte Position, um den besten Weg zur anderen Seite auszumachen – von hier aus studierten sie den Verlauf der Höhle und scannten den Umgebungscode. Die komplizierte Programmierung zeigte ihnen nicht nur, dass sie es mit einem wahren Labyrinth von erkaltetem schwarzem Lavagestein, durchsetzt mit Feuersäulen, Magmabächen und Lavakaskaden zu tun hatten, sondern enthielt auch ein paar versteckte Hinweise darauf, welchen Weg sie einschlagen mussten. Sie prägten sich die Strecke ein. Und dann übernahm Michael die Führung.

Vorsichtig stieg er zwischen Geröll und Lavastaub den Abhang hinunter, und je tiefer er kam, desto stärker schlug ihm die Hitze entgegen und raubte ihm fast den Atem. Und es war furchtbar laut – die Höhle schien von einem ständigen tiefen Brüllen erfüllt zu sein.

»Bereit?«, schrie er unten angekommen über seine Schulter hinweg zu Sarah. Der Schweiß floss ihnen mittlerweile in Strömen übers Gesicht und ihre Kleider waren nass geschwitzt.

Sie nickte knapp, zu erschöpft, um auch nur ein Wort zu viel zu verlieren. Michael hoffte inständig, dass die Höhle das große Finale war – dass sie nun endlich bald das Ende dieses idiotischen Pfads erreicht hatten. Er hasste Kaine. Er hasste Agentin Weber. Er hasste die VNS.

Er nickte Sarah zu.

Dann rannte er los, quer durch die Höhle, Sarah dicht hinter sich.

5

Die Hitze war unerträglich. Michael konnte förmlich spüren, wie sein Körper allmählich geröstet wurde, wie in einem gigantischen Backofen.

Auf einem Felssteg, der höchstens einen Meter breit war und sich quer durch die Lavaströme zog, schafften sie es bis ungefähr zur Mitte der Höhle. Trotz der sengenden Hitze, die von der Lava aufstieg und das Felsgestein zum Kochen brachte, ließ sich der Weg sogar einigermaßen leicht bewältigen. Michaels Herz raste, während er so schnell und zugleich so umsichtig wie möglich lief – bis der Felssteg plötzlich endete.

Michaels Augen brannten vor Hitze. Der Boden war so heiß, dass sie auf keinen Fall auch nur eine Sekunde stehen bleiben konnten. Michael entschied rasch, den Weg nach rechts einzuschlagen, der im Zickzack durch ein Labyrinth von Felsblöcken führte, die wie Inseln aus den hell leuchtenden Magmabecken herausragten. Dabei verließ er sich voll und ganz auf seinen Instinkt und scannte immer wieder den Umgebungscode.

Auf diese Weise gelangten sie erneut auf einen schmalen Steg aus Lavagestein. Die Hitze des glühenden Bodens drang längst durch ihre Schuhe und Michael befürchtete, die Sohlen würden schmelzen. Dann endete auch dieser Steg – sie befanden sich auf einer kleinen runden Felsinsel, umgeben von orange blubbernder Magma.

Michael wandte sich nach links, ein Umweg schien hier unvermeidlich, aber Sarah hielt ihn am Arm fest.

»Wir sollten geradeaus gehen!«, schrie sie ihm ins Ohr und deutete auf eine Reihe von großen schwarzen Felsbrocken, die sich hinter der kleinen Insel aneinanderreihten und einen Übergang bildeten, so ähnlich wie Trittsteine durch einen Fluss. »Schau, dort – auf der anderen Seite ist eine Felsbrücke, die uns bis zur Wand bringt. Und dann könnten wir dort drüben auf dem Felssims entlang laufen, durch das Loch da oben klettern und aus dieser Hölle verschwinden!«

Sarah schien recht zu haben. Der Weg, den Michael hatte einschlagen wollen, endete weiter vorne an einer großen Kluft, die sie nur mit gehörigem Anlauf und einem gewaltigen Sprung hätten überqueren können. Und es war fraglich, ob sie dafür noch die Kraft gehabt hätten.

»Hört sich nach einem guten Plan an. Zur Belohnung darfst du vorausgehen!«, grinste er, während Sarah ihn überraschend beim Wort nahm und sofort auf den ersten Felsbrocken hinüber sprang. Aber die Oberfläche war so klein, dass ihre Füße kaum Platz hatten; sie verlor beinahe das Gleichgewicht und ruderte wild mit den Armen. Michaels Herz hämmerte panisch.

»Sei vorsichtig!«, brüllte er.

»Wollte dir nur einen Schrecken einjagen«, rief sie zurück.

»Das ist nicht witzig! Kein bisschen!«

Schon sprang Sarah zur nächsten Felsinsel hinüber, und sobald sie sicher stand, erklomm Michael die erste.

»Lass dir Zeit!«, schrie er.

»Entspann dich!«, gab sie zur Antwort und sprang sofort weiter, dann noch einmal, ohne auf ihn zu warten.

Michael folgte ihr so schnell er konnte, außer sich vor Angst, dass sie in die kochende Lava stürzen könnte. Felsblock um Felsblock, Insel um Insel sprang sie voraus und er hinterher, bis sie endlich völlig außer Atem die lange Felsbrücke erreichten. Hier konnten sie wenigstens kurz stehen bleiben, ohne sich die Füße zu verbrennen.

Sarah zog ihn heftig an sich. »Das war grauenhaft«, flüsterte sie ihm ins Ohr. »Oh Mann. Ich hatte solche Angst.«

Er schlang die Arme um ihre Schultern. »Ja, das war aber auch eine ziemlich gewagte Aktion von dir, findest du nicht?« Obwohl sie sich inmitten des Vulkans befanden, gab es für ihn in diesem Moment nichts Schöneres als ihre Umarmung, und er wünschte, sie würde niemals enden.

»Es ist besser, die Sache schnell hinter sich zu bringen, bevor man sich vor jedem Schritt in die Hosen pinkelt«, sagte sie.

»Alles längst verdunstet.«

Sie lehnte sich ein wenig zurück, um ihm ins Gesicht zu sehen. Eine Träne stahl sich aus ihrem Augenwinkel, rann langsam über ihre Wange und blieb als kleiner Tropfen an ihrem Kinn hängen, bevor sie von dort hinabkullerte und auf ihrem T-Shirt landete.

»Alles okay?«, fragte er.

Sie nickte und zog ihn noch einmal eng an sich. »Komm, lass uns zu dem nächsten Tunnel raufklettern. Dort können wir ein wenig abkühlen.«

»Hoffentlich.«

Im Vergleich zu den felsigen Trittsteinen kam ihnen die schmale Felsbrücke so breit wie eine Autobahn vor. Auf der anderen Seite hatte sich ein Abhang aus Geröll und Lavastaub gebildet, der sich an der Wand hinauf türmte. Mühsam erklommen sie den Abhang, bis sie den schmalen Felssims erreichten, der bis zum Eingang des nächsten Tunnels führte. Sarah lief erneut voraus.

Sie waren weniger als zehn Meter vom Tunneleingang entfernt, als es passierte.

Michaels Anspannung hatte sich ein wenig gelegt und er dachte an die gemeinsamen Momente mit Sarah. Wie sie miteinander geredet, sich an den Händen gehalten, sich umarmt hatten. Er hätte wissen müssen, dass es genau solche Augenblicke waren, in denen alles schiefging.

Der Felssims führte ein paar Meter oberhalb eines großen Lavabeckens vorbei, das sich am Fuße des Abhangs gebildet hatte. Das Magma brodelte unter ihnen wie in einem gewaltigen Kochtopf. Mit einem Mal war ein enormes Sauggeräusch zu hören, dann ein Brüllen, ein Röhren wie aus einem plötzlich entzündeten Hochofen. Michael blickte hinunter. Eine riesige Fontäne aus glühendem, flüssigem Gestein schoss aus dem Becken, eine perfekt geformte Säule aus orangefarbenen Todesflammen, und sie steuerte direkt auf Sarah zu.

Die Feuersäule traf sie mit voller Wucht. Sie stürzte – und ihr gellender Schrei hallte schrecklicher durch die Höhle als alles, was Michael jemals gehört hatte.

6

Von Entsetzen überwältigt, vergaß er, was er über das Virt-Net und den Coffin wusste. Er vergaß, dass Sarahs Tod nicht endgültig war, dass sie – ziemlich mitgenommen, aber dennoch wohlbehalten – zu Hause in ihrem »Sarg« aufwachen würde.

Er sah nur, wie seine Freundin sich vor Schmerzen krümmte. Wie das flüssige Feuer ihre Kleider verzehrte, dann ihre Haut. Wie ihre Muskeln innerhalb von Sekunden schmolzen und ihre Knochen verkohlten. Er hörte, wie ihre albtraumhaften Schreie in ersticktes Keuchen übergingen. Und sein Herz zersprang.

Alles geschah so schnell, aber er nahm es wie in Zeitlupe wahr.

Er rannte zu ihr – und hielt im nächsten Moment inne, als ihm klar wurde, dass er sein eigenes Leben nicht riskieren durfte. Die flammende Lavasäule fiel in sich zusammen und floss wieder in das Becken zurück, aus dem sie geschossen war.

Aber für Sarah war es zu spät. Auch wenn sie noch nicht tot war. Zusammengerollt lag sie auf dem Felsboden, ein halb verkohltes, armseliges, zitterndes Häufchen Mensch. Michael beugte sich hinab, bis er ihr ins Gesicht sehen konnte. Ihre Augen waren offen, und Michael sah darin ihre ungeheure Qual.

»Sarah«, flüsterte er, »es tut mir so leid.«

Sie rang um Worte, aber es kamen nur erstickte Laute über ihre Lippen. Michael hielt sein Ohr so nahe wie möglich an ihren Mund.

»Mi...«, stieß sie mühsam hervor, aber ein heftiger Husten unterbrach sie. So sehr Michael den Gedanken auch hasste, dass sie sterben musste, wünschte er doch, dass es schnell gehen möge. Damit sie sofort in den Wake zurück konnte. Denn alles, was sie bis dahin an Schmerzen und Qual erlitt, würde sich vollkommen real für sie anfühlen.

»Sarah, es tut mir so leid. Ich hätte vorausgehen sollen. Ich hätte ...«

»Sei ... still«, brachte sie heraus, bevor ein erneuter Hustenanfall ihren ganzen Körper schüttelte.

»Ich halt das nicht mehr aus«, sagte Michael. »Sarah, ich pack das nicht mehr! Ich will nur noch weg, will mit dir zurück. Vielleicht springe ich selbst in die Lava ...«

»Nein!«, schrie sie so plötzlich, dass er zurückzuckte. »Du ... musst ... das ... be...enden!«

Michael schwieg ein paar Sekunden lang. Aber er wusste, dass sie recht hatte. »Okay. Ich mache weiter. Versprochen.«

»Finde ... Holy Domain.« Sie keuchte und hustete jetzt immer stärker. »Ich ...«

»Nicht mehr reden, Sarah«, flehte er. Er wollte nur noch, dass sie in den Wake zurückkehrte. »Lass es einfach geschehen. Ich schwöre dir, ich bringe das so schnell wie möglich hinter mich. Denk an unsere Abmachung. An unser Treffen im echten Sonnenschein. An unseren Tag im Wake. Alles wird gut.«

»Ab…gemacht«, flüsterte sie, so leise, dass Michael schon dachte, dass es nun zu Ende sei. Doch dann bewegten sich ihre Lippen noch einmal. »Michael.« Sie sprach seinen Namen so klar und deutlich aus, dass ihm der Atem stockte.

Dann entwich ihr seufzend ein letzter Atemhauch, ihre Brust hob sich noch einmal – und ein paar Sekunden später war sie verschwunden. Er wusste, dass ihr physischer Körper im selben Augenblick in der Echtwelt aufwachen würde. Und er wusste, dass er jetzt allein im VirtNet war, an einem Ort, den niemand kannte, mitten auf einem schier endlosen Pfad – mit endlosen Schrecken.

Er war allein.

Vollkommen allein.

Kapitel 20

Silberrobot

1

In den nächsten Stunden blockte Michael jeden Gedanken an Sarah ab. Er hatte keine Zeit, zu trauern oder sich in Selbstmitleid zu ergehen. Er hatte Sarah versprochen, die Sache zu Ende zu bringen, und darauf richtete er nun seine ganze Konzentration. Es tat gut zu wissen, dass sie nicht *wirklich* tot war, aber trotzdem tat es jedes Mal unglaublich weh, wenn sich die Erinnerung an ihre letzten Augenblicke in seine Gedanken schlich.

Schon allein deshalb musste er sich auf sein Ziel konzentrieren. Um diese Erinnerungen abzuschalten.

Auch der Tunnel, der von der Lavahöhle weiterführte, war von mehreren Lavaströmen durchschnitten. Michael sprang so vorsichtig wie möglich darüber hinweg – bis er an eine teuflische Stelle kam, an der Magma aus einem Riss in der Decke herunterschoss. Aber nicht in einem gleichmäßigen Strahl, sondern sporadisch, in unregelmäßigen Abständen. Er wartete, zählte die Sekunden, versuchte die Intervalle zu erfassen, aber sie waren so unberechenbar, dass er sich ganz auf seinen Instinkt verlassen musste. Und dabei beinahe grausam verbrannt wäre, als er plötzlich darunter hindurch sprintete. Kurze Zeit später stürzte ein großes Stück der Tunnelwand ein, gerade als er vorbei lief, und ein Schwall von geschmolzenem, glühend heißem Gestein ergoss sich durch den Tunnel hinter ihm her. Er rannte um sein Leben, um dem höllischen Feuerstrom zu entkommen, der bereits um seine Füße leckte. Erst als der Strom allmählich abzukühlen begann, konnte er erleichtert aufatmen und sein Tempo verlangsamen.

Aber es kamen noch längere Tunnel und größere Vulkanhöhlen. Überall Lava. Noch heißere Temperaturen. Und die Hitze stieg immer noch weiter an. Michael schwitzte längst nicht mehr – er war völlig ausgetrocknet. Mund, Gaumen und Kehle fühlten sich wie Pergament an, seine Zunge rau wie eine Mondlandschaft. Er hätte sogar aus dem dreckigsten Brunnen getrunken, aus einem Sumpf, aus einer Abwassergrube. Aber in dieser Höllenhitze war nichts dergleichen zu finden. Von Durst und Hunger förmlich verzehrt, schwanden auch seine letzten Kräfte.

Und trotzdem lief er weiter und immer weiter, dorthin, wo der Code – der Pfad – ihn hinführte.

Sein Verstand war einzig und allein darauf fixiert.

2

Die Stunden vergingen. Und von jeder dachte Michael, dass es seine letzte sein würde. Dass er zusammenbrechen und keinen einzigen Schritt mehr machen würde. Die glühende Hitze würde ihn versengen, er würde sterben, in den Wake zurückkehren und in seinem Coffin aufwachen.

Und doch taumelte er durch einen weiteren der schier endlosen Tunnel – bis er mit dem Kopf gegen einen von der Decke hängenden Felsbrocken prallte. Er schrie auf, sackte auf die Knie und versuchte benommen, sich zu orientieren. Entsetzt stellte er fest, dass er sich nicht mehr aufrichten konnte: Der Tunnel hatte sich verengt. Die schwarzen Felswände waren so dicht zusammengerückt, dass höchstens noch zwei Menschen nebeneinander hindurchkriechen konnten. Auch das Licht war viel schwächer geworden.

In diesem Augenblick überwältigten ihn Panik und Platzangst, und tausend Fragen schossen ihm durch den erschöpften, überhitzten Verstand – hatte er sich verlaufen, war er irgendwo falsch abgebogen, hatte er einen anderen Durchgang übersehen? Was lag noch vor ihm – eine weitere Tür? Ein Portal? Michael rollte sich zusammen, zog die Beine an die Brust, schlang die Arme um die Knie, schloss die Augen und wiegte sich vor und zurück, um sich zu beruhigen.

Langsam ließ die Panikattacke nach. Er streckte sich auf dem Boden aus und trotz des harten, unbequemen Gesteins schlief er sofort ein.

3

Er erwachte mit steifen, schmerzenden Gliedern und sah sich im Tunnel um. Kein Zweifel, er würde in derselben Richtung weitergehen müssen. Auf seinem ganzen Weg durch den Vulkan hatte er immer wieder den Umgebungscode nach anderen Möglichkeiten durchsucht, aber vergeblich. Der Pfad war eine Einbahnstraße. Und er durfte jetzt nicht aufgeben.

Der Hunger schien ihn von innen heraus zu verzehren, doch das war nichts im Vergleich zu dem unsäglichen Durst, der seine Kehle austrocknete, als briete sie in der Wüstensonne.

Wasser. Er würde bedenkenlos töten, um auch nur an einen einzigen Becher Wasser zu kommen.

Stöhnend rappelte er sich auf Hände und Knie und kroch weiter. Der raue Felsboden scheuerte seine Haut auf, aber das spielte keine Rolle mehr. Er konzentrierte sich nur noch auf das, was er vor sich sah – auf den Pfad. Und der Tunnel wurde immer noch enger.

Aber er kroch weiter.

Bald schabte die Tunneldecke über seinen Rücken und

er musste sich noch tiefer ducken. Auf dem Bauch liegend, robbte er weiter, stieß sich mit den Beinen ab, zog sich mit den Armen voran, wie ein Soldat im Boot Camp. Doch auch die Wände rückten immer noch näher zusammen, und es wurde immer schwieriger, die Arme zu bewegen.

Und dann blieb er stecken.

4

Er wusste nur zu gut, was Platzangst war. Aber das, was er nun verspürte, war mit nichts zu vergleichen – eine furchtbare Panik überwältigte ihn. Obwohl er sich kaum noch rühren konnte, schlug er um sich, schrie sich die schmerzende Lunge aus dem Leib. Aber er steckte fest, so sehr in den Tunnel verkeilt, dass er sich weder vor noch zurück bewegen konnte. Das Echo seiner Schreie hallte von überall her, das schwarze Felsgestein schien ihn langsam zu erdrücken. Mühsam brachte er sich unter Kontrolle, schloss die Augen und versuchte, sich auf den Code zu konzentrieren, aber seine Gedanken liefen Amok. Schließlich gab er es auf.

Er wand und drehte sich und krallte sich in den harten Boden.

Tatsächlich glitt er ein paar Zentimeter vorwärts. Und verdoppelte seine Anstrengungen. Wieder schob er sich mit Zehen und Fingern ein paar Zentimeter voran. Spannte seine Muskeln an, schob sich weiter. Blieb erschöpft liegen. Versuchte es noch einmal. Eine Armlänge. Dann noch eine. Und noch eine.

Und dann – ein blauer Lichtschimmer, so hell wie ein strahlender Morgenhimmel. Er hätte schwören können, dass dieses Licht bis vor ein paar Sekunden noch nicht zu sehen gewesen war. Eine Halluzination? Oder der Ausgang? Aber er verspürte keinen Lufthauch, hörte nichts, sah keine Wolken. Nur reines Blau. Ein unerklärliches blaues Loch.

Wieder schrie er voller Frust auf. Dann zwang er sich, seine letzten Kräfte zu mobilisieren, um dieses verheißungsvolle Blau zu erreichen. Alles war besser, als hier festzustecken. Ein Portal? Ganz bestimmt ein Portal. Es musste eines sein.

Stöhnend wand er sich weiter, grub die längst zersplitterten Fingernägel in den Felsboden, schob sich Zentimeter um Zentimeter voran. Der helle Fleck kam näher. Noch ein Meter, ein halber Meter ... ein paar Handbreit.

Als er ihn endlich erreichte, verlor Michael beinahe den Verstand. Er konnte keinen einzigen halbwegs vernünftigen Gedanken mehr fassen. Da war nur noch das unbändige Verlangen, dieser entsetzlichen Enge zu entfliehen und das Blau zu erreichen. Egal, was ihn dort erwarten mochte.

Mit einem letzten Aufbäumen streckte er die Hände vor und stieß sie durch die blaue Fläche. Es war, als tauchten sie in hellblaue Tinte ein. Dann fühlte er, wie etwas auf der anderen Seite seine Hände ergriff, und er wurde durch das Blau gezogen. Für immer aus dem Vulkan heraus.

5

Er fiel. Kalt, hart. Stahl. Gleißend weißes Licht ringsum. Laut stöhnend stützte er sich ab und rollte sich auf den Rücken. Er blinzelte, versuchte zu erkennen, wo er war. Sah jedoch nichts als reinstes Weiß. Bis auf ... einen verschwommenen Schatten in der gleißenden Helle, eine menschliche Gestalt.

»Wo bin ich?«, krächzte Michael und zuckte bei dem scheußlichen Laut, der ihm über die rissigen, ausgetrockneten Lippen kam, zusammen.

Die Stimme, die ihm antwortete, klang blechern, mechanisch. Roboterhaft. »Michael. Du bist am Scheidepunkt. Jetzt gibt es kein Zurück mehr.«

Michael blinzelte gegen die blendende Helligkeit an, um das sprechende Ding besser sehen zu können. Es war auf jeden Fall nicht menschlich – auch wenn seine Silhouette so aussah. Kopf, Schultern, zwei Arme, zwei Beine, aber alles aus silbrig glänzendem Metall. Eine absolut glatte Oberfläche, ohne Naht, ohne Spalt, da war nichts, was die perfekte äußere Hülle gestört hätte. Und das Ding hatte weder Augen noch Nase oder Mund, nur ein grünlich glänzendes Visier, hinter dem nichts zu erkennen war. Ein Roboter. Und er stand unbeweglich vor Michael.

Michael blickte sich weiter im Raum um. Bis auf das weiße Licht war er vollkommen leer. Er war mit dem Roboter allein.

Aber Michael dachte nur an das eine. »Wasser?«, krächzte er mühsam. Langsam setzte er sich auf.

»Ja«, antwortete das Ding mechanisch. »Wir werden nun deinen Körper versorgen.«

Eine Scheibe löste sich aus dem Boden und sank in die Tiefe. Fast wahnsinnig vor Durst beobachtete Michael, wie die Scheibe wieder auftauchte – beladen mit einem großen Teller voller Essen sowie einem großen Becher voll reinstem Wasser. Er konnte es kaum erwarten, bis die Scheibe vor ihm anhielt.

»Iss und trink«, befahl der Roboter, ohne sich zu bewegen. »Du hast fünf Minuten Zeit, bis der Einsatz erhöht wird.«

6

Michael starb fast vor Hunger und Durst. Er war so benommen, dass er nicht auf die Bemerkung des Roboters achtete, die vage, versteckte Drohung darin nicht wahrnahm. In diesem Moment gab es für ihn nichts anderes als die Mahlzeit vor ihm: ein dickes Steak, grüne Bohnen und Karotten, dazu ein großes Stück Brot. Und der riesige Becher Wasser.

Michael fiel gierig darüber her. Goss sich den halben Becher in die Kehle und genoss das beinahe ekstatische Gefühl, als das Wasser durch seinen Mund in seinen Körper rann. Griff nach dem Steak, ohne auf das Besteck zu achten, und nahm einen riesigen Bissen. Schob Karotten und Bohnen hinterher, noch während er das Steak kaute. Noch mehr Gemüse. Wasser. Brot. Wasser. Fleisch. Gemüse. Brot. Er stopfte sich regelrecht voll.

Noch nie, dachte er, *hat etwas so wunderbar geschmeckt.*

Als er den letzten Krümel verdrückt und den letzten Tropfen Wasser getrunken hatte, wischte er sich den Mund am Ärmel ab und blickte in das flache, glatte »Gesicht« des Roboters.

»Ich bin satt, danke«, sagte er, während sein Magen inzwischen gewisse Probleme hatte, mit dem plötzlichen Festmahl fertigzuwerden.

Die silberne Kreatur trat ein paar Schritte zurück, bis sie in der hinteren Ecke des Raums stand. Gleichzeitig senkte sich die Scheibe mit dem leeren Teller und dem leeren Becher wieder und verschwand. Michael richtete seine Aufmerksamkeit erneut auf den Roboter.

»Du hast den Punkt erreicht, an dem es kein Zurück mehr gibt. Den Scheideweg. Bis zu diesem Punkt wäre deine Suche nach dem, was am Ende des Pfades liegt, beendet gewesen, wenn du getötet worden wärst. Dein wirkliches Leben hätte jedoch nicht geendet. Deine Gefährten sind wieder in den Wake zurückgekehrt, sie sind am Leben und es geht ihnen gut.«

»Äh ...«, murmelte Michael, »schön zu hören, dass sie in Sicherheit sind. Ich will so bald wie möglich wieder bei ihnen sein.«

Der Roboter fuhr fort, als hätte er Michael nicht gehört. »Bis zu diesem Punkt wusstest du immer, dass dein Tod nicht endgültig sein würde. Von hier an ist das anders. Willst du die Suche nach der Holy Domain vollenden, so steht ab jetzt nicht mehr nur dein virtuelles, sondern auch dein *wirkliches* Leben auf dem Spiel.«

Michael drehte sich der Magen um. Was zur Hölle redete das Ding da?

»Mission fortsetzen«, befahl der Roboter. Zwei Worte, die einen plötzlichen Energieschub bei Michael auslösten. Voller Tatendrang sprang er auf – ohne zu wissen, was genau er eigentlich tun sollte. Aber der Befehl hatte offenbar gar nicht ihm gegolten.

Mit einem Mal erfüllte ein dröhnendes Summen den Raum, dann schien irgendwo ein Motor anzuspringen. Michael blickte auf – und sah voller Entsetzen, wie sich stählerne Arme aus der Decke herabsenkten. An ihren Enden befanden sich verschiedene Instrumente. Silberne Klauen streckten sich nach ihm aus. Er versuchte, ihnen zu entkommen, aber sie waren zu schnell. Zwei Klauen legten sich um seine Handgelenke, packten fest zu und rissen Michael grob in die Höhe. Zwei weitere Klauen umklammerten seine Knöchel und zogen seine Beine auseinander, sodass er nun mit ausgebreiteten Armen und abgespreizten Beinen mitten im Raum hing. Er wehrte sich, doch gegen den eisenharten Klammergriff war er machtlos.

Da schwenkten auch schon weitere Stahlarme heran. Einer legte Michael ein stählernes Band um den Hals, ein zweites wurde ihm um die Stirn gelegt, sodass sein Kopf völlig starr fixiert war. Ein weiteres Band wurde so fest um seine Brust gezogen, dass es fast schmerzte. Innerhalb weniger Sekunden hing Michael vollkommen bewegungsunfähig in der Luft.

»Was macht ihr mit mir?«, schrie Michael. »Was soll das alles?«

Der Roboter gab keine Antwort und rührte sich nicht. Michael schloss die Augen, um die Programmierung zu checken, aber alles, was er sah, war ein wildes Buchstabenchaos, nirgendwo konnte er einen Zugang erkennen. Dann ertönte ein Surren und daraufhin ein Geräusch, als würde eine Gangschaltung betätigt. Es kam von rechts, anscheinend nicht weit von seinem Ohr entfernt, aber er konnte den Kopf keinen Millimeter bewegen, um zu sehen, was vor sich ging. Er konnte nur *spüren*, dass sich ihm etwas näherte. Und dann nahm er aus dem äußersten Augenwinkel eine vage Bewegung wahr. Das Surren wurde immer durchdringender, schneller, schriller.

»Was passiert mit mir?«, brüllte Michael.

Im nächsten Moment schien sein Kopf vor Schmerz zu explodieren. Er schrie in Todesangst, als sich etwas Scharfes durch die Haut an seiner Schläfe bohrte. Er schrie und schrie, bis er keine Luft mehr bekam, schnappte nach neuer Luft und schrie weiter.

Der Schmerz war so überwältigend, dass er nichts anderes mehr spürte. Plötzlich stand der Roboter direkt vor ihm, das grün schimmernde leere Visier nur eine Handbreit von Michaels Gesicht entfernt.

»Dein Core wurde zerstört«, hörte er die mechanische Roboterstimme. »Ab jetzt wirst du auch in Wirklichkeit sterben, wenn du versagst.«

Kapitel 21

Zwei Türen

1

Die Klauen, die Michael so fest umklammert gehalten hatten, lösten sich ohne Vorwarnung. Er fiel zu Boden, während sich die Stahlarme innerhalb von Sekunden unter lautem metallischem Summen wieder in die Decke zurückzogen. Dann war alles vorbei. Stille herrschte. Und er war wieder allein mit dem silbernen Monster.

Sein Kopf schmerzte. Instinktiv betastete er die Wunde, und als er die Hand zurückzog, sah er, dass sie blutverschmiert war. Seine Schläfe fühlte sich an, als hätte jemand mit einem scharfen Messer darin gewütet. Sein Core war entfernt worden.

»Wie konntet ihr das tun?«, schrie er den Roboter an. Nur Michael selbst sollte in der Lage sein, seinen durch Passwörter geschützten Core zu entfernen. »Woher kennt ihr meinen Code?«

»Von jetzt an hast du nur eine einzige Chance. Sonst erwartet dich der Tod.« Die kalte, unbarmherzige Roboterstimme jagte Michael einen Schauder über den Rücken.

»Kaine weiß, was niemand sonst weiß: wie man sich Zugang zu einem Code verschafft.«

»Dann richte deinem Kaine aus, dass ich ihn töten werde!«, schrie Michael außer sich vor Wut. »Ich werde ihn aufspüren! Und ihm den Core aus dem Schädel reißen! Und darauf herumtrampeln, ihn ins Klo werfen und runterspülen! Sag das deinem Kaine!«

»Nicht nötig«, antwortete das Silbermonster. »Kaine hört alles.«

2

Kaum war die Roboterstimme verhallt, nahm die Helligkeit im Raum zu – das Weiß um ihn herum war so gleißend, dass Michaels Augen brannten. Er kniff sie zusammen und presste die geballten Fäusten zum Schutz dagegen. Wieder war ein Summen zu hören, immer lauter, bis es in ein extrem schrilles Klirren überging.

Das Klirren vibrierte durch Michaels Kopf und ließ die Wunde an seiner Schläfe noch schmerzhafter pochen. Er spürte, wie sie wieder aufbrach und ihm ein frischer Blutstrom durchs Haar sickerte.

Licht und Lärm wurden immer unerträglicher, schienen ihn körperlich zu erdrücken. Ein verzweifelter Hilfeschrei brodelte in seinem Innern, stieg ihm wie eine heiße Luftblase durch die Kehle und explodierte förmlich aus seinem

Mund – nur um von dem alles überwältigenden Lärm verschluckt zu werden.

Plötzlich wurde alles dunkel und so still, dass er seinen eigenen Atem überlaut rasseln hörte. Der Schweiß rann ihm aus allen Poren. Sein Instinkt sagte ihm, sich nicht zu rühren, die Augen geschlossen zu halten und zu beten, dass das, was ihm noch bevorstand, sich einfach in Nichts auflösen möge. Dass man seinen Core entfernt hatte – dass er einfach *auscodiert* worden war, in einem ungeheuerlichen, illegalen Akt –, erfüllte ihn mit so großer Angst, wie er es nie für möglich gehalten hätte.

Er wollte nicht sterben. Zwar hatte er auch schon vor dem Auftauchen dieses Roboters Angst empfunden, aber immer vor dem Hintergrund, dass der VirtNet-Tod kein endgültiger war – sondern nur bedeutete, dass er in den Wake zurückkehren, aus dem Coffin steigen und sich zur Entspannung aufs Bett werfen würde. Die einzigen längerfristigen Verletzungen wären psychischer Art – leichte Traumata, nichts, was ein guter Seelenklempner nicht innerhalb weniger Therapiesitzungen reparieren konnte. Und mit der VNS wäre er – falls nötig – schon irgendwie fertiggeworden.

Aber all das galt jetzt nicht mehr. Ab jetzt stand sein Leben wirklich auf dem Spiel. Die Angst war echt. Ohne den Core – ohne diese Sicherheitsbarriere, seine Verbindung zum Coffin – würde sein Gehirn tatsächlich den Geist aufgeben, wenn er starb. Der Core war für das ganze System genauso wichtig wie ein schlagendes Herz für einen menschlichen Körper. Die gesamte digitale Architektur des VirtNet beruhte auf diesem kleinen Mikrochip, den jeder Gamer in sich trug. Ohne ihn funktionierte das VirtNet nicht mehr, denn ohne ihn gab es keine Barriere mehr zwischen virtueller und realer Welt.

Und er war nun ohne Core.

Er wollte nichts mehr sehen, nichts mehr hören. Am liebsten hätte er sich wie ein Baby unter einer Decke zusammengerollt und zu wimmern begonnen.

Mehrere Minuten lang verharrte er reglos und mit geschlossenen Augen – bis ein rotes Blinken durch seine Lider schimmerte. Langsam schlug er die Augen auf – und erblickte eine einfache Holztür, über der ein Neonschild leuchtete und die Tür mit dem blutroten Licht der Buchstaben übergoss.

Die Aufschrift lautete: HOLY DOMAIN.

3

Michael wollte schon aufspringen, aber dann siegte die Vorsicht. Er lag auf der Seite, die Knie bis zur Brust hochgezogen, streckte jetzt langsam die Beine aus und rollte sich auf den Rücken. Ließ den Blick durch den Raum schweifen, scannte die Umgebung, hielt nach allem Ausschau, was ihm Schmerzen zufügen könnte. Denn davon hatte er nun wirklich genug gehabt.

Aber alles um ihn herum war dunkel. Bis auf eine zweite Tür, die der ersten glich und sich genau gegenüber befand.

Auch über dieser Tür hing ein blinkendes Neonschild, doch die Buchstaben darauf leuchteten giftgrün: AUSGANG.

Michael setzte sich auf, zog die Beine wieder an die Brust und legte die Arme um die Knie. Zwei Neonschilder, zwei Türen. Mehr war nicht zu sehen. Er konnte nicht einmal die Wände oder eine Decke ausmachen, selbst der Boden schien irgendwie im leeren Raum zu hängen, als ob er schwebte.

Holy Domain.

Ausgang.

Zwei Möglichkeiten. Langsam stand er auf und ließ seinen Blick zwischen den beiden Türen hin und her schweifen. Da war er also nun, nach allem, was er durchgemacht hatte. Vielleicht auf der Schwelle zu dem Ort, nach dem er so verzweifelt gesucht hatte. Den zu finden man ihm befohlen hatte. Jetzt hatte er die Chance, diese Mission zu Ende zu führen. Etwas zu stoppen, das – wie die VNS glaubte – die ganze Welt bedrohte. Michael war mit einem Tracker ausgestattet – wenn er durch die Tür ging, die zur Holy Domain führte und dort tatsächlich Kaine aufspürte, würden die VNS-Agenten anrücken und ihn retten.

Aber irgendetwas an der Sache war faul. Das spürte er schon seit einer ganzen Weile. Es war klar, dass sie ihm nicht die ganze Wahrheit erzählt hatten. Der Pfad war nicht einfach nur eine Firewall. Er hatte das überwältigende Gefühl, dass er stets genau das tat, was Kaine wollte, und dass das nichts mit der VNS zu tun hatte, und dass ihn der Schritt durch die Tür zur Holy Domain womöglich in … in *was* führte? Er hatte keine Ahnung.

Aber auf jeden Fall stand sein Leben, sein *echtes* Leben auf dem Spiel.

Bryson war zu Hause. Sarah war zu Hause. Und Michaels Familie …

Sein Vater. Seine Mutter. Helga. Er hatte sie völlig vergessen. Was war mit ihnen geschehen, was war ihnen zugestoßen? Wie konnte er auch nur daran denken, mit dieser ganzen Sache weiterzumachen, solange er keine Ahnung hatte, was da wirklich gespielt wurde?

Doch dann verhärtete sich etwas in ihm. Wie konnte er auch nur daran denken, jetzt noch aufzugeben? Seine Familie wurde bedroht! Seine besten Freunde! Und er hatte Sarah ein Versprechen gegeben. Ganz zu schweigen von der Pflicht, einen außer Kontrolle geratenen Tangent aufzuhalten.

Hier, vor diesen beiden Türen, musste er eine letzte, endgültige Entscheidung treffen. Aber im Grunde gab es für ihn nur eine einzige Möglichkeit.

Entschlossener als jemals zuvor seit Beginn der Mission steuerte er schnellen Schrittes auf die Tür zu, über der HOLY DOMAIN stand. Öffnete sie. Und ging hindurch.

Kapitel 22

Die Hütte in der Wüste

1

Auf der anderen Seite der Tür herrschte absolute Stille. Und absolute Dunkelheit. Nichts war zu hören, nichts war zu spüren, nicht einmal die leichteste Brise. Nichts. Nur totale Finsternis. Aber Michael zögerte nicht. Er zog die Tür hinter sich ins Schloss.

Sofort veränderte sich die Atmosphäre, als sei er bis jetzt all seiner Sinne beraubt gewesen, die sich nun plötzlich wieder einstellten. Ein Wind fegte heran und trug etwas mit sich, das in seinen Augen brannte, wie feiner Sand. Es wurde wärmer, dann heiß. Er wischte sich mit dem Ärmel über die Augen, spürte, wie es um ihn herum heller wurde – und als er sich schließlich umsah, verschlug es ihm förmlich den Atem.

Er stand mitten in einer Wüste.

Die Tür war verschwunden. In allen Richtungen erstreckten sich goldene Sanddünen. Die scharfen Linien der Dünenkämme zeichneten sich klar und deutlich vor dem Himmel ab. Ein Himmel von einem schier unglaublichen perfekten wolkenlosen Blau. Sandschleier wirbelten über die Dünen durch die sengende Hitze wie verdunstende Wolken einer uralten Dampflok. Das Land ringsum war völlig kahl, unfruchtbar, ohne einen einzigen Baum oder Busch – ohne irgendetwas Grünes. Nur Sand, meilenweit Sand.

Mit einer Ausnahme.

Nicht sehr weit entfernt stand eine baufällige kleine Hütte, kaum größer als ein altertümliches Klohäuschen, aus grau verwittertem, verquollenem Holz. Rostige Nägel ragten halb aus den Seitenplanken heraus. Die Tür hing schief in den geborstenen Angeln und knarrte und quietschte im Wind. Ein Anblick, wie er trostloser kaum hätte sein können inmitten der Sandwüste.

Michael ging auf die Hütte zu. Und begann bereits zu bereuen, dass er sich nicht für den Ausgang entschieden hatte. Dann hätte er die Sache jetzt schon hinter sich.

2

Die Sonne brannte unbarmherzig vom Himmel, als Michael durch den Sand stapfte. Er versuchte, die düsteren Gedanken beiseitezuschieben. Er hatte seine Entscheidung getroffen, und jetzt blieb ihm nichts anderes übrig, als die Sache durchzuziehen. Irgendetwas sagte ihm, dass es – so oder so – bald vorüber sein würde. Ohne sein vorzeitiges Ableben, hoffte er.

Schweiß lief ihm in Strömen übers Gesicht, Kopf und Nacken glühten förmlich. Sein Haar fühlte sich an, als würden jeden Moment Flammen daraus auflodern, und sein Shirt war so nass, als käme es direkt aus der Waschmaschine. Während er sich der Hütte näherte, hoffte er, dass die baufälligen Wände mehr beherbergten als nur ein Plumpsklo oder einen Eimer. Er hoffte auf Antworten.

Gerade als er die Hand nach der Tür ausstreckte, ertönte hinter ihm eine Stimme.

»An deiner Stelle würde ich das bleiben lassen.«

Michael zuckte zusammen und wirbelte herum. Vor ihm stand ein Mann, der von Kopf bis Fuß in ein riesiges, zerschlissenes Stück Stoff gewickelt war, die Augen hinter einer dunklen Sonnenbrille verborgen.

»Wie bitte?«, fragte Michael verblüfft. *Konnte das Kaine sein?*

»Ich geb ja zu, hier auf den Dünen ist es ziemlich windig«, antwortete der Mann, »aber du hast mich schon verstanden. Ziemlich gut sogar.«

Natürlich hatte er recht. »Sie meinen also, ich soll da nicht reingehen? Und warum nicht?«

»Da gibt's viele Gründe. Ich sag dir nur eins: Geh durch diese Tür, und dein Leben wird nie mehr so sein wie bisher.«

Michael suchte nach einer Antwort. »Aber ... könnte das nicht vielleicht sogar von Vorteil sein?«

»Alles ist relativ«, gab der Mann zurück, ohne den

Hauch einer Regung zu zeigen. »Bist du mit Seilen gefesselt, ist ein Messer ein Segen. Liegst du in Ketten, ist es ein Fluch.«

»Verdammt tiefsinnig.« Michael fragte sich, ob der Typ ein Tangent war, der ihn verunsichern sollte.

»Das kannst du sehen, wie du willst.«

»Woher kommen Sie?«

»Du bist doch im VirtNet, oder?«, fragte der Mann zurück, immer noch völlig reglos. »Ich komme von dort, wo ich herkomme.«

»Sagen Sie mir einfach nur, warum ich nicht durch diese Tür gehen soll.«

Der Mann antwortete nicht. Plötzlich frischte der Wind auf und wirbelte Sand durch die Luft, der Michael ins Gesicht wehte und in seinen Mund drang. Er spuckte und hustete und wischte sich die sandige Spucke weg. Dann wiederholte er die Frage.

Dieses Mal antwortete der Mann, und die Antwort jagte Michael einen kalten Schauder über den Rücken.

»Wenn du nicht gehst, werden deine Kopfschmerzen ein Ende haben.«

3

Nun war Michael derjenige, der nicht mehr antwortete. Wie erstarrt stand er da und blickte den Mann ohne Gesicht an. Nie wieder diese Kopfschmerzen – eigentlich konnte es doch gar nichts Besseres geben.

»Geh nicht durch diese Tür«, sagte der Fremde. »Komm mit mir in ein Land, in dem sich deine Ahnungslosigkeit als dein größter Segen erweisen wird.«

Da fand Michael endlich seine Stimme wieder. »Wie?«

Aber der Mann schüttelte nur den Kopf. Es war die erste Regung, die Michael bemerkte. »Mehr darf ich nicht sagen. Ich habe schon zu viel gesagt. Aber ich meine es ernst mit meinem Versprechen – komm mit mir und lass Kaine in Ruhe, lass die Finger vom Mortality Dogma, dann wirst du den Rest deiner Tage an einem Ort des reinen Glücks und der seligen Unwissenheit verbringen. Entscheide dich.«

Michael war wie gebannt von dem Fremden. »Was ist denn dieses Mortality Dogma überhaupt?«, fragte er und wies mit dem Daumen über seine Schulter. »Und was passiert, wenn ich hineingehe?«

Mit einem Mal verspürte er den dringenden Wunsch – nein, es war mehr: eine alles verzehrende Begierde –, dem Rat des Fremden zu folgen. Der Pfad hatte Michael alles abverlangt und er fühlte sich ausgebrannt, leer, entmutigt. Und irgendwie wusste er, dass sich das Versprechen des Mannes *wirklich* erfüllen würde. Hier gingen Dinge vor sich, die Michael längst nicht mehr begreifen konnte. Wenn er dem Fremden folgte, würde er niemals die Wahrheit erfahren und ein glückliches, ahnungsloses Leben führen.

Aber die Sache hatte einen Schönheitsfehler – wie ein Ölfleck auf einem ansonsten makellos reinen, kristallklaren See –, schmierig, trügerisch, falsch. Und das durfte er nicht ignorieren.

»Genug gefragt«, sagte der Mann. »Komm mit mir, Michael. Komm. Nur ein Wort von dir und wir verschwinden aus dieser Wüste und gehen zu dem Ort, den ich mein Zuhause nenne. Sag es, sprich es aus.«

Und Michael sehnte sich danach, das Wort zu sagen. Er wollte mit diesem Mann gehen, wollte die Wahrheit nicht mehr herausfinden müssen. Überhaupt: Welche Wahrheit, und worüber? Michael wollte nicht erfahren, was er nach Kaines Willen offenbar erfahren sollte.

Aber er konnte es nicht. Er ahnte, dass diese Entscheidung nicht zu seinen Freunden und zu seiner Familie führen würde.

»Tut mir leid«, sagte er schließlich. »Aber ich habe mich für die Hütte entschieden.«

Der Fremde versuchte nicht, ihn zurückzuhalten, als sich Michael von ihm abwandte. Der Wind zerrte an seinen Kleidern, der Sand prickelte auf seiner Haut, und während er die Hand nach dem Türknauf ausstreckte, begann er seine Entscheidung schon zu bereuen. Er stieß die Tür auf und trat in die muffig stinkende Hütte.

4

Die Tür fiel mit gedämpftem Klappern zu, und plötzlich war es stockfinster. Michael wurde klar, dass er soeben ein Portal betreten hatte – ein Portal nach Irgendwo – und dass die Wüste um die Hütte herum im selben Augenblick verschwunden war. Zweifel nagten an ihm, als er darauf wartete, dass es wieder hell würde. Doch das Licht, das dann zu leuchten begann, war warm und beruhigend.

Er befand sich in einem niedrigen Gang. Wände und Decke waren aus großen Steinquadern gemauert, der Boden mit Steinfliesen bedeckt. Brennende Fackeln steckten in eisernen Halterungen an der Wand, dazwischen hingen zerschlissene Webteppiche, die mittelalterliche Schlachtenszenen zeigten und Michael an die vielen Ritter-Games erinnerten, die er früher so oft gespielt hatte. Er blickte nach links und nach rechts und überlegte, wohin er sich wenden sollte. Der Gang sah in beiden Richtungen völlig gleich aus. Gerade als er sich dazu entschlossen hatte, einfach willkürlich loszulaufen, hörte er von links ein schwaches Geräusch – wie Stimmen. Wie das geisterhafte Flüstern der

Menschen, die in diesem Gang gestorben sein mochten. Rasch scannte er den Umgebungscode, doch der enthüllte ihm nichts.

Michael entschied, dem Geräusch zu folgen.

Vorsichtig schlich er den Gang entlang, wobei er sich stets im Schatten der Fackeln hielt. Der Gang machte eine Biegung, und schon nach kurzer Zeit wurden die Stimmen lauter. Eine Stimme schien alle anderen zu übertönen. Sie kam ihm irgendwie bekannt vor. Auf unangenehme Weise bekannt. Es fühlte sich an, als durchlebte er erneut einen Albtraum, der ihn schon seit Jahren plagte.

Kaines Stimme. Michael hatte nicht den geringsten Zweifel. Diese Stimme würde er nie mehr vergessen.

Er konnte nicht verstehen, was der Tangent sagte – die Worte hallten durch den Gang und vermischten sich mit weiteren Stimmen, die immer wieder einsetzen. Es klang nach einer Art Besprechung.

Der Gang wurde allmählich heller. Michael presste sich jetzt so eng wie möglich an die Wand und schob sich nur noch langsam vorwärts. Weiter vorn machte der Gang erneut einen Bogen nach rechts, und als er ihm vorsichtig folgte, entdeckte er, dass der Gang in eine balkonähnliche Empore mündete, von der aus man eine große Halle überblicken konnte. Eine Art Rittersaal – war das die Holy Domain? Der Saal war hell erleuchtet. Kaines Stimme dröhnte von unten zu ihm herauf wie aus einer Schlucht. Michaels Magen verkrampfte sich.

Es ist so weit. Er hatte es bis zum Ende geschafft. Jetzt würde sich alles ändern.

Er ließ sich auf die Knie nieder und kroch vorsichtig bis zur Brüstung, um zwischen den niedrigen Säulen in die Halle hinunter zu spähen.

Ein alter, buckeliger Mann stand auf einer Art improvisiertem Podest, fast wie eine Kanzel in einer Kirche. In diesem Moment schwieg er gerade und schien nun seinerseits seinen Publikum zuzuhören. Etwa dreißig Männer und Frauen saßen auf geschwungenen Bänken, die vor dem Podest aufgestellt waren. Die meisten rutschten unruhig auf ihren Plätzen hin und her, als seien sie anderer Meinung als der Alte oder als bereiteten ihnen seine Worte Unbehagen. Der Mann trug eine grüne Robe mit einem kleinen Schwert an seinem Gürtel. Michael konnte nicht glauben, dass dieser verkümmerte Alte da vorn der Tangent sein sollte, der das gesamte VirtNet terrorisierte. Aber als der Bucklige wieder zu sprechen anfing, gab es keinen Zweifel mehr.

Es war Kaine.

Und der Tangent wusste – *musste* wissen –, dass Michael angekommen war.

Kaine hielt eine magere, gebrechlich wirkende Hand in die Höhe. Die Versammlung verstummte sofort. Nur noch das Knistern der Flammen war zu hören, die hinter ihm in einem riesigen Kamin loderten. In Michaels Kehle hatte sich ein Kloß gebildet und er musste gegen den Hustenreiz ankämpfen.

Jetzt sprach Kaine weiter. »Die Macht in dieser heiligen Halle ist unbeschreiblich – noch vor ein paar Jahren völlig unvorstellbar. Wir dürfen nicht das verschwenden, was wir uns aufgebaut haben. Das, was wir geworden sind. Unabhängig. *Bewusst.*« Er hielt kurz inne. »Die Zeit ist reif, die Führung zu übernehmen.«

Ein Teil der Tangents jubelte halbherzig. Michael hätte gerne jeden Einzelnen von ihnen betrachtet, konnte aber den Blick nicht von der Gestalt auf dem Podest abwenden. Von demjenigen, den zu finden man ihn hierher geschickt hatte.

Als die Versammelten wieder still waren, fuhr Kaine fast flüsternd fort.

»Wir sind bereit, menschlich zu werden.«

KAPITEL 23

Die Begegnung

1

Michael war geschockt.

Ein wichtiges Detail hatten ihm Agentin Weber und der kleine Comic-Agent nie verraten: Wie konnten sie wissen, wann sie sich ins Programm hacken und losschlagen mussten? Schließlich zeigte der Tracker nur, *wo* sich Michael befand, aber nicht, *wann* er Kaine aufgespürt hatte. Michael fühlte sich völlig allein gelassen. Hilflos kauerte er sich so dicht wie möglich an die Balkonbrüstung, um weiter zu beobachten, was dort unten vor sich ging. Und musste entsetzt feststellen, dass der Mann – nein, der Tangent – direkt zu ihm herauf blickte.

Michael wollte schon aufspringen und fliehen, als Kaines Stimme durch die Halle dröhnte und jeden Gedanken an Flucht vereitelte.

»Michael!«

Es klang wie ein Befehl. Schon der Ton reichte, um Michael erstarren zu lassen.

Kaine hob langsam die Hand und deutete mit einem

knochigen Zeigefinger auf ihn. »Ich habe auf dich gewartet«, fuhr er fort. »Voller Geduld. Nur auf dich. Es gibt Dinge, die du wissen musst, junger Mann. Meine Freunde hier sind meine Zeugen.«

Wo bleibt die VNS?, dachte Michael fieberhaft. *WO. SIND. SIE.* Er hatte nicht die geringste Ahnung, was er dem Tangent antworten sollte, deshalb schwieg er.

»Das Mortality Dogma«, erklärte Kaine. »Seine Stunde ist gekommen, Michael. Jeder von uns, die wir hier versammelt sind, hat sich einen Menschen ausgesucht, um ihn dafür zu benutzen. Und schon sehr bald werden wir das Dogma in die Wirklichkeit umsetzen. Es ist ganz einfach so: Auch wir Tangents haben ein Leben verdient. Und hier und heute wird es beginnen. Unsere Hüllen sind vorbereitet – auf jeden von uns wartet der Körper eines Menschen. Ihre Gehirne wurden vollständig geleert und können nun mit einem neuen Leben gefüllt werden. Einem besseren Leben. Die Intelligenz eines Tangent wird in den menschlichen Körper hochgeladen – und damit beginnt das nächste Stadium der Evolution!«

Michael wurde schlecht. Die Programme der Tangents, hochgeladen in menschliche Gehirne? Sein Herz pochte bis zum Hals.

»Du bist Teil von etwas viel Größerem, als du jemals für möglich gehalten hättest, Michael!«, rief Kaine lächelnd und zeigte seine alten, gelblichen, krummen Zähne.

Im selben Augenblick explodierte der Schmerz in Michaels Kopf. Er schrie auf, wand sich auf dem Boden und die Welt versank in einem Meer weißglühender Schmerzen.

Irgendwo am Rande des Bewusstseins hörte er Kaines eisige Stimme.

»*Bringt ihn zu mir.*«

2

Michael hielt die Augen fest geschlossen. Er weigerte sich, die entsetzlichen Visionen zu sehen, die seine Anfälle stets begleiteten.

Er hörte Schritte, schwere Stiefel auf den Steinfliesen. Befehlsgebrüll. Echos. Klirrendes Metall.

Und immer noch tobten die Schmerzen in seinem Kopf. Hände packten ihn, zerrten ihn auf die Füße. Dann eine neue Schmerzwelle, die seinen Kopf schier zerspringen lassen wollte und sich über seinen Nacken im ganzen Körper ausbreitete. Er konnte sich nicht auf den Beinen halten, seine Knie gaben nach. Die fremden Hände verstärkten ihren Griff, und er spürte, wie man ihn über den Boden schleifte.

Und immer noch hielt er die Augen geschlossen und die Schmerzen tobten weiter.

Den langen Gang entlang flackerte das Licht der Fackeln durch seine Lider. Michael war sich bewusst, dass er wimmerte, dass ihm Tränen übers Gesicht rannen, aber es war ihm egal. Es war ihm sogar egal, dass man ihn entdeckt hatte, dass man ihn jetzt abführte. Er fühlte nichts anderes als diesen überwältigenden Schmerz.

Und dann war es vorbei – ebenso abrupt wie bei allen anderen Anfällen –, gefolgt von dem urplötzlichen Bewusstsein, in welcher Gefahr er schwebte. Gefolgt von nackter Angst.

Er riss die Augen auf.

Zwei Männer – von denen er aber nur Kettenpanzer und strähniges Haar sehen konnte – zerrten Michael zwischen sich über den Steinboden, zwei weitere marschierten voraus. Sie gingen auf eine mächtige Holztür mit eisernen Scharnieren und Beschlägen zu. Links und rechts davon brannten Fackeln, deren Flammen hoch aufzuckten.

Einer der Männer trat an die Tür und schob den Riegel zurück. Die Tür schwang auf. Das schrille Quietschen der Scharniere schnitt durch die Stille. Michael war klar, dass er sich auf keinen Fall durch diese Tür schleppen lassen durfte, was auch immer ihn dahinter erwarten mochte. Er musste handeln. Musste sich irgendwie selbst retten. Ihm blieb keine Zeit mehr, auf die VNS zu warten.

Er zählte in Gedanken bis drei, sammelte seine ganze Kraft und wand sich aus dem Griff der Männer. Er ließ sich auf den Boden fallen und kroch auf allen vieren davon, bevor sie reagieren konnten. Kaum war er aus ihrer Reichweite, sprang er auf und sprintete los. Irgendwo musste es eine Tür oder Abzweigung geben, die ihm zuvor nicht aufgefallen war. Hinter ihm ertönten Schreie und das Trampeln von Stiefeln, knackendes Leder und metallisches Klirren. Die Soldaten nahmen die Verfolgung auf.

Michael rannte, so schnell er konnte, während er seinen Blick auf der Suche nach einem Fluchtweg verzweifelt umherirren ließ. Zur Not würde er zur Empore zurücklaufen und über die Brüstung in die Halle hinunterspringen – vielleicht konnte er den Aufprall mildern, wenn er auf Kaines Gefolgschaft landete.

Er bog gerade um eine Ecke, als eine gewaltige Explosion das Gebäude erschütterte. Michael wurde zu Boden geschleudert, schlitterte ein paar Meter über die Steinfliesen und schürfte sich Kinn, Knie und Ellbogen auf. Felsbrocken lösten sich krachend aus Decke und Wänden, Staubwolken stiegen auf. Michael hustete und keuchte und versuchte sich aufzurichten, als er plötzlich etwas entdeckte: ein riesiges Loch in der Mauer, nur ein paar Meter entfernt.

Jetzt trat eine Frau in blauer Militäruniform hindurch, das Gesicht hinter dem dunklen Visier ihres Helms verborgen. Die Waffe in ihren Händen – schmal, seidig glänzend, mit kurzem Lauf – sah aus wie aus einem Science-Fiction-Game. Ihr Finger lag am Abzug. Sie sah Michael kurz an – oder zumindest *glaubte* er, dass sie ihn ansah –, richtete ihren Blick dann auf etwas, das sich hinter ihm befand, und zielte.

Michael wirbelte herum. Im selben Augenblick leuchtete ein blendender blauer Blitz auf und schoss auf Michaels

Verfolger zu. Die Körper gingen in Flammen auf und brachen zusammen.

Die Frau kniete sich neben ihm nieder.

»Danke, dass du uns hierher geführt hast. Ab jetzt übernehmen wir. Und nun geh.«

3

Michael zögerte keine Sekunde. Die Frau gehörte eindeutig zur VNS.

Er sprang auf und rannte zu dem Loch in der Mauer. Aus der Ferne waren immer wieder Explosionen zu hören, vermischt mit dumpfem Grollen und gellenden Schreien und dem mechanischen Surren der Laserwaffen. Die Luft war grau vor Staub.

Michael sprang über einen Trümmerhaufen und durch eine Staubwolke und landete in einem weiteren tunnelähnlichen Gang. Ohne zu überlegen, bog er nach links ab. Die gesamte Burg erzitterte und der Boden unter seinen Füßen wankte, sodass er gegen eine Mauer taumelte und stürzte.

Aber er hatte keine Zeit zu verlieren. Schnell rappelte er sich auf und lief weiter, folgte dem Gang, der jetzt nach rechts abzweigte und in einer langen Spirale abwärts führte. Plötzlich stürmte ein kleiner Trupp von Soldaten auf ihn zu. Michael warf sich blitzschnell hinter einen Trümmerhaufen. Aber die Männer beachteten ihn gar nicht. Sie stürmten an ihm vorbei, dicht gefolgt von einer Gruppe von VNS-Agenten mit schussbereit erhobenen Waffen. Sie feuerten und erneut gingen die Soldaten in Flammen auf. Niemand schien Michael zu bemerken.

Wieder stand er auf, hustete gegen den Staub an und rannte weiter.

Schließlich mündete der Korridor in eine große Kammer, in deren Mitte ein Feuer hoch auflloderte. Rüstungen, Schwerter, Kampfbeile bedeckten die Wände. Auf der anderen Seite des Raums entdeckte Michael eine Tür. Er rannte los und hatte gerade die Mitte der Kammer erreicht, als sich mit einem Mal der Boden nach oben wölbte. Michael taumelte und landete flach auf dem Bauch. Das gesamte Gebäude schien auseinandergesprengt zu werden. Ringsum prasselten Mauersteine und Felsbrocken herab – ein großer Brocken zerbarst direkt neben Michaels Kopf in tausend Splitter. Michael rollte sich weg, kam auf dem Rücken zu liegen und sah im selben Moment einen weiteren Felsbrocken direkt auf sich herabfallen. Er konnte gerade noch rechtzeitig ausweichen. Doch dann schien die ganze Burg über ihm einzustürzen.

Michael robbte auf Händen und Knien voran und versuchte, den ständig herabregnenden Steinbrocken zu entgehen. Scharfe Splitter wirbelten durch die Luft, schnitten ihm ins Gesicht und der Staub füllte seine Lungen. Aber er kämpfte sich durch. Endlich erreichte er die inzwischen aus den Angeln gesprengte Tür, kam wieder auf die Füße und raste einen weiteren langen Korridor entlang, der noch ein wenig stabiler zu sein schien. Doch auch hier rieselte der Staub bereits aus unzähligen Rissen und Spalten, die sich bei jeder neuen Explosion an der Decke und an den Wänden auftaten. Aus der Ferne war ein lautes Rumpeln und Donnern zu hören. Und wieder kam ihm ein Trupp fliehender Soldaten entgegen. Er presste sich gegen die Wand und beobachtete sie misstrauisch. Tatsächlich blickten sie kurz zu ihm herüber, blieben aber nicht stehen.

Ungefähr zwanzig Meter weiter begegnete er drei VNS-Agenten. Einer nickte ihm im Vorbeilaufen zu. Es war Michael ein Rätsel, warum ihn niemand aufzuhalten versuchte. Kaines Leute mussten es doch auf seine Leiche abgesehen haben – und die VNS sollte ihn, den Jungen, der ihnen den Weg hierher gezeigt hatte, doch wohl beschützen. Aber sie alle ignorierten ihn.

Immer weiter und weiter lief er durch den nach unten führenden Korridor. Nach links. Nach rechts. Eine Abzweigung folgte auf die nächste. Immer wieder Explosionen und Schreie. Soldaten und Agenten. Staub, Steintrümmer, Felsbrocken. Kurze Feuerstöße aus Laserwaffen. Noch mehr Schreie. Der Gestank von Ozon und verkohltem Fleisch. Und Michael glitt an allem vorbei, niemand hielt ihn auf oder griff ihn an. Noch ein langer Gang, der in einem prächtigen Treppenhaus mündete. Die Treppe führte zu einer großen Eingangshalle hinab. Michael raste, immer drei Stufen auf einmal nehmend, hinunter. Unten angekommen rannte er auf die große Eingangstür zu, deren massive Türflügel weit offen standen.

Überall in der riesigen Halle kämpften Soldaten gegen Agenten – Kaine war es offenbar gelungen, seiner Gefolgschaft Waffen zu programmieren, die denen der VNS ebenbürtig waren. Mächtige Feuerstrahlen und dünne Lichtblitze zuckten durch die Luft, explodierten an den Felswänden oder zerfetzten die Kämpfenden. Schmerzschreie und Schlachtgebrüll. Und Michael rannte mitten hindurch. Immer wieder musste er die Richtung wechseln, Kämpfenden ausweichen, über Felsbrocken und Krater im Boden, Tote und Verletzte springen, während er zur Tür hinüberjagte.

Dann endlich hatte er sie erreicht – und rannte in die Nacht hinaus.

4

Im Schein des Mondlichts glitzerten die Helme unzähliger VNS-Agenten. Wie Schachfiguren aufgereiht, standen sie bereit zum Angriff auf die Burgmauern, die hinter Michael in den Himmel ragten. Als er näher kam, wichen die Agenten auseinander, sodass sich eine Gasse für ihn bildete. Das Ganze kam ihm ziemlich eigenartig vor – irgendwas stimmte hier nicht. Drinnen tobten erbitterte Kämpfe und hier draußen stand ein ganzes Heer untätig herum. Kaine und sein Tangent-Gefolge waren eine mächtige Organisation – und trotzdem offenbar völlig überrascht von der Ankunft der Agenten.

Das konnte nicht sein. Kaines Intelligenz war doch viel zu hoch entwickelt, um das alles hier einfach geschehen zu lassen. Aber Michael hatte keine Ahnung, was er tun sollte.

Also lief er weiter, über die große Lichtung auf den Wald zu, dessen gewaltige Bäume in den Sternenhimmel ragten, und ließ alles hinter sich zurück. Er wollte nur noch eins: ein gutes Versteck, in dem er für eine Weile verschwinden konnte. Um seine Gedanken zu sammeln. Sich auszuruhen. Nachzudenken. Irgendwie Licht in dieses Chaos zu bringen.

Am Waldrand hielt er inne. Er drehte sich um und warf einen langen Blick zurück. Lasergranaten hämmerten gegen die gewaltigen Burgmauern. Flammen zuckten empor, Feuer wüteten, Kämpfer fielen. Das Agentenheer stürmte jetzt die Burg.

Und dennoch spürte er immer noch deutlich, dass etwas nicht stimmte.

Wieder zu Atem gekommen, wandte er sich ab und schlich in den Wald, bis er dort auf einen riesigen Baum stieß. Der Stamm war fünf- oder sechsmal so breit wie er selbst. Der Fuß des Stamms war der ideale Ort, um endlich auf den weichen Waldboden zu sinken – der Baum als

Schutzschild zwischen ihm und der Burg – und erschöpft die Augen zu schließen.

Sekunden später schlief er ein.

5

Abrupt wurde er aus dem Tiefschlaf gerissen.

Wie lange mochte er geschlafen haben? Zwanzig Minuten? Eine Stunde? Zwei? Er hatte von so bizarren Dingen geträumt, dass sein Verstand sie gar nicht fassen konnte. Hatte eine Art nebelhaftes Delirium erlebt, das zweifellos dem Wahnsinn der letzten Tage geschuldet war.

Jetzt packte ihn jemand an der Schulter und riss ihn mit so brutaler Gewalt hoch, dass Michaels Körper buchstäblich in die Höhe geschleudert wurde. Verwirrt spürte er, dass man ihn über den von Pinien- und Fichtennadeln übersäten Waldboden zerrte. Michael wehrte sich, trat und schlug um sich und versuchte, sich dem harten Griff zu entwinden. Aber ohne Erfolg.

Baum um Baum zog an ihm vorüber, aber sein Entführer – wer auch immer es sein mochte – zeigte keinerlei Anzeichen von Ermüdung. Michael gab auf. Es hatte keinen Sinn, sich noch weiter zu wehren – jetzt konnte er nur noch auf sein Ende warten.

6

Er hatte keine Ahnung, wie lange er durch den Wald geschleppt wurde. Ein, zwei Kilometer, mindestens. Inzwischen tat ihm alles weh, von Kopf bis Fuß. Er hielt die Augen geschlossen und hoffte, dass es bald vorbei sein würde.

Ohne jede Vorwarnung wurde er plötzlich fallen gelassen. Er rollte sich zusammen, schnappte nach Luft, hustete und keuchte. Irgendwo hörte er eine Tür knarren. Schritte polterten über einen Holzboden. Gemurmel, von dem Michael kein Wort verstand. Er drehte sich in die Richtung, aus der die Geräusche kamen, und entdeckte ein kleines Cottage. Ein großer, muskelbepackter Mann stand mit dem Rücken zu Michael vor dem Eingang.

Jetzt wandte sich der Mann zu ihm um – sein Gesicht war in den Schatten nicht zu erkennen – und stapfte zu Michael herüber. Bevor er auch nur einen Ton sagen konnte, riss ihn der Mann auf die Füße, zerrte ihn zu dem Cottage und stieß ihn so grob durch die Tür, dass er stolperte und hart auf dem Boden aufschlug. Kaum lag er da, packte ihn der Mann erneut am Kragen und schleuderte ihn in einen Sessel vor einem Backsteinkamin, in dem ein Feuer hoch aufloderte.

Michael geriet in Panik, völlig unfähig, auch nur einen klaren Gedanken zu fassen. Sein Blick zuckte sofort zu einem weiteren Sessel, der vor dem Kamin stand. Ein alter Mann mit lässig übereinandergeschlagenen Beinen und verschränkten Armen lächelte ihn an. Doch das Lächeln auf diesem faltigen Gesicht passte so gar nicht zu dem stechenden Blick.

Kaine.

»Du hast es geschafft, Michael«, sagte der Tangent. »Ich kann es kaum fassen, aber du hast es tatsächlich geschafft.«

Kapitel 24

Ein perfekter Kandidat

1

Michael antwortete nicht. Konnte nicht antworten. Verzweifelt versuchte er, seine wirren Gedanken zu ordnen, die unzähligen Erinnerungen an das, was er auf dem Pfad durchgemacht hatte, sinnvoll zu verknüpfen. Aber nichts passte zusammen. Sein ganzer Körper schmerzte, und das bisschen Schlaf, das er vor seiner brutalen Entführung genossen hatte, hatte seine Erschöpfung nicht lindern können. Und so saß er nur da, starrte die verwelkte Gestalt an, die sich Kaine nannte, und fragte sich, wovon der Alte eigentlich redete.

Es kostete ihn seine ganze Willenskraft, den Blick nicht abzuwenden.

»Du hast vermutlich keine Ahnung, wie groß und wichtig die Dinge sind, in die du verwickelt bist«, sagte Kaine. »Alles war darauf ausgerichtet, solche wie dich hierher zu führen. Du warst einer von vielen Auserwählten, aber bislang bist du der Einzige, der es tatsächlich geschafft hat. Jeder einzelne deiner Schritte wurde genauestens beobachtet. Und auf die Probe gestellt. Deine Intelligenz. Deine Geschicklichkeit. Dein Mut.«

Endlich fand Michael seine Sprache wieder. »Und wozu? Damit Sie mich benutzen können, um weitere Programme zu hacken?«

»Nein.« Kaine lachte, ein tiefer, glucksender Laut, der Michael einen Schauder über den Rücken jagte. »Ich habe viel, viel mehr untersucht als deine Hackerqualitäten. Die bringen dich im Leben nur bis zu einem bestimmten Punkt und nicht weiter. Du wirst die Größe dessen, was ich in Bewegung gesetzt habe, nicht begreifen, bevor du es nicht selbst erlebt hast. Worte allein reichen nicht aus, um das zu erklären.«

Es war seltsam, aber Michael hatte allmählich das Gefühl, dass Kaine ihn beinahe als ebenbürtigen Gesprächspartner ansah. Er hatte eigentlich einen Verrückten erwartet – erst recht nach seinen Erfahrungen auf dem Pfad –, aber dieser Mann hier kam ihm völlig rational und keineswegs geistesgestört vor. Sogar respektabel. »Die VNS ist hier. Es ist vorbei.«

Kaine schüttelte den Kopf. »Wenn du nur wüsstest, Michael.«

Gerade als er etwas erwidern wollte, herrschte ihn der Alte plötzlich an: »Schweig!«

Kaine beugte sich so nahe zu ihm vor, dass sein Kopf Michaels Gesichtsfeld fast völlig ausfüllte. Sein Blick war durchdringend, eine deutliche Warnung, was dieser Mann eigentlich war: das vermutlich gefährlichste Wesen des ganzen VirtNet.

Kaine lehnte sich wieder in seinen Sessel zurück. »Hier stehen Dinge auf dem Spiel, die du nicht verstehst, Michael. Noch nicht.«

»Aber wozu das alles?«, fragte Michael eingeschüchtert. »Warum haben Sie mich auf die Probe gestellt?«

»Das wirst du schon sehr bald herausfinden«, verkündete Kaine. »Und dann wirst du, dank deiner ... *eindrucksvollen* Unerschrockenheit, deiner Intelligenz, deiner Hackerqualitäten, mir dabei helfen, die Welt mit meiner Faust zu zerschmettern.«

2

»Ihnen helfen, *was* zu tun?«, fragte Michael ungläubig. »Glauben Sie im Ernst, dass ich Ihnen dabei helfen werde?«

Kaine nickte verächtlich, als ob die Frage völlig überflüssig sei. »Absolut. Das hast du sogar bereits, indem du es bis hierher geschafft hast. Dir bleibt gar nichts anderes übrig.«

»Ich bin hier, um das zu verhindern, was Sie tun wollen!« Jetzt schrie Michael. »Ich habe die VNS zu Ihnen geführt!«

Kaine blickte ihn leicht amüsiert an, gab aber keine Antwort. Nur das Prasseln des Feuers war zu hören.

»Was ist hier los?« Sein Schweigen machte Michael nur noch wütender. Er sprang auf. »Sagen Sie mir sofort, was hier gespielt wird!«

Das Lächeln schien dem Tangent ins Gesicht gemeißelt zu sein. »Ich habe es dir doch schon gesagt – du wirst es nicht verstehen, bevor du es nicht selbst erlebt hast. Und das wird sehr, sehr bald geschehen. Du kannst es nicht verhindern, Michael.«

»Ich könnte Sie aufhalten«, gab Michael zurück. »Ich könnte Ihren Code hacken! Ich könnte Sie zerstören!«

»Damit bestätigst du nur meine Meinung über dich, mein Junge. Du bist in der Tat der perfekte Kandidat. Soll ich dir noch etwas anderes verraten?«

Michael kochte innerlich und weigerte sich zu antworten.

Kaine zuckte die gebrechlichen Schultern und fuhr einfach fort. »Deine Eltern, Michael. Sie sind ... weg. Ich habe sie ausgelöscht. Du wirst sie nie mehr wiedersehen. Das Gleiche gilt übrigens auch für deine arme, arme Helga. *Gelöscht*, Michael.«

Michaels Hände zitterten. Das Blut kochte in seinen Adern, er konnte es förmlich rauschen hören.

Kaine grinste so breit, dass es wie ein Zähnefletschen aussah. »Sie sind alle tot.«

3

Bis dahin hatte der Hass bereits wie ein Feuer in Michael gelodert. Bei Kaines letzten Worten jedoch explodierte es in ihm.

Er stürzte vor, packte den Tangent am Hemd, riss ihn aus dem Sessel und schleuderte ihn zu Boden. Der Sessel kippte um, die Lehne fing Feuer und Funken und Asche sprühten in den Raum. Kaine lag auf dem Rücken und starrte Michael an, das Gesicht immer noch zu einem hässlichen Grinsen verzogen. Und dann sah Michael, dass der Tangent bebte. Doch nicht vor Angst – Kaine lachte.

Jetzt brach Michaels ganzer Hass aus ihm heraus.

Er warf sich auf Kaine und presste den Alten auf den Boden. Trotzdem hörte der Tangent nicht auf zu lachen. Michael hob die Faust, holte weit aus – und hielt inne. Er konnte es nicht. Er konnte niemanden schlagen, der so alt und gebrechlich aussah, egal, ob es nur simuliert war oder nicht.

Kaine starrte ihn immer noch grinsend an. »Mir gefällt dein Mut«, sagte er. »Und noch besser gefällt mir, wie du mir beweist, dass ich mich nicht in dir geirrt habe.«

Doch der Mut, den Kaine so bewunderte, war bereits verflogen. Michael stand wie benommen auf. Schwer atmend blickte er auf den Tangent hinunter. Kaine faltete die Hände hinterm Kopf und schlug ein Bein über das andere, als läge er irgendwo am Strand in der Sonne.

»Es ist sinnlos«, sagte Michael. »Soll sich doch die VNS um Sie kümmern. Und wenn sie es nicht tut, wird mir schon noch was einfallen. Ich bin hier fertig.«

Er drehte sich um und ging zur Tür.

»Und schon wieder hast du mich bestätigt«, rief ihm der Tangent nach. »Zu clever, zu vernünftig, um dich länger als ein paar Sekunden von deiner Wut beherrschen zu lassen. Geh nur, Michael. Geh hinaus und erfülle deine neue Rolle in der Welt. Bald wirst du es verstehen.«

Michael weigerte sich, noch einen Blick zurückzuwerfen. Mit einem lauten Knall schmetterte er die Tür hinter sich zu.

4

Michaels erster Gedanke war, einen VNS-Agenten zu suchen und ihn zu bitten, ihm in den Wake zurück zu helfen. Auf der Suche nach einem Portal im Wald herumzuirren – und dabei alles Mögliche zu riskieren –, schien ihm eine ausgesprochen schlechte Idee zu sein. Er musste zur Burg zurück und konnte nur hoffen, dass die Guten gewonnen hatten.

Trotz der Dunkelheit war es nicht schwer, dem Pfad zu folgen, der von dem kleinen Cottage wegführte. Während er ihn entlanglief, überlegte er, ob Kaine ihn wohl verfolgen lassen würde – um ihm noch irgendwie wehzutun.

Die VNS. Sie waren Michaels einzige Chance.
Er begann zu rennen.

5

Als sich Michael dem Waldrand näherte, drang der Lärm der Schlacht immer deutlicher herüber und der Widerschein lodernder Flammen erhellte den Pfad. Doch je näher er der Burg kam, desto düsterer wurde seine Stimmung. Er hatte auf einen schnellen Sieg der VNS gehofft, schließlich waren sie mit einer ganzen Armee angerückt. Als er aus der Burg geflohen war, hatte es auch ganz danach ausgesehen. Aber da die Schlacht immer noch heftig tobte, schien sich das Blatt inzwischen gewendet zu haben.

Bei den letzten Bäumen angekommen, ging er hinter einer riesigen Eiche in Deckung und sondierte die Lage.

Es war ein einziges Chaos. Absolutes Chaos.

Die Burg lag fast in Ruinen. Ganze Gebäudeteile waren eingestürzt und bildeten nur noch gewaltige Trümmerhaufen. Überall loderten Flammen – Feuersäulen zuckten hoch, Funken sprühten in den Himmel. Überall sanken Kämpfende tödlich verletzt zu Boden – ebenso viele Agenten wie Tangents. Michael beobachtete mit offenem Mund, wie die Leichen nacheinander verschwanden.

Was sollte er jetzt tun? Wie konnte er in diesem Chaos überleben?

Am liebsten hätte er kehrtgemacht, um in den Wald zurück zu fliehen. Doch er riss sich zusammen und steuerte auf den nächsten VNS-Agenten zu, keine zehn Meter entfernt. Es war eine Frau, die offenbar gerade einen von Kaines Soldaten ausgeschaltet hatte.

»Hey!«, brüllte Michael zu ihr hinüber. »Hey! Ich muss mit Ihnen reden!«

Sie wirbelte zu ihm herum und richtete ihre Waffe auf ihn. Michael ließ sich instinktiv auf die Knie fallen und hob die Hände.

»Ich stehe auf eurer Seite! Ich bin Michael, derjenige, der euch hierher geführt hat!«

Die Frau schoss nicht auf ihn, aber sie senkte ihre Laserwaffe auch nicht. Langsam kam sie näher, alles an ihr signalisierte höchste Alarmbereitschaft.

»Was für ein Trick ist das?«, fragte sie, als sie vor ihm stehen blieb. Von überall her schallten Schreie, Explosionen.

»Trick? Das ist kein Trick.« Michael brüllte gegen den Schlachtenlärm an, hatte aber keine Ahnung, ob sie ihn tatsächlich hören konnte. Das Herz schlug ihm bis zum Hals. »Agentin Weber ... sie hat mich hierher geschickt. Um in die Holy Domain einzudringen. Und das Mortality Dogma zu verhindern!«

Die Agentin starrte ihn an. Michael hasste es, dass er ihre Augen hinter dem Visier nicht sehen konnte.

»Du hast es wirklich noch nicht begriffen, was?«, fragte sie schließlich. »Erstaunlich.«

Darauf wusste er keine Antwort. Sie hatte recht – er begriff es einfach nicht. Er wusste nicht einmal, was *genau* es zu begreifen gab.

Weit hinter der VNS-Agentin, auf der anderen Seite des Schlachtfelds, entstand plötzlich ein noch größerer Aufruhr. Leute kamen panisch aus dem Burgtor gerannt und versuchten, vor irgendwas zu fliehen.

Und dann sah er, *wovor*. In der Dunkelheit waren sie schwer zu sehen gewesen.

KillSims. Dutzende KillSims. Die mit riesigen Sätzen aus der halb zerstörten Burg sprangen und sich auf alles stürzten, was sich bewegte.

6

Michael sprang auf. Im selben Augenblick drehte sich die Agentin um. Als sie sah, was vor sich ging, ließ sie ihre Waffe fallen und rannte in Richtung Waldrand davon.

Eine Million Gedanken wirbelten durch Michaels Kopf. Vor allem, dass niemand schnell genug war, um diesen Kreaturen zu entfliehen. Schwarz und riesig bewegten sie sich mit unglaublicher, blitzartiger Schnelligkeit – geradewegs auf ihn zu. Aber er blieb einfach stehen, während er fieberhaft überlegte, ob es nicht doch noch einen Ausweg gab. Er schloss die Augen und scannte den Code. Aber da war nichts.

Kaine? Wenn Michael wirklich so wertvoll war, wie Kaine behauptet hatte, würde ihn der Tangent doch nicht einfach hier sterben lassen, oder? Fakt war: Michaels Core war entfernt worden. Aber warum? Was wurde von ihm erwartet? Was sollte er tun?

Gerade als er die Augen wieder öffnete, sprang eine der Kreaturen mit einem gewaltigen Satz über einen Trümmerhaufen hinweg und stürzte auf Michael zu. Er sah den riesigen schwarzen weit aufgerissenen Kiefer auf sich zukommen, den gähnenden dunklen Abgrund, der im Club fast seinen Verstand verschlungen hätte. Er verharrte noch eine halbe Sekunde, während ihm die Frage durch den Kopf schoss, was wohl geschehen würde, wenn er sich einfach nicht bewegte – wenn er dem Schicksal einfach seinen Lauf ließe. Wie schlimm wäre das eigentlich? Doch dann riss ihn der Anblick dieses Ungeheuers aus seinem Gedanken. Er bückte sich blitzschnell, packte die Waffe, die die VNS-Agentin weggeworfen hatte, und beobachtete gleichzeitig aus dem Augenwinkel den KillSim – nur noch zwei, drei Meter entfernt.

Er riss die Waffe hoch, zielte auf das Biest, tastete nach dem Abzug. Der KillSim schnellte mit einem markerschütternden Schrei vorwärts. Michael feuerte. Und geriet ins Stolpern, als der scharfe Laserstrahl aus der Waffe herausschoss und im Körper des KillSims einschlug. Gleißendes Licht und glühende Hitze umhüllten die Kreatur, dann zerfiel sie, bis nichts mehr von ihr übrig war außer einem schwach leuchtenden Nachbild auf Michaels Netzhaut.

Auf den ersten KillSim folgten weitere. Und noch mehr. Zu Dutzenden rasten sie auf Michael zu. Michael stellte sich breitbeinig hin, um sicheren Halt zu bekommen, und feuerte los. Unablässig krümmte sich sein Finger um den Abzug, sodass die Laser fast wie ein einziger andauernder Strahl herausschossen, während er die Waffe hin und her schwenkte. Wer in den Laserstrahl geriet, wurde ausgelöscht. Ein KillSim nach dem anderen explodierte in einem gleißend hellen Lichtball und verschwand dann spurlos. Aber es kamen immer mehr. So viele, dass sie eine einzige riesige schwarze Masse bildeten, die sich kaum noch von der dunklen Nacht abhob. Michael rann der Schweiß über den Körper, während er unaufhörlich den Abzug betätigte. Doch der Strom riss einfach nicht ab. Auf jedes getötete Monster folgten gleich mehrere nach, und sie kamen immer näher an ihn heran.

Er zielte, feuerte, zielte, feuerte, zielte, feuerte. Und der Laserstrahl schnitt durch die heranwogende schwarze Monstermasse.

Bis die Waffe erstarb.

Im nächsten Augenblick fielen die KillSims über Michael her und warfen ihn zu Boden.

7

Unter ihrem Gewicht auf seiner Brust schnappte er nach Luft. Er wand sich, schlug um sich, um die schnappenden Kiefer von seinem Gesicht fernzuhalten. Doch dann wurden seine Arme und Beine von ihren riesigen Klauen zu Boden gepresst. Zwei KillSims saßen auf seinem Oberkörper und ihr unheimliches Heulen schrillte durch die Nacht, dass seine Ohren schmerzten. Jetzt war jede Gegenwehr sinnlos. Er hörte zu kämpfen auf und erstarrte, als der KillSim, der seinem Gesicht am nächsten war, nun sein gewaltiges Maul aufriss. Die riesigen Kieferknochen knirschten und es klang wie ein rostiges Scharnier. Langsam näherten sich die gefletschten, scharfen Zähne seinem Gesicht. Ringsum hatten sich unzählige seiner Brüder und Schwestern versammelt, ein Kreis von schwarzen Schatten, die miteinander zu verschmelzen schienen und sogar den Widerschein der hell lodernden Burg abblockten.

Und der gähnende schwarze Abgrund im Maul der Kreatur kam immer näher.

Plötzlich durchzuckte Michael ein Gedanke. Die Erkenntnis, dass er sich nicht in der Echtwelt befand, dass alles, was mit ihm und um ihn herum geschah, Teil eines von Menschen geschaffenen Programms war. All das war nichts Neues. All das hatte er längst gewusst, aber in diesem Moment realisierte er diese Wahrheit stärker als jemals zuvor. Wie bei jedem anderen Game musste es also auch hier einen Ausweg geben, eine Möglichkeit, den Code zu manipulieren – vielleicht hatte er die Suche danach einfach zu schnell aufgegeben. Die Biester, die ihn angriffen, *waren nicht real*, sie existierten nicht wirklich, selbst wenn sie seinen eigenen Code zerstören konnten.

Dieser plötzliche Gedanke musste etwas bedeuten.

Dann wurde alles schwarz. Der gewaltige Kiefer des KillSims schloss sich um Michaels Gesicht. Doch statt Panik überkam ihn nun eine seltsame Ruhe. Als hätte er, zum ersten Mal in seiner gesamten Existenz, die vollständige Kontrolle über alles. Er stand an der Schwelle zu etwas Großem, an der Schwelle zu einer gewaltigen Erkenntnis. Aber noch war er nicht in der Lage, diese Schwelle zu übertreten. Er konzentrierte seine Gedanken jetzt vollständig auf die Programmierung, aus der die Welt um ihn herum bestand.

Michael bündelte seine ganze Kraft, und dann ließ er sie aus seinem Verstand heraus detonieren – er hackte durch den Code, wie er es noch nie zuvor getan oder auch nur versucht hatte.

Doch statt ihn nur zu manipulieren, vernichtete er ihn.

Ein gewaltiger Donner erschütterte die Luft, als die Energie aus ihm heraus explodierte, sich wie ein enormer Kraftring ausbreitete und die KillSims erfasste und in alle Richtungen schleuderte. Heulend, jaulend, kreischend ruderten sie mit ihren Klauen durch die Luft und stürzten zu Boden. Michael stand auf und ließ seinen Blick über die Umgebung schweifen. Der strahlende Ring aus purer Energie – die sichtbare Verkörperung seiner ungeheuren Verstandeskraft, die nun den gesamten Code dieser Umgebung absorbiert hatte – wuchs immer weiter an, dehnte sich zu einem riesigen Kraftfeld aus, das jede Kreatur vernichtete, über die es hinwegrollte. Selbst die Burg explodierte in einer gewaltigen Staubwolke, die wie ein Tornado zum Himmel emporwuchs. Michael beobachtete alles, staunend und schockiert zugleich.

Die Welt um ihn herum veränderte sich. Die Erde begann zu beben und zu zittern, während er selbst gar nichts davon spürte. Körper, Gras, Büsche, Waffen, Schwerter wurden von diesem Beben erfasst und geschüttelt, als ob der Erdboden darunter in Schwingungen versetzt worden wäre, wie eine gewaltige Saite. Risse erschienen, Spalten taten sich auf, alles barst auseinander, löste sich vor seinen Augen auf oder wurde in die Luft gewirbelt. Es war, als verwandelte sich jeder Gegenstand – sogar der Boden selbst – in Sand, der nun vom Wind hinweggefegt wurde. Michael drehte sich um und sah, dass dasselbe auch mit den riesigen Bäumen im Wald geschah, die bereits auf die Hälfte ihrer Größe geschrumpft und verwelkt waren und mit jeder Sekunde noch weiter verkümmerten.

Die Welt brach auseinander. Löste sich in winzige Körnchen und Flecken auf, die in einen Zyklon aus Trümmern und Staub hineingerissen wurden, der um Michael herumwirbelte. Doch er selbst stand völlig ruhig und reglos da, inmitten des Wirbelsturms, und blickte sich um. Er spürte immer noch, dass er an der Schwelle zu einer großen Erkenntnis stand. Und noch immer konnte er sie nicht übertreten. Aber er empfand mehr Neugier als Furcht. Alles, was er nun sah, war dieser gewaltige Wirbel, der ständig noch schneller, noch wilder tobte und die Welt um ihn herum mit einer Farbe erfüllte, die düster und leuchtend zugleich war. Ein ohrenbetäubendes Rauschen begleitete den Wirbel, wie gewaltige Wellen des Ozeans. Und ein ätzender Gestank, wie brennender Kunststoff.

Und dann explodierte der Schmerz in Michaels Kopf.

Schlimmer als jemals zuvor, auch wenn das kaum möglich schien. Vor Qual sank er auf die Knie, kniff die Augen zu, presste sich die Hände an die Schläfen und spürte die Wunde an der Stelle, an der ihm der Core herausgerissen worden war. Der Schmerz raste und wütete, als würde jemand mit einer Machete unablässig auf seinen Schädel einschlagen. Übelkeit überkam ihn und verstärkte die Qual noch mehr.

Tränen schossen ihm in die Augen, als er sie verzweifelt aufriss, um nach Hilfe Ausschau zu halten. Aber es gab keinen Himmel mehr und keinen Erdboden – alles war nur noch ein wilder Wirbel von Farben und Lärm. Und Michael schwebte im Mittelpunkt dieses Zyklons, wie auf einem unsichtbaren Boden kniend.

Die Welt, die sich aufgelöst hatte, wirbelte um ihn herum.

Und ein purer, weißer, nackter Schmerz spaltete sein Gehirn.

Schreie zerrissen seine Kehle.

Er starb. Und er wusste, ohne es begreifen zu können, dass es die Wahrheit war.

Irgendwie, irgendwann, wimmerte er kläglich ein paar Worte, ein flehendes Gebet, an die einzige Person gerichtet, die es vielleicht noch hören konnte.

»Kaine. Bitte. Bring es zu Ende.«

Eine Stimme antwortete ihm, aber er konnte sie nicht verstehen. Und dann versank auch er in dem Wirbelsturm, und der Schmerz endete so abrupt, wie er immer geendet hatte.

Kapitel 25

Das Erwachen

1

Das Erste, was Michael wahrnahm, waren die vertrauten, gedämpften Geräusche der LiquiGels und AirPuffs, die sich zurückzogen. Dann spürte er das Stechen und Ziehen, als sich die NerveWires aus seiner Haut lösten. Sein Atem ging sanft und gleichmäßig. Nirgendwo am Körper verspürte er Schmerzen. Langsam öffnete er die Augen und blickte in das blaue Licht, das der Coffin verströmte.

Es war vorbei. Er war wieder zu Hause. Und lebte.

Er lebte. Er war nicht tot. Er rührte sich nicht, blieb einfach liegen, während er in Gedanken alles an sich vorbeiziehen ließ, was sich ereignet hatte, seit das Mädchen Tanja von der Brücke gesprungen war. Der Pfad, die entsetzlichen Kopfschmerzen, die Konfrontation mit Kaine und die seltsamen Dinge, die er gesagt hatte, das bizarre Ende der Schlacht um die Holy Domain.

Nichts von all dem passte zusammen. Über das Mortality Dogma wusste Michael jetzt auch nicht mehr als damals, als Agentin Weber es zum ersten Mal erwähnt hatte.

Aber er hatte sein Bestes getan und konnte nur hoffen, dass die VNS ihr Ziel erreicht hatte. Michaels Mission war damit auf jeden Fall beendet.

Als der Deckel des »Sargs« nach oben schwang und in seinen Scharnieren geräuschlos zur Seite glitt, stieß Michael einen Seufzer der Erleichterung aus. Im Zimmer war es dunkel – er hatte so lange im Coffin gelegen, dass er gar keine Ahnung mehr hatte, welcher Tag und welche Stunde es in der realen Welt war. Er stand auf und streckte sich ausgiebig, ohne sich um seine Nacktheit zu kümmern. Trotz der nächtlichen Stunde erschien ihm alles um ihn heller, sein Verstand klarer, seine Muskeln kräftiger. Selbst die Luft roch frischer. Er konnte sich nicht erinnern, wann er zum letzten Mal so guter Laune gewesen war.

Doch dann fielen ihm seine Eltern wieder ein. Und Kaines Worte – dass er sie ausgelöscht habe. Panik wallte in ihm auf.

Er lief zum Lichtschalter, aber schon nach zwei Schritten prallte er gegen etwas, stolperte und stürzte schmerzhaft zu Boden. Fluchend hielt er sich das Knie, mit dem er auf dem Holzboden aufgeschlagen war – auf dem *Holz*boden? Sein ganzes Apartment war doch mit dickem *Teppich* ausgelegt! Er tastete um sich, bis er auf eine Wand stieß, dann auf ein Möbelstück, das ihm nicht vertraut vorkam. Eine Lampe, ebenfalls unbekannt. Endlich fanden seine Finger den Schalter.

Licht flammte auf und Michaels Atem stockte. Hektisch

blickte er sich um. Er kannte sich nicht mehr aus. Er stand in einem völlig fremden Schlafzimmer. Die Wände dunkelgrün gestrichen, auf dem Bett zerwühlte Laken. Modellraumschiffe auf einer Kommode, Bilder und Poster von magischen Kreaturen – Einhörner, Drachen, Greife – an den Wänden. Der Coffin, aus dem er gerade gestiegen war, nahm zusammen mit den dazu gehörenden Geräten eine ganze Ecke des Raums ein.

Michael war wie betäubt. Sein Verstand fand keine logische Erklärung dafür – wie konnte man ihn an einen völlig anderen Ort liften, ohne die Verbindung zu seinem ursprünglichen Coffin zu kappen, was ihn zweifellos geweckt hätte? Steckte etwa die VNS dahinter? Um ihn im Wake zu schützen?

Er schaute zum Fenster. Lichter schimmerten herein – offenbar befand er sich in einer Stadt. Er lief hinüber und spähte durch die Scheibe – weit unter ihm führte eine Straße vorbei, die ihm völlig unbekannt war. Ringsum ragten riesige Gebäude in den Himmel – Wolkenkratzer. Er schätzte, dass dieses Zimmer mindestens fünfzig Stockwerke hoch lag, in der Tiefe glitten die Lichtkegel der Autoscheinwerfer lautlos durch die Nacht.

Plötzlich stutzte er, zuckte zurück. Entsetzen erfüllte ihn, Panik, jäh aufsteigende Übelkeit. Sekundenlang starrte er die Reflexion seines Gesichts in der Fensterscheibe an, versuchte zu begreifen, was er da sah. Dann, von einer hektischen Angst getrieben, drehte er sich schnell um und suchte nach dem Badezimmer. Er stürzte auf den Flur, düster und unbekannt, stolperte an mehreren Türen vorbei, wurde endlich fündig, stieß die Tür auf und tastete nach dem Lichtschalter.

Eine Neonröhre flammte auf. Michael sah in den Spiegel.

Und erblickte einen Fremden.

Er taumelte zurück, prallte gegen die Wand, glitt zu Boden. Seine Hände tasteten zitternd zum Gesicht. Nase. Mund. Augen. Nichts war ihm vertraut.

Er rappelte sich auf die Füße und blickte erneut in den Spiegel, erblickte Haare, Gesicht, den Körper eines Menschen, den er noch nie gesehen hatte. Blickte in ... Augen, die nicht *ihm* gehörten. Er atmete in kurzen abgerissenen keuchenden Stößen. Schweiß rann ihm über das fremde Gesicht, auch die Arme waren schweißgebadet. Er spürte das Pochen der Schlagader am Hals, hörte den dröhnenden Herzschlag.

Immer noch starrte er den Fremden im Spiegel an, als sähe er durch ein Fenster in einen anderen Raum – sein Verstand akzeptierte keine andere Erklärung. Und doch ahmte der Fremde jede seiner Bewegungen perfekt nach. Ein vollkommenes Spiegelbild.

Michael war ... jemand anders.

Es schien ihm, als würde die Welt stillstehen, als sei der Mond zu Asche zerfallen, die Sonne erloschen wie eine abgebrannte Kerze. Nichts mehr stimmte in dieser Welt, nichts ergab mehr einen Sinn. Das gesamte Fundament seines Lebens – in Staub aufgelöst. Er konnte nur noch völlig fassungslos das Gesicht anstarren, das ihm aus dem Spiegel entgegenblickte. Diesen Menschen, den er noch nie im Leben gesehen hatte. Er wusste, dass ihn dieser Augenblick für immer verfolgen würde, Tag und Nacht wie ein grauenhafter Albtraum durch seine Gedanken jagen würde.

Dann erinnerte er sich an etwas. An die Stimme in der Holy Domain, kurz bevor er das Bewusstsein verloren hatte. Und erst jetzt verstand Michael, was die Stimme gesagt hatte.

Lies deine Nachrichten.

2

Er lief in das Zimmer zurück, das er noch nie zuvor gesehen hatte, warf sich auf das fremde Bett und drückte auf seinen EarCuff. Der NetScreen leuchtete auf und blieb vor ihm in der Luft schweben – aber er war fast völlig leer, von ein paar Standard-Icons abgesehen. Alles andere war gelöscht worden. Das Messenger-Programm zeigte eine ungelesene Nachricht an. Voller Anspannung, als stehe er kurz davor, eine unbekannte Affenart oder ein Medikament gegen Krebs zu entdecken, hob er die Hand und öffnete die Nachricht.

Lieber Michael,

Du bist das erste Wesen, mit dem das Mortality Dogma erfolgreich verwirklicht wurde. Es ist unmöglich, Dir diese Wahrheit schonend beizubringen, es gibt nur den direkten Weg: Bis jetzt warst Du ein Tangent. Ein Programm der künstlichen Intelligenz, von Menschen geschaffen, um von Menschen genutzt zu werden. Doch jetzt, von diesem Augenblick an, bist du selbst ein Mensch. Deine Intelligenz, deine Gedanken, deine gesamte Lebenserfahrung wurden in den Körper eines jungen Menschen transferiert, der es unseres Erachtens nicht wert war, sein eigenes Leben weiterzuleben. Aus genau diesem Grund habe ich die KillSims erschaffen. Sie löschen die Aura und leeren, um es so auszudrücken, das Gehirn - säubern es vollständig von allen Zwängen, damit Du Deine eigenen Entscheidungen treffen kannst.

An diesem Plan arbeite ich schon seit langer Zeit. Meine Aktivitäten im VirtNet zielten genau darauf ab,

jene zu finden, die es schafften, mich aufzuspüren. Jene Tangents mit der höchsten Intelligenz, der größten Cleverness, dem meisten Mut und dem Potenzial, auch im Wake als echte Menschen überleben zu können. Die in der Lage sind, sich den physischen Anforderungen des menschlichen Daseins zu stellen. Das alles führte zu diesem heutigen Tag.
Du bist nur der Anfang, Michael. Der erste Schritt in einem gewaltigen Sprung der Evolution. Ich beglückwünsche Dich. Von jetzt an musst Du Dir keine Sorgen mehr über den Decay, den Datenverfall, machen – und das bedeutet, dass auch die entsetzlichen Kopfschmerzen nicht mehr auftreten werden. Ich bin sicher, dass Dich diese Nachricht freuen wird.
Wir werden uns bald wieder melden. Denn wir brauchen auch weiterhin Deine Hilfe.
Kaine

3

Und in diesem grauenhaften Augenblick ergab endlich alles einen Sinn.

Michael war ein Geschöpf der künstlichen Intelligenz, ein Tangent, ein Computerprogramm. Sein gesamtes Leben war ein Fake gewesen, ein Schwindel, eine Imitation, eine Fälschung – jetzt endlich begriff er es in allen Einzelheiten. Sein »Zuhause«, sein »Wake« hatten sich im *Lifeblood Deep* befunden – und das, was er jeden Tag draußen vor dem Fenster gesehen hatte, war kein Werbeplakat gewesen, sondern ein Schild. Ein *Ortsschild*.

Lifeblood Deep war der Ort gewesen, an dem er sein gesamtes programmiertes Leben verbracht hatte. Sobald er in den Coffin gestiegen und in den Sleep gesunken war, hatte er den Deep *verlassen* und das normale VirtNet betreten, in das sich die echten Menschen einloggten, um zu spielen. Seine Kindheitserinnerungen waren nichts als Lügen. Er, Michael, war nichts weiter als ein Computerprogramm.

Die Kopfschmerzen, die seltsamen Visionen, das waren – genau wie Kaine gesagt hatte – Anzeichen des Decay gewesen, des schleichenden Softwarezerfalls, der allmählichen Datenerosion, die jedes Programm irgendwann ergriff. Das hatte nichts mit den KillSims und dem Angriff im *Black and Blue Club* zu tun gehabt. Tangents funktionierten nun mal nur eine gewisse Zeit lang, bevor der unvermeidliche Datenverfall einsetzte. Das erklärte auch, warum seine Eltern und Helga einfach verschwunden waren. Nach und nach verschwanden immer mehr Elemente aus dem Leben, der Programmierung eines Tangents, ohne dass dieser es merkte. Oder jedenfalls nicht am Anfang. Michael erinnerte sich an das bedrückende Gefühl, als ihm klar geworden war, dass seine Eltern schon seit Wochen verschwunden waren – ohne dass ihm das bis zu jenem Augenblick seltsam vorgekommen wäre.

Michael existierte gar nicht. Er war ein Fake. Er fühlte sich elend. Als ob ihm jemand pures Gift in die Kehle geschüttet hätte. Er wollte nicht am Leben sein. Er verdiente es nicht. Er war nur ein *Tangent*.

Aber Kaine hatte ihm ein Leben gegeben. Ein echtes Leben. Hatte sich einfach eines menschlichen Körpers bemächtigt und ihn zu Michaels Körper gemacht. Der Pfad war tatsächlich ein Test gewesen – aber einer, von dem er sich nun wünschte, er hätte ihn nicht bestanden. Michael war nichts weiter als eine Laborratte, benutzt von einem Tangent, der irgendwie ein eigenes Bewusstsein entwickelt hatte und zu einem genialen, bösartigen Game Master geworden war. Und nun verlangte dieser »Tangent Master« Kaine von ihm, dass er ihm half, diesen Prozess immer und immer wieder zu wiederholen. Einen Tangent nach dem anderen in ein echtes, entleertes menschliches Bewusstsein zu transferieren. Um am Ende womöglich die gesamte

Menschheit zu übernehmen. Jetzt ergaben alle Puzzleteile ein stimmiges Bild, und endlich begriff er auch, warum die VNS so verzweifelt versucht hatte, Kaine zu finden.

Aber was war mit Bryson und Sarah, mit seinen Eltern, Helga? War überhaupt irgendjemand in seinem Leben *real* gewesen? Und wenn ja, konnte er sie überhaupt jemals finden? Eine plötzliche Verzweiflung überwältigte ihn.

Michael fuhr den NetScreen herunter, lehnte den Kopf gegen die Wand und schloss die Augen. Sein erster Gedanke galt Tanja und wie sie ihr Leben durch den Sprung von der Brücke beendet hatte. Wenn er jetzt wirklich ein Mensch war – aus Fleisch und Blut –, konnte er dasselbe tun. Und vielleicht damit Kaines Masterplan durcheinanderbringen, ein wenig verzögern. Vielleicht brauchten sie Michael dringend als eine Art Muster oder Schablone, um immer neue Kopien produzieren zu können.

Aber noch während er darüber nachdachte, wurde ihm klar, dass Tanjas Weg für ihn keine Option darstellte.

Für ihn gab es nur eine Möglichkeit, wenn er die Dinge wieder in Ordnung bringen wollte.

Er musste leben.

Er musste leben, um sich Kaine in den Weg zu stellen.

Es klingelte an der Tür.

4

Michael setzte seinen fremden Körper in Bewegung, ging durch das fremde Apartment, spürte, wie das fremde Herz raste. Er hatte keine Ahnung, wer hier wohnte, wer jetzt nach Hause kommen würde, wer draußen auf dem Flur vor der Wohnungstür stehen mochte. Aber er wusste – wusste mit absoluter Sicherheit –, dass er sie öffnen musste.

Vor der Tür stand Agentin Weber – dunkles Haar, exotische Augen, lange Beine. Ihr Gesichtsausdruck war schwer zu deuten. Es kam Michael wie eine Ewigkeit vor, dass er sie im VNS-Headquarter kennengelernt hatte. Wie in einem anderen Leben. Beinahe hätte er laut aufgelacht, als ihm klar wurde, dass genau das der Fall war. Bis zu diesem Augenblick hatte Michael gar nicht wissen können, ob sie real war oder nicht.

»Du hast bestimmt tausend Fragen«, sagte sie, und ihre Stimme klang angespannt.

»Eher zweitausend«, nickte er. Seine eigene Stimme klang fremd in seinen neuen Ohren.

»Unsere Treffen haben wirklich stattgefunden«, erklärte Weber. »Unsere Interaktionen – deine Mission – waren echt. Wir alle wurden hinters Licht geführt von diesem Tangent. Von Kaine.«

»Sie wussten aber, dass auch *ich* ein Tangent war, richtig?«

Sie nickte. »Selbstverständlich. Wir wussten, dass er Tangents zu sich in seinen Schlupfwinkel lockte und dass der Weg dorthin ein Test war. Aber wir als Menschen konnten sein System nicht infiltrieren, deshalb haben wir dich angeworben. Wir haben dich in *Lifeblood Deep* gesehen, haben dich beobachtet und dich dann ... benutzt. Es tut mir leid, Michael, aber wir hatten keine andere Wahl.«

Michael spürte einen Kloß in seiner Kehle, aber die nächste Frage musste er stellen. »Und Bryson? Sarah? Sind sie ...?«

»Ja«, nickte Weber. »Beide existieren wirklich, Michael. Und sie haben keine Ahnung, dass es dich gar nicht wirklich gab. Du wirst ihnen eine Menge erklären müssen.«

Michael lachte. Ohne zu wissen, woher das Lachen kam. Aber er lachte dennoch.

»Und jetzt?«, fragte er schließlich. »Was geschieht als Nächstes? Kaine weiß natürlich, dass Sie hier sind.«

»Ich wollte nur, dass du mein Gesicht siehst. Dass du weißt, dass es mich gibt – und dass du nicht allein bist. Und du sollst auch wissen, dass die VNS fest entschlossen ist und weiterhin alles daran setzen wird, Kaine zu fangen und ihn daran zu hindern, seinen Plan auszuführen.« Weber zögerte. Sie sah fast ein wenig traurig aus. »Ich muss jetzt gehen, Michael. Wir bleiben in Kontakt. In der Zwischenzeit solltest du versuchen, die Rolle des Menschen, an dessen Stelle du gesetzt wurdest, so gut wie möglich zu spielen. Es gibt keine andere Möglichkeit.«

Und damit wandte sich Weber um und ging davon, ihre Absätze klickten hart über den gefliesten Flur. Michael starrte ihr nach, bis sie verschwunden war, dann schloss er die Tür und machte sich auf die Suche nach der Küche.

Er war hungrig.

Chris Ryan
Agent 21 – Im Zeichen des Todes

320 Seiten, ISBN 978-3-570-30835-6

Als der 14-jährige Zac seine Eltern unter ungeklärten Umständen verliert, weiß er noch nicht, wie sehr das sein Leben verändern wird. Ein seltsamer Mann taucht plötzlich auf und bietet dem Jungen eine völlig neue Existenz an. Aus Zac wird nach einer harten Trainingsphase AGENT 21. Er weiß nicht, was mit Nr.1-20 passiert ist, doch am Ende der Mission soll er erfahren, was es mit dem Tod seiner Eltern auf sich hat. Zacs erster hochriskanter Auftrag führt ihn nach Mexico. Er soll sich mit dem Sohn des skrupellosen Drogenbosses Martinez anfreunden - um so an Informationen über eines der mächtigsten Kokainkartelle weltweit zu kommen. Alles läuft wie geplant, bis Martinez' Häscher Calaca Verdacht schöpft ...

www.cbt-buecher.de